Les tribulations de Thea

MIA
VINCY

LONGHOPE ABBEY – 1

Les tribulations de Thea

Traduit de l'anglais (États-Unis)
Par Nicole Hibert

J'AI LU

POUR elle

Titre original
A BEASTLY KIND OF EARL

À ceux qui crurent ce qu'on disait d'eux
et qui se révéla faux.

1

Thea Knight n'avait jamais été du genre à suivre bêtement les règles – si elle l'avait pu, elle les aurait même ignorées souverainement. Il y en avait cependant trois qu'elle s'était fixées et respectait à la lettre.

Les Règles de la Facétie.

Premièrement, une farce s'exécutait uniquement pour une bonne cause – de fait, le bonheur de sa jeune sœur motivait celle qui occupait actuellement Thea. Pour défendre cette noble cause, elle avait abandonné sa place de demoiselle de compagnie, revêtu une tenue masculine complétée par un macfarlane pourvu de multiples pèlerines qui pesait une tonne et empestait l'étable à cochons, et traversé la moitié de l'Angleterre pour rejoindre Helen dans une chambre minuscule d'un relais de poste du Warwickshire.

Pour la première fois depuis trois ans, elle s'était sanglée dans un corset horriblement étroit afin de pouvoir revêtir l'élégante robe d'Helen, tandis que celle-ci s'habillait comme un campagnard malodorant.

C'était le prélude à une formidable supercherie : pendant que Thea serait chez son amie Arabella et ferait semblant d'être Mlle Helen Knight, la véritable Helen s'enfuirait en Écosse pour se marier avec

Beau Russell, son bien-aimé. Elle se mettrait ainsi hors de portée du vicomte de Ventnor, le père de Beau.

Ce qui amenait à la deuxième Règle de la Facétie : on ne roulait dans la farine que les individus malfaisants ou les puissants, ou les deux à la fois.

Thea avait la conscience tranquille, car lord Ventnor était la vivante incarnation de cette troisième catégorie. Ce qu'il avait osé déblatérer contre la famille Knight ! À l'entendre, Helen était « une intrigante, une séductrice regrettablement inférieure » à son héritier, parce que M. Knight n'était qu'un « sordide boutiquier » et Thea un « épouvantable sujet de scandale ».

Là-dessus, Ventnor avait expédié son fils à la chasse et chargé ses sbires de surveiller Helen et de l'arrêter si elle essayait de s'échapper pour courir retrouver Beau.

En ce moment même, deux de ces gredins, attablés dans la taverne du rez-de-chaussée, attendaient qu'Helen se montre.

Thea avait de bonnes raisons de haïr lord Ventnor, mais elle préférait ne pas penser à ce bal de sinistre mémoire, trois ans auparavant, durant lequel Percy Russell avait proféré ses odieux mensonges et l'avait publiquement déshonorée.

Dire que sa sœur allait épouser le frère aîné de Percy Russell ! La perspective d'être liée à ses ennemis faisait frémir Thea, même si c'était sans doute une chose parfaitement normale pour les Russell. Après tout, les membres de l'aristocratie se mariaient et s'assassinaient entre eux depuis des siècles.

Thea se gardait cependant de broyer du noir, en vertu de la troisième Règle de la Facétie : quand on jouait un tour à quelqu'un, il fallait s'amuser. On se fabriquait ainsi de bons souvenirs, or Thea voulait se souvenir avec joie de ces précieux moments avec sa sœur.

— Bon sang, Thea, où as-tu déniché cette chose infâme ? s'exclama Helen, tenant le manteau à bout de bras avec une grimace horrifiée. Ce sont les cochons qui te l'ont vendue ?

— Je te signale que ce vêtement a été porté par les cochons les plus raffinés d'Angleterre.

— Ils dégagent assurément un fumet des plus raffinés !

Hilare, Helen enfila le macfarlane. Thea arrangea les revers et les pèlerines, puis recula pour admirer le résultat.

Ce manteau était un trait de génie. Il élargissait les épaules d'Helen et camouflait sa silhouette. Son odeur dissuaderait en outre les gens de s'approcher. Ainsi vêtue et coiffée d'un chapeau à large bord incliné sur le front, Helen voyagerait sans attirer l'attention, comme l'avait fait Thea.

— Tu as réussi à supporter cet accoutrement par cette chaleur ? dit Helen. Après des jours à mijoter dans des diligences, je serai cuite à point en arrivant à la frontière, et Beau me plantera une fourchette dans la couenne pour voir si je suis bien tendre.

— Une excellente façon de t'assurer des sentiments de ton partenaire. Si Russell veut encore de toi alors que tu fleures le cochon rôti, tu peux être sûre qu'il t'aimera éternellement.

— Si la fureur de son père ne nous a pas séparés, je suppose qu'un manteau puant n'y parviendra pas.

C'était merveilleux pour Helen d'être passionnément aimée et désirée. Que pouvait-on trouver à redire à cela ?

Une fois de plus, Thea étouffa ses craintes et entreprit d'inspecter sa sœur, tournant lentement autour d'elle. Helen paraissait aussi à son aise que Thea dans ces vêtements masculins. Il y avait pourtant dix ans au moins que toutes deux ne s'étaient pas déguisées de la sorte. Elles étaient à l'époque Ted et Harry, des garçons de courses aux cheveux courts sous leurs casquettes, qui après les leçons allaient glaner des informations pour leur père dans les cafés et sur les quais, et récoltaient çà et là quelques pièces. Car, dans la famille Knight, ça marchait comme ça : chacun faisait sa part sur le long chemin rocailleux qui menait à la richesse et à la sécurité.

Lorsque Thea avait fêté son douzième anniversaire, M. Knight ayant de nouveau de l'argent, elle avait cessé de se grimer en garçon pour faire semblant d'être une jeune fille distinguée.

À présent, dans l'élégante robe vert mousse d'Helen, n'était-elle pas effectivement distinguée jusqu'au bout des ongles ? Elle avait constamment l'impression de jouer un rôle, alors pourquoi ne pas être carrément quelqu'un d'autre ? Helen, en l'occurrence.

Cette inversion des rôles ne duperait pas ceux qui les connaissaient, bien qu'elles aient les mêmes cheveux châtains et les yeux bleus, mais il suffisait qu'elle trompe les nervis de Ventnor. Les Knight croyaient Helen invitée chez Arabella, les autres invités d'Arabella n'avaient jamais rencontré les deux sœurs, quant à Thea… tout le monde se fichait de savoir où elle était.

« Ne t'apitoie pas sur ton sort », se tança-t-elle. Pas maintenant, alors qu'elle allait remettre les choses en ordre et tout arranger pour Helen ainsi que pour elle-même.

— C'est parfait, décréta-t-elle. Les hommes de Ventnor ne soupçonneront pas que nous avons échangé nos vêtements. Ils ne feront même pas attention à toi, et tu pourras rejoindre Beau.

Helen lui sourit et se pencha vers elle.

— Ils ne nous arrêteront pas, chantonna-t-elle.

— Ils ne peuvent pas nous arrêter..., enchaîna machinalement Thea.

— Parce que rien n'arrête un Knight ! conclurent-elles en chœur.

Thea frappa dans ses mains en riant. Rien n'arrêtait un Knight, en effet ! Elle s'était souvent répété l'antienne familiale durant ses années d'exil. Dès que la solitude devenait trop pesante et que de sombres pensées l'assaillaient, elle fredonnait la ritournelle des Knight. Elle sentait alors les bras de sa mère autour d'elle, ou les doigts de son père qui lui pinçaient gentiment le menton. Elle les entendait dire qu'ensemble, les Knight réussiraient et n'auraient plus jamais à redouter de finir dans le caniveau.

— Tu te rappelles l'époque où les tout-petits apprenaient à chanter ce refrain ? demanda-t-elle. Jemima tapait sur la table avec sa cuillère, et Andy riait aux éclats.

Dieu que ces polissons lui manquaient ! Son sourire s'effaça.

— J'imagine qu'ils ont bien grandi.

Helen lui prit la main.

— Ils ne t'ont pas oubliée, tu sais. Ils demandent où tu es.

— Et je suppose que les parents répondent : « Bon débarras ! »

— Non ! Tu leur manques, Thea. Chaque soir, au dîner, nous regardons ta place vide.

Et, chaque soir de son exil, Thea avait dîné seule. « Demoiselle de compagnie et garde-malade », précisait Mme Burton dans sa petite annonce, mais il était apparu que la vieille dame n'avait nul besoin de compagnie. Les autres domestiques, quant à eux, étaient trop impressionnés par les manières raffinées de Thea. Elle avait travaillé pendant trois ans dans cette demeure à l'écart de tout, sans amis et avec pour seul réconfort les lettres d'Arabella et d'Helen.

Thea se détourna et tripota distraitement son chapeau – la capote aux bords arrondis d'Helen. Elle ne devait pas se quereller avec sa sœur, pas maintenant, alors qu'elles n'avaient plus que quelques minutes à passer ensemble.

— Ils auraient dû me croire, murmura-t-elle pourtant.

— Mais tu as tellement d'imagination, tu inventes toujours des histoires, et souviens-toi que tu as même dit…

— Justement ! la coupa Thea. Ils savent que je fais des blagues idiotes ; ils auraient donc dû me croire quand je leur ai juré que je disais la vérité. Au lieu de ça, ils ont préféré gober les affreux mensonges de Percy Russell. Il a continué allègrement à mener sa vie habituelle, et moi j'ai été chassée de la maison !

— Père t'a proposé de l'argent.

— Je ne veux pas de son argent ! Je veux que nos parents me croient.

Thea ne supportait pas de les décevoir. Elle s'était toujours évertuée à les satisfaire et à contribuer à la réussite de la famille, mais lorsque Percy Russell – le fils cadet du vicomte de Ventnor – avait débarqué en se pavanant et demandé à M. Knight la permission de courtiser Thea, les disputes avaient commencé.

— Si tu épouses un jeune homme de la haute société, la famille sera en sûreté, avait déclaré Mme Knight. Helen fera de même, et les petits suivront votre exemple. Votre père a remonté la pente, mais nous ne sommes pas pour autant à l'abri de la ruine. Ici-bas, seuls les membres de la haute société sont assurés de ne jamais perdre leur position.

Thea avait protesté : elle n'était pas amoureuse de Percy Russell.

— Donne-lui du temps, avait rétorqué sa mère. Tu finiras par l'aimer.

Revenant au moment présent, Thea marmonna :

— Peu importe. On saura bientôt la vérité. Je me charge de remettre le monde d'aplomb.

Elle affichait une assurance qu'elle était loin d'éprouver, car pour remettre le monde d'aplomb, encore fallait-il le convaincre qu'il tournait à l'envers, ce qui n'était pas une mince affaire.

Les sourcils froncés, Helen la dévisagea.

— Qu'est-ce que tu mijotes, Thea ?

Avant que celle-ci ait pu répondre, on frappa à la porte. Helen enfonça vivement le chapeau sur sa tête, et Thea coiffa la capote dont le large bord encadrait et dissimulait son visage. Avec ces œillères qu'un cheval n'aurait pas désavouées, elle fut obligée de se retourner d'un bloc pour voir qui était là.

C'était Arabella, qui entra sur la pointe des pieds et referma la porte sans bruit. Elle jaugea les deux sœurs d'un œil critique. Elle n'avait parcouru que quelques kilomètres entre le manoir de sa famille et le relais de poste, cependant sa pelisse bleu roi, fermée sur le devant par de petits glands blancs, eût été parfaite pour un voyage avec la reine. Sur sa chevelure noire était perché un chapeau du même bleu, d'où s'élançait une superbe plume d'autruche. Arabella était très grande, beaucoup trop selon les canons de la mode, toutefois elle portait la toilette avec tant d'élégance que, de l'avis de Thea, ces canons étaient forcément erronés. À côté d'elle, et malgré la robe d'Helen ornée de ravissants galons, Thea se sentait miteuse.

— Ça ira, décréta Arabella avec son autorité habituelle. On voit à peine vos visages. Nous sommes bien d'accord : vous ne connaissez ni l'une ni l'autre aucun des invités de mes parents, n'est-ce pas ?

— Absolument pas, répondirent en chœur les deux sœurs.

— Dans ce cas, Helen, tu n'as plus qu'à prendre la route, et toi, Thea, à me suivre.

Helen jeta un coup d'œil à la cour, où attendait la diligence en partance pour le nord du pays, puis, tout en enfilant ses gants, elle se tourna vers sa sœur.

— Il te reste juste assez de temps pour m'expliquer quelle autre facétie tu as commise.

Thea ne put s'empêcher de pouffer de rire.

— J'ai écrit un pamphlet dans lequel je raconte ce que Percy Russell et Francis Upton m'ont fait. Arabella connaît un éditeur à Londres qui a accepté de l'imprimer et d'en livrer un exemplaire dans toutes les résidences aristocratiques de Londres. Pour ma part, j'en déposerai dans les librairies et les cafés, et je ferai de la réclame dans tous les journaux. Je paierai les hôtesses de salons littéraires pour qu'elles en parlent, et les joueurs criblés de dettes pour qu'ils en discutent pendant leurs parties de cartes. Les membres de la haute société seront assez nombreux à Londres en septembre pour que la nouvelle se propage comme une traînée de poudre. Si seulement je pouvais détruire Percy Russell et Francis Upton comme ils m'ont détruite !

Lors de cette atroce soirée dans la salle de bal de lord Ventnor, une centaine de témoins avaient assisté à l'humiliation de Thea. Ils s'étaient empressés de claironner à tous les vents la fable inventée par Percy Russell et son camarade. Les gens avaient gobé leurs mensonges sans broncher ni songer qu'une vie était anéantie.

Eh bien, c'était au tour de Thea d'alimenter le moulin à ragots, cette fois à son avantage.

Quelle farce ébouriffante elle leur réservait ! Une farce qui respectait ses trois règles : elle servirait la cause de la justice et restaurerait une réputation en révélant la bassesse de Percy Russell.

Et Thea allait bien s'amuser.

— Ce sera le chaos, fit remarquer Helen.

— Je sais, répondit Thea avec un soupir ravi.

— Cela coûtera très cher, dit Arabella.

— Je sais, rétorqua Thea avec un soupir lugubre.

— Lord Ventnor sera fou de rage, enchaîna Helen.

— Je sais, répéta Thea avec un sourire en coin.

Arabella secoua la tête, ce qui fit onduler la plume d'autruche de son chapeau.

— Nous devons organiser soigneusement la manœuvre. Cela ne va pas plaire à lord Ventnor que tu dises des choses pareilles sur son fils.

— Des choses qui sont la stricte vérité.

— Ventnor est un homme puissant, voilà une autre vérité. Il a beau n'être que vicomte, il a l'oreille de plusieurs ducs et du prince régent.

Thea balaya l'argument d'une main négligente.

— J'ai changé les noms des protagonistes et simplement invité le lecteur, dans mon avant-propos, à deviner de qui il s'agit. Ventnor ne peut pas m'attaquer sans admettre implicitement que Percy est le héros de mon histoire. À ce moment-là, Helen sera mariée à Beau, qui la protégera de la fureur de Ventnor. N'est-ce pas ?

— Évidemment, répondit Helen sans l'ombre d'une hésitation. Je t'assure que Beau est un homme bon.

— Oui, mais...

Non, elle ne le dirait pas. Pas de querelles.

— Oh, Helen... Je sais bien que tu es amoureuse, mais... en épousant Beau Russell, tu épouses toute sa famille.

— Ils ne sont pas si abominables que ça. Lord Ventnor me terrifie, c'est vrai, et Beau dit que Percy a toujours été ignoble, même quand il était petit.

Mais sa mère et sa jeune sœur sont adorables. Quant à sa sœur aînée, Katharine, qui est décédée voici neuf ans, elle lui manque toujours.

Helen marqua une pause avant de chuchoter :

— Il paraît que son mari l'a assassinée.

— Non !

— Si ! Certains prétendent qu'elle a été empoisonnée. D'autres murmurent que son mari est un sorcier et qu'il a eu recours à la magie noire pour se débarrasser d'elle. Ils disent qu'il a la marque du diable sur la figure et que Satan en personne a éliminé son père et ses frères pour lui permettre de devenir le comte en titre.

— Le comte ?

— Elle parle du comte de Luxborough, intervint Arabella. Quand il s'est enfui avec Katharine Russell, il n'était que le troisième de la fratrie et n'avait pas un sou.

Sous le large bord de son chapeau, les yeux d'Helen étaient ronds comme des soucoupes.

— Il paraît que, depuis qu'il est comte, il s'enferme dans son domaine du Somersetshire, où il pratique la sorcellerie, concocte des potions et des poisons, et ne fréquente que des étrangers, des païens et des sorciers.

— C'est grotesque, décréta Thea. Tu ne crois tout de même pas à ces bêtises ?

— Ce qu'on raconte sur les gens est toujours vrai, seules les rumeurs qui nous concernent sont fausses, ironisa Arabella. Certains éléments de ces ragots sont néanmoins exacts : le comte s'est effectivement enfui en Amérique avec la fille de Ventnor il y a treize ans. Au bout de quelques années, ils sont revenus en Angleterre, où elle est morte dans des circonstances mystérieuses, et il a de nouveau quitté le pays. Depuis son retour, il ne fréquente pas la bonne société.

— Mais ces histoires de sorcellerie, de marque du diable... C'est un tissu d'âneries, n'est-ce pas ?

— Je n'ai jamais rencontré le comte, répondit Arabella avec une moue pensive. Je crois cependant savoir que son visage a été balafré non par le diable, bien sûr, mais par un félin.

— Un chat ? rétorqua Thea.

Thea regarda les fines griffures, presque invisibles, sur le dos de sa main – souvenir du jour lointain où elle avait essayé d'apprivoiser un chat errant qui refusait d'être domestiqué.

— Moi aussi, j'ai la marque du diable, enchaîna-t-elle, narquoise. Affirmer que ce personnage est un sorcier parce qu'un chat l'a griffé, quelle sottise !

— Allons donc, Thea, persifla Arabella. Un aristocrate anglais ne tolérerait pas qu'un vulgaire chat s'en prenne à lui. Il a été attaqué par un jaguar, rien de moins, alors qu'il explorait les forêts de Nouvelle-Espagne.

— Un jaguar ? répéta Thea. Quel est cet animal ?

— Un grand félin qui a des griffes et des dents énormes, et aucun sens de l'humour, répondit Helen.

— Les félins considèrent sans doute que ce sont les humains qui n'ont pas le sens de l'humour.

— Tu n'auras qu'à demander au comte, quand tu le rencontreras, de te parler des jaguars et de leurs plaisanteries, rétorqua Arabella.

— Mais je n'ai aucune envie de rencontrer le comte de Luxborough.

— Dommage pour toi, car il est attendu ce soir chez mes parents.

Soudain, une voix s'éleva dans la cour, annonçant le départ imminent de la diligence. Helen saisit le petit sac que Thea avait apporté.

— Souhaitez-moi bonne chance !

Elle sortit de la chambre en courant, heureuse et laissant dans son sillage un fumet d'étable à cochons.

Thea et Arabella se précipitèrent vers la fenêtre. Son chapeau d'homme baissé sur son front, son manteau s'enroulant autour de son pantalon et de ses bottes, Helen traversa la cour à toute allure et grimpa dans la voiture. Thea retint son souffle – pourvu que les sbires de Ventnor n'aient pas reconnu sa sœur ! Les autres passagers montèrent dans la diligence, les portières se refermèrent, le cocher fit claquer son fouet, et les six chevaux s'ébranlèrent.

Puis une élégante calèche pénétra dans la cour et s'arrêta devant la porte de l'auberge. Un laquais alla chercher une malle qu'il chargea dans la voiture. Thea reconnut la malle d'Helen. Ou plutôt la sienne, puisqu'elle était désormais Helen.

— Personne ne s'est lancé à la poursuite d'Helen, et ma calèche est prête, déclara Arabella. Nous devons sortir discrètement. Il ne faut pas que les hommes de Ventnor voient ton visage.

— Si ce comte de Luxborough ne quitte jamais son domaine, comment se fait-il qu'il vienne chez toi ? demanda Thea, tandis qu'elles descendaient l'étroit escalier menant à la taverne, où régnait un brouhaha assourdissant.

— J'ai préféré ne pas en parler tout à l'heure, mais lord Ventnor a fait livrer chez nous des plantes destinées au comte, des spécimens rares. Le comte doit venir les récupérer. Il semble que lord Luxborough, quand il ne tombe pas entre les griffes des chats géants qui peuplent les forêts d'Amérique, soit un botaniste passionné.

— Lord Ventnor pense qu'Helen est votre invitée, et il envoie ces plantes justement chez vous. Tu n'as pas l'impression qu'il ne s'agit pas d'un simple hasard ?

— Je me pose la question... Cependant, je ne vois pas pourquoi il ne se serait pas arrangé avec lord Luxborough, qui est son gendre, après tout. Et qu'il ait demandé ce service à mon père n'a rien d'étonnant ; ils se connaissent bien. De toute façon, le comte ne peut pas savoir qui tu es vraiment, et il est trop tard pour renoncer à ton plan.

Arabella montra d'un geste la porte de la taverne.

— Prête ?

— Prête.

Thea glissa sa main sous le bras d'Arabella et baissa la tête. Avec les œillères que formaient les bords arrondis de sa capote, elle ne distinguait que le bout de ses bottines sur un cercle de dalles inégales.

— À mon arrivée, les hommes de Ventnor étaient installés à une table qui sera sur ta droite quand nous passerons, chuchota Arabella. Ils reconnaîtront probablement la robe d'Helen et ne prendront pas la peine de s'assurer que c'est bien elle. Inutile toutefois de leur donner l'occasion de prouver qu'ils ne sont pas complètement idiots. Quoi qu'il advienne, garde la tête baissée et ne regarde personne.

— J'essaierai, mais ce sera pénible.

— Si tu réussis à traverser cette salle sans lever le nez, je te recommanderai au prince régent et on te décernera la médaille du courage.

Arabella se mit en marche, et Thea se laissa conduire à travers la taverne, scrutant le sol crasseux. L'atmosphère épaisse était suffocante, un client braillait que son portefeuille avait disparu, et une odeur de pain brûlé flottait dans l'air.

— Les hommes de Ventnor t'ont vue, murmura Arabella. Continue d'avancer. Ils t'observent mais ils ne paraissent pas avoir de soupçons. Nous sommes presque... Oh, bonté divine !

Arabella s'arrêta brusquement. Thea l'imita, se forçant à ne pas lever la tête.

— Qu'y a-t-il ? demanda-t-elle tout bas.

— Rien. Ne regarde pas.

Mais, bien sûr, Thea regarda.

Elle vit d'abord des bottes, éraflées et couvertes de poussière, mais confectionnées dans un cuir luxueux. Leur propriétaire ne pouvait donc pas être l'un des sbires de Ventnor.

Ce fut comme si l'on avait attaché une ficelle à son chapeau et que l'on tirait dessus – suivant le mouvement, le regard de Thea glissa sur les bottes poussiéreuses, puis remonta sur de longues cuisses musclées, moulées dans du daim, pour atteindre une redingote bleu foncé superbement coupée.

L'inconnu ne bougeait pas, or il était assez imposant – et assez grossier – pour les empêcher de passer. Un noble, décréta Thea. Il n'y avait qu'un aristocrate pour se comporter avec cette désinvolture.

Ses yeux poursuivaient leur ascension. Des boutons argentés sur un large torse, une cravate blanche, une mâchoire anguleuse...

Des balafres.

Ah... cet homme devait être le comte de Luxborough.

Ses cicatrices, épaisses et irrégulières, partaient du haut de sa pommette gauche, barraient sa joue et se faufilaient sous sa cravate immaculée. Deux autres balafres marquaient sa tempe.

Les cicatrices s'étaient atténuées, mais Thea préférait ne pas imaginer l'aspect qu'elles avaient eu au début. Quelle horrible expérience cet homme avait vécue !

Arabella lui donna un coup de coude qui la fit sursauter. Honteuse de reluquer ainsi la joue balafrée du comte, Thea reporta son attention sur ses cheveux noirs en désordre, dont une mèche balayait un front haut, et découvrit des yeux mordorés sous des sourcils droits. Bien qu'âgé d'une trentaine d'années, le comte avait le regard las d'un homme revenu de tout.

Ce regard la cloua au sol. Le comte fit un pas vers elle, puis un autre. Il était dangereusement fascinant, avec ses yeux qui en avaient trop vu, ses cheveux ébouriffés, ses cicatrices, l'énergie vibrante qui émanait de lui. Sous son regard attentif, Thea se sentit rougir, gênée soudain par son corset trop étroit et sa capote qui l'aveuglait.

Un petit sourire qui ne s'adressait à personne joua sur les lèvres du comte. Avant que Thea ait pu reprendre ses esprits, il se tourna vers Arabella et s'inclina.

— Mademoiselle Arabella Larke, je présume, dit-il d'une voix grave et rugueuse.

Arabella était particulièrement difficile à impressionner – personne, pas même un comte, ne pouvait l'intimider.

— Et vous devez être lord Luxborough.

— Comment avez-vous deviné ? ironisa-t-il.

Se remémorant brusquement sa mission, Thea se contraignit à ne pas vérifier si les sbires de Ventnor étaient toujours à leur place, même si elle doutait qu'ils osent l'accoster maintenant qu'elle était en compagnie d'un comte. Un homme de la trempe de lord Luxborough les remettrait rapidement à leur place.

Un comte serait effectivement un compagnon utile, mais, tout bien réfléchi, elle aurait préféré un chat sauvage.

À cet instant, il lui lança un regard pénétrant. L'étrange lueur qui brillait dans ses yeux mordorés lui fit battre le cœur.

— Permettez-moi de vous présenter mon amie Helen Knight, déclara alors Arabella.

Thea baissa vivement la tête et esquissa une révérence. La salua-t-il à son tour ? C'était peu probable. Un comte, l'un des personnages les plus éminents du pays, ne s'inclinait pas devant une fille de marchand.

— La fameuse Helen Knight, murmura-t-il.

Thea leva les yeux, ouvrit la bouche pour lui demander ce que signifiait cette remarque, mais Arabella se hâta de reprendre la parole :

— Mon père m'a prévenue que vous deviez venir chercher les plantes de lord Ventnor. Elles sont arrivées saines et sauves et vous attendent dans notre serre.

— Et votre père m'a prévenu que vous me conduiriez jusqu'à elles. Il m'a également dit que vous me feriez visiter le domaine – en signalant au passage que vous hériterez de cette propriété. J'avoue ne pas avoir compris pourquoi il estimait cette précision nécessaire.

Son ton sarcastique indiquait qu'il savait pertinemment pourquoi M. Larke avait évoqué l'héritage de sa fille. Pauvre Arabella, qu'on espérait marier à un individu aussi désagréable et grossier ! Thea ne put s'empêcher d'intervenir :

— Mais vous n'êtes pas venu jusqu'ici pour rencontrer Mlle Larke, n'est-ce pas, monsieur le comte ?

Arabella lui enfonça de nouveau son coude dans les côtes. Luxborough tourna vers Thea son regard las.

— Pardon ?

— Vous n'êtes pas là pour Arabella. Vous êtes là pour vos plantes.

Il émit un son bizarre, à mi-chemin entre le grognement et le soupir.

— En réalité, mademoiselle Knight, je suis là pour vous.

2

Rafe observa les expressions qui se succédaient sur le visage de Mlle Knight, ou plus exactement sur ce qu'il distinguait de son visage au fond du tunnel ombreux que formaient les bords de sa capote : des yeux bleus sous des sourcils sombres, un petit nez, une bouche généreuse, un menton pointu, le tout exprimant une plaisante indignation.

Il n'aurait pas dû dire ça, évidemment. En réalité, il n'aurait même pas dû être là, mais quand il avait découvert ce que manigançaient les sœurs Knight, il avait saisi l'occasion de se divertir.

À présent, il scrutait les grands yeux bleus de Thea Knight pendant qu'Helen Knight, déguisée en homme, filait vers la frontière. Il pouvait bien s'amuser un peu, non ?

— Comment se peut-il que vous soyez là pour moi ? lança Thea Knight. Vous ne me connaissez même pas.

— Vous êtes bien Helen Knight, n'est-ce pas ?

— Vous n'avez pas entendu ce que vous a dit Mlle Larke ?

Bien joué, ma belle. Elle évitait habilement de proférer un énorme mensonge. Elle était intelligente, il le savait. D'après le contenu des lettres fournies par un domestique des Knight qui avait l'esprit d'initiative,

Thea Knight était l'architecte de ce stratagème destiné à berner Ventnor. Une entreprise risquée mais qui, jusqu'ici, était un succès : Helen Knight était déjà en route vers le nord, tandis que les sbires de Ventnor moisissaient sur leurs sièges, un œil sur les demoiselles, l'autre sur leurs chopes de bière.

Le chapeau était astucieux, bien qu'exaspérant. Rafe voulait voir le visage de cette femme qui allait l'aider à son insu. Mais peu importait : il aurait tout le temps de l'étudier durant la semaine à venir, et elle aurait tout le loisir de reluquer ses cicatrices.

Pour l'instant, cependant, elle ne s'intéressait pas à ses balafres. Elle le scrutait en se mordillant la lèvre inférieure.

Mlle Larke avait dit quelque chose. Il tourna les yeux vers elle.

— Pardon ?

Elle émit un reniflement agacé.

— Auriez-vous l'amabilité d'expliquer ce que signifie cette déclaration, lord Luxborough ?

— Je suis rarement aimable.

Ravi de les avoir choquées, Rafe les salua d'un hochement de tête et se dirigea vers les hommes de Ventnor. À mesure qu'il avançait, foulant le sol poisseux de la taverne, on s'écartait devant lui.

Dire qu'il se retrouvait dans un fichu relais de poste du Warwickshire ! Mais, à Londres, il était entouré de gros malins qui n'avaient qu'une solution géniale à lui proposer pour régler son problème d'argent. « Le mariage », lui disaient-ils l'un après l'autre, l'évêque en souriant, le notaire en haussant une épaule, son chargé d'affaires en se grattant le menton. Ainsi, il respecterait les conditions du fidéicommis établi par sa mère pour l'inciter à convoler.

— Pourquoi pas, mon garçon ? avait susurré l'évêque. Un petit oui, et tu auras dix mille livres.

— J'aurai également une épouse, avait objecté Rafe. Que diable ferai-je d'elle, je te le demande.

C'était la question à ne pas poser, car dans ce domaine l'évêque débordait d'idées lumineuses.

— Vous pourriez faire un mariage de convenance, avait suggéré son notaire. Vous épousez une femme qui veut être comtesse, après quoi vous l'oubliez.

C'était tentant, mais les choses tourneraient forcément mal et, au bout du compte, Rafe serait forcé de s'occuper de son épouse. La vie lui avait enseigné qu'il n'avait pas besoin de chercher les ennuis, car ils venaient tout seuls. S'il avait été un homme différent, il aurait pris ce risque, mais ce n'était pas le cas.

Il n'aurait jamais cru que la solution viendrait de lord Ventnor. Quand Rafe avait appris que le vicomte possédait des orchidées rares et que ses jardiniers, ces incapables, étaient en train de les assassiner, il s'était senti obligé de lui donner des conseils pour sauver ces merveilles.

À ce moment-là, Ventnor avait promis de lui céder les orchidées si Rafe l'aidait à arracher son fils aux griffes d'Helen Knight, cette intrigante acharnée à grimper l'échelle sociale. Le vicomte avait besoin d'un peu de temps pour présenter à son précieux héritier une épouse plus appropriée.

Rafe s'était donc renseigné sur Helen Knight et avait découvert la combine imaginée par les deux sœurs. Tout s'arrangeait à merveille : Helen Knight s'enfuirait avec Beau Russell, et Thea Knight se ferait passer pour Helen, ce qui procurerait à Rafe le moyen de se marier et de récupérer l'argent sans avoir à s'encombrer d'une femme.

Et, cerise sur le gâteau, Ventnor serait fou de rage.

Mais il fallait d'abord se débarrasser des hommes du vicomte, deux rustres bâtis comme des armoires, probablement d'anciens soldats sans le sou et sans conscience. C'était grâce à des vauriens de cet acabit que Ventnor pouvait commettre ses forfaits sans salir ses blanches mains.

En voyant Rafe approcher, les deux acolytes se raidirent et échangèrent un regard inquiet.

Rafe entendit le barbu chuchoter :

— C'est Luxborough. Il paraît que…

La suite se perdit dans le brouhaha ambiant. Dommage, Rafe ne saurait pas quelle charmante rumeur était tombée dans les oreilles de ce lourdaud.

Mlle Knight et Mlle Larke avaient réussi à sortir et montaient dans la calèche qui les attendait dans la cour. Les sbires de Ventnor repoussèrent leurs chopes et voulurent se lever, mais Rafe posa les mains sur leurs épaules. Ils se rassirent aussitôt.

Rafe aurait aimé ne pas avoir de titre de noblesse, pas de mauvaise réputation ni de cicatrices, mais ces fléaux, il fallait le reconnaître, présentaient certains avantages. En sa présence, les gens devenaient d'une docilité bien pratique - du moins quand ils ne tentaient pas de déguerpir.

— Lord… lord Luxborough, bégaya le barbu.

— En chair et en os.

Rafe approcha une chaise et s'y assit. D'un geste, il commanda au serveur une autre tournée.

— 'Scusez-nous, milord, mais on est là pour… pour cette dame qui…

— Vous parlez de Mlle Helen Knight ?

— C'est ça. Lord Ventnor nous a demandé de la surveiller.

— Vous avez fait du bon travail, mais je vais prendre le relais. Je me suis arrangé avec lord Ventnor.

Lorsque le serveur apporta des chopes pleines et embuées, les deux compères les étudièrent d'un œil soupçonneux, comme si la bière était empoisonnée.

— Je voudrais pas vous contredire, milord..., commença le barbu.

— Mais vous allez tout de même le faire.

— C'est que lord Ventnor nous a pas avertis que vous veniez.

Rafe poussa une chope vers lui.

— J'ignorais que lord Ventnor et moi-même étions tenus de vous informer de nos allées et venues.

— C'est que Mlle Knight...

— Mlle Knight est en route pour Vindale Court, la résidence de M. Larke et de sa famille. Aviez-vous l'intention de la suivre là-bas ? Vous avez reçu une invitation ? Lady Belinda Larke, fille de comte et hôtesse réputée pour les réceptions qu'elle donne, vous a donc ajouté à la liste de ses invités ?

— J'suppose que vous, vous avez une invitation, grommela son interlocuteur.

— Je n'en ai pas besoin, je suis le bienvenu partout.

— Parce que vous êtes comte, j'suppose.

— Non, parce que je suis beau, charmant et enjoué.

Les deux acolytes échangèrent de nouveau un regard. Rafe réprima un soupir. Il n'avait aucune envie d'être là, dans ce satané relais de poste, et ne désirait pas davantage séjourner à Vindale Court, où il serait obligé de côtoyer des gens qui jacassaient à longueur de temps. Il ne voulait pas non plus commettre une imposture aux dépens de Thea Knight, ni faire des pieds et des mains pour obtenir l'argent de sa mère.

Mais il avait besoin d'argent pour ses plantes et, s'il fallait en passer par là pour l'avoir, eh bien... autant s'amuser un peu.

La calèche de Mlle Larke avait disparu depuis un bon moment, et les hommes de Ventnor avaient saisi leurs chopes – l'habitude. Rafe sortit deux documents de sa poche : la licence de mariage signée par l'évêque l'autorisant à épouser Helen Knight, et une lettre de Rafe, adressée à Ventnor, où il l'informait qu'il venait d'épouser la demoiselle. C'était un brin prématuré – il faudrait commencer par lui demander sa main –, mais ce n'était pas grave. Le lendemain, il proposerait à Thea Knight une promenade dans la roseraie, par exemple, il l'appellerait Helen et lui proposerait de devenir sa femme. Si elle se mariait avec lui sous une fausse identité, le mariage serait invalidé, mais la réprouvée, l'ambitieuse intrigante qui, trois ans plus tôt, avait spectaculairement échoué à entraîner Percy Russell dans le piège du mariage, sauterait sur cette nouvelle occasion de mettre le grappin sur un aristocrate. Ensuite, dès que Rafe aurait empoché les dix mille livres, il « découvrirait » que son épouse n'était pas celle qu'elle prétendait être. Il feindrait l'indignation et s'empresserait de la répudier.

Rafe remit la licence dans sa poche et posa quelques pièces sur la lettre.

— Retournez tout de suite à Londres et remettez cette lettre à lord Ventnor.

Les deux compères se regardèrent.

— C'est que... lord Ventnor nous a ordonné de pas lâcher Mlle Knight d'une semelle.

— Et moi, je vous répète que c'est inutile, rétorqua Rafe en se levant. Mlle Knight ne le sait pas encore, mais quand elle quittera Vindale Court, ce sera avec moi.

Le soleil déclinait à l'horizon lorsque la calèche d'Arabella s'engagea dans l'allée de Vindale Court, flanquée de hautes haies. Thea avait souhaité qu'on baisse la capote pour qu'elle puisse admirer le paysage et savourer la caresse de la brise d'été sur son visage.

Ce soir, elles n'étaient pas attendues dans la salle à manger, avait dit Arabella. Fatiguée par le voyage et les émotions de la journée, Thea était soulagée de pouvoir passer la soirée seule dans sa chambre, de grignoter une collation après s'être délassée dans un bain chaud. Elle n'avait pas envie de bavarder, hormis avec Arabella.

— Que voulait dire le comte quand il a prétendu être là pour moi ? demanda-t-elle pour la énième fois.

Et, pour la énième fois, Arabella répondit :

— Je présume qu'il nous l'expliquera à un moment ou à un autre.

— Au moment qu'il choisira, ce qui me déplaît fortement.

— Il serait malvenu de le montrer.

C'était l'orgueil d'Arabella qui s'exprimait. Elle faisait partie de ces aristocrates qui cultivaient assidûment l'indifférence.

— Que penses-tu du billet que ton père a envoyé à Luxborough ? reprit Thea. J'ai l'impression qu'il souhaite te voir épouser le comte.

— Oh, il ne songe qu'à me marier.

Arabella regardait droit devant elle, impassible.

— Est-ce que ton père...

— Mais, à l'évidence, lord Luxborough s'intéresse surtout à toi, la coupa Arabella.

Thea n'insista pas. Arabella ne désirait manifestement pas parler de son père, et s'interroger encore sur le sens des paroles du comte ne mènerait à rien. Thea ne cessait pourtant d'y penser. Elle revoyait la lueur qui brillait, comme une mystérieuse promesse, dans les yeux mordorés de lord Luxborough.

Il y avait chez cet homme quelque chose qui la troublait terriblement. Son assurance, peut-être. Il semblait se soucier comme d'une guigne de l'opinion d'autrui. Une force incroyable émanait de lui. Sans sa joue balafrée, on l'aurait cru invulnérable.

Il était comte – donc, par définition, malfaisant –, mais c'était aussi un homme qui avait souffert. Comment s'en était-il remis ? Elle aurait voulu lui demander comment on retrouvait sa confiance en soi lorsque le sol s'était dérobé sous vos pieds pour vous précipiter dans l'abîme.

— Quand un homme est attaqué par un fauve, tu crois qu'il est contaminé par la sauvagerie de l'animal ? interrogea-t-elle.

Arabella haussa les sourcils.

— Ça me rappelle le loup-garou de la légende, poursuivit Thea. La plupart du temps, il a l'air d'un gentleman parfaitement normal.

Elle agrippa le bras de sa compagne et ajouta d'un ton mélodramatique :

— Mais, la nuit, il se transforme en bête féroce. Il rôde dans l'ombre et se jette sur les humains pour les dévorer.

— Si lord Luxborough se métamorphose en jaguar, j'espère qu'il est bien élevé. Je n'apprécierais pas qu'il aiguise ses griffes sur les meubles et fasse des saletés partout.

— Allons donc ! Un jaguar est un animal trop noble pour s'abaisser à ces trivialités.

— Tu es bien catégorique, pour quelqu'un qui ignorait ce qu'est un jaguar avant aujourd'hui.

Thea émit un reniflement hautain.

— Je n'ai pas besoin d'être une spécialiste pour partager mon savoir.

— Très juste : l'ignorance n'a jamais empêché quiconque de parler savamment de tout et de rien.

Soudain, le manoir apparut au bout de l'allée, imposant édifice de pierre blanche pourvu de plusieurs ailes et de multiples tourelles.

— Si je pouvais me transformer en animal, je serais un chat, reprit Thea.

— Un chat ordinaire ? rétorqua Arabella, consternée.

— Un chat n'a rien d'ordinaire. Il est joueur mais aussi cruel, et il se fiche de ce que pensent les gens. Et toi, quel animal serais-tu ?

— Un faucon. Je planerais dans le ciel. De là-haut, je pourrais tout voir et tout savoir. Je repérerais mes ennemis, je les épierais...

— Et ensuite ?

— Je fondrais sur eux pour leur arracher les yeux.

— Fichtre...

La calèche s'arrêta devant le perron. Des domestiques accoururent pour les aider à descendre de voiture. Côte à côte, les deux amies gravirent les marches et pénétrèrent dans un hall dallé de marbre, où une bonne débarrassa Thea de son encombrant chapeau et remit une lettre à Arabella. Celle-ci la lut tout en guidant Thea dans un dédale de couloirs et d'escaliers, jusqu'à une grande chambre joliment meublée.

— Si tu as besoin de quoi que ce soit, tu n'as qu'à sonner. Et ne t'inquiète pas : si tu affirmes être Helen, tout le monde te croira.

— Merci... Je me rends bien compte que, si ça tourne mal, tu auras des problèmes.

— Ne t'en fais pas pour ça. Essaie néanmoins de ne pas attirer l'attention sur toi.

— Jamais je ne...

Arabella lui décocha un regard acéré.

— J'essaierai, soupira Thea.

— Et évite les ennuis.

— J'essaierai.

— Ne t'approche pas de lord Luxborough. Il pourrait te confondre avec une souris et te croquer.

— Ou se frotter contre mes jambes en ronronnant.

Arabella fronça les sourcils.

— Je suis sérieuse, Thea. Je ne crois pas à ces absurdes rumeurs de sorcellerie, mais il est effectivement arrivé malheur à sa femme, et Dieu seul sait ce qu'on lui a raconté à ton sujet. Nous ignorons ce qu'il te veut – ce qu'il veut à Helen, plus exactement –, mais veille à ne pas te retrouver seule avec lui.

Arabella avait raison, bien sûr.

— Entendu, je serai sage. Je m'occuperai de la publication de mon pamphlet, et je réfléchirai à ce que je ferai quand la vérité aura éclaté et que ma réputation sera définitivement lavée.

Arabella agita la lettre.

— Mon éditeur londonien m'annonce qu'ils ont dû modifier leur programme. Ils peuvent publier ton texte cette semaine. Sinon, tu devras peut-être patienter des mois. Il recommande un certain M. Witherspoon pour faire la publicité de ton livre. Il faut que tu lui envoies ton manuscrit et tes instructions demain, avec la garantie que tu régleras tous les frais de la publication.

Le cœur de Thea se serra.

— C'est trop tôt... Je pensais attendre le retour d'Helen, pour qu'elle m'aide à réunir la somme nécessaire.

— Je pourrais en parler à ma mère, pour le cas peu probable où elle accepterait de m'avancer cette somme sans poser de questions. Sinon, je crains de ne pas être en mesure de t'aider financièrement. Je suis au regret de dire que l'héritière de l'un des plus beaux domaines d'Angleterre n'a pas une livre en poche.

— Tu m'as déjà énormément aidée. Hélas, je n'ai pas de famille, pas d'argent et pas d'amis à part toi. Mais je vais tout faire pour trouver une solution.

Quand Arabella la laissa seule, Thea explora sa chambre puis se campa devant une fenêtre pour contempler le paysage dans la douce lumière du jour finissant. Sur une colline, au-delà de plusieurs centaines d'hectares de jardins, de parcs et de forêts, les célèbres ruines de Longhope Abbey se découpaient sur le rose du ciel.

La fenêtre donnait sur une aile du château, une longue enfilade d'arcades de pierre aboutissant à un bâtiment en verre : la serre. Les précieuses orchidées y attendaient lord Luxborough.

Tout à coup, Thea aperçut sur la pelouse en contrebas un homme qui se dirigeait vers la serre d'un pas plein d'énergie. Il était tête nue, les cheveux ébouriffés.

Luxborough était arrivé.

Le toupet de cet individu ! Il allait d'abord voir ses plantes ! Pour qui se prenait-il, avec son sourire narquois, ses paroles incompréhensibles et ses menaces voilées ?

Eh bien, mais il se prenait pour un comte, qui pouvait dire et faire ce qui lui plaisait.

Arabella avait raison ; Thea avait intérêt à attendre que Luxborough abatte une nouvelle carte dans cette partie bizarre qu'il jouait. Car tel était l'ordre des choses : il était un comte, et elle une fille de marchand, réprouvée de surcroît. C'était lui qui décidait, et Thea qui attendait. Dieu qu'elle était fatiguée de patienter ! Elle avait rongé son frein pendant trois interminables années de solitude, espérant en vain que quelqu'un viendrait la chercher, que sa vie se réparerait toute seule.

Or voilà que maintenant, ce maudit comte débarquait et jouait un jeu qui menaçait de tout gâcher. Et Thea aurait dû rester les bras croisés jusqu'à ce qu'il soit prêt à s'expliquer ? Jusqu'à ce que, l'index plié, il lui fasse signe de rappliquer au galop ?

Il s'engouffrait à présent dans la serre.

Il n'était pas question que Thea se tienne à sa disposition. Sans plus réfléchir, elle jeta un châle sur ses épaules et sortit de la chambre.

De puissantes odeurs de terre et de végétaux saturaient l'atmosphère chaude et humide de la serre. Des allées s'étiraient entre des rangées de plantes luxuriantes serrées les unes contre les autres.

En matière de botanique, les connaissances de Thea se résumaient à ceci : les plantes étaient généralement vertes, jolies en principe, et certaines produisaient des fruits et des fleurs.

Elle longea les allées, à la recherche de spécimens susceptibles d'appartenir au comte. Il n'y avait rien qui, à son avis, puisse intéresser le titan au regard las.

Où était-il ? Elle avait dû le manquer. Il ne lui restait plus qu'à regagner sa chambre.

Ce fut alors qu'elle pénétra dans une sorte d'alcôve. Il y avait là une table et un banc sur lequel s'alignaient une douzaine de végétaux, dont une fleur extraordinaire – Thea n'avait jamais rien vu de semblable.

En l'examinant de plus près, elle constata qu'il s'agissait en réalité d'une douzaine de fleurs jaunes accrochées à une tige jaillissant d'épaisses feuilles plates qui retombaient mollement par-dessus le bord du pot. Chaque fleur minuscule avait trois sortes de pétales : ronds et jaunes sur la partie supérieure, longs et pourpres sur les côtés, et en bas une pièce florale mouchetée, pareille au museau velu d'un animal.

Quelle merveille ! Thea se pencha, tendit la main pour effleurer ces pétales si...

— Bas les pattes !

Thea sursauta et poussa un petit cri. Le cœur battant, elle se retourna.

C'était lord Luxborough, bien sûr. Grand et large d'épaules, les cheveux en bataille, et l'air fâché.

Contre elle, certainement.

Eh bien, elle aussi était fâchée contre lui. On n'avait pas idée de faire peur aux gens de cette façon !

Elle s'efforça cependant de se comporter comme si tout était parfaitement normal.

— Vous m'avez surprise, monsieur le comte.

— Ne touchez pas cette fleur, dit-il de sa voix grave et rauque.

Il s'approcha et elle réussit à ne pas reculer, mais il dardait sur elle un regard si intense qu'elle ne put que détourner les yeux.

— C'est donc une fleur ?

— Non, c'est un âne. Évidemment que c'est une fleur.

— Je n'en avais jamais vu de semblable.

— Rien d'étonnant à cela, vu que vous n'avez jamais dû mettre les pieds à Bahia.

— Bahia ? Ah oui, Bahia, bien sûr, acquiesça-t-elle.

— Avez-vous au moins entendu parler de Bahia, mademoiselle Knight ?

— Naturellement.

— Quand ?

— Vous venez à l'instant de prononcer ce nom.

Il s'appuya de la hanche contre la table, croisa les bras et étudia Thea comme si elle aussi était un spécimen qu'il n'avait jamais vu auparavant.

Redressant le menton, Thea le toisa à son tour. À vrai dire, il était agréable à regarder. Sa rudesse et son air revêche ne manquaient pas de charme. Quoique las et cabossé, il paraissait solide, telle une forteresse qui, malgré les tempêtes, les batailles et les invasions, continue à dominer le paysage, inébranlable et indifférente – un possible refuge pour qui oserait s'approcher.

Elle ne s'approcherait pas. Elle savait qu'ils n'auraient pas dû se retrouver seuls dans cette serre que la pénombre grignotait peu à peu, mais elle ne s'en irait pas avant d'avoir découvert ce qu'il savait.

Elle tourna de nouveau les yeux vers les fleurs. Les pétales pourpres étaient froncés, comme si on les avait cousus en tirant trop sur le fil. Machinalement, elle tendit la main et...

— Ne touchez pas !

— Oh... pardon, j'avais oublié.

— Oublié ? Je vous l'ai dit il y a une minute.

— Mais ce fut une minute particulièrement dense.

Il semblait perplexe, comme s'il ne savait pas quoi faire d'elle.

Il pourrait te confondre avec une souris et te croquer.

Ou se frotter contre tes jambes en ronronnant.

Thea pivota, fit quelques pas pour mettre de la distance entre eux, puis se retourna.

— Je ne l'abîmerai pas, je vous assure.

— Les orchidées sont fragiles. On ne les tripote pas.

— Orchidée..., répéta-t-elle. Quel mot bizarre !

— Ça vient du latin *orchis*, dérivé du grec ancien, rétorqua-t-il sèchement.

— Oh, vous allez faire mon éducation. Je vous écoute.

Elle joignit les mains et attendit.

— Cela ne paraît pas vous enchanter.

— Au contraire, monsieur. Quand un homme désire me transmettre toutes les choses essentielles qu'il connaît, je suis aux anges.

Il haussa les sourcils.

— Je suppose que vous allez m'expliquer la signification de ce mot et d'où viennent les plantes, enchaîna-t-elle. Avec un peu de chance, vous m'expliquerez aussi pourquoi vous en savez plus que n'importe qui sur le sujet.

Le comte esquissa son sourire en coin qui faisait tressaillir imperceptiblement ses cicatrices.

— Eh bien, non, je ne comptais pas vous dire ce que signifie ce mot.

Il s'écarta de la table, contourna Thea et s'appuya contre un pilier. Il croisa de nouveau les bras sur sa poitrine et la regarda fixement, comme s'il avait l'éternité devant lui.

Elle patienta un moment, lui lança un coup d'œil, baissa le nez, étudia ses mains, releva les yeux et le dévisagea, mais il ne broncha pas.

Elle ne parlerait pas la première. Ah non, surtout pas. Elle ne parlerait…

— À présent, vous devez me le dire.

— Mmm ?

— On ne peut pas introduire un mot étranger dans la conversation sans en préciser le sens. Ce n'est pas poli.

— Mmm…

— *Orchis*, articula Thea. Cela m'évoque une horrible araignée avec des grandes pattes poilues et des yeux rouges et luisants. Ou bien… une créature marine toute visqueuse qui se laisse porter par les vagues en grognant. Ou... ou encore...

— Testicule.

— Je... Pardon ?

— *Orchis*, en latin, signifie « testicule », parce que les tubercules souterrains de certaines orchidées ressemblent à cette partie du corps masculin.

Une pause.

— Faut-il que j'arrête de vous instruire, mademoiselle Knight ? Mais vous désirez peut-être que je vous explique ce que sont les testicules ?

Thea aurait dû s'offusquer – à sa place, Arabella aurait foudroyé le comte du regard –, mais elle avait l'esprit ailleurs : elle sondait ses connaissances sur le sujet.

Elle avait bien sûr vu les choses en question sur des animaux, qui ne se distinguaient pas par leur pudeur, et sur les gravures à l'eau-forte que Mme Burton cachait dans sa bibliothèque. Cela avait comblé de nombreuses lacunes de son éducation. Sans oublier Billy Nash, le fils du boucher. Ils avaient tous les deux dix ans quand il lui avait montré ses testicules, parce qu'il en était fier et qu'il était partageur.

Aussi, quoique n'étant pas une spécialiste en la matière, Thea en savait assez pour conclure que ces choses-là étaient... vilaines.

— Ai-je bien compris ? s'étonna-t-elle. L'homme chargé jadis de la nommer a étudié cette fleur splendide et s'est écrié : « Bonté divine, elle ressemble à mes roustons ! » Alors il a nommé la fleur « testicule », et depuis, tous les hommes en la voyant s'exclament : « Quelle excellente idée de lui avoir donné le nom de nos roustons ! »

Il l'observait, impassible. Elle n'aurait pas été surprise qu'il la plante là, écœuré par son langage indigne d'une demoiselle.

— Je dois avouer que nous autres hommes sommes très attachés à nos roustons, déclara-t-il enfin.

Une lueur brilla dans le regard las du comte – amusée ? Moqueuse ? Déconcertée, Thea se détourna. Elle s'approcha de nouveau de l'orchidée, si différente des fleurs anglaises. Elle tendit la main et…

— Ne la touchez pas ! Combien de fois faut-il vous le dire ?

— Je… Désolée. J'avais oublié.

— C'est une manie chez vous.

— Que se passerait-il si je la touchais ? interrogea Thea. Aurais-je du poison sur les doigts ? En mourrais-je ?

Il vint se camper à côté d'elle, contemplant l'orchidée. Thea, elle, étudiait son profil du coin de l'œil, les boucles brunes qui barraient son front et sa tempe, ses cicatrices, ses lèvres pleines, sa mâchoire volontaire.

Elle n'aurait pas dû rester là, si près de cet individu désagréable. Pourtant, elle ne s'éloignait pas.

— Je vous le répète, les orchidées sont fragiles. Et celle-ci, contrairement aux apparences, est mal en point. Elle a été trimballée à travers le monde et presque tuée par un Anglais arrogant et ignorant – je parle de lord Ventnor. Elle a besoin de soins attentifs et n'a que faire d'une demoiselle curieuse comme une chatte et aussi étourdie qu'un chiot.

Il ronchonnait, mais il y avait de la douceur dans sa voix. Cet homme bourru se souciait d'une fleur, lui qui avait sans doute parcouru des contrées sauvages et vécu des aventures extraordinaires, car on ne se faisait pas déchiqueter par un jaguar en restant tranquillement assis dans les fauteuils d'un club de St. James's.

Cette étonnante tendresse envers une fleur dissipa la nervosité de Thea.

— Vous ne m'avez pas dit pourquoi vous êtes venu me chercher ici, ni comment vous me connaissez.

— Lord Ventnor m'a dit que vous seriez là.

— Mais alors, les orchidées...

— Un simple prétexte.

Il se tut et riva sur elle un regard pénétrant.

— Mais pourquoi ? insista-t-elle, de nouveau mal à l'aise. Vous ne pouvez pas dire ça et ne pas vous expliquer. C'est insupportable.

Il haussa les épaules.

— Très bien. Il semblerait que votre cher Beau, obéissant à son père, ait renoncé à vous épouser et soit docilement parti chasser dans le nord pour oublier son dépit. Ventnor craint cependant que son fils, s'il pose les yeux sur vous, ne jette la raison aux orties pour courir se marier. Je suis là pour vous empêcher de prendre la poudre d'escampette et de le rejoindre.

« Magnifique », songea Thea. Leur plan fonctionnait parfaitement. En réalité, Beau avait seulement fait semblant de suivre les ordres de son père. La partie de chasse se déroulait tout près de la frontière écossaise, ce qui lui permettrait de s'éclipser pour se marier. Et voilà que lord Luxborough entrait en scène, convaincu que Thea était Helen et persuadé d'être très malin.

— Et comment lord Ventnor vous a-t-il conseillé de me retenir ici ? J'imagine qu'il avait d'excellentes suggestions.

— Pas vraiment. Il m'a suggéré de vous enlever.

— Seigneur Dieu ! Je n'ai jamais été enlevée, ce doit être terriblement excitant.

— Je dirais plutôt : difficile et ennuyeux. Il m'a également suggéré de vous séduire.

— Ce qui serait également ennuyeux, se hâta-t-elle de rétorquer. Et très, très difficile.

— Ma foi, je suis d'accord avec vous. Heureusement, j'ai mon propre plan pour vous empêcher d'épouser Beau Russell.

— Je vous écoute.

— Eh bien, c'est simple. Je vous épouserai moi-même.

3

Elle aurait pu sourire, s'indigner, réfléchir, calculer. Mais non, pas Thea Knight, bien sûr que non.

Thea Knight éclata de rire.

Son rire perlé ricocha sur les vitres de la serre. Ses épaules et sa poitrine tressautèrent, faisant glisser une boucle brillante de ses cheveux châtains dans son cou. Malgré la pénombre qui gagnait du terrain, Rafe voyait ses yeux pétiller.

Durant toute leur absurde conversation, il ne l'avait pas quittée du regard. Il était frappé par la façon dont son visage exprimait ses pensées – ses sourcils noirs, ses yeux bleus, ses lèvres mobiles qui découvraient des dents de nacre.

Et maintenant elle riait de bon cœur, sans retenue. Rafe n'aurait pas forcément dit qu'elle était belle, mais elle possédait une fraîcheur et une grâce attirantes, telle une plante qu'on a placée au bon endroit pour qu'elle reçoive plus de soleil ou plus d'eau et s'épanouisse.

Oui, voilà. C'était sa vitalité qui vous charmait, sa façon d'accueillir avec tout son corps les plaisirs de l'existence.

Il comprenait soudain pourquoi elle éprouvait le besoin de toucher l'orchidée : pour se prouver qu'une chose aussi merveilleuse était bien réelle.

Lui aussi, tout à coup, avait des fourmis dans les mains, saisi de l'envie de les tendre vers sa bouche rose pour capturer son rire clair, le savourer, le garder pour lui.

Irrité, il serra les poings.

Nom d'une pipe ! Elle n'était pas censée réagir de cette manière à sa demande en mariage. Comme lui n'était pas censé se laisser troubler.

Une femme réputée pour être une séductrice ambitieuse et rusée aurait dû avoir la décence de tenir correctement son rôle. Elle aurait dû le flatter, badiner avec lui, peut-être lui lancer des coups d'œil effarouchés, adopter une posture qui aurait mis sa silhouette en valeur, s'extasier devant sa beauté, son intelligence, d'un ton tellement sincère qu'il aurait commencé à croire que c'était vrai.

Il n'avait pas prévu qu'elle se moquerait de lui, qu'elle serait tour à tour écervelée et mordante. Pourquoi n'avait-on pas songé à le prévenir qu'elle avait des yeux pétillants de malice, un sourire délicieux, et qu'elle était encline à tourner ses interlocuteurs en dérision ?

— Qu'un comte vous propose le mariage semble vous amuser, mademoiselle Knight, articula-t-il.

— C'est une façon typiquement masculine de trancher un dilemme. « Dois-je enlever cette femme ou la séduire ? Et si je faisais d'une pierre deux coups ? Je l'épouse, parbleu ! »

— Je suis ravi de voir que ma proposition vous amuse, mais je vous assure que je suis sérieux.

— Vous en avez l'air, en effet, rétorqua-t-elle, pouffant de nouveau. Si je puis me permettre, vous n'excellez pas dans l'art de la demande en mariage.

— Ni vous dans celui de dire oui.

— Si vous vous y preniez mieux, peut-être que, de mon côté, je ferais des progrès.

— Pourquoi ne sautez-vous pas sur l'occasion ? Épousez-moi, et vous deviendrez comtesse.

Elle n'ignorait sans doute pas qu'en l'épousant sous une fausse identité, elle ne serait pas légalement sa femme, que le mariage ne serait pas valide. Cependant, le scandale l'ayant anéantie, elle ne manquerait pas de se cramponner à lui, de le charmer, de provoquer son désir afin de se faire épouser pour de bon. Elle n'y parviendrait pas, mais elle essaierait certainement.

— Autrement dit, vous m'empêcheriez de devenir vicomtesse pour m'élever au rang de comtesse.

Rafe haussa les épaules.

— Les hommes comme Ventnor sont excessivement attachés au lignage, à la noblesse, etc. En ce qui me concerne, la généalogie de celle que j'épouse m'est à peu près indifférente. Il me suffit qu'elle soit féminine et qu'elle... mmm... qu'elle soit féminine, voilà tout.

Ce que Thea Knight était au plus haut point.

— Il faudrait m'emmener dare-dare en Écosse pour m'épouser sur-le-champ, objecta-t-elle. Or je ne veux pas aller en Écosse.

— Moi non plus. Je souhaite rentrer chez moi, et comme la loi anglaise met des bâtons dans les roues de ceux qui désirent se marier rapidement, sans se soumettre aux formalités de rigueur, j'ai tout prévu : je me suis procuré une licence de mariage.

— Oh... je vois.

— Savez-vous ce qu'est une licence de mariage, mademoiselle Knight ? Je pourrais vous l'expliquer, mais ce serait vous instruire, or nous savons tous les deux que vous n'aimez pas ça.

Il sortit le document de sa poche et le lui tendit. Elle se pencha pour l'examiner, et son parfum chatouilla les narines de Rafe. Elle sentait la fraise.

— Cette licence nous autorise à nous marier immédiatement. Tous les détails sont là, ajouta-t-il, les pointant tour à tour de l'index. Rafe Alexander Landcross. C'est moi. Et Helen Elizabeth Knight. C'est vous. Voilà le nom de la paroisse où nous pouvons nous marier. Et ici, le nom de l'évêque qui a signé la licence : l'évêque de Dartford, le cousin de mon père. Quand je lui ai annoncé que je me rendais dans le Warwickshire pour rencontrer et épouser Mlle Helen Knight, il a été enchanté de me procurer ce papier officiel.

— Ah... je vois, marmonna-t-elle en opinant d'un air docte. Tout paraît en ordre. Bravo.

Elle s'écarta, fit quelques pas, puis se retourna vers lui.

— C'est une farce ?

— J'aurais enduré un voyage interminable pour vous jouer une farce ? Vous pensez que je n'ai rien de mieux à faire ?

— Nous venons à peine de nous rencontrer, et vous n'êtes pas spécialement aimable.

— Oui, mais je suis comte.

— Et alors ?

— Vous prétendez ne pas me trouver intéressant ?

— C'est surtout vous qui vous trouvez intéressant.

— Vous m'avez suivi jusqu'ici, rétorqua-t-il, montrant d'un geste ample les plantes et les murs vitrés. Un tête-à-tête au crépuscule. Que cherchiez-vous, sinon une demande en mariage ?

— Je cherchais des éclaircissements. On ne peut pas assener aux gens des déclarations sibyllines, comme vous l'avez fait au relais de poste, sans donner quelques explications. C'est exaspérant.

— Dois-je comprendre que vous ne souhaitez pas être comtesse ? esquiva-t-il.

Il vit dans ses yeux bleus une hésitation, de l'indécision.

Que voulait-elle, au juste ? À moins qu'elle ne soit pas l'intrigante acharnée à grimper l'échelle sociale que la rumeur dépeignait ? Non, sa mauvaise réputation était forcément méritée. La preuve, elle se démenait pour aider sa sœur à harponner l'héritier d'un vicomte. De plus, le scandale qu'elle avait provoqué était bien réel : une foule de gens avaient été témoins de sa disgrâce. Pour Rafe, tout était parfaitement clair.

— Vous êtes vraiment prêt à tout pour satisfaire lord Ventnor, dit-elle simplement. Je ne me doutais pas que les comtes étaient à ce point malléables.

— Quand il y a une récompense suffisante à la clé, nous sommes carrément serviles.

Le mépris de la demoiselle n'aurait pas dû l'atteindre, pourtant il se surprit à ajouter :

— Si je me marie, je disposerai d'un certain capital.

— Mais vous avez déjà été marié.

— Ma mère a mis en place ce fidéicommis pour encourager ses fils les plus jeunes à lui donner des petits-enfants légitimes. Malheureusement, j'étais veuf à l'époque, je ne remplissais donc pas les conditions requises, dans la mesure où les épouses défuntes ne font généralement pas d'enfants.

— Ce doit être une sacrée somme, commenta-t-elle, une lueur calculatrice dans ses prunelles.

— Effectivement.

— C'est-à-dire ?

— Une somme énorme.

— Je vois.

Rafe ne prit pas la peine de demander ce qu'elle croyait voir, pour la bonne raison qu'elle ne toucherait pas un penny de cet argent.

— Eh bien, voilà, mademoiselle Knight. Demain matin à la première heure, nous tirons le pasteur de son lit, nous nous marions, puis nous nous mettons en route pour rejoindre mon domaine.

— Votre domaine ?

— Brinkley End, dans le Somerset.

— Mais alors... je devrais vivre avec vous, bredouilla-t-elle en reculant.

— Et mes héritiers, mentit-il. Les comtes sont tenus d'engendrer des héritiers. Une occasion à ne pas laisser passer, vous en êtes consciente.

Il espéra qu'elle se disait, avec sa façon si personnelle de s'exprimer : « Bonté divine, si je le séduis et qu'il me fait un enfant, il sera obligé de m'épouser pour de vrai ! »

Il vit son visage s'adoucir. Elle allait accepter ! Mais elle secoua la tête et se détourna.

— Quel est le problème ? demanda-t-il.

Pendant une minute entière, qui parut à Rafe une éternité, elle resta muette et immobile, dos tourné à lui. De fines boucles de cheveux s'étaient échappées des épingles pour caresser sa nuque et frôler son col, que fermaient de minuscules boutons.

Elle se retourna.

— Le problème, monsieur, c'est que vous avez raté votre demande.

Son ton était enjoué, et l'étincelle malicieuse brillait de nouveau dans ses yeux bleus.

— On ne vous a pas enseigné, à l'école des comtes, l'art de faire une demande en mariage ?

— L'école des comtes ?

— Oui, là où l'on vous apprend à vous donner de grands airs, à être pompeux et pétris de préjugés aristocratiques.

— Ce serait une leçon inutile. Quelle que soit la manière dont un comte fait sa demande, il n'y a que trois réponses possibles : « Oui, monsieur », « Bien sûr, monsieur », ou encore « J'en serais honorée, monsieur ».

— Et voilà comment, hélas, un aristocrate obtient ce qu'il veut sans avoir à fournir le moindre effort.

— Vous courtiser ne m'intéresse pas, mademoiselle Knight. Si vous désirez de belles paroles et de jolis sentiments, vous n'avez qu'à y pourvoir vous-même.

— Très bien, j'y pourvoirai. « Ma très chère mademoiselle Knight… »

Elle s'interrompit et le regarda fixement. Rafe ne broncha pas.

— Mais où va le monde ! s'exclama-t-elle avec un soupir théâtral. Une dame est désormais contrainte de dicter au prétendant sa demande en mariage. Les comtes modernes ont jeté aux orties la poésie, la galanterie et la chevalerie d'antan.

La diablesse ! Pourquoi ne se conduisait-elle pas simplement comme une intrigante dévorée d'ambition ? Pourquoi tenait-elle tellement à avoir une personnalité singulière ? Il était comte, mais elle avait le pouvoir de le faire danser comme une bête de foire.

— Bon, d'accord, jouons, grommela-t-il. Ma très chère mademoiselle Knight…

— Je me pâme à la simple idée d'entrevoir vos chevilles.

— Vous voulez cette ânerie dans votre demande en mariage ?

— Il me plaît qu'un homme s'évanouisse devant mes chevilles, rétorqua-t-elle en redressant le menton.

— S'il s'évanouit pour ça, il ne vaudra pas grand-chose. Je vous assure que vos chevilles ne sont pas votre caractéristique la plus intéressante.

— Comment ça ? Elles sont fascinantes.

Dans l'immédiat, elles étaient bien cachées sous l'ourlet de sa robe. Et tout à coup, il eut une envie folle, irrationnelle, de les voir, de les toucher. Nom d'une pipe !

Elle était peut-être plus redoutable qu'il ne l'avait imaginé.

— Je me pâme devant vos fascinantes chevilles, articula-t-il.

— Dès que je vous aperçois, mon cœur tambourine comme la pluie sur…

— Ah non, s'il vous plaît. Laissez-moi m'en tirer sans perdre toute ma dignité.

— Il s'agit de vous en tirer fiancé. Votre dignité est sans importance.

— Bon… allons-y. La pluie, le tambourin. Que voulez-vous encore ?

Dans les yeux de la jeune femme, la malice s'effaça, cédant la place à quelque chose qui ressemblait à du chagrin. Rafe éprouva soudain le besoin aberrant de la réconforter. Elle contempla l'orchidée, effleura un pétale. Il ravala la réprimande qui lui montait aux lèvres. Ses doigts fuselés étaient doux et respectueux, leur caresse pourrait bien aider l'orchidée à guérir.

— Je veux…

Elle s'interrompit, pensive.

— Répétez après moi : je vous promets une vie peuplée de rires, de chatons et de sabayons, dans un foyer chaleureux où régnera l'amour.

Des chatons ? Des sabayons ? Non, mais franchement !

— Assez ! lança-t-il sèchement. Vous vous êtes bien amusée, vous m'avez forcé à proférer des absurdités, mais là… c'est trop. Arrêtez de jouer et acceptez de m'épouser, qu'on en finisse.

Elle hocha la tête, un sourire triste errant sur ses lèvres. Elle avait déjà arrêté de jouer, mais il ne s'en était pas aperçu. Quelque chose d'important lui avait échappé. Il avait mal compris. Il s'était fourvoyé.

— Non, monsieur le comte, murmura-t-elle. Je ne vous épouserai pas.

Là-dessus, elle se retourna et s'en fut en courant. Une seconde plus tard, il l'entendit refermer la porte de la serre et la vit s'élancer dans l'allée, fantôme léger qui disparut dans l'ombre.

Bon sang de bois ! Pourquoi ne se contentait-elle pas de dire oui ? Quel genre d'intrigante ne saisissait pas une chance pareille ?

La fatigue le submergea brusquement, comme si seule la présence de la jeune femme l'avait empêché de s'écrouler.

La nuit portait conseil, n'est-ce pas ? Le lendemain, elle aurait peut-être réfléchi. Il l'inviterait à une promenade dans la roseraie, elle lui demanderait pardon, lui dirait qu'il avait gagné et que... bla-bla-bla.

Elle avait au moins raison sur un point : il n'était pas doué pour ce genre de chose.

Et, le lendemain, il ne serait pas plus doué.

Au diable tout ça ! Plus de charades, de jolis sourires, de demandes bien tournées et de chevilles fascinantes.

Rafe avait une autre solution. Thea Knight n'était pas la seule capable de berner le monde.

Lord Luxborough était fou, décréta Thea en partant à toutes jambes chercher Arabella pour lui raconter son entrevue avec le comte.

Une entrevue assez excitante, il fallait l'avouer. Dieu que cet homme était exigeant ! Comme ce devait être fabuleux d'être sûr de soi et de sa place ici-bas, au point de faire une demande en mariage aussi négligemment que d'autres commandent un dîner. Mais peut-être que, pour lui, une épouse n'avait pas plus d'importance qu'un dîner.

Franchement, il n'avait rien pour plaire.

Rien, sauf l'argent.

Eh oui, l'argent...

Si, d'une manière ou d'une autre, elle parvenait à tirer avantage de sa proposition et à lui soutirer une part de sa fortune à venir, elle pourrait faire publier son pamphlet sans attendre...

Non, non. La sagesse commandait de refuser. La fascination qu'il exerçait sur elle était absurde. En réalité, il avait été odieux avec elle, et elle en avait soupé des aristocrates odieux.

Thea s'égara plusieurs fois avant de localiser les appartements d'Arabella – elle aurait pu passer le reste de son existence dans cet immense manoir si un domestique n'était venu à son secours. Mais, Arabella n'étant pas là, Thea regagna sa propre chambre. Elle mangea la collation qu'on lui avait servie, prit un bain et se prépara pour la nuit.

Hélas, le souvenir d'un regard pénétrant et d'un sourire en coin la tourmentait. Une ronde de « et si... » et de « oui, mais... » tournait dans son esprit. Incapable de rester en place, elle drapa un châle sur ses épaules et retourna dans les appartements d'Arabella, laquelle n'était toujours pas là.

Thea s'assit dans un fauteuil, se releva, se rassit. Elle s'apprêtait à s'en aller quand son amie entra, plus pâle encore qu'à l'accoutumée.

— Où étais-tu ? demanda Thea. Ça ne va pas ?

— Pourquoi diable ça n'irait pas ? marmonna Arabella.

Elle se tut, scrutant le vide.

— Arabella ? Tu es malade ?

— Pire.

— Mourante ?

— Pire.

— Tu es déjà morte, je m'adresse à un fantôme ?

— Pire.

Arabella prit une inspiration.

— Je suis fiancée.

— Quoi ? s'exclama Thea.

— Je vais me marier.

— Mais...

— Avec le comte de Luxborough.

— Le menteur, l'hypocrite, le goujat !

L'indignation de Thea arracha Arabella à son hébétude.

— Ce n'est pas tout à fait la réaction que j'attendais, dit-elle, retrouvant son air pince-sans-rire habituel.

— Figure-toi que le comte m'a demandée en mariage.

— Vraiment ? Il sait que tu n'es pas Helen ?

— Il ne s'en doute pas le moins du monde. Il m'a même montré une licence de mariage sur laquelle figure le nom d'Helen.

— Qui la lui a... Oh, sans doute le cousin de son père, l'évêque de Dartford.

Thea faillit demander à Arabella comment elle savait que le comte avait un évêque dans sa famille, mais elle s'abstint. Les aristocrates connaissaient évidemment l'arbre généalogique de chacun de leurs semblables, de même que M. Knight avait en mémoire les fluctuations du prix de l'or depuis dix ans.

— Si je peux me permettre, Thea, pourquoi diable lord Luxborough voudrait-il épouser Helen ?

— Pour qu'elle n'épouse pas Beau Russell. C'est lord Ventnor qui lui a demandé ce service. De plus, s'il se remarie, il aura l'argent d'un fidéicommis établi par sa mère.

— Si je comprends bien, tu as refusé.

— Évidemment, mais…

Pour quelque raison inexplicable, Thea se sentait trahie. Elle avait trouvé la demande du comte grotesque et insultante, cependant…

— Quel genre de mufle propose le mariage à une femme et, dès qu'elle a tourné le dos, le propose à une autre ? Si tu l'avais repoussé, aurait-il passé en revue toutes les célibataires de la maisonnée ? D'ailleurs, pourquoi ne l'as-tu pas repoussé ?

— Il ne m'a pas fait sa demande. Il a simplement déclaré à mon père qu'il m'épouserait volontiers, et mon père a accepté. Je viens juste d'avoir un entretien avec le comte. Seigneur, cet homme est détestable !

— Que t'a-t-il dit ?

— Qu'il convoitait mon énorme dot et que…

Arabella se mit à aller et venir dans la pièce, remettant de l'ordre, arrangeant ceci, déplaçant cela.

— … je devrais rester sur ses terres, sans le moindre subside ni la moindre distraction, jusqu'à ce que je lui aie donné quatre fils. Si tu avais vu la façon dont ses yeux brillaient, comme s'il était ravi de me bouleverser !

— Mais ton père ne t'obligera pas à l'épouser ?

— Mon père s'en fiche. Tout ce qu'il veut, c'est un petit-fils.

Les poings serrés, Arabella balaya du regard la chambre où il n'y avait plus rien à ranger. Thea renversa obligeamment une pile de livres.

— Et le marquis de Hardbury ? s'enquit-elle, tandis qu'Arabella s'empressait de redresser les livres. On t'a fiancée à lui quand tu étais enfant.

— Personne ne l'a vu depuis une éternité, il est peut-être mort, et père est fatigué d'attendre.

— Tu peux refuser de te marier avec le comte.

— Pour être déshéritée et jetée à la rue ? Je ferai une formidable épouse d'aristocrate, mais je ne suis pas bonne à grand-chose d'autre.

Sa frénésie de rangement envolée, Arabella s'approcha de la fenêtre et posa la main sur son reflet. Elle avait trop de maîtrise de soi pour casser la vitre d'un coup de poing, mais ses mâchoires crispées indiquaient qu'elle bouillait de colère.

Thea sentit sa gorge se serrer. Elle plaignait son amie, capable de se mettre en quatre pour aider les autres, mais qui ne demandait jamais d'aide, et dont les airs altiers et la langue acérée dissimulaient une profonde gentillesse. Arabella, réduite par les hommes à n'être qu'un moyen d'engendrer d'autres hommes.

Les Knight eux-mêmes ne l'avaient pas prise au sérieux, lorsque Thea, de retour d'une année passée au Collège Winchester pour jeunes filles, avait annoncé que Mlle Arabella Larke était son amie.

— Elle est terriblement fière et réservée, et si élégante ! s'était épanchée Thea. En plus, elle a un cœur d'or.

— Mlle Larke a des relations intéressantes, malheureusement elle n'a pas de frères, avaient répondu ses parents, navrés. À quoi sert une amitié si elle ne te permet pas d'entrer dans un cercle de jeunes célibataires de la haute société ?

Thea détestait décevoir ses parents – elle comprenait que leurs ambitions visaient à assurer le bien-être de toute la famille –, mais jamais elle n'avait regretté de s'être liée d'amitié avec Arabella.

Quel dommage que cette dernière ait été en Italie l'année du scandale ! Elle savait toujours quoi dire, jamais elle ne se laissait paralyser par la peur. Elle aurait toisé avec mépris tous ceux qui se trouvaient dans cette salle de bal et asséné à Percy et à Francis une riposte si cinglante qu'ils en seraient tombés raides morts.

— Toi qui es toujours efficace, reprit Thea, tu pourrais t'arranger pour avoir deux paires de jumeaux en deux ans. Et le comte n'a pas menacé de t'égorger et de jeter ton cadavre dans un puits.

— Pas étonnant que les mariages d'amour soient à la mode, soupira Arabella. Quand une femme est sous la coupe de son mari, elle est contente qu'il éprouve un minimum d'affection pour elle.

— Eh bien, c'est moi qui l'épouserai ! décréta Thea.

Arabella pivota d'un bond vers elle.

— Il n'en est pas question. D'ailleurs, la licence est au nom d'Helen. Si tu te maries sous une fausse identité, le mariage ne sera pas valide.

Thea haussa les sourcils sans rien dire.

— Oh..., souffla Arabella. Le mariage... ne... sera pas... valide.

Elle ébaucha un sourire. Thea, elle, sourit jusqu'aux oreilles. Épouser un homme en mentant sur son identité était une sacrée combine qui obéissait aux Règles de la Facétie. Pour commencer, cela servirait plusieurs bonnes causes : sauver Arabella d'un mariage atroce, faire oublier Helen et, avec un peu de chance, lui procurer l'argent nécessaire pour publier son pamphlet. Ensuite, elle n'avait aucun scrupule à berner un comte, personnage puissant et extrêmement malfaisant. Et enfin, pourquoi ne pas s'amuser à être une fausse comtesse pendant une semaine ou deux ?

— Il n'aura légalement aucun droit de me dicter ma conduite, dit Thea avec excitation. Il me suffira de faire semblant d'être Helen jusqu'à ce qu'elle revienne.

— Mon père étant maladivement rancunier, Luxborough ne pourra pas lui redemander ma main.

Thea esquissa un pas de danse.

— Et si je parviens à grappiller de l'argent au passage... Si, par exemple, je découvre ses horribles secrets, il déboursera une fortune pour que je me taise.

— Mais rouler un comte dans la farine, voire le voler ou le faire chanter...

— Eh bien ? Ce n'est qu'un homme, désagréable de surcroît. Je n'aurai pas de crise de conscience à cause de lui. Et toi non plus. Après tout, il envisage de t'égorger et de jeter ton cadavre dans un puits.

— Pas du tout, objecta patiemment Arabella. C'est toi qui as inventé ça.

— Que je l'aie inventé ne signifie pas que c'est faux.

— C'est trop dangereux.

— Mais non ! s'exclama Thea, songeant à la façon dont le visage de lord Luxborough s'adoucissait quand il parlait des orchidées. Le comte a beau grogner, je suis sûre qu'il est doux comme un agneau.

— Moi, je suis sûre du contraire. S'il te considère comme son épouse légitime, il risque de...

Arabella toussota.

— ... de t'imposer le devoir conjugal.

— Euh... oui, il m'a effectivement parlé d'un héritier.

Le corps solide du comte sur le sien, comme sur les gravures trouvées dans la bibliothèque de Mme Burton... Thea revit sa main large et forte caressant l'orchidée. Serait-il aussi délicat avec elle ? Et elle, caresserait-elle ses cheveux noirs, son visage balafré, ses lèvres bien dessinées ?

Thea n'avait été embrassée que par Percy Russell et avait eu toutes les peines du monde à supporter ses chastes baisers. Elle avait déployé des efforts considérables pour apprécier Percy, parce que c'était ce que sa famille attendait d'elle, mais avec lui, elle s'était toujours sentie gauche. En revanche, quand le comte s'était approché d'elle, si près qu'elle avait perçu son odeur, elle avait éprouvé une sensation de... de bien-être.

— Ce mariage ne durera qu'une semaine ou deux, insista-t-elle, jusqu'au retour d'Helen, qui sera alors mariée en bonne et due forme. Si le comte m'importune, je hurlerai et je m'évanouirai. Ou bien je lui dirai que j'ai mes règles et il s'enfuira au galop.

— Mais il est bizarre, il vit en reclus. Ce qu'on raconte sur lui...

— Je refuse d'écouter les ragots.

— Je ne te parle même pas des nouvelles rumeurs qui ne manqueront pas de courir à ton sujet si cela s'apprend.

— Mais personne ne l'apprendra, étant donné que Luxborough évite la bonne société. En outre, Ventnor et Luxborough se tairont. Jamais ils n'avoueront qu'ils ont été bernés par les filles d'un vulgaire marchand.

Arabella réfléchissait, pesant le pour et le contre. Elle avait toujours une longueur d'avance.

— Ce plan présente des défauts, conclut-elle.

— Il faut considérer ça comme un jeu.

Enfin ! Après trois années d'attente et d'angoisse, Thea avait un but et un plan. Elle vivrait cette aventure, en tirerait un peu d'argent, publierait son pamphlet et raconterait son histoire. Quelques semaines de patience, et elle rentrerait à la maison.

Arabella hocha la tête – sa décision était prise.

— Je chargerai un domestique de t'accompagner et de veiller sur toi. Tu m'écriras tous les jours. Tu as besoin d'argent ?

— Il me reste quelques livres.

— Garde-les toujours sur toi. Couds-les dans ton corset.

— Je n'ai plus l'habitude de porter un corset.

— Alors couds-les dans l'ourlet de ta robe. Oh… je n'aime pas ça.

— Tu ne m'arrêteras pas, rétorqua posément Thea. D'ailleurs, cet homme n'est pas complètement repoussant. Que peut-il arriver de mal ?

— Qu'il t'égorge et jette ton cadavre dans un puits.

— Allons, tout ira bien, assura Thea en lui tapotant la main. Je fais d'une pierre trois coups : je te sauve, je sauve Helen, et je me sauve moi-même.

— Oh Seigneur Dieu…

Thea pouffa de rire.

— Et maintenant, aide-moi à écrire un mot à lord Luxborough, pour lui annoncer que je l'épouserai demain matin.

4

Le pasteur poussa les hauts cris quand, mal rasé, le regard trouble et l'haleine parfumée au sherry, il ouvrit sa porte et découvrit les futurs mariés et leur témoin sur le seuil du presbytère. Il commença par râler profusément contre les licences de mariage, les lois et les règlements, mais Rafe lui rabattit son caquet en mentionnant l'évêque de Dartford, et l'impatience de l'impérieuse Mlle Larke fit le reste.

Durant toute cette discussion, la fausse fiancée de Rafe, en tenue de voyage sous une cape bleue, bâilla et se frotta les yeux.

Nul ne pouffa de rire lors de l'échange de vœux dénués de sens, de la signature des divers documents, et Rafe fut rapidement en possession d'un certificat de mariage qui ne valait rien. Le pasteur rentra chez lui et Arabella Larke le suivit, tandis que Rafe se dirigeait vers la route pour attendre la berline qui transportait les bagages.

— Vous êtes vraiment obligé de marcher si vite ? lança Thea.

Il la regarda par-dessus son épaule. La capuche de sa cape avait glissé, et la brume matinale accrochait des gouttelettes irisées dans ses cheveux châtains.

— Je marche toujours comme ça.

— J'ai du mal à rester à votre hauteur, se plaignit-elle.

— Eh bien, n'essayez pas.

— Mais, normalement, les gens marchent côte à côte.

— Je ne fais pas partie de ces gens-là.

Il franchit le portail couvert de lierre et se mit à faire les cent pas sur le bord de la route. Thea le rejoignit, repoussant une mèche humide qui lui balayait le front. À présent qu'elle était tout à fait réveillée, ses yeux avaient la couleur des pervenches qui fleurissaient dans le jardin de Rafe.

Sapristi ! Il avait fait une erreur de calcul. Concentré sur les détails pratiques de son plan, il avait oublié que Thea Knight était une créature réelle, une femme à la peau visiblement douce et dont les formes laissaient penser que ses chevilles n'étaient pas son atout le plus fascinant. Il n'avait même pas songé à la façon dont il devrait l'appeler maintenant qu'elle était sa fausse comtesse. Pas question de l'appeler « Helen », ni bien sûr « Thea », ni « milady » puisqu'elle n'était pas une lady.

Quoi qu'il en soit, son instinct lui disait qu'elle ne serait pas facile à manipuler. Quelle bêtise d'avoir cru le contraire ! Elle ne serait ni docile, ni querelleuse, ni enjôleuse. Elle allait l'asticoter, le berner et le tourmenter, et Rafe devrait trouver le moyen de survivre.

— C'est que nous venons de nous marier, déclara-t-elle, comme si elle reprenait le fil d'une conversation qui n'avait pas commencé. Par conséquent, il serait peut-être préférable que nous...

— Non.

— Mais je suis votre femme. Et aussi une comtesse.

Avec un sourire espiègle, elle exécuta une pirouette et sa jupe virevolta, dévoilant des bottines marron qui cachaient les fameuses chevilles. Rafe aperçut fugitivement des mollets joliment galbés.

— N'est-ce pas excitant ?

— Non, marmonna Rafe en détournant le regard.

— Ce n'est pas excitant d'être comte ?

— Non.

— Être comtesse le sera.

— J'en doute fort.

— J'aurai tout un tas de nouvelles toilettes.

— N'y comptez pas.

— Mais il le faut, rétorqua-t-elle d'un air hautain. Les comtesses dignes de ce nom sont très élégantes.

— Les comtesses dignes de ce nom se taisent.

— Mais…

— Elles ne disent pas un mot.

— Oh…

À cet instant apparut au loin une forme dont la brume masquait à demi les contours. Pourvu que ce soit leur berline ! Rafe y installerait Thea, puis il chevaucherait à côté de la voiture et ne lui adresserait plus jamais la parole.

Derrière eux, devant le presbytère, Mlle Larke discutait avec l'épouse du pasteur. Tout le monde, y compris Rafe, connaissait Arabella Larke, l'orgueilleuse héritière. Comment Thea avait-elle réussi à s'en faire une amie ? Mlle Larke ne semblait pas du genre à tolérer les flagorneurs ni à se laisser duper, et le scandale provoqué par Thea aurait dû rebuter une demoiselle de son rang.

— Vous me faites douter, reprit Thea. Pourtant, mes parents m'ont toujours répété qu'un titre de noblesse était une bénédiction.

— Félicitations, comtesse. Vous êtes restée silencieuse pendant une longue minute.

Elle fronça les sourcils.

— Je ne crois pas que ce soit une façon correcte de vous adresser à moi.

— Je m'adresserai à vous comme bon me semble.

— Bien sûr, parce que vous êtes comte. Vous devez être content d'avoir un titre, non ?

— Non.

— Mais…

— Je suis le troisième de cinq fils. Je ne m'attendais pas à hériter du titre et je ne le désirais pas. John, mon aîné, était un homme bon, un comte à la hauteur, et s'il y avait une justice, il ne serait pas mort.

— Et le deuxième de la fratrie ?

— Philip, un affreux personnage. S'il y avait une justice, il ne serait pas né. Et s'il y avait une justice, le titre m'aurait échappé pour revenir au quatrième, Christopher, qui est député et serait un comte irréprochable. Le système est absurde.

— Vous en profitez quand même.

— Ce qui prouve bien que c'est absurde, marmonna-t-il.

Comment considérer que son titre de comte était un avantage, alors que des hommes de valeur, comme son père et son frère John, avaient dû mourir pour qu'il en hérite ?

Elle se tut, et Rafe observa la voiture qui approchait lentement. Combien de secondes Thea Knight resterait-elle silencieuse ? Dix, neuf, huit…

— Et vous, êtes-vous un comte irréprochable ?

— Vous voulez dire compétent, vertueux et bien élevé ?

— L'un ou l'autre, ou les trois.

— Non.

Et il s'en souciait comme d'une guigne. Siéger à la Chambre des lords était la raison d'être d'un pair du royaume, mais la politique ne l'intéressait pas. Tous ces gens, ces parlottes, ces intrigues, ces ambitions, ces règles, ces exigences ; lire ceci, écouter cela, parapher, voter… Christopher, pour sa part, se félicitait d'avoir été élu à la Chambre des communes, disant que là, au moins, on pouvait agir.

À la vérité, Rafe serait bientôt un comte lamentable. Car, dès qu'il aurait l'argent que lui procurerait ce mariage illégitime, il ferait ce que jamais les aristocrates ne faisaient : il se lancerait dans les affaires. Une idée qui épouvantait ses congénères.

— À l'école des comtes, on ne vous enseigne pas non plus le charme, n'est-ce pas ? commenta-t-elle, un brin caustique.

— Le charme consiste à flatter les gens pour se faire aimer. Or je me moque d'être aimé ou non.

— Et je suppose que vous n'aimez personne.

— Au contraire, j'aime tous ceux qui me fichent la paix.

Elle le dévisagea, pensive.

— Et la vie mondaine ne vous intéresse pas ?

— Pour écouter des imbéciles débiter des lieux communs, disserter sur le temps qu'il fait, leurs chaussures neuves, leurs chevaux et autres sornettes ? Non, merci, rétorqua Rafe, les yeux rivés sur la voiture qui approchait à une allure d'escargot.

En outre, cela n'empêchait pas votre épouse de devenir folle et de se tuer en tombant de cheval. Cela ne vous évitait pas non plus d'être attaqué par un animal sauvage en quête d'une proie. Des frères mouraient dans des accidents ou des guerres, faisant d'un botaniste vagabond un comte. Il aurait tant voulu entendre encore le rire de Katharine, les paroles pleines de sagesse de John, les blagues pas vraiment drôles de son père… Mais pleurnicher sur l'épaule des gens ne servait à rien. On pouvait se réjouir ou se lamenter, être ou non indifférent, cela ne changeait absolument rien.

Sans oublier que les membres de la bonne société colportaient des ragots à son sujet, frémissaient en le voyant, ignoraient la vérité au sujet de Katharine, et avaient ensuite le culot de le critiquer parce qu'il préférait à la vie mondaine la quiétude de son domaine.

— Parler de tout et de rien est une façon de comprendre la vie et de se connaître soi-même, rétorqua Thea avec une gentillesse agaçante. Ou de nouer des liens. C'est ce que font les gens.

Rafe lui décocha un regard noir.

— Je ne fais pas partie de ces gens-là.

Dieu merci, la voiture finit par arriver, suivie par un domestique qui tenait le cheval de Rafe par la bride. Un inconnu au teint basané et aux larges épaules, assis à côté du cocher, sauta agilement à terre avant que les chevaux s'immobilisent.

— Qui êtes-vous et que faites-vous là ? demanda Rafe.

— Je vous présente Gilbert, déclara Mlle Larke en les rejoignant.

Le dénommé Gilbert s'inclina, puis alla s'assurer avec Thea que les bagages de celle-ci avaient bien été chargés dans la berline.

— C'est le domestique de lady Luxborough, ajouta Mlle Larke. Un ancien boxeur.

— Elle n'a pas besoin d'un domestique, boxeur ou non.

— Il restera à ses côtés et veillera à ce qu'il ne lui arrive rien.

— Que pourrait-il lui arriver ?

— Rien, puisque Gilbert sera là.

Mlle Larke le regardait droit dans les yeux. Remarquable, vraiment : la plupart des gens laissaient leur regard se poser au moins une fraction de seconde sur ses cicatrices. Pourtant, même lors de leur entretien de la veille, lorsque Rafe lui avait brossé le tableau d'un avenir effarant, Mlle Larke ne s'était pas un instant départie de ses exquises manières. Son visage était un masque impassible. Rafe trouvait cela insupportable.

Il ne supportait pas non plus que les deux amies aient peur de lui, même s'il pouvait comprendre que des jeunes femmes s'effraient quand on les menaçait, ou qu'on les emmenait au fin fond de la campagne où elles ne connaissaient personne, hormis le quasi-étranger qu'elles venaient d'épouser. Même l'intrépide Katharine avait tellement redouté que son père ne se débarrasse d'elle en la mariant qu'elle avait préféré traverser l'Atlantique avec Rafe.

La pire décision qu'elle eût prise.

— Il ne lui arrivera rien, articula-t-il.

— Si je ne m'inquiétais pas, je serais d'une négligence coupable, vu les histoires qu'on raconte au sujet de votre première femme, répliqua-t-elle posément.

Rafe la foudroya du regard, mais elle ne cilla pas.

— Quelles histoires, mademoiselle Larke ?

— Vous êtes délibérément obtus, monsieur. Certains prétendent que vous l'avez empoisonnée, d'autres que vous avez recouru à la magie noire pour l'éliminer.

— Vous me décevez, mademoiselle Larke. Je vous pensais trop intelligente pour écouter ces ragots.

— Une personne intelligente écoute toujours ce que disent les gens, car ils se révèlent à travers ce qu'ils racontent.

Bon sang, elle était épuisante. Il n'allait pas perdre son temps en joutes verbales avec l'amie de sa fausse épouse.

— Il ne lui arrivera rien, répéta-t-il d'un ton catégorique.

Mlle Larke lança un coup d'œil à Thea, et son expression s'adoucit imperceptiblement.

— Elle peut être impulsive. Elle est perspicace, excessivement secourable, et elle ne tient aucun compte des règles. Si elle s'échouait sur un rocher au milieu de l'océan, elle trouverait de quoi se distraire. Mais ne prenez pas sa gaieté pour de la stupidité.

— Cette recommandation n'était pas nécessaire.

— Vous n'éloignerez pas son domestique. Vous l'autoriserez à m'écrire tous les jours. Et, durant le premier mois, vous ne la…

Elle s'interrompit, eut un geste vague de la main et hocha la tête d'un air entendu.

— Je ne la… quoi donc, mademoiselle Larke ?

— Vous faites de nouveau semblant de ne pas comprendre, monsieur.

Rafe fut tout à coup bizarrement content qu'Arabella Larke soit pour Thea une amie farouchement loyale.

— Entendu, grogna-t-il. Je ne la toucherai pas pendant un mois.

Impériale, son interlocutrice opina. Rafe la salua et s'approcha de la berline, dont il ouvrit la portière, attendant que les deux jeunes femmes se fassent leurs adieux.

— Comment avez-vous connu Mlle Larke ? demanda-t-il avec curiosité après que Thea l'eut rejoint.

— Nous étions ensemble au Collège Winchester.

Elle pinça les lèvres. Sans doute avait-elle répondu en tant que Thea et non en tant qu'Helen.

— Le père d'Arabella l'avait envoyée là en espérant qu'on lui assouplirait le caractère. Quant à moi, j'y étais pour acquérir un supplément de vernis mondain.

— Et probablement pour y rencontrer des demoiselles bien nées. La tactique de ceux qui veulent grimper l'échelle sociale.

— Vous semblez reprocher à ma famille d'avoir de l'ambition, rétorqua-t-elle en fronçant les sourcils.

Rafe haussa les épaules.

— Si les gens ont la bêtise de croire que se faire une place dans la classe supérieure vaut la peine de se décarcasser, c'est leur problème.

— Je suppose que les gens veulent toujours ce qu'ils ne peuvent pas avoir. Pas vous, bien sûr, puisque vous n'êtes pas comme tout le monde.

— En effet, grommela-t-il en lui tendant la main pour l'aider à monter dans la voiture. Votre carrosse n'attend plus que vous, lady Luxborough.

— Lady Luxborough..., répéta-t-elle, amusée.

Elle posa dans la sienne sa main gantée, chaude et vivante - c'était la première fois qu'ils se touchaient, s'étonna-t-il -, et laissa échapper un petit rire qui courut comme une flamme dans le bras de Rafe.

— Lord et lady Lux-bo-rough, dit-elle en détachant les syllabes. Est-ce qu'on vous appelle « Lucky[1] » ?

— C'est surprenant, mais non.

Elle pouffa encore et monta dans la voiture. Il la regarda s'asseoir, arranger les plis de sa cape et de sa jupe, observer l'intérieur de la berline avec un plaisir évident. Elle avait à sa disposition des plaids, un panier de pique-nique, et les orchidées pour lui tenir compagnie.

— Gilbert m'a prévenue que je serais seule, parce que vous préférez voyager à cheval.

— Je suis persuadé que les orchidées ont plus de conversation que moi.

1. *Lucky* signifie « chanceux ». (*N.d.T.*)

— Oh, vous n'êtes pas si mal, rétorqua-t-elle gaiement. Pour un peu, j'aurais plaisir à bavarder avec vous.

Il pouvait lui aussi monter dans cette voiture, ce serait plus confortable. Ils discuteraient ou se tairaient. Elle raconterait n'importe quoi, et il ferait semblant de ne pas être amusé. Il pourrait simplement la contempler.

Il recula, referma brutalement la portière et rejoignit son cheval d'un pas si martial que l'animal, surpris, se déroba.

Chevaucher pendant des heures n'avait pas amélioré l'humeur de lord Luxborough, constata Thea lorsqu'ils s'arrêtèrent pour la nuit dans une auberge. Sans même lui adresser un mot, il laissa les palefreniers s'occuper des chevaux et de la voiture, et franchit le seuil de l'établissement.

Dès que l'aubergiste le vit, il lui donna du « milord ». L'air renfrogné, Luxborough répondit qu'il était M. Cross, accompagné de Mme Cross, et qu'il voulait deux chambres séparées. L'aubergiste se mit à protester, mais le regard de Rafe le persuada qu'il pouvait trouver des chambres libres, si Sa Seigneurie… enfin, si M. Cross acceptait de patienter un petit moment.

— Nous attendrons dans le salon privé, déclara Luxborough en se dirigeant vers ladite pièce.

— Il est malheureusement occupé, milord… euh… monsieur Cross, bredouilla le patron, trottant à sa suite. Une petite réunion qui…

— Dites-leur de déguerpir.

Luxborough ouvrit la porte et se figea, effaré. Thea vint se camper à son côté pour voir ce qui l'horrifiait ainsi. De fait, le spectacle était assez terrible : quatre femmes et deux enfants, tous en larmes.

— Qu'est-ce que c'est que ça ?

Le comte foudroya l'aubergiste du regard, comme si cet homme avait pincé les femmes pour le plaisir de les faire pleurer. Ce fut alors que l'un des enfants, fixant Luxborough, s'écria d'une voix stridente :

— Tatie, le diable vient nous chercher !

Luxborough referma brutalement la porte.

— C'est une tragédie, milord... euh... monsieur Cross, chuchota l'aubergiste. Elles n'ont pas les moyens de s'offrir le salon privé, mais je les y ai installées pour qu'elles ne dérangent personne. Les femmes en pleurs coupent l'appétit aux clients. Je suis bien obligé de penser à la recette, vous comprenez, Votre Seigneurie... euh... monsieur Cross...

L'aubergiste adressa à Thea un sourire vacillant. Luxborough sortit des pièces de sa poche.

— Voilà pour payer le salon et leur servir de quoi manger et boire, grogna-t-il.

— Vous êtes trop bon, milord, s'extasia l'aubergiste en raflant l'argent. Euh... monsieur Cross. Encore un instant de patience, je vous fais préparer une table dans la salle.

— Dans un coin. Je ne veux pas attirer l'attention sur nous.

Rafe poussa un soupir et se massa l'épaule.

— C'était très gentil de votre part, commenta Thea.

— C'était la moindre des choses, après avoir effrayé les enfants. Je tiens cependant à signaler que les dames pleuraient avant de me voir.

— En réalité, elles ont cessé de pleurer quand elles vous ont vu.

— Eh oui, rétorqua-t-il, lugubre. J'engendre la gaieté.

Mais l'humour inattendu du comte s'évanouit lorsqu'ils franchirent le seuil de la taverne, bondée de voyageurs que la bière rendait chahuteurs. L'atmosphère était saturée de relents de tabac et de ragoût.

— L'enfer, marmonna Luxborough, qui, maintenant, se massait la nuque. Tous ces gens. Ce brouhaha.

— C'est une taverne tout à fait classique, et vous ne semblez pas si timide.

— Je ne le suis pas. Les gens me fatiguent.

Il balaya la salle d'un regard noir.

— Oubliez le feu et le soufre des enfers. Prenez plutôt une taverne enfumée, remplie d'Anglais tapageurs résolus à s'amuser, malgré la promiscuité, le ragoût insipide et la bière tiède, et passez-y l'éternité : voilà le véritable enfer.

Il jeta à Thea un coup d'œil oblique.

— Hélas, vous ne pouvez pas entrer là-dedans toute seule, n'est-ce pas ?

— Effectivement.

— L'enfer, disais-je, marmonna-t-il.

Il entraîna Thea jusqu'à la table, appuyée contre un mur, que le patron leur avait préparée. Ils n'étaient pas plus tôt assis qu'une serveuse leur apporta un plat fumant et un pichet. Thea, affamée et ravie de ne pas dîner seule, exprima sa gratitude en se taisant, bien que Luxborough ne cessât de lui lancer des regards perplexes.

Lorsqu'ils eurent terminé leurs assiettes, la serveuse – qui pensait peut-être à la recette, à l'instar du patron – s'empressa de débarrasser la table et de remplir leurs verres.

— Votre sœur, déclara abruptement Luxborough.

Thea sursauta, et quelques gouttes de vin tombèrent sur la table.

— Ma sœur ? couina-t-elle en essuyant la tache.

— Dorothea, c'est ça ?

— Eh bien... euh... oui, Thea, bafouilla-t-elle.

— D'après la rumeur, elle cherchait à séduire des aristocrates afin d'en attirer un dans le piège du mariage, mais on a découvert qu'elle chassait plusieurs lièvres à la fois.

« Voilà qui est concis », songea-t-elle.

— Alors quelle est la véritable histoire ? interrogea-t-il.

Thea sursauta de nouveau.

— Vous désirez connaître la véritable histoire ?

— C'est ce que je viens de dire.

Oh... Seule Arabella lui avait posé la question. Un frisson de plaisir la parcourut. Par où commencer ? Raconter sa vie comme si c'était celle d'une autre était vraiment bizarre. À moins que... Oui ! Elle endosserait le rôle de la narratrice de son pamphlet et conterait les tribulations de Rosamund, son héroïne, et non celles de Thea Knight.

— Très bien. Je vais vous raconter l'histoire d'une demoiselle... charmante.

— Charmante, vraiment ?

— Mais oui. Donc... cette charmante demoiselle participe à un pique-nique...

Thea, qui parlait avec les mains, se cogna le coude contre le mur. Ouille ! Impossible de se lancer dans son récit en étant coincée de cette façon. Elle repoussa sa chaise et se leva.

— Qu'est-ce que vous faites ? Rasseyez-vous, ordonna-t-il.

— J'ai besoin d'espace pour conter cette histoire.

— Certainement pas. Vous vous rasseyez et vous parlez. C'est très simple.

— Mais j'ai besoin de..., marmonna-t-elle en repoussant encore son siège.

— Hé ! protesta une voix rocailleuse derrière elle. Ça va pas ?

Thea pivota, mortifiée.

— Je vous prie de m'excuser de vous avoir bousculé, monsieur. Mais il me faut un peu de place pour raconter mon histoire.

— Ah, j'adore les histoires ! Qu'est-ce qu'elle raconte, la vôtre ?

— Rien, répondit sèchement Luxborough. Retournez-vous, mon vieux. Et vous, ma chère, rasseyez-vous.

Thea et le client firent la sourde oreille.

— Il s'agit d'une charmante demoiselle…

— Ah, ça me plaît ! Moi, j'aime le théâtre. J'ai vu Sarah Holloway sur scène à Londres, il y a quelques années de ça. Quelle comédienne ! Et quel dommage qu'elle ait disparu ! Mais un peu de théâtre après une journée de route, ça me va.

— Ce n'est pas du théâtre, corrigea Thea. Je raconte juste une histoire à mon… euh… à lui.

Cependant, le client faisait déjà pivoter son siège, renversant ce qui était sur sa table.

— Hé ! protestèrent ses compagnons. Fais attention, Joe !

— Cette dame va nous raconter une histoire. Ce soir, on va au théâtre.

Ses compagnons applaudirent, ravis d'être un peu divertis après avoir avalé des kilomètres.

— Quel est le sujet de la pièce ? s'enquit l'un d'eux.

— Il s'agit d'une charmante demoiselle, répondit le dénommé Joe, à qui il arrive… quoi donc ?

Une dizaine de paires d'yeux étaient braquées sur Thea. Après une journée de voyage et d'ennui, les clients du relais de poste avaient désespérément besoin de se distraire.

Le comte dardait sur elle un regard assassin – rien d'inhabituel, donc.

— Elle est la victime de deux odieuses canailles, déclara Thea à son public.

— Oh, la pauvrette, compatirent-ils. On veut connaître la suite.

Ils poussèrent leurs tables pour déplacer les chaises. Cela perturba les autres clients, qui cessèrent cependant de rouspéter en apprenant qu'ils allaient entendre une histoire.

— Mais qu'est-ce que vous faites ? s'énerva l'aubergiste en entrant dans la salle. Vous mettez tout sens dessus dessous. Ce n'est pas bon pour la recette.

Plusieurs clients l'informèrent que la jeune dame distinguée allait leur raconter une histoire.

— On est dans une taverne, pas au théâtre. Quand les gens sont au spectacle, ils ne causent pas, poursuivit l'aubergiste, s'adressant à Luxborough. Et s'ils ne causent pas, ils ne boivent pas. Moi, je pense à la recette, milord... euh... monsieur Cross. Je suis bien forcé d'y penser.

Pestant entre ses dents, Luxborough lui tendit une autre poignée de pièces.

— Servez à boire à tous ces gens.

Il ne fallut pas longtemps pour remplir les verres et dégager un espace pour Thea. Luxborough s'adossa au mur, apparemment résigné. Thea avait le trac. Dans sa famille comme dans de nombreuses maisonnées, on aimait organiser de petits spectacles pour occuper les soirées, mais jouer seule devant un public, c'était autre chose.

Par où commencer ? Elle hésitait encore quand le dénommé Joe – le responsable de tout cela – monta sur une chaise et ouvrit les bras.

— Amis voyageurs, ouvrez grand vos oreilles ! clama-t-il. Pour le spectacle théâtral de ce soir, cette jeune dame distinguée va nous conter l'histoire d'une charmante demoiselle...

— Oooh, soufflèrent les spectateurs.

— ... victime de deux odieuses canailles...

— Bouh ! répondit le chœur.

— Oyez, oyez l'histoire de…

Joe s'interrompit, les bras en l'air, et regarda Thea.

— Au fait, comment s'appelle la charmante demoiselle ?

— Rosamund.

— Je peux être Rosamund ? intervint une serveuse, une blonde grassouillette qui allait sur ses quarante ans. J'ai toujours voulu être comédienne. De toute façon, madame, vous ne pouvez pas jouer tous les rôles.

Sans laisser à Thea le temps de réagir, elle se campa devant le public, qu'elle salua.

— Je suis Rosamund, déclara-t-elle. Je suis une charmante demoiselle – elle renversa la tête en arrière, une main sur le front – victime de deux odieuses canailles – elle pressa les deux mains sur son cœur.

La foule applaudit, ce qui rassura quelque peu Thea. Distraire ces gens ne serait apparemment pas trop compliqué.

Un jeune homme sauta sur ses pieds.

— Je veux être une odieuse canaille !

— Moi aussi ! s'écria un autre.

— D'accord, acquiesça Thea – elle n'avait guère le choix. Vous êtes Percy, annonça-t-elle au premier, mince et blond, qui ressemblait vaguement à Percy Russell. Et vous, vous êtes Francis, dit-elle au deuxième, corpulent et déplumé. N'oubliez pas que vous êtes arrogants et très, très odieux.

Tandis que les deux compères se mettaient dans la peau de leurs personnages, ce qui se résumait à bomber le torse et à se pavaner sous les applaudissements, Thea se tourna vers lord Luxborough, qui l'observait d'un œil torve.

— Les canailles en question sont Percy Russell, le plus jeune fils de lord Ventnor, que vous connaissez certainement puisque vous avez épousé sa sœur, et Francis Upton, héritier du baron Bairstow, lui expliqua-t-elle.

— Les deux lièvres que, d'après la rumeur, Thea Knight a tenté d'attirer dans le piège du mariage.

Elle pointa vers lui un index accusateur.

— Contentez-vous d'écouter la suite.

Joe plaça sa chaise au milieu de la scène improvisée et aida Thea à s'y jucher. Elle regarda les spectateurs, qui semblaient impatients que la pièce commence. La dernière fois que les visages s'étaient ainsi tournés vers elle, elle était dans la salle de bal de lord Ventnor.

Ce soir, après trois ans de silence, de déshonneur et d'exil, les gens désiraient entendre son histoire.

Elle s'éclaircit la gorge et sourit.

— Voici donc l'histoire de Rosamund, une charmante demoiselle...

5

Rafe appuya sa tête contre le mur. Dire qu'il avait prévu une soirée tranquille !

C'était compter sans Thea Knight, incapable de rester assise sur sa chaise pour raconter une fichue histoire sans ameuter toute la population.

Et ces gens étaient suspendus à ses lèvres, comme au théâtre.

À une époque, lui aussi aimait le théâtre. Il l'avait presque oublié. Quand il était gamin, il adorait assister aux représentations que donnaient ses parents et leurs amis, tous comédiens amateurs. La magie du spectacle l'enchantait, il s'abandonnait à son imagination qui le transportait dans un autre monde, si réel que, quand les applaudissements éclataient, il retombait sur terre avec stupéfaction.

Plus tard, en Amérique, alors que Katharine et lui n'avaient pas un sou, il avait applaudi les saltimbanques, sur les places de marché et les champs de foire. Mais, depuis la mort de Katharine, il n'avait pas remis les pieds dans un théâtre. Il avait renoncé à ce plaisir simple.

— Rosamund, expliqua Thea aux spectateurs légèrement pompettes, est la fille respectable et courageuse d'un riche marchand. Un jour, lors d'un pique-nique, elle surprend les deux canailles en train de faire des messes basses. Elle se cache dans les buissons pour écouter.

La blonde dodue, alias Rosamund, mit sa main en conque autour de son oreille.

Le public était captivé.

— Les deux canailles sont des nobles, précisa Thea – les deux compères qui les incarnaient se pavanèrent de nouveau. Ce sont des scélérats, d'infâmes crapules qui méritent d'avoir...

— Bouh bouh ! s'écrièrent les spectateurs.

Percevant la rage qui bouillonnait derrière le sourire de Thea, Rafe se pencha en avant sans s'en rendre compte. Il attendait la suite.

— Rosamund entend ces canailles prendre des paris : celui des deux qui causera la perte de lady Letitia en la séduisant et en le claironnant ensuite sur les toits sera le vainqueur.

Les aristocrates désœuvrés avaient tendance à engager des paris douteux, songea Rafe, mais là... cela allait loin. Il se souvenait mal de Percy Russell, qui était encore écolier quand il s'était enfui avec Katharine, mais celle-ci lui avait dit que son frère avait failli être renvoyé d'Eton à cause de paris scandaleux.

— Cent livres que je serai le premier à déshonorer la demoiselle, dit « Percy ».

— Cent livres que ce sera moi, déclara « Francis ».

— Bouh bouh ! s'indigna le public.

— La courageuse Rosamund, enchaîna Thea, comprit qu'elle devait prévenir lady Letitia.

— Quelles odieuses canailles ! s'écria « Rosamund ». Je dois avertir lady Letitia !

— Moi, moi ! s'exclama une autre serveuse en accourant sur la scène improvisée. Moi, je serai lady Letitia.

— Et qui va nous servir la bière, alors ? s'insurgea un client.

— T'as qu'à te la servir toi-même ! riposta-t-elle. Moi, je suis une lady.

Pour le prouver, elle leva le menton d'un air hautain.

— Il faut que je vous parle, lady Letitia, reprit « Rosamund ».

— Ne m'adressez pas la parole, fille de marchand. Je suis trop bien pour vous.

Les spectateurs la huèrent.

— Non, non ! fit Thea, inquiète. Ce n'est pas ça.

C'était effectivement n'importe quoi, songea Rafe. S'il avait été l'auteur de la pièce, il aurait tenu la bride haute à ses personnages et aurait confié à une narratrice le soin de construire l'intrigue. Comme si Thea lisait dans ses pensées, elle annonça :

— Je suis la narratrice. Et je le répète : cela ne s'est pas passé de cette façon.

Rosamund : Très bien, je les laisserai donc vous déshonorer.

Applaudissements.

La narratrice : Non, non ! Rosamund ne dirait pas une chose pareille. Elle est notre noble héroïne et elle doit mettre Letitia en garde.

Rosamund : Très bien. Je vous avertis, ces canailles projettent de vous déshonorer.

La narratrice : Les deux canailles abordent lady Letitia et commencent à la courtiser.

(Les canailles s'approchent de lady Letitia et lui pétrissent les mains.)

Percy : Jolie dame, allons faire la bête à deux dos.

Francis : Belle dame, allons faire des galipettes.

La narratrice : Messieurs, s'il vous plaît…

Letitia : Vous avez parié sur mon déshonneur. Je ne me laisserai pas séduire.

La narratrice : La machination des deux scélérats est éventée ! Furieux, ils exigent de savoir qui les a dénoncés.

Percy : Je suis furieux !

Francis : J'exige de savoir qui nous a dénoncés !

Letitia (désignant Rosamund) : C'est elle, la fille de marchand.

La narratrice : Les odieuses canailles jurent de se venger.

Percy : Il faut nous venger !

Francis : Nous venger de la fille de marchand ! Ah ah ah ! (Pause.) On se venge comment ?

Thea jeta un regard circulaire.

— Il nous faut quelqu'un pour incarner le riche marchand, le père de Rosamund.

Un individu grisonnant se leva et s'approcha d'une démarche chaloupée.

— Je suis très riche, je m'empiffre tous les jours de rôti de bœuf.

Cette fanfaronnade fut accueillie par des sifflets.

— Non, arrêtez ! s'exclama Thea. Ce n'est pas un méchant homme, mais il est très ambitieux, et il tient absolument à ce que sa fille Rosamund épouse un aristocrate, pour le bien de la famille. Continuons, je vous prie.

La narratrice : Percy, pour se venger, demande au marchand la permission de courtiser sa fille.

Percy : Je suis un aristocrate, je désire épouser votre fille.

Le marchand : Bonne idée. Holà, Rosamund, viens dire bonjour à ce monsieur qui est aristocrate.

La narratrice : Rosamund n'aime pas Percy, l'odieuse canaille, mais elle veut faire plaisir à son père.

Rosamund : Bon, d'accord.

Percy : Allons croquer la pomme.

La narratrice : Non, cela ne s'est pas passé comme ça. Il ne l'a pas séduite.

Percy : Quoi ? Pourquoi je ne peux pas la séduire ?

Rosamund : Pourquoi je ne suis pas séduite ?

La narratrice : Un peu de patience, et vous le saurez.

Percy et Rosamund : Bon, très bien.

La narratrice : Percy emmène donc Rosamund et son père au bal. Il danse avec elle.

Suivit un interlude durant lequel Percy et Rosamund se mirent à danser, et les spectateurs à chanter en tapant des mains. Accablé, Rafe leva les yeux au ciel.

— Mais le père de Percy, un lord important, est très fâché ! lança Thea. Ah, il nous faut un lord important et très fâché.

Deux clients se précipitèrent, chacun clamant qu'il était le personnage. Tandis qu'ils se disputaient, Thea descendit de son perchoir et s'approcha de Rafe.

— Le lord important, c'est Ventnor, chuchota-t-elle. Mais les choses ne se sont pas tout à fait déroulées de cette façon.

— Vraiment ? Vous m'étonnez.

— Je veux dire que...

Elle s'interrompit, mordillant sa lèvre inférieure.

— Je... *Thea* savait seulement que Francis Upton était impliqué, elle ignorait que Percy Russell l'était aussi. J'ai simplifié pour ne pas embrouiller les gens.

Rafe regarda les deux prétendants au rôle du lord, qui semblaient prêts à s'étriper.

— C'est vrai, il ne faudrait pas embrouiller les gens, ironisa-t-il.

— Moi, je trouve que ça se passe très bien.

Avant que Rafe ait pu réagir, elle s'éloigna, sépara les deux rivaux et remonta prestement sur sa chaise.

La narratrice : Le lord, qui est dans une colère noire, empêche son fils de danser avec Rosamund.

Le lord (écartant Percy de Rosamund) : Fils, comment oses-tu danser avec une fille de marchand ?

La narratrice : À cet instant, alors que tous les yeux sont braqués sur eux, Percy annonce à tue-tête qu'il l'épousera car il l'a séduite.

Percy : Quoi ? Mais je ne l'ai pas séduite.

Rosamund : Vous avez dit qu'il n'était pas autorisé à me séduire.

La narratrice : C'est bien le problème. Il déclare qu'il l'a séduite, or ce n'est pas le cas.

Percy : Quoi, il ment ?

La narratrice : C'est une odieuse canaille, vous l'avez oublié ?

Percy : Très bien. On a fait frotti-frotta, et maintenant je vais l'épouser.

Le lord : Oh que nenni !

Percy : Oh que si !

La narratrice : À ce moment, Francis – l'autre canaille – accourt et... Où est l'autre canaille ?

Francis (reposant sa chope) : Désolé.

La narratrice : Francis annonce à tout le monde que lui aussi a séduit Rosamund et qu'il a l'intention de l'épouser.

Percy : Pourquoi il a pu la séduire et pas moi ?

Francis : Parce que, pour la séduction, je suis meilleur que toi.

La narratrice : Personne ne l'a séduite ! C'est une machination, pour se venger.

Cette déclaration fut accueillie par un silence perplexe. Tout le monde, acteurs et spectateurs, regardait Thea d'un air ahuri. Exaspérée, elle expliqua de nouveau :

— Ils ont prétendu qu'elle avait couché avec eux – séparément – pour se faire épouser. Mais elle ne l'a pas fait, vous comprenez. C'est un mensonge.

Les yeux s'arrondissaient. Thea scruta les visages levés vers elle.

— Si elle couche avec l'un des deux, il sera obligé de l'épouser. Mais si elle couche avec les deux, ils n'auront plus d'obligations envers elle, elle sera déshonorée et calomniée. Vous comprenez ?

Oui, ils finirent par comprendre et poussèrent de vigoureuses huées.

Le chœur : Les odieuses canailles ! Les scélérats ! Bouh !

Francis : On a fait une partie de jambes en l'air, je l'ai peut-être engrossée.

Percy : On a fait la culbute, je l'ai peut-être engrossée.

Francis : Je vais te réduire en bouillie.

Percy : Je vais t'étriper.

Les deux canailles s'empoignèrent et firent semblant de se bagarrer. Les spectateurs applaudirent, les autres acteurs éclatèrent de rire, et Thea…

Les mains pressées sur sa bouche, Thea paraissait perdue.

— Alors lequel de nous se marie avec elle ? demanda l'homme qui incarnait Percy.

Thea ne répondit pas.

— Mademoiselle ? renchérit l'autre canaille. Elle épouse lequel des deux ?

Thea restait muette. Les acteurs continuèrent donc seuls – tout le monde connaissait ce genre d'histoire. Thea était maintenant spectatrice, atterrée, comme si son univers s'écroulait une fois de plus sous ses yeux.

Ce fut le client qui interprétait lord Ventnor qui parla le premier.

Le lord : Elle n'épousera aucun de vous deux, puisqu'elle a couché avec vous deux, et Dieu sait combien d'autres. Quand ces femmes-là s'y mettent, elles ne s'arrêtent plus.

Rosamund : Mais j'ai rien fait !

Le lord : C'est ce que disent toujours les femmes dans ton genre.

Rosamund : Ils mentent !

Le lord : Jamais mon fils et son ami ne mentiraient. Tu as essayé de les piéger. On sait que ton père veut que tu te maries avec un aristocrate. Tu n'es qu'une débauchée !

Percy : Ah ah, elle est déshonorée !

Francis : Ah ah, nous sommes vengés !

Le public : Hou hou !

Le marchand : Et moi, alors ? C'est ma fille.

La narratrice reste muette.

Le marchand : Hé, mademoiselle ! Ma fille. Je n'ai pas quelque chose à dire pour l'aider ?

La narratrice : Non, vous ne dites rien. Vous vous cachez.

Le public : Quoi ?

Les acteurs : Quoi ?

Le marchand (regardant autour de lui) : Mais ces aristos disent des mensonges dégoûtants. Où est sa famille ? On raconte des horreurs sur elle, et personne ne la défend.

Les spectateurs murmuraient, déconcertés. Les comédiens échangeaient des regards interrogateurs.

Tous attendaient que Thea s'explique, mais elle n'ouvrait pas la bouche.

L'interprète du marchand grimaçait en se grattant la tête.

— Enfin quoi, je suis son père ! Je devrais la défendre, assommer ces menteurs. Je devrais...

— Mais vous n'intervenez pas, le coupa Thea d'une voix sourde. Vous vous cachez parmi les invités, et vous faites semblant de ne pas la connaître. Vous la laissez là, toute seule.

Un silence lourd d'incompréhension enveloppa la salle, comme un brouillard glacé de novembre.

Rafe se rendit alors compte qu'il était tendu comme un arc.

Il avait mal pour cette lumineuse jeune femme dont on avait détruit la vie pour rien, pour le plaisir. Elle continuait à porter ce fardeau à cause d'individus comme lui, qui gobaient ce qu'on leur racontait sans poser de questions. Là résidait justement l'habileté de la machination dont elle était victime : aux yeux du monde, une intrigante ne reculait devant rien pour se faire épouser. Personne n'avait eu le moindre doute à ce sujet.

Rafe lui-même en avait été tellement convaincu qu'il avait bâti son plan là-dessus. Mais Thea disait la vérité, il le voyait à présent.

Pourtant, malgré son cœur blessé, elle plaisantait, riait et jouait la comédie.

Thea Knight était une survivante. Quand les gens parlaient de survivants, ils faisaient allusion aux soldats estropiés sur le champ de bataille, aux marins naufragés, aux hommes cabossés comme Rafe. Mais combien d'autres survivants évoluaient sur cette terre, apparemment indemnes, cachant jour après jour leurs cicatrices, courageux et fiers, entourant les autres d'attentions et dissimulant leur peine derrière un grand sourire ?

Le public s'agitait, les murmures enflaient.

— Mademoiselle ? lança la serveuse qui jouait Rosamund. Qu'est-ce qui m'arrive à moi, alors ?

— Vos parents vous chassent, répondit tristement Thea. Votre présence chez eux compromet l'avenir de vos cadets.

— Mais si je leur explique ce que…

— Ils ne vous croient pas. Ils vous ordonnent de partir. Vous trouvez un emploi à la campagne, dans une demeure à l'écart de tout, où vous ne connaissez personne et où vous ne trouverez jamais votre place.

— Et nous ? demanda l'une des canailles. Comment on est punis ?

Thea se tut. Le public marmotta et s'agita de plus belle.

— Mademoiselle ? insista l'autre canaille. On est punis, pas vrai ?

— Non… pourquoi le seriez-vous ? Vous êtes les fils d'aristocrates fortunés. Pour vous, le scandale est vite oublié. Vous poursuivez tranquillement votre route.

— Et moi ? intervint l'interprète du marchand.

— Vous avez une autre fille. Elle se débrouillera peut-être mieux.

— Voilà une histoire lamentable ! décréta le dénommé Joe en se redressant. Une héroïne doit triompher et les méchants récolter ce qu'ils méritent.

Thea garda le silence.

Les protestations fusaient, les spectateurs étaient mécontents. Certains se dandinaient d'un pied sur l'autre, d'autres tapaient sur les tables. La situation se gâtait.

Rafe se leva. Son regard calma aussitôt l'assemblée.

— Elle plaisante, dit-il. L'histoire ne se termine évidemment pas de cette façon.

— Ben alors, comment ça finit ? interrogea Joe. Qu'est-ce qu'elle fait, après ?

Sapristi ! Que répondre ?

— Elle... euh... elle leur flanque un bon coup de genou dans les roustons.

Des applaudissements frénétiques éclatèrent. Avec un glapissement joyeux, Rosamund se tourna vers les canailles, qui déguerpirent. Les autres s'en mêlèrent, jusqu'à ce que l'aubergiste ordonne à tout le monde d'arrêter, parce que le bris de mobilier était néfaste pour la recette. Rafe paya une nouvelle tournée générale, et tout le monde se rassit. Quand il la chercha des yeux, Thea avait disparu.

Thea respirait à pleins poumons l'air frais de la nuit. Derrière le relais de poste, les hêtres se découpaient sur le ciel qu'éclairait vaillamment une lune dans son premier quartier.

Elle fit quelques pas sur la route, et quand elle se retourna, l'auberge lui sembla étrangement lointaine, comme si elle la regardait derrière une vitre. Lord Luxborough aurait aimé cette vue. Il aurait préféré rester dehors, pourtant il avait suivi Thea dans la taverne bondée et enfumée. Une gentillesse inattendue.

Elle continua de marcher, humant l'air de la campagne, sans parvenir à défaire le nœud qui lui serrait l'estomac. Qu'est-ce qui clochait chez elle ? Elle avait enfin pu raconter son histoire. Le public avait unanimement reconnu qu'on lui avait causé du tort. Elle aurait dû être satisfaite, or elle n'éprouvait que du chagrin.

Autour d'elle, la nuit avait englouti le paysage. Une chouette hulula. Le vent souleva la jupe de Thea. Elle pivota et, un bref instant, craignit de s'être perdue. Mais non, l'auberge était toujours là, au loin.

Elle rebroussa chemin, le cœur lourd de regrets.

Si seulement, à l'époque, elle s'était fait confiance ! Son instinct lui soufflait que Percy Russell était infect, mais ses parents lui répétaient qu'elle avait tort, et elle s'était laissé convaincre. Si elle n'avait jamais été opposée à l'idée d'épouser un aristocrate, avant l'arrivée de Percy Russell, ça n'avait été qu'une abstraction.

Tout avait changé à cause de lui, à commencer par les Knight. La perspective que leur fille se marie avec le fils d'un vicomte leur avait tourné la tête, et ils étaient devenus sourds à la voix de la raison. Thea, qui ne supportait pas de les décevoir, s'était efforcée de surmonter son antipathie et d'accepter les attentions de Percy – non sans se rebiffer parfois.

Un jour que sa mère lui pinçait les joues pour les rosir et « rehausser son charme », Thea lui avait lancé :

— Je vais peut-être accélérer le mouvement et me donner à lui, tout simplement. À lui, et tant que j'y suis, à toute sa bande de joyeux drilles !

Comment aurait-elle pu imaginer que cette idée lumineuse viendrait aussi à Percy et à ses amis, et qu'elle serait cruellement punie pour sa bonne action envers sa famille ? Elle n'aurait jamais cru que ses boutades stupides se retourneraient contre elle comme un boomerang et, au moment fatidique, empêcheraient ses parents de la croire.

Thea avait atteint la cour de l'auberge. Elle s'immobilisa et respira profondément pour chasser ces amers souvenirs et affronter de nouveau le monde avec le sourire.

Soudain, elle aperçut une sombre silhouette qui se faufilait entre les berlines, s'arrêtait près de celle du comte de Luxborough, ouvrait la portière et s'engouffrait dans la voiture.

— Hé, vous ! s'écria-t-elle. Au voleur !

Elle courut chercher de l'aide, sans quitter des yeux la voiture et la silhouette qui en émergeait avec une caissette de plantes.

— Au voleur ! hurla-t-elle.

Le vaurien détalait à toute allure... et, brusquement, stoppa net. Un homme grand et large d'épaules, aux cheveux ébouriffés, lui barrait le passage.

— Posez ça, ordonna calmement le comte.

Agile comme un chat, le voleur fit un écart vers la droite, mais Luxborough avait anticipé l'esquive. Le voleur bifurqua de l'autre côté et se retrouva de nouveau bloqué.

— Posez ça, répéta Luxborough, et si vous courez assez vite, vous sauverez peut-être votre peau.

Un rayon de lune éclaira tout à coup sa joue balafrée. Thea entendit un gémissement, le bruit de la caissette sur le sol, puis les pas précipités du malandrin qui s'enfuyait. Luxborough s'accroupit pour examiner les plantes. Il ne leva pas la tête lorsque Thea vint se camper près de lui.

— Elles sont intactes ?

— Mmm...

— Vous l'auriez tué ?

— Mmm ?

— Vous avez menacé de tuer un homme pour des plantes.

— Elles sont irremplaçables, or ce vaurien ignorant en aurait probablement nourri les cochons.

— Et alors quoi ? On aurait retrouvé des diamants dans les crottes des cochons ?

Il lui décocha l'un de ces regards dont il avait le secret et continua d'inspecter chaque plante, chaque pot d'argile. Ses mains qui, un instant auparavant, étaient prêtes à assassiner un homme effleuraient à présent une fleur jaune avec les tendres précautions qu'il aurait eues pour manipuler un chaton.

— Elles ont de la chance, ces plantes, murmura Thea – ce qui l'étonna elle-même. Vous êtes là pour les protéger.

Il se redressa souplement et, une fois de plus, Thea fut frappée par son imposante stature, son torse et ses bras robustes. Des bras faits pour étreindre.

Quel égoïsme de sa part d'être aussi distant ! Le devoir d'un comte était d'étreindre tout individu qui avait besoin de réconfort.

— L'histoire que vous avez racontée…

— C'est la vérité, figurez-vous, le coupa-t-elle, agressive. Mais que je… que ma sœur pleure son honneur perdu vous paraît sans doute stupide.

— Mmm ?

— Vous devez vous dire : « Vous ne tolérez pas qu'on se moque de vous ? Eh bien, essayez donc de vous faire attaquer par une bête féroce. »

— Mmm…

— Oh… excusez-moi, marmonna-t-elle, penaude. Je n'aurais pas dû évoquer ce…

— Je suppose que des cicatrices comme les miennes sont difficiles à ignorer.

— Pourquoi les ignorer ? Nos cicatrices font partie de notre histoire, or toute histoire devrait être racontée.

— Dans ce cas, la mienne, pour aller avec ma figure, serait effrayante.

— Votre rencontre avec cet animal a dû être horrible, mais vous paraissez si fort. Vous arborez ces balafres comme un défi, une provocation. Comme pour dire : « Oui, je me suis bagarré avec un fauve qui avait des griffes gigantesques. Et vous, qu'avez-vous fait ce matin avant le petit déjeuner ? »

Un léger sourire s'imprima au coin des lèvres du comte. À la lueur de la lune, ses cicatrices semblaient briller. Thea y était déjà habituée, mais elle avait envie de les toucher, de prétendre qu'elle avait le pouvoir d'effacer ses douleurs passées, d'imaginer qu'il se souciait des siennes.

Elle noua les mains à la hauteur de sa taille.

— En réalité, que ma figure fasse fuir les enfants m'arrange. Quoique leurs cris de terreur me donnent la migraine.

— Et si les dames s'évanouissent en vous voyant, cela vous dispense de leur faire la conversation.

— Exactement. Mais l'étiquette permet-elle d'enjamber leurs corps affalés sur le sol ? Telle est la question.

— Et comment réagissent les hommes ?

— Ah, les hommes, marmonna-t-il en se grattant le menton. Eux me lancent un jovial « pas de chance, mon vieux ! », comme si j'avais manqué la balle en plein match de cricket.

Il avait toujours ce petit sourire au coin des lèvres, et Thea était contente d'avoir quelqu'un avec qui plaisanter. Puis il cessa de sourire et étudia son visage d'un air interrogateur. Le silence autour d'eux se fit aussi dense que l'obscurité. Elle aurait dû rentrer dans l'auberge, mais elle n'avait pas envie de le quitter tout de suite, au moment où ils allaient peut-être se sourire de nouveau.

— La jungle est terrible, dit-il abruptement.

Thea sursauta.

— Je… Pardon ? La jungle ?

— La forêt tropicale. Tout y est plus grand, plus éclatant. On y croise des serpents plus longs qu'un navire de guerre, des papillons gros comme ma main. On peut quasiment voir les plantes pousser. Mais là où grouille la vie, la mort rôde. Il n'y a ni passé ni avenir, seulement le présent et la nécessité d'échapper aux innombrables façons de mourir.

— Donc, quand on pénètre dans la jungle, on risque de ne pas en sortir vivant. C'est un peu comme une réception mondaine, pouffa-t-elle.

Il émit une sorte de gloussement.

— Toutes ces fleurs vénéneuses... ces plantes rampantes et grimpantes qui vous étouffent.

— Ces cannibales..., renchérit-elle.

— Absolument. Entre la jungle et l'Almack's[1], je choisis la jungle sans hésiter.

Il marqua une pause.

— Avant de m'y aventurer, je connaissais les dangers de la jungle. Je n'ai été trahi par personne, contrairement à vo... votre sœur. Cela rend les choses plus supportables.

Elle sentit son cœur se serrer. Il ne comprenait pas : son père et sa mère pensaient que c'était *elle* qui les avait trahis.

Mais il lui témoignait de nouveau de la gentillesse.

Sans réfléchir, elle s'approcha et posa une main sur sa joue balafrée. Il ne bougea pas. Sa peau était chaude et douce, malgré sa barbe naissante. En réalité, ses cicatrices n'étaient pas si vilaines, elles faisaient simplement partie de lui. Elle posa son autre main sur sa joue droite, tenant entre ses doigts ce visage énergique.

— En fait, vous n'êtes qu'un homme, murmura-t-elle.

Il l'observait d'un air troublé, comme si elle était une énigme qu'il avait déjà résolue mais ne comprenait toujours pas. Elle aurait bien aimé savoir quelles pensées se formaient derrière ses yeux mordorés.

1. Club mondain élitiste de Londres qui exista de 1765 à 1871. (*N.d.T.*)

Puis il lui prit les mains et les écarta de sa figure. Il était si près, si solide. Si seulement il avait pu l'attirer contre lui, l'étreindre... Oh, il y avait si longtemps que personne ne l'avait serrée dans ses bras !

Trop longtemps, manifestement, si elle comptait sur lui pour la réconforter ! Elle ne devait pas oublier qu'elle n'était pour lui qu'un moyen d'atteindre son but, et que c'était réciproque. Il ne serait jamais son ami.

Elle se dégagea et s'écarta lentement.

— Vous n'avez aucune raison d'avoir peur de moi, dit-il, nouant ses mains derrière son dos.

— Vous avez menacé mon amie.

— Je n'avais pas de mauvaises intentions. Ce n'était qu'une manœuvre pour vous forcer la main.

— C'était mal de votre part.

— En effet.

— Vous ne semblez pas avoir de remords.

Il haussa les épaules.

— Je voulais quelque chose, je l'ai obtenu. En l'occurrence, c'était vous que je voulais.

Un frisson la parcourut. Le clair de lune la rendait idiote !

— Il fallait que je n'épouse pas Beau Russell, que j'accepte de me marier avec vous et que vous empochiez votre argent, résuma-t-elle.

— Exactement. Vous serez en sécurité avec moi, vous avez ma parole.

Comme ce serait merveilleux d'avoir de nouveau le sentiment d'être à l'abri du danger... Elle avait longtemps eu ce sentiment-là, jusqu'à l'instant fatidique, dans cette salle de bal, où son univers s'était écroulé et où elle avait découvert que tout ce en quoi elle croyait pouvait disparaître en un clin d'œil.

— Je me demande parfois s'il est possible pour quelqu'un comme moi de se sentir en sécurité, murmura-t-elle.

Soudain, elle n'avait plus envie de parler.

— Je suis fatiguée. Je vous souhaite une bonne nuit, à vous et vos plantes.

Elle se détourna et s'éloigna.

— Comtesse !

À contrecœur, elle pivota à demi.

— Le public avait raison, ajouta-t-il. Percy et Francis auraient dû être punis.

Sans doute était-elle vraiment exténuée, car elle pensa seulement que ça ne marchait pas comme ça et que son plan était désespérément stupide.

Mais, le lendemain matin, elle retrouverait son courage. Elle fit donc comme si c'était déjà le matin.

— Ils seront punis, déclara-t-elle crânement.

Puis, avant de commettre une folie – par exemple, se jeter dans les bras du comte et cacher son visage contre son torse –, elle rentra dans l'auberge en courant.

6

Ah, Londres, maudite ville ! pestait Rafe, deux jours plus tard, en traversant la City où régnait une vive animation et où le commerce battait son plein. La crasse, la puanteur, le vacarme, *les gens*.

Londres le mettait de très mauvaise humeur, ce qui se lisait sur sa figure et incitait autrui à ne pas l'énerver davantage.

Ce fut donc avec une plaisante rapidité que Rafe et son notaire, qui l'avait aidé à élaborer le stratagème du mariage frauduleux, persuadèrent les curateurs qu'il était bel et bien marié et qu'ils pouvaient donc débloquer le capital. Mais ces choses-là prenaient un peu de temps, déclara le notaire : tant que l'argent ne serait pas dans sa poche, Rafe aurait intérêt à garder Thea sous la main afin de dissiper tout soupçon.

— Ce n'est pas un problème, rétorqua Rafe d'un ton brusque, étouffant le souvenir de la main de Thea sur sa joue.

Il l'installerait dans une aile de Brinkley End, où il ne la verrait jamais, ne lui parlerait pas et ne serait pas tenté de la toucher. Il n'y avait pas de place dans son plan pour Thea Knight et son sourire contagieux.

Néanmoins, puisqu'ils étaient près de la Bourse de commerce, Rafe décida subitement de rendre visite au père de Thea, dont les bureaux se trouvaient dans le quartier. Cette initiative n'entrait pas dans son plan et était, de surcroît, parfaitement déraisonnable, mais l'histoire que Thea avait racontée au relais de poste lui trottait dans la tête. Il était curieux. Quel genre de père abandonnait sa fille pour satisfaire ses propres ambitions ?

M. Knight était un homme à l'élégance tapageuse et à la démarche sautillante malgré sa corpulence. Lorsque Rafe lui apprit qu'il avait épousé Helen – fait sa connaissance dans le Warwickshire… tombé amoureux… pouvait pas attendre… le destin, etc. –, le bonhomme parut rajeunir de dix ans.

— Saperlipopette, notre Helen, une comtesse ! s'exclama-t-il, réjoui, en battant des mains. Elle a réussi, ajouta-t-il à mi-voix, se parlant à lui-même. Nous pouvons être tranquilles.

— Vous avez une autre fille, n'est-ce pas ? Thea, si je ne m'abuse.

M. Knight secoua la tête et soupira.

— Je ne comprends pas ce que nous avons raté avec elle.

— Avez-vous jamais songé, monsieur Knight, que les hommes qui l'ont traînée dans la boue avaient peut-être menti ?

— Thea est un trublion. Nous n'avons jamais réussi à lui imposer la moindre règle. Elle faisait constamment des bêtises, et cette fois-là, elle est allée trop loin. Mais ne vous inquiétez pas, notre Helen est différente. Elle vous fera honneur.

Il s'interrompit un instant, avant de reprendre avec un grand sourire :

— Lorsque Mlle Larke a invité Helen, nous n'imaginions pas que notre fille en profiterait pour épouser un comte. Il faut que vous dîniez avec nous ce soir !

Rafe aurait préféré plonger dans un bassin infesté de piranhas. Cela dut se lire sur son visage, car M. Knight fit précipitamment machine arrière.

— Pardonnez mon inconvenance, monsieur le comte. Je ne voudrais surtout pas abuser.

— Demain, j'emmène votre fille dans mon domaine du Somersetshire. Nous sommes des jeunes mariés, nous avons besoin d'intimité. Pendant tout un mois, le mariage sera notre secret, ajouta Rafe à mi-voix, d'un air de conspirateur.

— Saperlipopette ! Un secret entre mon gendre, le comte de Luxborough, et moi !

À ce moment, Rafe aurait dû prendre congé. Au lieu de quoi, il déclara :

— Mon notaire que voici désire discuter du contrat de mariage.

Ledit notaire n'était pas au courant et haussa un sourcil surpris, ce que Knight ne remarqua pas. Le bonhomme expliqua qu'il avait mis de côté quinze mille livres pour chacune de ses aînées, afin qu'elles soient à l'abri du besoin s'il était de nouveau ruiné. Mais, dans la mesure où il n'avait désormais qu'une fille susceptible de se marier – et, ma foi, elle avait épousé un comte ! –, il confierait les trente mille livres à Sa Seigneurie.

— Quinze mille suffiront, articula Rafe.

Il s'agissait ensuite de coucher tout cela sur le papier, une tâche fastidieuse, cependant la paperasse procurait un plaisir pervers au notaire de Rafe, qui eut tôt fait d'établir les documents nécessaires pour recevoir les fonds.

Quand Rafe et lui se retrouvèrent dans la rue, le notaire accepta d'ouvrir un compte au nom de Thea, où serait déposée sa dot. Elle devait l'ignorer, insista Rafe, jusqu'à ce qu'il soit prêt à lui annoncer qu'elle disposait d'une petite fortune. Si elle l'apprenait maintenant, elle le quitterait, or il devait la garder sous la main.

Une fois de plus, il chassa le souvenir des doigts fuselés de la jeune femme sur son visage. La garder sous la main, d'accord, mais ce n'était qu'une façon de parler, se répéta-t-il durant le trajet jusqu'à sa résidence londonienne.

Il découvrit là-bas qu'il n'était pas encore au bout de ses peines.

William Dudley était là, faisant les cent pas devant son hôtel particulier. Comme la dernière fois, le comédien était hirsute et affublé d'une robe de chambre élimée. Gesticulant, il vociférait que le comte de Luxborough était un démon, un sorcier, un empoisonneur.

Un numéro très convaincant, Rafe devait le reconnaître. On aurait presque pu croire que Dudley était un authentique illuminé, à l'instar des innombrables énergumènes qui braillaient leurs messages sur les places. Les membres des classes supérieures se targuaient d'être des esprits éclairés, mais la population sans instruction restait profondément attachée à ses superstitions. La légende d'un aristocrate qui portait sur la figure la marque du diable s'y répandait comme une traînée de poudre.

Rafe s'arrêta devant Dudley, qui grimaça un sourire d'excuse et poursuivit d'une voix stridente :

— Gare au sorcier qui fait pleuvoir des démons sur la tête des innocents !

— J'ai déjà entendu ça, Dudley. Vous n'avez pas un texte inédit ?

Balayant d'un regard inquiet la rue déserte, Dudley répondit de sa voix normale :

— Désolé, monsieur le comte, je n'ai pas eu le temps d'en préparer un autre. Lord Ventnor ignorait que vous reviendriez à Londres, il m'a envoyé ici dare-dare.

— Il vous paie bien, j'espère ?

— Prenez garde au sorcier ! Il a conclu un pacte avec le diable ! hurla Dudley, qui jeta un nouveau coup d'œil alentour puis chuchota : Oui, il paie bien. Les temps sont durs pour un comédien, surtout en été, quand tout le monde a quitté la ville.

Tout le monde, autrement dit la bonne société qui, pour fuir la touffeur et la puanteur de Londres, se réfugiait à la campagne. Hélas, Ventnor rôdait encore dans les parages.

— Si les voisins avaient été là, ils vous auraient fait jeter en prison. Taisez-vous, d'accord ? Ventnor n'en saura rien.

L'acteur scruta une fois de plus la rue, comme s'il craignait que le vicomte ne soit tapi dans quelque rigole.

— Lord Ventnor sait tout. Vous n'imaginez pas ce qu'il me ferait si...

— Si, j'imagine, soupira Rafe.

Et il s'engouffra dans le hall de sa demeure pour se débarrasser de la crasse londonienne.

Rafe sortait de son bain quand on lui annonça que l'évêque de Dartford était en train de prendre le thé dans le salon.

De plus, déclara nerveusement le majordome, les factures s'empilaient sur le bureau de Sa Seigneurie, relatives aux paquets qui s'empilaient dans le boudoir de la comtesse. D'élégantes boutiques de Bond Street avaient fait livrer le tout : les paquets pour la comtesse, les factures pour le comte.

Serrant ces dernières dans son poing, Rafe gagna le salon et y découvrit Nicholas installé devant un plat de gâteaux. Il tenait une théière ornée d'un motif floral et remplissait une tasse assortie. Ses mouvements faisaient bouffer les manches volumineuses de son costume d'évêque. Comme d'habitude, ses cheveux gris qui se raréfiaient étaient mal coiffés.

— Rafe, mon garçon, quel plaisir de te voir !

— Plaisir réciproque, répliqua Rafe avec affection. Quel mauvais tour es-tu en train de mijoter, espèce de chenapan ?

L'évêque sourit en battant des cils.

— Je ne comprends pas pourquoi tu tolères ça, déclara-t-il, pointant sa tasse vers la fenêtre par où leur parvenaient, heureusement assourdis, les braillements de Dudley. Accuser les gens de sorcellerie, c'est de la diffamation et c'est illégal.

— Si je faisais arrêter Dudley, Ventnor le remplacerait immédiatement.

— Dudley ? Oh...

Nicholas posa sa tasse et alla se camper devant la fenêtre.

— William Dudley... Oui, bien sûr, voilà pourquoi il me semblait le connaître. Je l'ai vu naguère au théâtre, il donnait la réplique à Sarah Holloway. Quelle merveilleuse comédienne, et quel dommage qu'elle ait disparu ! Elle avait une chevelure rousse magnifique, et une sublime paire de...

— Nicholas...

— ... paire de poumons, acheva Nicholas, goguenard. Tu aimais le théâtre, à une époque. Tu nous accompagnais quelquefois, Judith et moi.

— Je le referai peut-être.

— Miracle ! Rafe Landcross accepte de se montrer sociable !

— J'ai accepté d'aller au théâtre, rectifia Rafe. Où je me montrerai extrêmement associable. Je n'adresserai la parole à personne, je fusillerai tout le monde du regard, au point que les comédiens en tomberont de la scène.

Hilare, l'évêque retourna s'asseoir et se remit à siroter son thé. Rafe se posta à son tour devant la fenêtre et examina les factures pour voir ce que Thea avait acheté. Boutons d'argent. Mouchoirs en dentelle. Boîtes à priser. Des babioles faciles à revendre, ce qui rapporterait une jolie somme. Car Thea Knight n'était pas folle. Penser le contraire serait une grave erreur.

Elle devait vraiment avoir besoin d'argent pour mettre ainsi son plan en péril et courir le risque qu'on découvre qu'elle n'était pas Helen. Il était regrettable qu'il ne puisse lui révéler qu'elle serait bientôt financièrement à l'aise.

— Ce thé fumé est divin, dit Nicholas. Judith l'adorerait.

— Tu n'as qu'à le prendre. C'est un cadeau de mon nouveau beau-père, M. Knight.

Nicholas reposa brusquement sa tasse sur sa soucoupe dans un tintement de porcelaine.

— Tu lui as parlé ? Je pensais que tu avais décidé de rester discret. À moins qu'il n'ait appris la vérité ?

— Non, il est persuadé que j'ai épousé sa chère Helen. Mais, grâce à moi, Thea aura sa dot. Ses parents n'ont pas cru sa version des faits, au moment du scandale, et ils l'ont tout bonnement jetée dehors. Elle mérite mieux, même si c'est une enquiquineuse de premier ordre.

— Une enquiquineuse, vraiment ? ironisa Nicholas. Quand tu prononces son nom, il y a sur ton visage une expression qui…

— Elle a pris la calèche des Luxborough, le coupa Rafe, brandissant les factures. Elle a emmené un laquais vêtu de la livrée des Luxborough, elle a crié sur les toits qu'elle était la comtesse de Luxborough, et elle a dévalisé les boutiques de Bond Street.

— Je l'aime déjà, rétorqua l'évêque avec un sourire angélique – or il n'était pas un ange, loin de là. Et toi, Rafe ? Tu l'aimes bien, n'est-ce pas ?

— Ah non, ne me fais pas ça.

— Quoi donc ?

— Épargne-moi cette mine candide, s'il te plaît. Et n'espère pas la rencontrer.

— Il faudrait pourtant que je fasse la connaissance de ta jeune épouse.

— Elle n'est pas mon épouse ! Ce n'est pas un vrai mariage, tu le sais pertinemment.

— Ça pourrait l'être, répliqua gaiement Nicholas.

— Ça suffit. Dépêche-toi de déguerpir.

— Mais je n'ai pas fini mon thé.

Rafe saisit la tasse et la vida dans le pot d'une plante verte.

— Voilà, tu l'as terminé. Et maintenant, tu t'en vas.

— Ne me parle pas sur ce ton, gloussa l'évêque. Je suis un saint homme.

— Tu es un casse-pieds. Et comme tu commences à m'agacer, je te mets à la porte.

Nicholas se resservit tranquillement du thé.

— Tu ne la trouves donc pas attirante.

— Bien sûr qu'elle est attirante. Elle est... euh...

Il se remémora Thea au clair de lune, enjouée, courageuse et seule au monde ; ses mains fines sur son visage balafré. Il aurait pu l'enlacer, la serrer dans ses bras.

— Elle est tout à fait charmante, acheva-t-il.

— Ta figure ne l'effraie pas ?

— Elle en plaisante, bougonna Rafe.

— Elle détesterait être mariée avec toi ?

— Arrête, s'il te plaît. Combien de fois t'ai-je dit que je ne me remarierais jamais ? Je ne suis pas doué pour le mariage.

— Personne ne l'est, c'est ce qui rend la vie conjugale si amusante.

Nicholas but son thé à petites gorgées, ses yeux pétillants rivés sur Rafe.

— Cette jeune femme me semble parfaite pour toi.

— Nous nous mentons mutuellement.

— Absolument parfaite.

— En plus, elle aime les gens.

— Oh Seigneur, quelle horreur !

— Une semaine à Brinkley End, et elle se mettra à broyer du noir. Elle n'aura qu'une envie : revenir à Londres.

Car Rafe n'était tout simplement pas capable de rendre quelqu'un heureux. Il avait déjà une épouse enterrée à Brinkley End. Il ne tenait pas à avoir là-bas une deuxième tombe.

— Tu n'en sais rien, objecta Nicholas, têtu. Laisse-moi lui poser la question.

— Non ! Vous êtes deux fripons, qui sait ce que vous pourriez mijoter ? Tu devrais t'en aller avant qu'elle rentre.

— Je me conduirai bien, promis.

— Tu ne t'es jamais bien conduit.

Nicholas s'étira en bâillant.

— Bon, je m'en vais. Je regrette que tu retournes si tôt dans le Somersetshire. Judith se plaint de ne jamais te voir.

— Dis-lui que j'ai la même tête que la dernière fois, que je suis juste un peu plus vieux et plus sinistre.

— Tu aurais dû aller au bord de la mer avec Christopher et sa tribu. Les garçons ont demandé où tu étais. Ils veulent apprendre à chasser le jaguar.

Son frère Christopher était l'un des rares humains avec qui Rafe se sentait vraiment à l'aise. En revanche, sa famille – son épouse Mary, que Christopher vénérait, et leur troupeau de gamins – le terrorisait.

— J'ignore comment on chasse le jaguar. Au cas où tu ne l'aurais pas remarqué, c'est le jaguar qui m'a eu.

— Si c'était le cas, tu ne serais pas là pour en parler.

— Et Christopher aurait le titre de comte, il y aurait de nouveau une vraie famille à Brinkley End, et tout irait…

— Ne dis pas ça !

Nicholas se leva d'un bond, soudain sérieux. La colère flambait dans ses yeux.

— Ne t'avise pas de le dire, Rafe.

— … et tout irait pour le mieux dans le meilleur des mondes, acheva Rafe d'un air de défi.

— Brinkley End…

— N'est pas mon foyer, le coupa Rafe. Il ne l'a jamais été et ne le sera jamais.

— Pas si tu t'en persuades, effectivement.

Des paroles que Thea aurait pu prononcer. Ils faisaient la paire, Thea et Nicholas, bavards et guillerets, et ne comprenant rien. Rafe se mit à arpenter le salon.

— Tu as fait tout ce que tu pouvais pour Katharine, reprit Nicholas.

— Ça n'a rien à voir avec Katharine.

— Tu n'es pour rien dans sa mort.

— Elle est partie à cheval, en plein orage, pour me fuir. J'avais promis de veiller sur elle, et j'ai failli à ma promesse.

— C'est ce que tu te répètes, mais as-tu pensé que ce n'était peut-être pas vrai ?

— Tu n'étais pas là, Nicholas. Moi, je sais que c'est vrai.

— Tu laisses le remords te...

— Il ne s'agit pas de ça. Je ne suis tout bonnement pas taillé pour... pour le mariage.

— Katharine était un être singulier. Tu ne pouvais rien faire de plus pour elle.

Rafe secoua la tête, fatigué de cette discussion. L'évêque s'obstinait à l'absoudre, mais lui ne pouvait oublier son échec ni cette vérité : il était incapable de s'occuper d'une créature plus complexe qu'un végétal.

Un silence lourd s'abattit sur le salon, bientôt troublé par le bruit d'une voiture qui s'arrêtait devant le perron. Nicholas se précipita vers la fenêtre.

— C'est elle ? Oh oui, c'est elle !

Rafe se surprit à s'approcher lui aussi de la fenêtre. Gilbert, le domestique de Thea, aidait cette dernière à descendre de la calèche. Elle avait l'allure d'une comtesse, dans son élégante tenue rayée de bleu. Un imposant chapeau complétait l'ensemble et cachait opportunément son visage.

Puis elle leva la tête pour admirer la façade, et un rayon de soleil effleura sa mâchoire et son cou de cygne.

— Elle est ravissante ! s'extasia Nicholas. Puis-je lui parler ? S'il te plaît !

— Non.

Les deux mains sur le dos de l'évêque qui gloussait, Rafe le poussa vers le hall et lui ordonna de sortir par les cuisines. Un instant plus tard, le majordome ouvrait la porte d'entrée et Rafe se campait sur le perron.

— Sauvez-vous, belle dame ! glapit Dudley. Vous êtes dans le repaire du diable !

Thea, qui montait les marches, se retourna.

— Oh… c'est comme ça qu'on appelle Mayfair, à présent ?

— C'est un sauvage qui vit là ! Il pactise avec le démon.

— Ne soyez pas stupide. Il ne pactise avec personne.

— Cette jeune femme va te ravigoter, pouffa soudain Nicholas derrière Rafe.

Celui-ci se retourna d'un bond.

— Je t'ai demandé de partir.

— Pas question, mon garçon. Je ne manquerais ça pour rien au monde.

7

Thea avait eu l'intention d'ignorer l'homme en robe de chambre noire. Comme tous les Londoniens, elle connaissait ce genre de personnage. On en rencontrait à tous les coins de rue.

De plus, sa journée l'avait épuisée. Elle était d'abord allée avec Gilbert apporter son manuscrit à l'éditeur d'Arabella et rencontrer M. Witherspoon, qui l'aiderait à faire connaître son œuvre. Il était aussi compétent qu'Arabella le disait : il avait écouté les souhaits de Thea, puis lui avait expliqué succinctement comment il procéderait, combien de saute-ruisseau il engagerait, à quels caricaturistes il passerait commande et, naturellement, combien tout cela coûterait. La somme était effarante, cependant Thea avait déclaré avec assurance qu'elle lui remettrait prochainement l'argent. Puis elle s'était lancée dans sa périlleuse tournée des boutiques, en priant pour que personne ne la reconnaisse.

Elle avait espéré rentrer avant Luxborough, ce qui lui aurait permis de prétexter une migraine pour s'enfermer dans sa chambre et éviter des questions gênantes sur ses emplettes.

Peut-être aurait-elle pu faire ce qu'elle avait prévu si elle n'avait pas imprudemment demandé qu'on arrête la voiture dans Warren Street, un peu avant la porte bleue au heurtoir de cuivre en forme de sirène.

Sa mère avait planté des fleurs roses dans les jardinières accrochées aux fenêtres et changé les rideaux du premier étage.

Soudain, la porte bleue s'était ouverte, et Mme Knight était apparue, comme si son instinct lui soufflait que sa fille aînée était de retour. Puis M. Knight avait monté quatre à quatre les marches du perron et avait fait tournoyer sa femme. Tous deux riaient aux éclats.

Les yeux embués, Thea avait souri. Les Knight n'avaient pas encore de nouvelles d'Helen, par conséquent ils devaient avoir remporté un autre succès. Comme Thea aurait aimé le fêter avec eux ! Si seulement elle avait pu franchir cette porte bleue, adresser un clin d'œil à la sirène de cuivre et se retrouver chez elle...

Mais une autre voiture était passée, et quand elle avait disparu au bout de la rue, la porte bleue s'était refermée sur les Knight.

Thea n'avait plus rien à faire, sinon attendre la publication de son pamphlet et ne jamais oublier que le comte de Luxborough était un ennemi, même s'il était capable de gentillesse à l'égard des plantes et des femmes éplorées.

Il sortait justement sur le perron. Une mèche noire encore humide balayait son front. Lord Luxborough avait pris un bain et était frais comme une rose.

Ils se regardèrent, et elle décela au fond de ses yeux la lueur qu'elle y avait vue lors de leur première rencontre. Lentement, il descendit trois marches.

Tout à coup, elle se sentait beaucoup moins lasse.

Elle s'apprêtait à le saluer quand elle fut distraite par l'apparition dans l'encadrement de la porte d'un homme grisonnant au sourire malicieux – un évêque, à en juger par ses larges manches. L'illuminé l'apostropha de nouveau :

— Vous voulez entrer dans le repaire du diable, milady ? Seriez-vous une sorcière ?

Elle braqua sur lui le regard impérieux qu'elle s'était forcée à arborer toute la journée.

— Allons donc ! Je suis la comtesse.

Le fanatique lança un coup d'œil à Luxborough et recula d'un air épouvanté.

— Vous êtes revenue d'entre les morts ! Il vous a d'abord tuée avec sa sorcellerie, et ensuite il vous a sortie de la tombe !

Toujours ces rumeurs absurdes.

— Je suis sa seconde épouse, dit-elle à mi-voix, pour que Luxborough ne l'entende pas. Que savez-vous de la première ?

— Il l'a ensorcelée, empoisonnée, et il a fait d'elle son esclave.

— Ce n'est pas rien. Mais pourquoi aurait-il fait tout ça ?

— Parce que c'est un démon ! Un sorcier ! Un...

— Oui, oui, j'ai saisi, l'interrompit-elle. Mais s'il possède un tel pouvoir, pourquoi s'en servir contre sa pauvre femme ? Cela m'a toujours paru incompréhensible. Imaginez une dame accusée de sorcellerie parce qu'elle s'est disputée avec son voisin, lequel deux jours plus tard attrape la vérole. « Sapristi, s'écrie-t-il, le diable m'a donné la vérole par le truchement de ma voisine ! » Elle pratique la magie noire, mais elle ne s'en sert pas pour s'enrichir, par exemple. Non, elle s'en sert pour couvrir son voisin de pustules.

L'illuminé battit des paupières.

— Vous avez le démon en vous, milady ?

— Je suis affamée. C'est diabolique ?

— Prenez garde au sorcier ! Il vous tuera !

— Mais ensuite il m'extirpera de ma tombe, comme il l'a fait pour sa première épouse et un bon millier d'autres femmes ! déclara-t-elle d'une voix forte.

— Que… Quoi ?

— Oui, un millier de femmes assassinées, ressuscitées et enrôlées dans l'armée des mortes. Quand elles marcheront sur Londres, faites attention à vous, mon brave.

Son interlocuteur la dévisagea, les yeux ronds.

— Vous êtes folle, décréta-t-il d'un ton parfaitement normal. Elle est folle, répéta-t-il, s'adressant au comte immobile sur le perron.

Thea se retourna. L'évêque se tordait de rire. Luxborough lui donna un coup de coude dans les côtes, ce qui redoubla son hilarité. Un sourire jouait sur les lèvres de Luxborough, qui descendit les marches. Il était en chemise, ce qui mettait en valeur sa carrure, et son gilet lie-de-vin soulignait une taille bien prise et des hanches étroites.

Avant Luxborough, Thea n'avait jamais remarqué à quel point les hommes pouvaient être fascinants.

— Vous ne cessez de me surprendre, comtesse, dit-il. Cette armée des mortes… une trouvaille. Pauvre Dudley.

— Vous le connaissez ?

— Il s'appelle William Dudley, et il… Oh, nom d'une pipe, grommela-t-il en lui agrippant le bras. Voilà Ventnor qui arrive. Rentrez vite.

Effrayée, Thea retroussa le bas de sa jupe, monta les marches quatre à quatre et s'engouffra dans le hall. Passant devant l'évêque sans lui adresser un regard, elle se précipita dans le salon. Le cœur battant, l'estomac noué, elle regarda par la fenêtre la voiture de lord Ventnor qui approchait.

C'était un carrosse majestueux, d'un noir luisant, tiré par quatre chevaux gris parfaitement identiques. Le blason du vicomte ornait la portière, et trois laquais étaient juchés à l'arrière, eux aussi identiques : même morphologie, même livrée pourpre et même perruque blanche. Ils sautèrent à terre dès que la voiture s'arrêta. L'un ouvrit la portière, le deuxième déplia le marchepied, et le troisième déroula sur la chaussée un tapis également pourpre.

Puis les trois s'alignèrent le long du tapis, comme si le prince régent en personne s'apprêtait à le fouler.

Des profondeurs du carrosse surgit une longue et fine canne en ébène avec un embout d'argent.

Puis apparut une jambe moulée de soie noire.

Et enfin lord Ventnor en entier, grand et mince, impeccable dans une redingote noire, un gilet rayé de gris, coiffé d'un grand chapeau noir sur de longs cheveux blancs.

Il descendit sur le tapis, y planta l'embout d'argent de sa canne et posa ses mains gantées sur la poignée d'argent. D'un même mouvement, les trois laquais s'inclinèrent très bas. Lord Ventnor attendit qu'ils se soient redressés pour s'avancer vers le comte.

Il était semblable à l'image que Thea avait gravée dans sa mémoire. Ce soir-là, dans la salle de bal, Ventnor lui avait paru gigantesque, et tout, autour de lui, était devenu flou. Éperdue, elle avait essayé de comprendre, de protester – « Vous mentez, c'est faux ! » –, mais le choc l'avait rendue muette. Elle était restée plantée là, tel un gibier acculé par les chasseurs, jusqu'à ce que lady Ventnor la fasse gentiment sortir de la salle tandis que Percy Russell jubilait.

Percy Russell qui descendait à son tour du carrosse avec un sourire suffisant. Il était à la pointe de la mode : redingote vert bouteille sur un gilet vert menthe, les pointes de son haut col amidonné frôlant ses joues roses. Les années avaient été clémentes avec lui, mais les goujats de son acabit étaient toujours florissants, puisque le monde leur appartenait.

— Je le hais. *L'Honorable* Percival Russell, siffla-t-elle.

Elle lança un coup d'œil oblique à l'évêque qui l'avait suivie.

— C'est mal de haïr quelqu'un, je le sais.

— Eh oui, fit-il d'un ton indiquant qu'il pensait le contraire.

— Nous sommes censés aimer nos semblables, non ?

— Effectivement, néanmoins... certains de nos semblables sont de sales petits morveux.

Surprise, elle laissa échapper un rire qu'elle s'empressa de ravaler.

— Excusez-moi, je... je pensais que vous étiez évêque.

— J'en suis souvent aussi surpris que vous.

Il la salua d'une révérence qui fit voleter ses manches.

— Nicholas Landcross, évêque de Dartford, pour vous servir. Le père de Rafe était mon cousin, ce qui signifie que vous et moi sommes désormais parents.

— Ah...

— Ne vous inquiétez pas, je ne suis pas aussi abominable qu'on le prétend.

Thea regarda de nouveau par la fenêtre. Percy était nonchalamment adossé à la voiture. Luxborough et Ventnor se faisaient face. Le comte semblait très à l'aise, le vicomte brandissait sa canne. Thea ne l'avait jamais vu s'appuyer sur cette canne pour marcher. Il s'en servait uniquement pour menacer les gens.

Elle songea soudain que Luxborough n'avait aucune raison de l'éloigner de Ventnor, sauf s'il voulait la protéger, sachant que le vicomte serait odieux avec elle.

Si seulement elle avait eu ce soir-là le courage de tenir tête à Ventnor, lorsqu'il l'avait insultée et que ses invités si distingués l'avaient toisée avec dégoût, comme si elle ne valait pas mieux que du crottin de cheval ! Elle se détestait pour sa faiblesse autant qu'elle détestait tous ces gens. Cependant, si quelqu'un l'avait défendue – ce que ses parents auraient fait, bien sûr, s'ils avaient su la vérité –, elle aurait peut-être été plus forte.

Ce serait merveilleux d'avoir près d'elle quelqu'un qui veuille la défendre. Un homme grand, solide, capable d'affronter des bêtes sauvages et des lords tout à fait civilisés.

— J'ai quelque chose à vous confesser, déclara-t-elle brusquement à l'évêque.

— Non, non, je vous en prie, ne dites rien.

— Je fais des choses répréhensibles, voyez-vous. Je mens, je vole, je... C'est mal.

L'évêque poussa un soupir à fendre l'âme.

— L'un de mes amis, qui est médecin, ne peut pas passer une heure dans son club préféré à lire tranquillement le journal sans que quelqu'un vienne lui parler de ses maux divers et variés. Eh bien, j'ai le même problème : partout où je vais, les gens veulent me confesser leurs péchés.

— Oh, je suis désolée, répondit Thea, songeuse. Quoique... Ce doit être croustillant, non ?

— Hélas, la plupart des gens commettent des péchés totalement insipides. Aussi, ma chère, si votre conscience vous tracasse, ce que je comprends, ne la laissez pas me tracasser également.

— Elle me tracasse épisodiquement, lorsque je crains de berner un individu capable de bonté, moi qui ai juré de ne m'en prendre qu'aux êtres malfaisants et aux puissants.

L'évêque haussa les épaules.

— Ma foi, dites-vous que ça fait sans doute du bien à l'individu en question.

Dehors, Ventnor était en train de parler au fanatique, qui tourna brusquement les talons et s'enfuit en courant. Ventnor et Percy s'esclaffèrent.

— Certaines personnes ont fait beaucoup de mal à d'autres, déclara-t-elle d'une voix sourde, mais on ne veut pas en entendre parler. Pourquoi certains peuvent-ils prendre la parole et être écoutés, quand d'autres doivent se taire ? D'où tiennent-ils le pouvoir de décréter la vérité ?

Elle pointa l'index vers Luxborough.

— Et lui, pourquoi permet-il qu'on le calomnie de cette façon ?

— Parce que Rafe pense que ce n'est pas faux.

— Il se prend pour un sorcier ?

— Il est rongé par le remords, voilà pourquoi il ne dément pas les mauvaises langues qui l'accusent du pire. En réalité, son seul péché est d'être aussi humain et imparfait que nous tous. Mais il se reproche de ne pas avoir été à la hauteur, d'avoir échoué.

— C'est-à-dire ?

L'évêque ne répondit pas.

— Vous avez beaucoup d'affection pour lui, constata-t-elle.

— Il est comme un fils pour moi. Vous veillerez sur lui à ma place, n'est-ce pas ?

— Veiller sur lui ?

Dans la rue, Ventnor regagnait son carrosse.

— Je dois m'en aller, annonça l'évêque en saisissant son chapeau, qu'il enfonça sur sa tête. Rafe est un bon garçon, mais il est prisonnier de fausses convictions. Si quelqu'un l'en délivrait, ce serait formidable.

Il se détourna, hésita.

— Le jaguar lui a sauvé la vie, voyez-vous.

— De quelle façon ?

— Posez-lui la question, un de ces jours.

Sur ces paroles énigmatiques, l'évêque de Dartford sortit du salon en fredonnant.

Lord Ventnor était tellement content de lui qu'il avait à peine remarqué les deux silhouettes aux contours flous derrière les épais carreaux d'une fenêtre.

— Vraiment, Luxborough, je vous félicite pour ce beau mariage ! railla-t-il en feignant d'applaudir. Une boutiquière ! J'ai essayé de vous mettre en garde contre ces créatures qui prennent des airs faussement timides pour mieux vous flatter. Mais je présume qu'un homme comme vous...

Le regard de Ventnor se posa ostensiblement sur la joue balafrée de Rafe.

— ... est plus sensible que d'autres à la flatterie. Et c'est ainsi que... si je peux me permettre... Helen Knight vous a mis le grappin dessus.

Rafe aurait payé cher pour voir la mine de Ventnor quand il apprendrait sur qui, en réalité, Helen Knight avait mis le grappin.

— Je pensais que vous m'en seriez reconnaissant. Je me suis sacrifié pour sauver votre cher Beau.

Un dandy, blond comme l'était Katharine et visiblement très content de lui, s'appuyait contre la voiture. Percy Russell, l'odieuse canaille.

— Un égoïste qui se dit amoureux, sans se soucier du tort qu'une union aussi inappropriée ferait à toute notre famille, rétorqua Ventnor, qui toisa Rafe de la tête aux pieds. Mais je suppose que cela ne compte pas pour vous, vu l'insouciance avec laquelle vous entachez votre titre.

Rafe montra du menton Dudley, qui semblait prier pour que la terre l'engloutisse.

— Vous m'êtes sur ce point d'une aide précieuse, Ventnor, avec les fables que vous colportez à mon sujet.

— Vous avez apprécié mon petit cadeau ?

Ventnor pointa sa canne vers Dudley.

— On n'a plus besoin de vous. Déguerpissez.

Dudley jeta un regard navré à Rafe et s'enfuit au pas de course, les pans de sa robe de chambre noire battant ses lourdes bottes.

— Regarde-le courir, dit Ventnor à Percy.

Le père et le fils s'esclaffèrent.

— Un mot de moi, et ils détalent comme des lapins. Eh bien, Luxborough, ça ne vous amuse pas ? Mon pouvoir ne vous impressionne pas ?

— Lancer une fausse rumeur est à la portée de n'importe qui. Si vous voulez m'impressionner, faites cesser ces mensonges.

— Pour ça, vous savez ce que j'attends de vous : démentez les abominations que vous avez publiées au sujet de ma fille.

— C'était la vérité, et vous ne l'ignorez pas. Katharine était atrocement tourmentée. Personne ne devrait endurer seul cette souffrance.

Hélas, Katharine avait toujours dû supporter seule les horreurs intimes que lui infligeait son esprit. Même quand elle allait bien, elle vivait dans la peur que sa raison ne la quitte de nouveau. Rafe sentait encore ses mains agrippées aux siennes lorsque, terrifiée, elle lui murmurait :

— Que m'arrive-t-il, Rafe ? Je ne sais même plus qui je suis.

Il ne pouvait alors que la serrer dans ses bras, tenter de la calmer et masquer sa propre angoisse. Lorsqu'il avait publié un texte sur Katharine et la nécessité d'améliorer les traitements prescrits à tous ceux qui souffraient du même mal, Ventnor avait immédiatement riposté en clamant que sa fille n'était pas malade : à force de cruauté, Rafe lui avait détraqué l'esprit, il lui avait administré du poison et avait publié ces mensonges pour couvrir son infamie. Ne ménageant pas ses efforts, Ventnor avait recouru à des méthodes particulièrement inventives – dessins satiriques, lettres anonymes aux journalistes. Et tous ces gens étaient si prompts à gober les rumeurs les plus outrageantes qu'ils n'avaient plus aucun appétit pour la vérité.

— Je ne démentirai rien, ajouta Rafe. Je ne prétendrai pas, sous prétexte que cela vous arrange, que Katharine n'était pas malade.

— Vous n'êtes qu'un malotru doublé d'un égoïste ! Avez-vous pensé à ma plus jeune fille ? Daphné est bien mariée à présent, mais aucun homme ne l'aurait choisie si je n'avais pas vigoureusement réfuté vos assertions au sujet de Katharine. Et vous ne pensez pas non plus à mes futurs petits-enfants. Vous imaginez ce qu'ils auraient à supporter si les gens savaient ?

— Dans ce cas, usez de votre influence pour faire évoluer la bonne société. De cette façon, nous serons en mesure de traiter les malades comme Katharine avec compassion, au lieu de les enfermer et de leur imposer des conditions de vie honteuses.

— Pauvre naïf ! cracha Ventnor. Persuader le monde qu'il ne faut pas craindre la folie est une mission perdue d'avance, tandis que le convaincre que vous êtes un sorcier est facile. C'est une ânerie ?

Peu importe. Je ferai ce que m'impose mon devoir envers ma famille.

Rafe le dévisagea longuement.

— Vous êtes terrifié, Ventnor.

— Comment osez-vous ? gronda le vicomte, qui tremblait de rage. Ces rumeurs s'éteindraient d'elles-mêmes si vous vous conduisiez comme un homme normal. Vous les alimentez en vous cloîtrant à la campagne, où vous mitonnez des mixtures suspectes avec des étrangers et des sauvages. Mais vous avez toujours été bizarre. Je me souviens de la perplexité de votre père devant le garçon taciturne que vous étiez, qui courait les bois comme un vulgaire paysan au lieu de se comporter en aristocrate. Quel dommage !

Là-dessus, Ventnor pivota pour regagner son carrosse, foulant le tapis le long duquel le trio de laquais montait la garde. Il s'immobilisa un instant.

— Mmm ? fit Rafe.

— Au fait, vous ne m'avez pas remercié, dit Ventnor. Pour les orchidées. Sans moi, vous n'auriez jamais eu des spécimens aussi rares. J'attends un merci.

— Mmm.

Déconcerté, Ventnor laissa échapper un « ah ! » et s'engouffra dans sa voiture.

Rafe s'approcha de Percy Russell, toisant le jeune homme qui se redressa de toute sa taille pour se grandir.

— Sachez que je ne vous apprécie pas du tout, espèce de pitoyable geignard et...

— Vous ne pouvez rien contre moi, couina Russell. Mon père ne vous laissera pas faire.

— Mmm.

Comme Rafe restait planté devant lui, le jeune homme se déroba, marchant en crabe, et grimpa à toute allure dans la voiture. Les laquais roulèrent le tapis, replièrent le marchepied et se hissèrent à l'arrière du carrosse, qui s'ébranla.

Tandis que Rafe rentrait dans la demeure, il s'aperçut qu'il tenait toujours les factures de Thea. Ce serait amusant de voir quelles excuses la fine mouche trouverait. La taquiner un peu le distrairait et l'empêcherait de penser à Katharine et à Ventnor.

8

Il rencontra Thea dans le hall. Elle dénouait les rubans de son chapeau et, quand elle l'ôta, une épingle à cheveux tomba sur le sol, libérant une lourde mèche châtain qui roula dans son cou.

Rafe froissa les factures entre ses mains.

— L'évêque est parti ? demanda-t-il.

— Oui. Quel personnage singulier, n'est-ce pas ? Pour un évêque, je veux dire.

— De quoi avez-vous parlé ?

— Oh, je ne me rappelle plus.

Elle défit un à un les boutons du spencer qu'elle portait sur sa robe d'été bleu pastel, dont la taille haute était soulignée par un ruban bleu roi.

Rafe ne broncha pas. Il lissa les factures, étudia les chiffres pour effacer de son esprit rubans soyeux et peau de pêche.

— Je vais me retirer dans mes appartements, si vous le permettez. Je suis exténuée.

— Trop exténuée pour me dire combien d'argent vous avez dépensé aujourd'hui ?

— Je n'en ai pas la moindre idée. Les comtesses comme il faut ne calculent pas.

— Mais les comtes comme il faut le font.

Il agita les factures d'un air entendu, ce qui lui valut un regard noir des plus excitants.

— Poser une question dont on connaît déjà la réponse est détestable, commenta-t-elle en redressant le menton. Puisque c'est comme ça, je refuse de répondre. Non, non, ne discutez pas. Vous n'avez que ce que vous méritez.

Elle se détourna et se dirigea vers l'escalier en ondulant dédaigneusement des hanches. Rafe lui emboîta le pas, captivé par la façon dont la mousseline de sa robe s'enroulait autour de ses jambes et de ses chevilles. Ses chevilles notoirement fascinantes.

— Soixante boutons d'argent !

Elle montait les marches, le tissu de sa robe glissant sur une croupe encore plus fascinante que ses chevilles.

— Pourquoi auriez-vous besoin de soixante boutons ?

— Les acheter en gros est beaucoup plus avantageux, n'importe quelle fille de marchand vous le dirait. J'aurais cru que vous m'en seriez reconnaissant, mais non, vous vous plaignez.

Rafe réprima un sourire.

— Une boîte à musique incrustée de pierreries, reprit-il, poursuivant son énumération.

— Les comtesses comme il faut ont des boîtes à musique de ce genre.

— Elles ont également l'habitude de priser ? Vous avez acheté une tabatière en émail peinte à la main, ornée de perles.

— C'était un cadeau pour vous, mais vous m'avez trop contrariée, je ne vous le donnerai pas.

Drapée dans sa dignité et son dédain, elle gravit la volée de marches suivante. Rafe la suivit – il s'amusait trop pour s'en tenir là.

— Une lorgnette de théâtre en nacre…

— Une comtesse en possède forcément une pour aller au théâtre. Oh…

Elle se retourna si brusquement que Rafe s'arrêta net, plongeant son regard dans ses yeux bleu azur.

— Oh oui, allons au théâtre !

Elle paraissait si excitée qu'il faillit accepter. Mais, bien sûr, c'était impossible. Ils avaient tous les deux pris suffisamment de risques aujourd'hui. L'avait-elle déjà oublié ? Il n'arrivait pas à savoir si elle avait véritablement la mémoire courte ou si c'était une ruse pour détourner son attention.

— Non, répondit-il simplement.

Elle soupira et se remit à monter l'escalier.

— Je suppose que vous n'aimez pas le théâtre ?

— Au contraire, protesta-t-il, agacé d'éprouver le besoin de se justifier. Mais quand on est avec vous, on est déjà au spectacle.

Elle s'immobilisa sur le seuil de son boudoir.

— Vous aimez vraiment le théâtre ?

— Une dizaine de mouchoirs en dentelle...

— Vous ne pouvez pas dire une chose pareille et ne pas vous expliquer. C'est intolérable. Vous aimez le théâtre ?

— Pourquoi est-ce si difficile à croire ?

— Le théâtre est si futile, alors que vous...

Elle s'interrompit, scrutant son visage.

— ... vous ne souriez jamais vraiment.

— Bien sûr que si, rétorqua-t-il.

Puis il se rendit compte qu'il fronçait les sourcils et s'efforça de détendre son front.

— Bon, très bien. Ce soir, nous irons au théâtre.

Une lueur affolée passa dans les yeux bleus de la jeune femme.

— Nous ne pouvons pas y aller ce soir, décréta-t-elle.

D'un pas dansant, elle entra dans son boudoir, où les paquets s'empilaient contre un mur. Rafe la suivit. Ce n'était pas très convenable, étant donné qu'ils n'étaient pas véritablement mariés, mais peu importait. Pour l'instant, leur faux mariage les protégeait.

— Pourquoi n'irions-nous pas au théâtre ?

— Parce que je n'ai pas de bijoux. Le Tout-Londres serait horrifié de voir une comtesse sans le moindre bijou. « Saperlipopette, diraient les gens, c'est donc vrai que cet homme est le diable ! Il n'y a que le diable pour refuser d'offrir des bijoux à sa femme. »

Elle secoua la tête d'un air déterminé.

— Je ne laisserai pas les gens parler de vous de cette façon.

— Vous êtes bien prévenante.

— Je suis une épouse parfaite.

— Non, vous n'êtes même pas une épouse correcte. En tant qu'épouse, vous ne m'êtes pas d'une grande utilité.

Il la vit rosir – sans doute avait-elle compris le sous-entendu. La provoquer de cette façon n'était certainement pas une bonne idée, mais il ne pouvait pas s'en empêcher.

Elle recula d'un pas, il avança d'autant. Elle détourna les yeux.

Il avança encore. Elle recula.

— Savez-vous pourquoi les hommes se marient avec les femmes ? demanda-t-il.

— Parce qu'ils ne sont pas autorisés à le faire avec leurs juments ?

Son regard était rivé sur ses lèvres, et il se rendit compte qu'il souriait.

— Parce que, entre autres délicieux attributs, les femmes…

— … savent recoudre les boutons.

— C'est vrai.

Il fit encore un pas, et elle se retrouva acculée contre le mur. Les joues roses, elle fixait son visage, sa bouche, son cou.

— Je vous fais peur, comtesse ?

— Non, répondit-elle d'une voix éraillée. Vous vous comportez pourtant comme un chasseur qui traque sa proie.

— Eh oui, l'homme est un chasseur dans l'âme.

— Dans ce cas, pourquoi attend-il en se tournant les pouces qu'on le serve ? « Parbleu, se dit-il, je pourrais aller chasser, mais je préfère envoyer ma femme chercher le rôti. »

Rafe appuya son avant-bras contre le mur, tout près de la tête de Thea, et huma son parfum sucré – de la fraise. Il gardait son autre main, qui serrait les factures, derrière son dos, pour s'empêcher de toucher sa peau douce ou ses cheveux. Elle n'essayait pas de se dégager.

— Je promets de ne jamais vous envoyer chercher le rôti. Mais je peux exiger un baiser. À quoi sert une épouse si je ne couche pas avec elle ?

— Il serait peut-être judicieux d'attendre de mieux nous connaître.

— Je n'ai pas besoin de vous connaître mieux pour savoir ce qui m'intéresse chez vous.

Ah, bravo, mon vieux. Voilà que, maintenant, son imagination s'emballait. Elle serait vivante dans ses bras, enthousiaste, rieuse. Son visage si expressif… Il adorerait la faire jouir en contemplant ce visage.

Mais il avait promis qu'elle serait en sécurité avec lui, et elle le serait. Il ne se risquerait pas à aller plus loin, le jeu était trop dangereux.

Aussi se contenta-t-il de fermer les yeux et de s'étourdir de ce parfum de fruit évocateur de longs et paresseux après-midi d'été. Il était douloureusement conscient de ses formes – ses seins, sa taille fine, ses hanches, ses cuisses.

Les paupières closes, il l'écouta respirer, puis entendit le froissement de sa jupe.

Elle s'échappait. Il ne rouvrit pas les yeux. Il devait la laisser partir.

Alors, des lèvres chaudes se posèrent sur les siennes.

La promesse d'un baiser.

Il ne bougea pas, pareil à une statue de pierre, mais son cœur cognait contre ses côtes, et une faim terrible enflammait ses reins. Il n'osait pas esquisser le moindre mouvement, de crainte de l'effaroucher et de ne plus pouvoir savourer la douceur de sa bouche tendre sur la sienne.

Puis il s'aventura à entrouvrir les lèvres – une invite, une prière. Son sang bouillait dans ses veines. Il se figea de nouveau, les yeux toujours clos, attendant.

Elle l'imita, entrouvrit à son tour les lèvres, aussi timidement que lui. Il s'enhardit, accentua la pression de sa bouche. En une fraction de seconde, leur baiser chaste fut celui de deux amoureux.

Ce fut elle qui y mit fin. Il prit une inspiration. Il avait besoin d'air et de… oh, tant de choses. Il ne rouvrait pas les yeux, il ne voulait pas gâcher cet instant fragile, si précieux. Il entendit de nouveau un froufrou de mousseline et comprit qu'elle était passée sous son bras, qu'elle s'était échappée et perdue quelque part dans la pièce.

Il rouvrit les paupières et contempla le papier peint imprimé d'une profusion de feuilles, de fleurs et de fruits.

— Qu'est-ce que c'était ? demanda-t-il à l'affreux papier peint.

— Un baiser, répondit Thea derrière lui, d'une voix haut perchée, exagérément joyeuse – il l'avait troublée et en éprouva une fierté imméritée.

Il se retourna et s'adossa nonchalamment au mur, pour bien lui montrer que tout cela n'avait aucune importance pour lui. Immobile près du secrétaire, elle tripotait le ruban bleu roi sous ses seins.

— Que se passera-t-il dans une semaine ? interrogea-t-il.

— Oh... deux baisers ?

— Et dans deux semaines ?

— Nous en reparlerons à ce moment-là.

Dans deux semaines, cette mascarade serait terminée.

Mais qu'adviendrait-il si les choses étaient différentes ? S'il était un homme différent, capable de ramener chez lui sa jeune épouse si pleine de vie et de la rendre heureuse ?

Thea à Brinkley End, illuminant la vieille demeure, mettant tout sens dessus dessous afin d'en faire un havre pour lui.

Thea à Brinkley End, solitaire et s'ennuyant à mourir, s'éteignant peu à peu, tandis que lui serait impuissant à la sauver.

Elle avait dit avoir vécu à la campagne, dans une maison isolée où elle n'avait pas d'amis et ne se sentait pas à sa place, alors que lui quittait rarement son domaine et passait toutes ses soirées seul.

Allons bon ! Le désir le rendait idiot, les paroles de l'évêque lui embrouillaient les idées.

Elle gardait les yeux baissés sur le secrétaire, et il ne voyait que l'angle de sa mâchoire et la mèche rebelle dans son cou. Il chercha ses mots, fâché de ne pas les trouver et furieux de s'obstiner à les chercher.

Soudain, elle s'anima, et le dernier écho de cet instant magique, de ses promesses, se tut.

— Regardez, une lettre pour la comtesse de Luxborough, dit-elle, montrant la missive posée sur le secrétaire.

S'il mentionnait de nouveau leur baiser, pensa-t-il, elle le regarderait d'un air ahuri. « Un baiser ? Oh... oui, j'avais oublié. »

Normal, ç'avait été à peine un baiser. Lui aussi l'aurait déjà oublié s'il n'avait pas senti encore ses lèvres douces sur les siennes. Cette caresse s'était malheureusement imprimée dans son esprit.

— Ce n'est pas l'écriture d'Arabella, ajouta-t-elle.

Nom d'une pipe ! C'était vraisemblablement M. Knight. Il avait eu tort de lui rendre visite. S'il parlait de la dot à Thea, elle prendrait l'argent et s'enfuirait, et l'histoire s'achèverait trop tôt.

— C'est l'écriture de mon père, murmura-t-elle. Comment pourrait-il savoir ?

Thea pressa si fort son pouce sur le papier que l'empreinte de son doigt s'y imprima un instant avant de disparaître. Comme leur baiser : fugace et vite oublié.

Pas si facile à oublier, cependant.

Luxborough l'observait avec circonspection, comme s'il redoutait qu'elle ne fasse quelque chose de terrible – l'embrasser de nouveau, par exemple. Si elle l'avait surpris, elle s'était surprise bien plus encore. Elle avait simplement voulu répondre à ses provocations, mais quand il s'était avancé vers elle, elle s'était sentie fondre.

Elle ne maîtrisait pas l'art du baiser – pour corser la difficulté, Luxborough était très grand et, sur la pointe des pieds, elle risquait de perdre l'équilibre –, mais elle ne s'était peut-être pas si mal débrouillée, car ce baiser frémissait encore au tréfonds d'elle, telle une entité qui palpitait contre sa chair, créant de troublantes sensations.

Bonté divine ! Elle n'avait pas prévu cela dans son plan. Elle était censée le tenir à distance. Il la prenait pour son épouse légitime et croyait par conséquent avoir des droits sur son corps. Elle devait revenir en arrière, l'agacer avec ses bêtises et le faire grogner.

Il était plutôt mignon quand il grognait.

— Vous avez rendu visite à mon père ?

— Ça m'a paru normal. Après tout, j'ai épousé sa fille. Donnez-moi cette lettre, que je la lise.

— Elle m'est adressée.

Il tendit le bras, et elle recula d'un bond. D'étranges frissons couraient le long de son dos, dans son ventre, entre ses jambes. Elle ne savait pas comment réagir, et quand leurs regards se rencontrèrent, elle vit que lui aussi était déconcerté.

Elle décacheta la lettre, si maladroitement qu'elle déchira le papier.

— « Ma chère Helen », lut-elle à voix haute.

Dieu merci, ses parents ignoraient ce qu'elle mijotait. Elle comprenait maintenant pourquoi ils étaient si joyeux aujourd'hui.

Luxborough lorgnait la lettre comme s'il se préparait à s'en emparer.

— Que lui avez-vous raconté ? demanda-t-elle.

— Mmm ?

— Qu'avez-vous raconté à mon père ?

Pas de réponse. Thea capitula et poursuivit sa lecture, en silence cette fois.

Ta mère et moi sommes si fiers de toi qui viens d'épouser un comte. Hier, nous avons appris que le nouveau marquis de Hardbury était de retour en Angleterre et qu'il était toujours célibataire, et nous

nous laissions aller à rêver que tu deviennes sa marquise. Mais mieux vaut un comte dans la maison qu'un marquis dans la nature ! Merci, ma chérie. Nous pouvons oublier les ennuis que ta sœur a causés car, grâce à toi, même si je suis de nouveau ruiné, l'avenir des petits est assuré. Rien n'arrête un Knight !

La lettre, entre les doigts de Thea, était soudain pesante comme du plomb. Le regret si familier d'avoir déçu ses parents lui noua la gorge, le goût amer de la bile se répandit dans sa bouche. Si elle avait réellement épousé un comte, sans doute l'auraient-ils accueillie à bras ouverts, sans plus penser aux « ennuis » qu'elle avait « causés ». Si elle avait été une authentique comtesse, peut-être auraient-ils décidé de la croire, finalement.

Eh bien, elle ne serait jamais une comtesse, mais Helen serait bientôt mariée, le pamphlet publié, et la vérité éclaterait enfin. Rien n'arrêterait Thea Knight !

— Que vous dit votre père ?

— Je n'ai pas tout lu…

Cette fois, quand il tendit la main, elle le laissa prendre la lettre. Il n'y avait rien dans ces lignes qui puisse compromettre son plan. L'image de ses parents qui s'étreignaient en riant, de la porte bleue qui se refermait, envahissait son esprit.

Elle devait penser à autre chose.

— Le marquis de Hardbury !

— Eh bien quoi ? marmonna Luxborough sans lever les yeux de la lettre.

— Il est de retour en Angleterre.

— Et alors ?

— Vous le saviez ?

— J'ai entendu quelqu'un en parler. Les gens supposent toujours qu'un aristocrate s'intéresse forcément à ses pairs.

— Arabella !

Cette fois, il la regarda.

— Vous allez continuer à lancer des noms ? C'est une devinette ?

— Je dois prévenir Arabella du retour de lord Hardbury.

— Pour quelle raison ?

— Figurez-vous qu'on les a fiancés quand ils étaient enfants, mais ils se détestaient. Ensuite, il est parti, et tout le monde a cru que...

— Stop, taisez-vous. Je n'aurais pas dû poser la question.

Elle écrirait à Arabella. De cette manière, elle ne penserait plus à ses parents. Elle s'asseyait à son secrétaire quand Luxborough annonça :

— Vos parents souhaitent vous rendre visite demain.

— Quoi ? glapit-elle en se redressant d'un bond.

Non, c'était impossible, ils ne devaient pas la voir.

Elle lui arracha la lettre des mains et la parcourut, marmonnant au fur et à mesure de sa lecture :

— Le prince régent donne une grande réception à Londres pour fêter le retour du marquis. Mon père veut que je lui procure des invitations : « Cette année, la petite saison de septembre sera la saison mondaine, et nous en ferons partie. » Et il nous rendra visite demain.

— Impossible. Nous partons à l'aube pour le Somersetshire.

— Oui, bien sûr..., murmura-t-elle distraitement.

Le mois d'août touchait à sa fin ; les membres de la haute société se précipiteraient à Londres pour assister au bal du prince régent. La ville serait aussi animée que durant la véritable saison mondaine, au printemps. M. Knight ne pouvait pas se tromper. Il était bien renseigné, car il approvisionnait les fournisseurs de la Couronne.

Oh, quelle formidable aubaine ! Si le texte de Thea était distribué aux invités du prince régent, son histoire serait sur toutes les lèvres le soir du bal.

Mais cette comédie entre Luxborough et elle serait terminée. Elle ne serait donc pas invitée à ce bal. Peut-être Arabella pourrait-elle la faire entrer discrètement dans les lieux… Car son amie recevrait certainement une invitation, à l'instar de tous les autres – Ventnor et Percy, Helen et Beau, et…

— Qu'est-ce que vous manigancez ?

Surprise, elle battit des paupières.

— Pardon ?

— Vous êtes en train d'élaborer un plan. Je le vois sur votre figure qui est redoutablement expressive.

— Vous devez procurer une invitation à mes parents.

Fébrile, elle disposa sur le secrétaire plume, encrier et papier.

— Écrivez à mon père, dites-lui que… Qu'y a-t-il ?

— Vous parlez à un comte.

— Et alors ?

— Vous ne pouvez pas me traiter comme votre secrétaire et m'ordonner d'écrire une lettre.

— On ne donne pas de leçons d'écriture à l'école des comtes, en plus des cours de despotisme et de pingrerie ?

— Vous êtes consciente, je suppose, qu'il n'existe pas d'école des comtes.

— Dans ce cas, comment savez-vous ce que fait ou ne fait pas un comte ? Vous dirigez le pays, et on ne vous prépare pas à exercer cette fonction ?

— C'est ça.

— On ne vous apprend même pas à lire et écrire ?

— Je sais évidemment lire et écrire.

— Alors pourquoi n'écrivez-vous pas ? Asseyez-vous, enchaîna-t-elle, tapotant le siège. Dites à mon père que, s'il garde votre mariage secret, vous l'annoncerez au bal et les présenterez, ma mère et lui, au prince régent. Ils seront ravis.

— Je ne mettrai pas les pieds dans une salle de bal, ne demanderai pas d'invitations et ne présenterai vos parents à personne, grommela-t-il d'un air dégoûté.

— Vous voulez qu'ils viennent sonner à votre porte dans le Somersetshire, où vous serez en train de rassembler une armée d'épouses défuntes ?

— C'est vous qui avez inventé ça, je vous le rappelle.

— Eh bien, si je l'ai inventé, ce doit être vrai.

Il avait les yeux exorbités, et elle eut du mal à ne pas rire, à ne pas de nouveau prendre son visage entre ses mains pour sentir sa chaleur et sa force, et l'embrasser encore.

— J'espère que, si je m'exécute, vous cesserez de jacasser, marmonna-t-il.

Se penchant sur le secrétaire, il griffonna quelques lignes. Puis il écrivit un autre mot, avant de poser la plume et les factures. Il se redressa, regarda la pile de paquets et déclara sèchement :

— Nous partons pour Brinkley End demain à la première heure. Soyez prête.

Il se dirigea vers la porte, se retourna soudain.

— Je préfère vous prévenir, comtesse : certains de mes employés au domaine et dans ma demeure sont… particuliers.

— C'est-à-dire ?

— Mon régisseur et ma gouvernante ont du mal à recruter du personnel à cause des rumeurs qui courent dans la région à mon sujet. On répugne à travailler pour un sorcier et un assassin, allez comprendre pourquoi. Mais nous ne sommes pas loin de Bristol, où s'échouent des individus venus des quatre coins du monde. Certains sont aux abois, sans abri, ou ont connu des situations telles qu'un sorcier doublé d'un assassin leur paraît falot. Bref, nous nous moquons d'où viennent ces gens et de quoi ils ont l'air, du moment qu'ils acceptent de faire un travail honnête.

— Je vous signale que j'ai grandi dans un quartier de Londres où les étrangers sont légion.

— Quant à ma gouvernante, Sally Holt, poursuivit-il, elle est… excentrique.

— C'est-à-dire ?

— Excentrique, mais à peu près inoffensive.

— Voilà qui me rassure.

Il ouvrit la porte, puis se retourna de nouveau.

— Je me suis mal conduit, tout à l'heure, et je vous prie de m'en excuser. Vous êtes extrêmement désirable, mais j'ai promis de ne pas vous importuner. Vous ne risquez rien avec moi.

Sur ces mots, il sortit.

« Vous êtes extrêmement désirable. »

Et lui, de son côté, était on ne peut plus honorable. Il respectait la règle qu'il s'était lui-même fixée, alors que Thea songeait toujours à leur baiser. À aucun moment elle ne s'était sentie en danger. Au contraire, se dire qu'elle inspirait peut-être du désir à Luxborough était bien agréable.

Secouant la tête pour chasser ces pensées, elle s'assit pour lire le bref message qu'il avait écrit. L'autre billet était destiné à son notaire – le comte lui ordonnait d'obtenir des invitations pour M. et Mme Knight, et de régler toutes les factures de lady Luxborough.

Thea cacheta la lettre destinée à son père et la posa avec le billet sur un plateau de service. Après quoi, elle écrivit à Arabella, en omettant sagement de mentionner le baiser, et à M. Witherspoon, pour leur exposer les possibilités qu'offrait la réception du prince régent pour leur campagne de promotion.

À plusieurs reprises, elle se surprit à effleurer d'un doigt rêveur sa bouche, où s'attardait le souvenir des lèvres du comte.

Il ne l'avait pas pressée d'accomplir le devoir conjugal. Il l'avait protégée de Ventnor, il avait écrit à son père et ne l'avait pas grondée pour ses emplettes.

« Vous serez en sécurité », lui avait-il promis. Elle était tentée de le croire. Et si c'était vrai ? Si tout changeait ? Si elle pouvait avoir quelqu'un qui voudrait d'elle, la protégerait, lui donnerait un foyer, la tiendrait dans ses bras et l'embrasserait…

Mais non. Quand il découvrirait ses mensonges, il la détesterait. Jamais il ne voudrait d'une femme comme elle. D'ailleurs, elle ne voulait pas non plus de lui. Il avait épousé une inconnue pour de l'argent, et il avait conclu un accord avec l'abominable Ventnor.

Thea se ressaisit. Elle avait suffisamment de souhaits irréalisables, inutile d'en rajouter.

9

Il leur fallut presque deux jours pour atteindre Brinkley End. Lord Luxborough rouspétait, sous prétexte qu'ils seraient arrivés plus tôt si Thea n'avait pas réclamé des haltes aussi fréquentes. Ces pauses étaient indispensables, rétorquait-elle. À quoi bon voyager si l'on ne pouvait pas s'arrêter pour admirer le paysage, manger un morceau et embêter les autochtones ?

Par chance, le comte prenait ses repas avec elle, et elle profitait de ces intermèdes pour le bombarder de questions sur ses voyages. Il avait compris que le plus simple était de répondre et la régalait de descriptions de ce qu'il avait vu.

Ils ne faisaient aucune allusion à leur baiser. Pour un peu, elle aurait cru que cela ne s'était pas produit. Cependant, quand il était tout près, elle avait une envie folle de le toucher. Lui ne semblait plus la trouver désirable. Parfois, elle avait l'impression qu'il l'observait, mais quand elle tournait les yeux vers lui, il regardait ailleurs et elle s'en voulait d'imaginer des choses.

Seule dans la voiture, elle rêvassait, puis se rappelait qu'il n'était qu'un scélérat et elle une tricheuse. Alors elle s'efforçait de penser à autre chose. Elle essayait de se représenter la demeure du comte à

Brinkley End. Si elle ignorait à peu près tout des domaines campagnards de la haute société, elle possédait une connaissance approfondie des romans gothiques, une excellente source d'inspiration.

Le manoir serait évidemment sombre et lugubre, truffé de passages secrets, de cachots hantés, et nanti d'une tour mystérieuse interdite à tous. Le majordome, qui s'appellerait Charogne ou Tête-de-Mort ou quelque chose dans ce goût-là, aurait la peau blême et des yeux de poisson mort. La gouvernante, Sally Holt, pour compenser un nom regrettablement ordinaire, serait squelettique et toute vêtue de noir, avec le regard cruel d'un corbeau.

Thea s'amusait tellement à brosser un sinistre tableau qu'elle fut déçue lorsque le soleil perça les nuages noirs – elle avait espéré arriver à Brinkley End en plein orage. De plus, l'allée était bien entretenue et bordée de grands arbres aux feuilles luisantes, lavées par la pluie. Et lorsque la demeure apparut, Thea poussa un soupir affligé, car elle paraissait parfaitement normale, et même tout à fait charmante.

Sitôt la voiture arrêtée, Thea sauta à terre. Comme toujours, elle chercha du regard Luxborough, qui était en train de confier son cheval à un palefrenier. Comme il ne lui prêtait aucune attention, elle se tourna vers le manoir, qu'elle étudia d'un œil critique. La façade était percée sur trois étages de jolies fenêtres artistement disposées et agrémentées de balcons à l'italienne. Comparée au monument qu'habitait la famille d'Arabella, la demeure n'était pas immense, mais elle était assez majestueuse pour impressionner le visiteur, surtout dans cette lumière de fin d'après-midi qui teintait d'or la pierre grise. La vigne vierge escaladait allègrement les murs, et les baies vitrées du rez-de-chaussée brillaient d'un éclat chaleureux.

— Vous froncez les sourcils, comtesse, fit remarquer Luxborough en la rejoignant. La maison ne vous plaît pas ?

— Elle n'a même pas l'air vieille, se plaignit-elle.

— Je n'ai jamais dit qu'elle l'était.

— Elle devrait être délabrée et lugubre, peuplée de fantômes, de chauves-souris et de moines détraqués.

Elle secoua la tête.

— Franchement, Luxborough, comment faites-vous pour être aussi grincheux en vivant dans un aussi bel endroit ?

— J'ai du talent, voilà tout.

Il lui jeta un regard oblique, et elle vit une étincelle rieuse dans ses yeux mordorés d'ordinaire si las. Elle dut lutter pour ne pas lui sourire et s'accrocher à son bras.

— Votre gentilhommière gâche mon plaisir, reprit-elle d'un ton accusateur. J'étais résolue à passer ici des jours épouvantables, mais le décor n'est pas assez terrifiant.

— Je suis navré de ne pas vous offrir un logement plus misérable. Si vous le souhaitez, je peux engager quelqu'un pour déambuler la nuit dans les couloirs, en gémissant et en agitant ses chaînes.

— C'est gentil de me le proposer, soupira-t-elle, mais je ne voudrais pas abuser. Il faudra donc que je me résigne à m'amuser.

— Vous êtes douée pour ça.

Son ton était sec mais son regard doux, une combinaison qui la troubla au point qu'elle en oublia de respirer. Là-dessus, il ôta son chapeau et la brise décoiffa ses cheveux bruns.

— Je n'aurai pas de mal à me plaire ici. C'est ravissant.

— Sans doute.

— Comment ça, sans doute ? Vous ne l'avez pas remarqué ?

— Je suis né ici, et j'ai passé ma jeunesse à vouloir en partir.

Dire qu'il ne se rendait pas compte du trésor qu'il avait là ! Soudain agacée, Thea s'éloigna, foulant la pelouse qui descendait en pente douce jusqu'à un grand lac où voguaient des oiseaux aquatiques. Sur une petite île au milieu de l'eau se dressait une gloriette à l'antique.

— On peut se baigner dans le lac ? cria-t-elle.

— Bien sûr. Quand le temps le permet, je nage tous les jours. Il y a là-bas un espace réservé aux dames, derrière les saules, où elles sont à l'abri des regards.

— Qu'y a-t-il dans cette gloriette ?

— Prenez une barque et allez voir.

— Oh... vous m'accompagnerez ?

— Vous n'avez qu'à ramer vous-même.

— Parfait, je n'y manquerai pas.

La peste soit de cet homme ! Elle n'avait pas besoin qu'il lui tienne compagnie, et elle n'avait pas besoin d'une atmosphère de roman gothique. Les Règles de la Facétie lui ordonnaient de s'amuser, par conséquent elle considérerait Brinkley End comme un théâtre conçu pour la distraire. Elle prendrait ici un peu de bon temps, puis elle partirait sans un regard en arrière.

— Je nagerai, j'apprendrai à ramer et à...

Elle avisa soudain, de l'autre côté de l'allée, une carriole vide. Un grand cheval pie piaffait d'impatience entre les brancards.

— ... et à conduire une carriole ! clama-t-elle, et elle s'élança vers le cheval.

Mais celui-ci était de mauvais poil. Surpris, il leva haut la tête et montra d'énormes dents jaunâtres.

Heureusement, Luxborough s'était précipité. Il saisit Thea par la taille et l'écarta de l'animal. Elle fut si surprise qu'elle ne put résister, troublée par le contact de ses mains si chaudes et par son odeur boisée, évocatrice de soirées douillettes au coin du feu.

— Attention, lui dit-il, son souffle lui chatouillant l'oreille. Le cheval de Tatworth est méchant comme la gale.

— Il ne le sera pas avec moi, protesta-t-elle tout en restant blottie contre lui.

— Je crains que ce cheval ne soit insensible à votre charme, même s'il est le seul dans ce cas.

Sans lui laisser le temps de répliquer, il la lâcha et s'écarta d'elle.

— De toute façon, reprit-il d'un ton brusque, la carriole appartient à Dick Tatworth, un livreur de Bristol. Vous n'aurez qu'à demander à un palefrenier de vous emmener faire une promenade en cabriolet. Ah, voilà justement Tatworth.

Il regardait les bois voisins, séparés des jardins par un ruisseau qu'enjambait un petit pont de pierre. Au-delà serpentait un sentier qui disparaissait entre les arbres.

Deux personnes traversaient le pont : un petit bonhomme aux joues rubicondes affublé d'un manteau usé, et une grande femme à la peau sombre, vêtue d'une robe rose et coiffée, sur de courts cheveux noirs, d'un turban assorti.

— C'est Sally Holt, la gouvernante ?

— Non, c'est Martha Flores. Elle travaille ici.

— Que fait-elle ?

— Vous n'arrêtez jamais de poser des questions ?

— Si vous n'étiez pas aussi avare d'informations, je ne vous interrogerais pas. Qu'y a-t-il dans ces bois ?

— Rien.

Thea voulut se diriger vers le ruisseau, mais Luxborough se campa devant elle, lui barrant le passage.

— Je vous déconseille de vous aventurer dans ces bois.

— Pourquoi ? Oh, ils sont interdits ! s'exclama-t-elle, ravie.

— Absolument.

— Parce qu'ils sont obscurs, dangereux et peuplés de monstres ?

— Parce qu'ils sont simplement interdits, répondit-il d'un air sévère, immobile devant elle, aussi inébranlable qu'une tour de guet. C'est la seule règle que je vous impose. Ne traversez pas ce pont. Vous avez à votre disposition, de l'autre côté du lac, des hectares de parc et de jardins, de vergers et de champs. Allez où vous voulez, mais ne franchissez pas ce ruisseau.

— C'est donc là-bas que vous enterrez vos victimes, commenta-t-elle d'un ton léger.

Une ombre passa sur le visage de Luxborough. À cet instant, une voix cria :

— Dick Tatworth !

Quelqu'un avait surgi de l'arrière de la demeure et approchait à grands pas. Thea crut d'abord qu'il s'agissait d'un homme, car l'individu était vêtu d'une culotte, de bottes, d'un gilet noir sur une chemise blanche, mais en regardant mieux…

— C'est une femme ! s'étonna-t-elle.

Un rayon de soleil soulignait ses cheveux roux attachés en un lourd chignon. On avait dû lui confectionner sur mesure ses vêtements masculins, car aucun homme n'avait des formes pareilles.

— Exact, confirma Luxborough.

— Et elle a un pistolet !

— Exact.

La femme pointait l'arme sur le livreur, tout en l'invectivant de sa voix forte :

— Dick Tatworth, espèce de malotru, je vais t'écorcher vif et te donner à manger aux chiens !

— Du... du calme, m'dame, bégaya le bonhomme en levant les mains. On peut discuter comme des gens raisonnables.

Lord Luxborough ne semblait pas le moins du monde perturbé par l'incident. Martha Flores, quant à elle, s'était postée derrière la femme au pistolet pour assister au spectacle.

Thea s'aperçut qu'elle avait agrippé le bras de Luxborough et se hâta de le lâcher.

— Que se passe-t-il ? Vous n'intervenez pas ?

— Elle maîtrise la situation.

— Tu crois que tu peux t'amuser avec une de mes employées ? vitupéra la rousse. Parce qu'elle n'a pas de famille, tu penses qu'elle n'a personne pour la protéger ? C'est moi qui la protège, figure-toi !

— Elle ment ! glapit-il, rouge brique. Je l'ai pas fait !

— Quoi donc ?

— Ce qu'elle dit que j'ai fait, je l'ai pas fait !

— Tu t'imagines que je ne sais pas que tu as une femme à Bristol et une autre à Bath ? Fiche le camp, Dick Tatworth, avant que je t'explose tes bijoux de famille. Tu n'auras qu'à expliquer à tes femmes pourquoi tu n'en as plus !

Luxborough et Thea s'écartèrent, tandis que Dick Tatworth sautait sur le siège de sa carriole et donnait un coup de fouet à son cheval, qui partit à toute allure. La rousse confia son pistolet à Martha.

Thea était fascinée. Si seulement elle avait pu imiter cette femme ! Braquer une arme sur Percy Russell avec autant d'assurance, le faire bafouiller et fuir à toutes jambes. Elle devait profiter de son séjour au domaine pour apprendre à tirer.

— Elle est formidable, chuchota Thea. Qui est-ce ?

— Sally Holt.

— C'est votre gouvernante ?

Il haussa les épaules.

— Je vous avais prévenue : elle est un peu excentrique.

Prenant Thea par le coude, Rafe essaya de l'entraîner vers le manoir. Ce n'était pas facile, car elle ne cessait de se retourner pour regarder Sally d'un air fasciné.

— Le spectacle est terminé, s'énerva-t-il. Arrêtez de vous trémousser.

Elle avait les joues roses d'excitation. Elle était faite pour la joie, un rien l'enchantait, et non seulement c'était contagieux, mais cela vous rendait dépendant de son enthousiasme. Durant le voyage, il s'était surpris à chercher les panoramas susceptibles de lui plaire.

Maintenant, il avait envie d'être celui qui, le premier, lui ferait visiter la demeure et le domaine, pour voir son visage s'illuminer à chaque découverte. Elle s'extasierait, elle en voudrait plus ; il faudrait lui faire découvrir autre chose, et ainsi de suite. Il aurait intérêt à ne pas perdre ça de vue. Un homme pouvait s'épuiser à force de la gaver de nouveautés pour la rendre heureuse.

Plus tôt il confierait Thea à Sally et ne penserait plus à elle, mieux ce serait.

— Pourquoi Sally Holt porte-t-elle des vêtements masculins ? demanda-t-elle à voix basse.

— Sans doute parce que ça lui plaît.

— Et ça ne vous ennuie pas ? La mère d'Arabella en aurait une attaque.

— Si vous connaissiez certaines personnes que j'ai rencontrées ici et là, vous comprendriez pourquoi je me fiche éperdument de la tenue vestimentaire de ma gouvernante.

— J'ai hâte de voir le majordome ! Comment s'habille-t-il ?

— Il n'y a pas de majordome.

— Ah bon ? Pour quelle raison ?

— Il ne s'entendait pas avec Sally, et il m'a posé un ultimatum : c'était elle ou lui, et j'ai choisi. Elle se débrouille très bien sans lui.

— Pourquoi l'avez-vous choisie, elle ?

Rafe hésita, ne sachant trop comment définir Sally.

— Son père était le maître d'école du coin. Elle a toujours vécu ici.

Il préféra ne pas préciser que, jeune fille, Sally Holt n'avait rien d'extraordinaire, hormis une beauté qu'elle s'efforçait de dissimuler sous des robes quelconques, des chapeaux peu flatteurs et une attitude déférente. Mais, durant les six années qui s'étaient écoulées entre la mort de Katharine et le retour de Rafe – période durant laquelle il avait fui ses semblables et chassé l'orchidée au fin fond des forêts tropicales –, la respectable Mlle Holt s'était métamorphosée en une femme qui ne mâchait pas ses mots, s'habillait à sa guise et regardait le monde comme si elle brûlait de lui flanquer une bonne gifle.

Rafe ne lui avait jamais demandé ce qui s'était passé durant son absence pour la transformer à ce point, et elle ne s'était jamais expliquée. Par un accord tacite, ils ne mentionnaient jamais Katharine.

Thea jeta de nouveau un coup d'œil par-dessus son épaule et s'arrêta net.

— Oh, la voilà…, souffla-t-elle.

Sally les rejoignait, effectivement. Rafe fut bien forcé de s'arrêter aussi.

— Désolée de vous avoir fait perdre un livreur, Monsieur, mais je protégerai les filles coûte que coûte.

Sally s'adressait à Rafe, mais elle gardait les yeux rivés sur Thea.

— J'espère que je ne vous ai pas effrayée, milady.

— Pas du tout.

— Ce n'est pas ce que j'avais prévu pour votre arrivée à Brinkley End. Les membres du personnel devaient être alignés sur le perron, mais la servante pleurait et... J'appelle les domestiques si vous le souhaitez, milady.

Rafe fronça les sourcils, déconcerté par le comportement de Sally. Elle semblait quasiment désireuse de plaire. Incroyable.

— Ne vous inquiétez pas, madame Holt, répondit gracieusement Thea. Protéger cette servante était bien plus important.

— Merci, milady. Et je préfère qu'on m'appelle Sally, si vous n'y voyez pas d'inconvénient.

Voilà qui était inhabituel. Sally ne sollicitait jamais l'avis de Rafe sur des questions de ce genre. Il essaya de capter son regard, mais elle concentrait son attention sur Thea.

— Nous sommes ravis de vous accueillir à Brinkley End. Lord Luxborough disait qu'il ne se remarierait jamais, mais moi, je priais pour qu'il ne tienne pas parole.

— Vraiment ? articula Rafe, ahuri.

Les deux femmes ne daignèrent pas tourner les yeux vers lui.

— J'espère que tout sera à votre goût, milady, poursuivit Sally. Si vous désirez apporter des changements au fonctionnement de la maisonnée, je les mettrai volontiers en œuvre.

— Inutile, intervint sèchement Rafe. Elle ne se mêlera pas de ça.

— Bien sûr que non, approuva gaiement Thea. Ce serait du travail, or les comtesses comme il faut ne font rien de leurs dix doigts. Nourrissez-moi à intervalles réguliers, et je ne vous créerai aucun problème.

Quelle blague ! Thea créait des problèmes rien qu'en restant plantée là, avec ses cheveux qui donnaient envie de les caresser. Agacé, Rafe désigna d'un geste ample l'extrémité de la demeure.

— Sally a préparé vos appartements dans l'aile ouest. Vous aurez toute la place nécessaire pour y prendre vos repas.

— Mes repas ?

— Servis à intervalles réguliers.

— Vous voulez que je mange toute seule dans ma chambre ?

La stupéfaction se lisait dans ses yeux bleus. À l'évidence, il l'avait blessée.

— En effet.

— Je n'aime pas manger seule. En principe, les gens mangent ensemble.

— Eh bien, je ne suis pas les gens.

Elle lui décocha son regard impérieux de comtesse, qui ne masquait cependant pas totalement sa peine.

— Il faudra vous y habituer, ajouta-t-il d'un ton rude.

Sur quoi, il pivota et, le gravier crissant sous ses pas, rejoignit la voiture. Un palefrenier était en train d'en sortir la caissette d'orchidées. Rafe la lui prit brutalement des mains et, sans un coup d'œil en arrière, se dirigea vers les bois.

Consciente que Sally l'observait, Thea redressa les épaules comme si tout allait bien. Rien ne clochait, d'ailleurs. Lord Luxborough n'était pas son ami, et certainement pas son mari. C'était un adversaire, et il ne fallait pas compter sur lui, pas même pour dîner. D'ailleurs, mieux valait qu'il ne s'intéresse pas à elle. Ainsi, elle ne serait pas obligée de mentir.

Elle n'avait simplement pas prévu qu'il la laisserait tomber de cette façon.

Se cramponnant à son orgueil, Thea mit le cap sur la demeure et en franchit résolument le seuil. Le hall était vaste et harmonieux, avec un escalier double qui montait à l'assaut de murs tapissés de tableaux. Un bouquet de fleurs fraîches trônait sur un piédestal. Entre les deux volées de marches, une large porte-fenêtre ouvrait sur un jardin.

En se retournant, Thea découvrit trois servantes qui l'épiaient en pouffant de rire. Elles firent la révérence et déguerpirent.

— Excusez leur excitation, milady, dit Sally, qui la suivait. Nous avons tous été heureux d'apprendre que le comte s'était marié.

— C'est très gentil, bredouilla Thea.

— Il a vécu seul trop longtemps. À ce propos… si nous servions les repas dans la salle à manger, il serait bien obligé de manger avec vous pour ne pas mourir de faim. Qu'en dites-vous ?

L'insubordination de la gouvernante fit sourire Thea. Ce serait amusant de conspirer contre Luxborough avec elle !

— Vous êtes très aimable, répondit-elle, mais je suis persuadée que lui et moi parviendrons à nous mettre d'accord.

Se dérobant au regard interrogateur de Sally, elle s'approcha de la porte-fenêtre. De là, on voyait que le manoir formait un fer à cheval autour d'un jardin tout en pelouses méticuleusement tondues, arbustes sculptés et parterres fleuris.

Elle se retourna vers Sally.

— Ne vous faites pas de souci, je suis facile à contenter, et cette maison est tellement belle...

— Tout est en excellent état, et tout est à votre disposition. Les chambres d'amis, la nursery, les salles de classe... M. Rafe – je veux dire, M. le comte – n'occupe que son bureau et, parfois, la bibliothèque. Je vous montre d'abord vos appartements ?

Sans attendre de réponse, Sally commença à gravir les marches, et Thea lui emboîta le pas. L'escalier débouchait dans une longue galerie de portraits. La gouvernante tourna à gauche, mais Thea s'attarda devant les tableaux.

— Où est le portrait de lord Luxborough ? demanda-t-elle.

— Il n'y en a pas, il a toujours refusé de poser, répondit Sally sans s'arrêter. Vos appartements sont de ce côté.

Il y avait une porte en bois sombre à l'autre bout de la galerie.

— Où mène cette porte ?

— À l'aile est de la maison, et aux appartements de M. le comte.

— Ah...

Thea suivit Sally, qui sortait de la galerie et s'engageait dans un long couloir flanqué de portes d'un côté et de fenêtres de l'autre. Thea s'arrêta de nouveau, ouvrit une fenêtre et observa l'aile est. C'était donc dans cette partie du manoir que se trouvait la chambre de son faux mari. Les aristocrates étaient vraiment bizarres. Le mariage était pour eux une affaire considérable, il ne fallait surtout pas commettre de mésalliance, mais une fois qu'ils étaient mariés, ils dormaient séparément, à des kilomètres de distance.

Sally s'était engouffrée dans une pièce. Thea se hâta de la rejoindre. Elle s'immobilisa sur le seuil et ravala une exclamation. Jamais elle n'avait vu appartements plus ravissants. Ils étaient décorés dans des tons pêche et jaune pâle, avec des tapis moelleux, des meubles élégamment ouvragés, des bouquets de fleurs, des aquarelles.

Elle explora ses appartements, sidérée d'avoir à sa disposition une salle de bains, une pièce servant de garde-robe et une chambre où trônait un lit à baldaquin tellement monumental qu'il fallait un marchepied pour y grimper. Le salon était encore plus grand, meublé d'une banquette sous la fenêtre, de canapés près de la cheminée et d'une table.

Table sur laquelle on lui servirait des repas qu'elle prendrait seule.

Elle n'en ferait pas tout un plat. Elle avait dîné seule pendant trois ans, quelques jours de plus ne changeraient rien. Jouer les comtesses l'amuserait énormément, par conséquent elle ne se plaindrait pas.

Hochant la tête, elle se campa devant la fenêtre qui donnait sur le parc, les bois et les champs au-delà.

— Je ne m'attendais pas à ça, murmura-t-elle.

— Que vous avait dit le comte ?

— Pas grand-chose.

— Il n'a jamais été bavard.

Thea se retourna vers la gouvernante.

— Comment était-il, quand il était enfant ?

— Réservé et gentil, répondit Sally avec un petit sourire affectueux qui adoucissait son visage. Il préférait partir seul se promener dans les bois plutôt que de rester avec les autres. Par contraste, les membres de sa famille avaient un fort instinct grégaire – ils n'auraient pas supporté un après-midi entier de solitude. On le trouvait bizarre, on disait qu'il ne tournait pas rond.

— Ce n'est pas vrai, protesta Thea. C'est simplement sa personnalité. De toute façon, je crois que l'opinion d'autrui lui est indifférente. De son côté, il n'étiquette pas les gens, il ne les juge pas, il les accepte tels qu'ils sont. C'est l'une des choses que j'apprécie le plus chez lui.

— Oui, il laisse les gens parler, et ensuite il fait ce qu'il a envie de faire. Personne n'a été surpris quand il s'est enfui en Amérique pour éviter de s'engager dans l'armée. En revanche, tout le monde s'est étonné qu'il emmène Katharine.

Sally s'interrompit brusquement.

— Je n'aurais pas dû la mentionner, reprit-elle, et c'était un regret plus qu'une excuse.

— Vous avez connu Katharine, je suppose.

La gouvernante cilla, puis se détourna.

— Vous désirez sans doute voir le salon et la bibliothèque ?

Sans attendre de réponse, elle sortit à grands pas.

10

Lorsque Thea rattrapa Sally, celle-ci était déjà dans le hall et ouvrait la porte d'un salon aussi charmant que le reste de la demeure. C'était une pièce vaste et lumineuse, à dominantes ivoire et or. Canapés et fauteuils étaient tendus de velours bleu, et des tapis à fond bleu jonchaient le sol. Un pianoforte luisant occupait un angle de la pièce, un pare-feu superbement ouvragé protégeait le foyer sans feu de la cheminée. Les meubles étaient disposés de façon à profiter au maximum du soleil et de la vue.

Malgré l'élégance ruineuse du décor, l'atmosphère était accueillante.

— Cela vous plaît, milady ? Nous recommencerons bientôt à faire du feu, et nous remettrons les meubles autour de la cheminée, mais nous pouvons le faire dès à présent si vous le souhaitez.

Agencer au gré des saisons une pièce où l'on ne vivait pas n'était pas banal. Le comte qui avait précédé Luxborough, son frère aîné, ne s'était jamais marié, par conséquent il n'y avait pas eu de maîtresse de maison depuis que la mère de Luxborough avait quitté le manoir après la mort de son époux. Pourtant, on sentait dans ce salon une présence féminine.

— C'est parfait ainsi, approuva Thea. Je n'aurai qu'une exigence : prendre mon thé de 17 heures dans cette pièce.

— Bien sûr. On cuit du pain et des biscuits tous les jours, et les fermes du domaine nous fournissent du beurre frais, de la crème, du miel et du jambon. Ce sera un bonheur de voir la comtesse prendre ici son thé de l'après-midi. Et si vous avez des invités, la maison sera toujours prête à les recevoir.

Thea imaginait déjà ce salon plein d'amis et de parents bavardant, chantant et s'amusant. Elle secoua la tête pour chasser cette vision et se tourna vers Sally.

— Et maintenant, où allons-nous ? demanda-t-elle gaiement.

Elles traversèrent le hall pour entrer dans la bibliothèque. Thea en tomba immédiatement amoureuse.

Les murs étaient recouverts d'étagères en chêne qui croulaient sous les livres. Deux larges bow-windows encadrés de tentures d'un rouge profond donnaient sur la pelouse et le lac. La première alcôve accueillait une banquette rembourrée, parfaite pour la lecture. Un bureau massif et une imposante chaise capitonnée de cuir vert occupaient l'autre.

Comme attirée par un aimant, Thea s'approcha du bureau, en caressa la surface, songeant presque affectueusement à la petite table qui meublait sa chambre monacale chez Mme Burton, sur laquelle elle avait passé ses heures de liberté à rédiger son pamphlet, jusqu'à en avoir mal aux reins tant sa chaise était dure. C'était seulement durant ces heures-là qu'elle se sentait rattachée à sa vraie vie ; le reste du temps, elle avait l'impression d'être à la dérive.

« Je rentrerai bientôt chez moi, se promit-elle. Je ne serai plus exilée chez des étrangers. »

— Vous dites que le comte utilise rarement la bibliothèque ? demanda-t-elle.

— Il préfère son bureau.

— Oh... j'aimerais bien le voir. Cette porte communicante y mène ?

Thea ouvrit la porte avant que Sally ait réagi et découvrit une grande pièce où trônait une imposante table de billard. Des boules en ivoire étaient éparpillées sur le tapis vert. Thea aperçut, par une autre porte entrebâillée, un petit salon attenant. La pièce paraissait fréquentée, quoique pas par le comte, à en juger par la corbeille à ouvrage et le nécessaire de couture voisinant sur une table avec des livres soigneusement empilés.

La gouvernante, immobile près du billard, faisait distraitement rouler une boule. Elle affichait une mine circonspecte.

— Continuons-nous la visite ? suggéra-t-elle.

Elle marqua une pause.

— Nous avons pris l'habitude de nous installer le soir dans ce petit salon, mais nous y renoncerons si milady le souhaite.

— Nous ?

— Martha et moi.

Deux amies qui passaient leurs soirées ensemble. Thea ne serait pas la bienvenue parmi elles. Elle était la comtesse, et elles des employées. Elle ne pouvait pas devenir leur amie. Des règles absurdes rendaient cela impossible et empêchaient même une comtesse de faire ce qu'elle voulait.

Eh bien, la peste soit des règles. De toute façon, Thea n'était pas assez sotte pour se lier d'amitié avec qui que ce soit. Sa famille avait trop souvent déménagé, et la fortune de son père avait connu tant de hauts et de bas que Thea avait très tôt compris que rien ne durait en ce monde. Même sa foi en sa famille, qu'elle pensait immuable, lui avait été enlevée. Bientôt, elle remettrait les choses en ordre, commencerait une nouvelle vie et se ferait d'autres amis. Dans l'immédiat, seules comptaient les Règles de la Facétie, lesquelles lui imposaient de s'amuser.

Donc elle s'amuserait.

Elle referma la porte du petit salon des deux amies.

— Ce que milady souhaite, c'est apprendre à jouer au billard, décréta-t-elle. Je suis sûre que j'excellerai à ce jeu.

Ignorant la perplexité de Sally, Thea prit une queue dans le râtelier et s'approcha de la table de billard. N'ayant pas la moindre idée de ce qu'il fallait faire à partir de là, elle donna un petit coup à une boule avec le bout du long bâton.

Sally tressaillit.

— Attention à ne pas déchirer le tapis. Servez-vous de vos deux mains pour stabiliser la queue pendant que vous préparez le tir.

— Comment ça ?

Sally prit une autre queue et lui montra comment la placer entre le pouce et l'index. Elle frappa adroitement une boule qui alla en percuter une autre, laquelle tournoya sur le tapis et tomba dans une poche. Elle évacua ainsi plusieurs boules, puis se redressa, tenant sa queue devant elle tel un soldat présentant les armes.

Une fois de plus, Thea envia son assurance. Son attitude et sa tenue vestimentaire pouvaient certes paraître terriblement inconvenantes, mais quelle importance quand on était aussi sûr de soi ? Si Thea parvenait à l'imiter et à acquérir cette prestance durant son séjour à Brinkley End, elle n'aurait pas perdu son temps.

— Le but est de faire tomber les boules dans les trous ?

— C'est cela. Si vous voulez en savoir plus, vous pouvez lire ce *Traité de billard*, répondit Sally, montrant un livre posé sur une table d'angle.

Il fallut quelques essais supplémentaires à Thea pour réussir à placer la queue comme Sally le lui avait montré, et quand elle parvint à frapper correctement une boule, elle en fut tellement contente qu'elle recommença aussitôt.

— Lord Luxborough m'a dit que vous étiez ici depuis une éternité, déclara-t-elle, tandis que Sally rassemblait les boules en ivoire et les rangeait dans un cadre en forme de triangle.

— La précédente comtesse, la mère de M. le comte, m'a engagée pour apprendre à lire et à compter aux domestiques les plus jeunes et aux enfants des métayers. Je me suis donc installée dans la maison.

— Vous habitiez ici à l'époque de Katharine ?

— Elle n'a jamais vécu dans cette demeure.

Sally se pencha sur la table et tapa énergiquement dans la boule blanche, qui disloqua le triangle. Les autres boules s'égaillèrent sur le feutre vert.

— À Londres, il y avait une espèce d'illuminé qui déblatérait contre le comte, reprit Thea d'un ton désinvolte censé dissimuler sa curiosité. Selon lui, lord Luxborough aurait tué sa femme grâce à la magie noire.

— Elle est morte des suites d'une chute de cheval. M. le comte vous en a parlé, je suppose ?

— Naturellement, mentit Thea en s'apprêtant à jouer. Je croyais que les dames de l'aristocratie étaient trop bonnes cavalières pour tomber.

— N'importe qui tomberait s'il chevauchait imprudemment en plein orage.

Thea sursauta et manqua son coup.

— Trop d'imagination et de romans gothiques, marmonna-t-elle, répétant les reproches habituels de sa mère. Vos paroles m'évoquent une héroïne terrorisée fuyant comme le vent pour sauver sa peau.

Cela n'amusa pas Sally, qui se figea. Les jointures de ses doigts, qui tenaient la queue de billard, blanchirent.

— Je… Ce n'est pas ce qui s'est passé, n'est-ce pas ? demanda Thea, soudain inquiète. Elle ne fuyait pas ?

Le silence les enveloppa, à peine troublé par le tic-tac menaçant d'une pendule. Quand Sally le brisa, ce fut seulement pour dire :

— Katharine aimait les romans gothiques, elle aussi.

Elle soutint un instant le regard de Thea, avant de détourner les yeux.

— Vous feriez mieux de poser ce genre de questions à votre mari.

— À mon ma… Oh, oui… effectivement. Je vous prie de m'excuser, je ne devrais pas vous mettre dans une position difficile.

— Pourquoi ? railla Sally. C'est la position que je connais le mieux.

Elles continuèrent à jouer sans un mot, et Thea fut bientôt tellement captivée par le jeu qu'elle ne songea plus à Luxborough et à sa défunte épouse. Chaque fois qu'elle réussissait à envoyer une boule dans un trou, elle en était si fière qu'elle esquissait une danse de la victoire avec sa queue de billard.

— Je ne vous voyais pas comme ça, avoua Sally en riant.

— Comment m'imaginiez-vous ?

— Franchement, je n'arrivais pas à imaginer celle que Luxborough épouserait. Mais vous n'êtes pas…

— Je ne suis pas une aristocrate, si c'est ce à quoi vous pensez. Je suis née pauvre, et je n'ai rien d'une lady accomplie. Quand mon père a eu assez d'argent pour engager des professeurs particuliers, l'essentiel de mon éducation a consisté à apprendre à me faire passer pour une jeune fille du meilleur monde. Feindre d'être ce qu'on n'est pas demande une énergie considérable.

— En effet, répondit Sally, pensive.

Elle hésita, puis reprit :

— M. Rafe – je veux dire, lord Luxborough – est un homme bon. Mais vous le savez, bien sûr. Comment en êtes-vous venus à vous marier, tous les deux ? Soyez franche.

La vérité, c'était que Luxborough l'avait épousée pour de l'argent et pour complaire à lord Ventnor. Et l'autre vérité, c'était qu'ils n'étaient pas vraiment mariés. Avec tant de secrets à préserver, Thea ne pouvait pas être franche.

— Parlons plutôt de vous, biaisa-t-elle.

Sally fit coulisser la queue de billard entre ses doigts.

— Je préfère parler de vous.

— Et moi de vous, insista Thea. Vous êtes si singulière ! Il faut tout me dire.

Sally frappa si fort la boule qu'elle sauta de la table et roula sur le sol. Quand la gouvernante se redressa, ses traits étaient crispés.

— Vous ne pouvez pas me renvoyer, milady, déclara-t-elle d'un ton agressif. Quoi que vous pensiez de moi ou que vous appreniez sur mon compte.

— Mais je n'ai pas l'intention de vous renvoyer ! J'espérais que nous deviendrions amies.

— Bien sûr, jusqu'au moment où je dirai ou ferai quelque chose qui vous déplaira. Nous ne serons alors plus amies, n'est-ce pas ? Vous serez la comtesse, et moi je serai à la rue. Je veux que le comte soit heureux, mais je suis ici chez moi. On ne me forcera pas à partir une fois de plus.

Sally jeta sur la table de billard sa queue qui percuta bruyamment les boules.

— Je suis sûre que vous retrouverez seule le chemin de vos appartements, milady.

Sur ces mots, elle sortit en trombe de la pièce.

Thea ravala la bile qui avait envahi sa bouche. Elle s'était encore fourvoyée, car Sally avait raison : elles ne pourraient jamais être amies. Elle n'était pas chez elle à Brinkley End. Pourquoi s'obstinait-elle à l'oublier ? Elle n'avait pas de foyer, ni ici ni ailleurs.

Aucune importance, décréta-t-elle. Que tous ces gens aillent au diable ! Et puisqu'elle devait dîner seule, elle commencerait par le dessert !

Rafe réussit à franchir le petit pont avant de céder à la tentation de regarder par-dessus son épaule. Il constata alors que Thea et Sally étaient entrées dans la maison.

Tout se déroulait selon son plan, se rappela-t-il en suivant le sentier qui s'enfonçait dans les bois. Dès le début, il avait prévu d'ignorer Thea jusqu'à ce que ce faux mariage prenne fin. Car ce n'était et ne serait jamais que cela : une parodie. Dès que les curateurs auraient débloqué les fonds du fidéicommis, il renverrait Thea.

Tout en se sermonnant ainsi, il atteignit la clairière, de la taille d'un terrain de cricket. Comme toujours, sa tension s'allégea à la vue de la serre qui se dressait devant lui, telle une église, et du cottage en pierre dont Martha avait fait son laboratoire.

L'essentiel était là. Il ne devait pas se laisser distraire par des yeux pervenche expressifs, par des boucles châtains cascadant autour d'un visage gracieux, ou par… Non, assez ! Elle était un moyen d'obtenir ce qu'il voulait, rien de plus.

L'atmosphère de la serre, chaude et odorante, l'enveloppa tandis que les rangées de plantes luxuriantes l'accueillaient dans un silence bienfaisant. Il resta un moment immobile, laissant la magie végétale s'opérer, puis il alla poser la caissette sur la table de travail, retira sa redingote et prit ses notes. Ventnor avait été avare de renseignements concernant la provenance des orchidées, se contentant de plastronner : « Celle-ci provient d'une ravine au fin fond de la jungle, deux hommes sont morts pour la rapporter, bla-bla-bla. » Quel vaniteux imbécile ! Néanmoins, Rafe avait glané quelques détails qui lui permettaient d'estimer quel type d'environnement était nécessaire à chaque plante, en espérant que cela suffirait à sauver celles qui avaient survécu. S'il ne pouvait pas grand-chose pour ses semblables, il était au moins doué pour soigner les plantes.

Il leva la tête vers la verrière. Il aurait assez de lumière pour terminer ce qu'il avait à faire. Personne ne viendrait l'importuner. Les domestiques lui laisseraient un repas froid dans ses appartements, il dînerait tard.

Seul.

« Je n'aime pas manger seule. »

Il avait lu de la peine dans ses yeux bleus.

S'ils dînaient ensemble, ce ne serait sûrement pas si terrible…

Non, il ne faiblirait pas.

Il saisit la première orchidée qui lui tomba sous la main et la posa sur la table si brutalement que le pot se fêla. Naturellement, il s'agissait de l'orchidée jaune que Thea avait voulu toucher, le premier soir. Et maintenant, les fleurs pareilles à de petits visages le considéraient d'un air de reproche.

— Ne me regardez pas comme ça, leur lança-t-il sèchement. Je ne changerai pas d'avis.

Évidemment, les fleurs ne répondirent pas, et l'écho embarrassant de sa propre voix emplit l'espace.

— Vous, au moins, vous ne ripostez pas, tandis qu'elle…

Soudain, il entendit du bruit derrière lui. Des pas, un froissement de tissu. Puis le genre de silence qui survient quand quelqu'un vous épie en essayant de ne pas rire.

Bon sang de bois ! Fronçant les sourcils pour intimider l'adversaire, Rafe se retourna.

C'était Martha, les lèvres pincées, les yeux plissés.

— Vous parlez aux plantes, maintenant ? demanda-t-elle de sa voix teintée d'un accent espagnol.

— Non.

— Il m'a pourtant semblé que vous leur faisiez la conversation. Notez que ce n'est pas un problème.

— Je ne leur parlais pas, grommela-t-il en pivotant pour se concentrer sur les orchidées.

Martha ne bougea pas.

— Félicitations pour votre mariage. C'est inattendu.

— Quelles sont les nouvelles ? éluda-t-il.

Il se retourna de nouveau et vit un sourire éclairer le visage de Martha.

— Elles sont excellentes. La belle-mère du forgeron s'est installée chez lui, elle souffre de rhumatismes. C'est merveilleux, non ?

— Excusez-moi, mais je ne partage pas votre enthousiasme pour les souffrances d'autrui.

— Je dis que c'est merveilleux parce qu'elle a accepté d'essayer mon nouveau remède à base de cannabis. Ça la soulage énormément, ça détend ses articulations. Malheureusement, ça la fait aussi chanter, alors les chiens hurlent à la mort.

— Un médicament a toujours des effets secondaires.

— Et le forgeron dit que mon nouveau liniment malais assouplit ses cicatrices. Il faut que vous en passiez sur les vôtres.

Martha arracha délicatement le bout d'une feuille d'orchidée, l'écrasa entre ses doigts, le renifla et le goûta.

— Quelle chance de vous avoir tous les deux, le forgeron et vous, pour expérimenter mes remèdes !

— Et quelle chance que nous ayons tous les deux souffert pour vous rendre service !

— Votre nouvelle épouse a-t-elle des problèmes de santé ? Si elle avait des règles atrocement douloureuses, ce serait formidable. Pas pour elle, bien sûr. Bref, elle pourrait essayer le bhang.

— Pas question.

— J'ai modifié la recette. C'est toujours du cannabis avec une pointe d'opium, mais j'ai ajouté...

— Non, pas pour la comtesse.

— C'est sans danger, même si ça reste une drogue. Sally et moi l'avons essayé, mais j'ai besoin d'autres cobayes.

— Je préfère que la comtesse ne sache pas ce que nous faisons.

Il ne voulait surtout pas que Thea répande d'autres rumeurs sur lui et sur les activités de Martha. Quand le moment viendrait de vendre les remèdes, ils n'utiliseraient que le nom de Martha. Mieux valait cacher que Rafe y était associé – ce qui ne serait pas facile, car les gens avaient la fâcheuse manie de fourrer leur nez dans les affaires d'un comte.

— C'est moi qui prendrai votre mixture, ajouta-t-il.

— Non, pas vous, rétorqua Martha en prélevant un échantillon d'une autre feuille d'orchidée. Ce n'est pas bon pour votre petit problème.

— Lequel ?

— J'ai d'ailleurs un nouveau remède pour ce problème-là.

— Lequel, bon sang ?

— Celui qui vous pousse à installer votre femme dans une chambre éloignée de la vôtre.

Rafe lui décocha un regard noir.

— Je veux tester mon nouveau remède, alors si vous avez du mal à…

— Tout va bien.

— La plupart des hommes, à un moment ou à un autre…

— Pas moi.

Avec Thea, il n'avait qu'une difficulté : se rappeler qu'il ne pouvait pas la toucher parce qu'elle n'était pas son épouse et ne le serait jamais.

— *Bueno,* soupira Martha en s'attaquant à une troisième feuille. Mais je veux que vous soyez heureux avec votre ravissante femme.

— Et vous arrêterez de grignoter mes orchidées ? gronda Rafe en retirant prestement le pot.

— Ah, ce sont des orchidées ? Jolies mais inutiles.

Elle suivit Rafe et le regarda placer les fleurs dans la partie de la serre où elles réussiraient probablement à survivre.

— Il paraît qu'en Amérique, les orchidées coûtent cher, ajouta-t-elle. Vendez-les, qu'on ait enfin de quoi lancer notre affaire.

— Je ne les vendrai pas à un autre abruti qui les tuera.

Rafe pivota pour revenir vers la table de travail, mais Martha lui barra le passage, les poings sur les hanches.

— J'ai quitté le Pérou et je vous ai suivi jusqu'ici, dans ce pays froid et humide, pour avoir la possibilité de fabriquer de nouveaux médicaments, mais vous me répétez toujours que nous n'avons pas le capital nécessaire pour agrandir mon laboratoire et créer notre commerce, et chaque jour qui passe ne me vaut que des rides supplémentaires. Vous partez en promettant monts et merveilles, et à votre retour vous n'avez que des jolies fleurs inutiles et une jolie femme tout aussi inutile.

— Elle n'est pas inutile.

— Je ne peux pas me servir d'elle pour mes expériences. Par conséquent, elle est inutile.

— Ce mariage m'a rapporté dix mille livres.

Martha inclina la tête sur le côté.

— C'est beaucoup d'argent.

Elle s'écarta pour le laisser passer.

— En effet. Organisez votre nouveau laboratoire, Martha. Aussi grand que vous le souhaitez, avec tout l'équipement nécessaire et plusieurs assistants. Les plantes que vous vouliez arriveront bientôt à Bristol, d'autres sont en chemin, et vos remèdes seront bientôt sur le marché.

Il s'essuya les mains tout en observant les rangées de végétaux, choisis pour la plupart pour leurs propriétés médicinales. Dire qu'après toutes ces années passées dans des pays étrangers, à étudier des plantes que la plupart des Anglais ne verraient jamais et à affronter des périls que ses compatriotes n'imaginaient même pas, il se retrouvait à son point de départ, dans ce manoir qu'il n'avait jamais considéré comme un foyer.

Il inspira profondément pour dénouer le mélange familier de remords et de chagrin qui lui serrait le cœur. La vie n'était que désordre et inextricable fouillis. La preuve : il était là dans cette serre, lui, le survivant. Si seulement son père, qui ne l'avait jamais compris mais lui avait offert des professeurs de botanique et d'horticulture, avait pu voir ce qu'il avait accompli !

— Il en sortira peut-être quelque chose de bon, marmonna-t-il en enfilant sa redingote.

— Pas si elle congédie Sally.

— Mmm ?

— Si votre mariage vous rapporte de l'argent et qu'ensuite votre femme chasse Sally, il n'en sortira rien de bon.

— Pourquoi diable chasserait-elle Sally ? rétorqua-t-il, ébahi.

— Parce que... Sally dit que votre comtesse voudra tout changer.

— Elle ne changera rien et ne renverra personne, bougonna-t-il. Elle n'est même pas...

Il s'interrompit. Mieux valait que Martha et Sally ignorent son subterfuge.

— La comtesse est chaleureuse, pleine de vie, incroyablement résistante et...

— Quoi donc ?

— Et... je ne sais pas.

La comtesse était déroutante, voilà.

— Alors comme ça, vous l'aimez bien, constata Martha.

— Sapristi ! pesta-t-il en se dirigeant vers la porte. Je vais nager, ensuite je dînerai, et je jure que si quelqu'un m'adresse encore la parole, je vous renvoie tous !

11

Lorsque Thea se réveilla le lendemain matin, elle avait à peu près retrouvé sa bonne humeur. Elle s'habilla, prit un petit déjeuner rapide, puis s'en alla, sous un soleil radieux, explorer le domaine.

Brinkley End me déçoit, écrirait-elle en fin de journée à Arabella. *Le domaine n'est pas sinistre pour deux sous. Heureusement, le comte a eu la bonté de m'interdire de m'aventurer dans les bois, sous peine de mort, ce qui m'a rassérénée.*

Dans le parc, elle aperçut lord Luxborough qui traversait le pont et s'enfonçait dans les Bois Interdits. Martha l'accompagnait. Quelle place occupait-elle dans cette maison ? Mystère.

Thea partit résolument dans la direction opposée. Sa promenade l'entraîna à travers des jardins d'agrément superbement fleuris jusqu'au lac, où elle repéra le refuge que Luxborough avait mentionné : une herbe grasse d'un vert éclatant entourait une sorte de petit étang, bien caché derrière un rideau de saules pleureurs.

Pour ménager ta sensibilité, Arabella, je ne te dirai pas que je me suis déshabillée et que j'ai nagé dans le lac. Tu ne sauras donc pas combien cette eau fraîche, par cette chaleur, était miraculeuse.

Ensuite, Gilbert, son domestique d'emprunt, et un palefrenier fort serviable lui apprirent à conduire un cabriolet. Sillonner au petit trot les chemins du domaine fut fabuleux. Ils longèrent des champs de blé et des pommeraies, salués sur leur passage par des paysans, puis suivirent la rivière jusqu'à la cidrerie, dont l'énorme roue frappait l'eau en cadence. Le contremaître s'empressa d'expliquer à la nouvelle comtesse comment on fabriquait le cidre.

Il m'a fait goûter leur meilleur cidre, écrirait-elle le soir. *Puis un autre, et encore un autre, tant et si bien que j'ai dû m'allonger un moment.*

De retour dans ses appartements, Thea se lava et se changea, optant pour la robe vert pâle d'Helen, ornée de broderies dorées. Cette tenue s'harmonisait avec le décor du salon, décréta-t-elle. Dieu qu'elle aimait jouer à la comtesse ! Dire que des gens vivaient ainsi, dans le luxe et l'oisiveté ! Quoique, bien sûr, une vraie comtesse ait aussi des fonctions tout à fait sérieuses à remplir.

Tout en sirotant son thé et en croquant des biscuits à peine sortis du four, elle lut une lettre d'Arabella arrivée avec le courrier du matin. Son amie lui annonçait le retour du marquis de Hardbury.

Père s'est empressé de rappeler au marquis nos prétendues fiançailles, à quoi Hardbury a répondu, je cite : « Rien au monde ne pourrait me persuader d'épouser Arabella Larke. » Ainsi s'achève, hélas, le temps béni où l'absence du marquis me servait d'excuse pour ne pas me marier. Père tient à ce que j'aie la bague au doigt avant la fin de l'année et est en train d'établir la liste des candidats acceptables. Je suis excitée comme une enfant à l'approche des fêtes, j'ai hâte de voir quel mari il va m'offrir.

Thea ne fut pas dupe de l'ironie de son amie, cependant, sachant qu'Arabella ne supporterait pas qu'on lui témoigne de la compassion, elle répondit sur le même ton :

Je me permets de te proposer mes services de marieuse, fruits de ma vaste expérience du mariage après une semaine de vie conjugale. Luxborough n'est pas trop abominable. Je pourrai te l'envoyer quand j'en aurai terminé avec lui.

En écrivant ces mots, elle eut un drôle de pincement au cœur – mi-repentir, mi-jalousie. « Ne sois pas stupide », se tança-t-elle en pliant la lettre pour la cacheter.

En prévision de sa soirée solitaire, Thea alla chercher des livres dans la bibliothèque. Elle passa en revue des dizaines d'ouvrages sur l'agriculture, la botanique et la philosophie, puis tomba en arrêt devant une étagère entière de pièces de théâtre.

Elle les délogea à moitié, l'une après l'autre, pour lire les titres. Soudain, des papiers tombèrent sur le sol. Des programmes de représentations dans un théâtre londonien, constata-t-elle lorsqu'elle s'accroupit pour les ramasser. *Macbeth*, avec une certaine Sarah Holloway dans le rôle de lady Macbeth. *L'École de la médisance*[1], avec Sarah Holloway interprétant lady Teazle. Cette Sarah Holloway figurait

1. *L'École de la médisance*, de Richard Brinsley Sheridan. La première représentation eut lieu en 1777. (*N.d.T.*)

sur tous les programmes. À l'évidence, un membre de la famille Landcross avait été amoureux d'elle.

Son nom lui semblait vaguement familier. Où l'avait-elle entendu ? Ah oui, cela lui revenait. Lorsqu'elle avait raconté son histoire, à l'auberge, le dénommé Joe avait parlé de la comédienne Sarah Holloway, qui avait disparu.

Elle parcourut, sur l'un des programmes, la liste des personnages de la pièce et de leurs interprètes. William Dudley, lut-elle soudain. Le nom de l'illuminé qu'elle avait affronté devant la résidence londonienne de lord Luxborough…

Quelle étrange coïncidence !

Elle remit les programmes à leur place, prit quelques livres sur l'étagère et poursuivit son exploration. Elle découvrit ainsi la volumineuse bible de famille des Landcross. Brûlant de curiosité, elle en tourna les pages, étudiant les noms, les dates de naissance, de décès et de mariage. Les cinq fils Landcross étaient les derniers cités : John, Philip, Rafe, Christopher et Edmund. John et Philip étaient morts. Rafe et Christopher étaient mariés. Christopher et son épouse Mary avaient plusieurs enfants, sur lesquels Thea ne s'attarda pas. Elle concentrait son attention sur la femme de Rafe, Katharine Jane Russell, décédée. Autour des deux prénoms, quelqu'un avait tracé une sorte de rectangle strié de traits verticaux, semblables aux barreaux d'une cellule de prison.

Thea reposa la bible d'un geste brusque, comme si elle craignait d'être mordue, puis choisit rapidement trois livres qu'elle emporta dans ses appartements.

Elle s'y sentait très bien, décida-t-elle en rêvassant devant sa fenêtre. Elle se sentit encore mieux quand on lui servit son dîner, car personne n'était là pour lui reprocher de commencer par le sabayon.

Rafe fut informé que lady Luxborough visitait le domaine. Se répétant qu'elle n'avait pas besoin de sa compagnie, il se mit au travail avec Martha. Il traça le plan d'une deuxième serre tandis que Martha réfléchissait aux dépendances à construire pour agrandir son laboratoire. Tous deux étaient d'accord : il fallait engager sans tarder un maître d'œuvre qui se chargerait de remplir les formalités et de négocier avec le monde extérieur.

Satisfait de sa journée, Rafe alla faire un plongeon dans le lac. Il nagea longtemps, vigoureusement. Il regagnait ses appartements quand il croisa, dans un couloir, Sally et Martha qui bavardaient à voix basse.

— Comment va la comtesse ? demanda-t-il à Sally.

— Je crois qu'elle est dans ses appartements.

— J'ai demandé comment elle allait.

— Un homme est autorisé à parler à son épouse, c'est l'un des aspects singuliers du mariage, persifla Martha.

— Il est également autorisé à coucher avec elle, renchérit Sally.

Elles affichaient un sourire exaspérant. Comment diable s'était-il débrouillé pour avoir chez lui deux créatures qui le tarabustaient avec encore plus d'acharnement que ne le faisait autrefois sa nurse ?

— La comtesse est nerveuse, expliqua-t-il. J'attends que nous nous connaissions mieux.

— Ne pas lui adresser la parole ne facilitera pas les choses, fit remarquer Sally d'un air pince-sans-rire.

Marmottant d'affreux jurons, Rafe se réfugia dans ses appartements. Dès qu'il se fut changé et que son valet de chambre se fut retiré, deux domestiques lui apportèrent son dîner. Tambourinant sur le manteau de la cheminée, Rafe attendit qu'ils aient dressé la table, selon une routine vieille de plusieurs années.

Un bol de potage de légumes. Un seul plat. Une coupe de sabayon, et une autre de framboises. Des couverts en argent. Un verre à pied. Une serviette.

Deux chaises.

— C'est une blague ? grommela Rafe.

— Monsieur le comte...

— Si vous avez quelque chose à dire, allez-y.

Les deux serviteurs échangèrent un regard.

— Euh... le dîner est servi ? hasarda l'un d'eux en retirant la cloche d'argent qui gardait au chaud la moitié d'un petit canard rôti, des pommes de terre et des haricots verts.

Une moitié de canard. C'était une foutue conspiration.

Chassant les domestiques d'un geste, Rafe s'assit. En face de lui, la chaise vide le regardait d'un air narquois. Les yeux bleus de Thea envahirent l'esprit de Rafe.

— Maudits soient-ils, tous autant qu'ils sont ! explosa-t-il.

Et, sans cesser de ronchonner, il replaça tout ce qui se trouvait sur la table sur le plateau.

La porte du boudoir de Thea étant entrebâillée, Rafe l'ouvrit d'un coup de pied et entra dans la pièce. Thea, qui était en train de manger, sauta sur ses pieds et laissa tomber sa cuillère dans le bol de potage.

Elle était vêtue d'une élégante robe vert pâle, dont les longues manches et le corsage fort sage révélaient tout de même des centimètres d'une peau crémeuse qui devait être terriblement agréable au toucher. Sa chevelure était tressée de rubans verts, son teint était éclatant, comme si elle avait ramené, de sa promenade à travers le domaine, le soleil à la maison.

— Nous dînerons ensemble, puisque vous n'aimez pas manger seule, déclara-t-il en se débarrassant du plateau. Mais moi, je n'aime pas parler. Donc, pas de bavardage. Compris ?

Pinçant les lèvres pour bien montrer qu'elle se taisait, elle hocha la tête. Elle s'assit, et il en fit autant après avoir rempli les verres de vin. Ils dégustèrent en silence leur potage qui était savoureux.

Rafe s'efforçait d'ignorer Thea, ce qui n'était pas facile car il croyait distinguer sur sa peau, à la lisière de son décolleté, un semis de délicates taches de rousseur, spectacle charmant qui attirait irrésistiblement son regard.

Soudain, il la vit froncer les sourcils en repoussant son bol et en toisant le sabayon de Rafe, comme si la crème mousseuse l'avait accusée de tricher aux cartes. Puis elle secoua la tête, adressa un petit sourire au plafond et reporta son attention sur son canard rôti et ses haricots verts. Elle s'y attaqua avec appétit, mais ses yeux revinrent se poser sur le sabayon de Rafe. Elle fronça de nouveau les sourcils, secoua la tête.

Ce virulent débat intérieur se prolongea durant tout le repas, jusqu'à ce que Rafe n'y tienne plus.

— Qu'y a-t-il ? Qu'est-ce que vous avez ?

— Je n'ai pas dit un mot, protesta-t-elle, battant des cils. Vous n'aimez pas bavarder, je suis muette.

— Je vous entends penser.

— Dans ce cas, je penserai tout bas.

— Vous semblez perturbée.

Elle fronça encore les sourcils, promena son regard sur la table et soupira :

— Je suis simplement… étonnée.

— À quel sujet ?

— Je ne peux m'empêcher de remarquer que votre dîner comprend un sabayon et des framboises, ce qui n'est pas le cas du mien. Voilà !

Elle planta sa fourchette dans le dernier morceau de canard, l'enfourna et le mastiqua avec une férocité pleine de dignité.

— Effectivement, constata Rafe après vérification. Vous n'avez ni sabayon ni framboises, ni fruits d'aucune sorte.

— Il y a sans doute une bonne raison pour que le comte ait du sabayon mais pas la comtesse.

— Si vous voulez un dessert, appelez les domestiques.

— Non ! rétorqua-t-elle en posant son couteau et sa fourchette, qui tintèrent contre la porcelaine de l'assiette. Je ne tiens pas à me les mettre à dos. Je peux survivre sans sabayon.

Elle poussa un nouveau soupir qui aurait fait pâlir un supplicié.

— Je suppose que les comtesses comme il faut doivent endurer des privations.

— Oh, bonté divine…, marmonna-t-il en poussant sa coupe de crème vers elle. Prenez le mien.

— Il n'en est pas question, voyons !

— Prenez-le, vous dis-je !

— Quel noble sacrifice, monsieur ! Vous priver de dessert. Quelle générosité ! Comme c'est honorable de…

— Taisez-vous et mangez ce foutu sabayon.

Elle s'exécuta avec un petit sourire espiègle et une volupté si évidente que la regarder savourer sa crème fut une véritable torture. Rafe buvait son vin, sans réussir à étancher sa soif d'autre chose. Elle semblait avoir oublié sa présence, s'adonnant tout entière à ses plaisirs solitaires. Et lui… Nom d'une pipe, il était jaloux ! D'un foutu sabayon !

Elle acheva de racler le fond de la coupe, se tamponna les lèvres avec sa serviette, puis sourit à Rafe.

Plus exactement, comme le pêcheur lance son filet, elle lui lança un sourire qui l'enveloppa et lui donna une envie folle de se rapprocher d'elle.

Il se leva si brutalement que la table tangua.

— Je vous souhaite une bonne nuit.

— Il est encore tôt, nous pourrions…

— Quoi donc ?

— Eh bien… faire une partie de billard ?

— Vous ne savez pas y jouer.

— Je me débrouille très bien, protesta-t-elle. Enfin, je… je me débrouillerai quand j'aurai appris. Je peux apprendre toute seule, avec un manuel, mais ce serait plus amusant de m'entraîner avec quelqu'un.

Rafe hésita. Ce serait une agréable façon de passer la soirée. Il pourrait l'observer tout son soûl, peut-être l'aider à placer correctement la queue de billard sur le tapis. Il se placerait derrière elle, l'entourerait de ses bras, presserait ses lèvres sur sa nuque parfumée, mordillerait son oreille pour la faire frissonner, promènerait ses mains sur…

— Vous n'avez qu'à jouer avec Sally et Martha, articula-t-il.

— Ce sont vos employées.

— Je n'aurais pas cru que cela ait de l'importance pour vous.

— Cela n'en a aucune. Mais les convenances nous forcent à en tenir compte.

Une pause.

— Les convenances sont absurdes, vous ne trouvez pas ? Quand mon père a fait fortune pour la première fois, nous avons emménagé dans un quartier agréable, et on m'a interdit de revoir mes anciennes amies. Je m'en suis donc fait d'autres. Là-dessus, mon père a été ruiné, nous avons de nouveau déménagé, et mes nouvelles amies n'ont plus été autorisées à me voir. Alors je me suis liée d'amitié avec d'autres jeunes filles, puis mon père a refait fortune, nous avons changé de quartier, et ainsi de suite. Les convenances nous commandent de fréquenter tel ou tel, d'épouser tel ou tel, alors que nous sommes tous, simplement, des humains. Enfin... sauf vous, ajouta-t-elle avec un faible sourire. Vous n'êtes pas comme tout le monde.

— Exact.

Il avait répondu machinalement, car il observait le sourire vacillant de Thea, la façon dont elle redressait les épaules, comme si elle se préparait à affronter d'autres déceptions. Il baissa les yeux sur les assiettes vides, vestiges de leur fugace intimité. Son plan initial avait été de ne pas prêter attention à sa fausse épouse, mais cela datait du déluge, de l'époque où elle n'était qu'un nom pour lui.

— Oublions ça ! lança-t-elle brusquement, d'un ton plein d'entrain. Je serai contente de me plonger dans un livre. Et vous, que faites-vous habituellement après le dîner ?

— Je lis.

— Dans ce cas, vous apprécierez peut-être l'un des ouvrages que j'ai pris aujourd'hui dans la bibliothèque, répondit-elle, montrant les trois volumes posés sur un guéridon à côté des fauteuils. Ce serait idiot que vous alliez lire chez vous pendant que moi, je lis ici. Ce serait gaspiller du...

Elle jeta un coup d'œil au foyer sans feu et n'acheva pas sa phrase.

Quand il ferait plus froid, ce serait effectivement idiot d'allumer du feu pour la soirée dans leurs deux appartements, songea-t-il. En hiver, s'ils lisaient ensemble près de la cheminée, la lueur des flammes allumerait-elle des reflets dansants dans ses cheveux ? Ses oreilles et son petit nez rougiraient-ils quand elle marcherait dans la neige ? Elle le bombarderait de boules de neige, bien sûr, et il riposterait pour la faire crier et éclater de rire. Ils se poursuivraient, il la rattraperait, et ils rouleraient ensemble dans…

— J'ai dit quelque chose de drôle ? demanda-t-elle.

— Mmm ?

— Vous avez l'air amusé.

— Mmm, marmonna-t-il, et il s'assit dans un fauteuil.

Thea s'empressa d'apporter leurs verres de vin, après quoi elle s'installa dans l'autre fauteuil et prit les livres.

— Qu'est-ce qui vous plairait ? Nous avons d'abord *Leonora*[1] de Mlle Edgeworth. Oh…, murmura-t-elle en ouvrant le livre. Certaines phrases sont soulignées.

Rafe se raidit. Nom d'une pipe, il aurait dû le prévoir.

— Figurez-vous que j'ai vu, dans un autre ouvrage, une marque bizarre et… Peu importe, voyons plutôt ce qui a été souligné. « Quel malheur d'être née femme ! » Eh bien, voilà qui est gai. Ce roman n'est peut-être pas pour vous.

Elle le reposa sur le guéridon et saisit le deuxième volume.

Rafe s'aperçut qu'il secouait nerveusement une jambe et posa une main sur son genou pour s'en empêcher. « Arrête ça tout de suite », s'ordonna-t-il. Thea jacassait, elle semblait n'avoir rien remarqué.

— Ah, voilà quelque chose de beaucoup plus viril. *Marmion, ou la Bataille de Flodden-Field*. Walter Scott. Notre intrépide lecteur a souligné… « Ô la

1. Roman de Maria Edgeworth, écrivaine irlandaise, publié en 1806. (*N.d.T.*)

toile enchevêtrée que nous tissons, Lorsque dès l'abord nous pratiquons la tromperie. »

Elle toussota, les joues soudain roses, et lui tendit le livre. Puis elle saisit le troisième et étudia sa couverture toute simple.

— Je commence à cerner un peu mieux la personnalité de notre mystérieux lecteur. Premièrement, je dirais qu'il s'agit d'une femme.

— C'était Katharine, déclara-t-il d'un ton brusque. Elle avait l'habitude de souligner les phrases dont elle pensait que...

Il hésita. Comment expliquer que Katharine croyait que les livres lui adressaient des messages ?

— ... les phrases qui avaient pour elle une signification particulière.

Vu la curiosité de Thea, le sujet « Katharine » devait fatalement venir sur le tapis tôt ou tard. Elle tournait et retournait le livre entre ses mains, et Rafe hésitait entre rester là et se retirer dans ses appartements lorsqu'elle le regarda droit dans les yeux.

— Vous l'aimiez ?

— Pas de bavardage, nous étions d'accord là-dessus.

Elle ouvrit et referma plusieurs fois le livre.

— Vous êtes parti en Amérique pour échapper à l'armée, et vous avez emmené Katharine.

— J'ai l'impression que vous savez déjà tout.

— Je ne sais pas si vous étiez amoureux d'elle.

— Nous étions si jeunes et...

Non, Katharine méritait mieux que cela.

— Oui, je l'aimais, murmura-t-il.

Il se revoyait à dix-huit ans, naïf et épris d'aventures. Katharine avait quelques années de plus que lui et était plus audacieuse. Oui, il était bien jeune à l'époque, et depuis il avait vieilli de mille ans.

Il lut de la douceur dans le regard de Thea, et cela lui délia la langue.

— Avez-vous déjà vu un cheval sauvage ? Katharine était comme ça. Impétueuse, indomptable. Elle avait refusé d'épouser les hommes que Ventnor choisissait pour elle. Elle séjournait à Brinkley End avec sa famille quand, un jour, elle nous a entendus, mon père et moi, nous disputer au sujet de mon enrôlement dans l'armée. Nous étions tous les deux en rébellion contre l'autorité paternelle. Lorsque je lui ai dit que je songeais à partir pour l'Amérique, elle a voulu me suivre. Nous avons discuté toute la nuit, imaginé les aventures que nous pourrions vivre là-bas, et quand le soleil s'est levé, notre décision était prise : nous nous enfuirions ensemble. Deux jours plus tard, nous embarquions à Bristol.

Sur le pont du navire, dans le vent marin qui les fouettait, ils avaient gaiement dit adieu à l'Angleterre. Ils étaient pleins d'espoir. Quand le capitaine les avait mariés, ils s'étaient promis de toujours veiller l'un sur l'autre. Une promesse que Rafe n'avait pas tenue.

— Et ensuite ? l'encouragea Thea.

— Ensuite…

Il se tut, anticipant la suite de cette conversation, les questions de Thea, les explications qu'il devrait lui donner, le passé qu'il lui faudrait extirper des ténèbres, vestige visqueux d'un naufrage. Thea la curieuse partirait bientôt pour sa prochaine équipée, mais les souvenirs qu'il aurait ranimés ne le quitteraient pas. Mieux valait qu'ils restent ensevelis, dans ces limbes où ils étaient moins douloureux.

— Ensuite elle est tombée malade, acheva-t-il d'un ton brusque. Il était préférable qu'elle rentre en Angleterre. Elle a écrit à ses parents. Ventnor est venu la chercher. Fin de l'histoire.

— Vous êtes rentré avec elle, n'est-ce pas ?

Rafe se leva et s'inclina avec une raideur grotesque.

— Je vous souhaite une bonne nuit. Merci de m'avoir tenu compagnie.

Il pivota pour sortir mais, dans un bruissement de robe, Thea le rejoignit et se campa devant lui.

— Veuillez me pardonner, mes questions étaient indiscrètes. C'était indélicat de ma part. Je me suis laissé emporter par la curiosité, je ne voulais pas vous blesser.

— Je ne suis pas blessé.

— Tout cela s'est passé il y a longtemps, vous n'avez pas à vous enfermer dans la solitude.

— Je ne suis pas solitaire.

— Très bien.

Les yeux pervenche le traitaient de menteur, mais il lisait sur le visage de Thea une sincère sollicitude. Ses lèvres roses étaient entrouvertes. Il avait des picotements dans les doigts tant il brûlait de caresser ces joues dorées par le soleil. Il promena son regard sur son décolleté, le renflement de ses seins, ses hanches et ses cuisses sous la fine mousseline.

Il n'était ni blessé ni solitaire. En revanche, il avait le sang chaud, et Thea était une captivante créature qui allumait le feu dans ses veines. Il avait juré de ne pas la toucher, mais il ne trouvait pas le courage de regagner sa chambre vide.

À cet instant, un coup frappé à la porte les fit sursauter et s'écarter l'un de l'autre. Ils tourniquèrent bêtement dans la pièce pendant que les domestiques débarrassaient la table.

— Pourquoi n'a-t-on pas servi de sabayon à la comtesse ? demanda Rafe.

— N'abordons pas ce sujet, s'il vous plaît ! protesta Thea.

— Je ne comprends pas, monsieur le comte, répondit l'un des serviteurs, perplexe.

— La comtesse n'a pas eu de sabayon.

— Mme la comtesse mange son dessert avant le plat de résistance. La coupe vide était sur la desserte.

Rafe ne l'avait pas remarquée. *Bien joué, Thea.* Il se tourna vers elle. Appuyée contre le mur, elle écarquillait des yeux innocents.

Les domestiques se hâtèrent de sortir, et Rafe se retrouva seul avec Thea. Avec sa malice, sa gaieté de petite fille et sa gourmandise.

Une témérité grisante s'empara soudain de lui et, sans même se rendre compte de ce qu'il faisait, il s'approcha d'elle.

— Vous commencez le repas par le dessert ?

Elle plaqua son dos contre le mur pêche.

— Les comtesses comme il faut commencent toujours par le dessert.

Il posa les mains sur le mur, l'emprisonnant entre ses bras, ce qui avait l'avantage de l'aider à tenir debout, car Thea, elle, avait posé les mains sur son torse, si bien qu'il avait les jambes en coton et risquait fort de tomber à genoux pour lui retrousser sa jupe.

— Les comtes comme il faut offrent toujours leur dessert aux comtesses. Vous êtes donc un comte tout à fait correct.

— Tandis que vous, milady, n'êtes pas une épouse tout à fait correcte.

Ses yeux pervenche étaient si pétillants, elle était si vivante ! Il brûlait de s'approcher encore, de caresser ses cheveux, de baiser ses lèvres. S'il avait été un autre homme, il l'aurait fait.

S'il avait été un autre homme, il aurait joué avec son épouse si gaie, si pleine de vie, se serait délecté de sa joie.

Mais il n'était pas un autre homme.

Comment expliquer ce phénomène ? Il s'apprêtait à regagner ses appartements et, l'instant d'après, il songeait à lui faire l'amour, comme si, par sa simple présence, Thea le transformait – hélas, comme toute magie, cela ne pourrait jamais se réaliser.

Cette pensée eut l'effet d'un seau d'eau glacée jetée sur sa fièvre. Elle lui donna la force de s'écarter et de s'en aller.

Il retourna dans ses appartements, où il ne trouva que le silence et l'ennui. Les nerfs à vif, il descendit alors chercher Martha. Elle était dans le petit salon et l'informa d'un ton insistant que la comtesse jouait seule au billard dans la pièce voisine. Il fit ostensiblement la sourde oreille et demanda à avoir un peu de bhang, pour l'essayer. Vu son état, une drogue qui calmait la douleur lui ferait le plus grand bien.

— Eh bien, bon débarras ! fanfaronna Thea, s'adressant aux fauteuils vides.

Ceux-ci ne furent cependant pas dupes. Ils savaient pertinemment qu'elle aurait voulu qu'il reste avec elle.

Et plus encore… Quand elle avait posé ses mains sur sa poitrine, que son odeur boisée l'avait enveloppée, qu'elle avait eu l'impression que son regard la transperçait, elle avait failli s'abandonner, lui ôter sa cravate pour dénuder sa gorge, lui retirer sa redingote. Le souvenir de leur unique baiser s'était glissé au tréfonds d'elle, comme un frisson qui l'aurait mise en garde : elle voulait sentir sur son corps les mains de Luxborough.

Voilà donc ce qu'était le désir dépravé contre lequel on prévenait les demoiselles. Comme on avait raison de dire que la passion était dangereuse, car elle vous privait de votre lucidité !

Il suffisait cependant d'un petit effort pour que la lucidité revienne : Luxborough pensait qu'ils étaient légitimement mariés et serait furieux quand il apprendrait la vérité. Si elle se donnait à lui, elle se compromettrait et devrait renoncer à son projet de recommencer sa vie comme si le scandale n'avait jamais eu lieu.

Le temps pressait. Sans doute aurait-elle bientôt des nouvelles d'Helen. Peut-être le lendemain. Oui, sûrement, et alors elle s'en irait.

Elle reposa résolument les livres sur le guéridon – ils lui rappelaient trop Luxborough et l'histoire qu'il refusait de raconter – et décida de s'exercer au billard.

En pénétrant dans la salle de billard, elle entendit des voix étouffées. Elle ouvrit la porte de communication et découvrit, dans le petit salon, Sally et Martha. La première cousait, l'autre lisait, et les deux la regardèrent d'un air penaud. Elles ne l'invitèrent pas à se joindre à elles, aussi Thea referma-t-elle la porte et se concentra-t-elle sur les boules qui roulaient sur le tapis vert.

À un moment, elle entendit Luxborough entrer dans la pièce voisine et échanger quelques mots, qu'elle ne comprit pas, avec Sally et Martha. Elle se figea, se demanda s'il viendrait jouer avec elle, mais il repartit comme il était venu.

Longtemps après que Sally et Martha se furent retirées, Thea souffla les chandelles et regagna ses appartements. Elle longeait le couloir quand, obéissant à une étrange impulsion, elle ouvrit une fenêtre qui donnait sur le jardin.

Luxborough était là, dans le clair de lune. Il paraissait contempler une fleur. Tel un chat intrigué, il lui donna une pichenette, puis la cueillit. Lentement, il arracha un pétale qu'il examina sous toutes les coutures. Après quoi il le jeta en l'air et le regarda s'envoler. Ensuite, il arracha un autre pétale.

Frissonnant, Thea ferma la fenêtre et s'éloigna, perturbée par la scène à laquelle elle venait d'assister et par la pensée que le comte demeurait pour elle un mystère complet.

12

Le lendemain matin, Thea demanda à Gilbert de venir canoter avec elle sur le lac. Elle empoigna les rames, mais ses premières tentatives ne servirent qu'à faire tourner en rond leur embarcation.

— On vous traite bien, Gilbert ? demanda-t-elle, quand elle eut compris comment il fallait s'y prendre pour avancer.

— Ouais, c'est tous les soirs la fête. Attention aux roseaux, milady, dit-il d'un ton enjoué que démentaient ses mains crispées sur le banc. Cette Mme Sally, elle sait tenir une maison et dorloter le personnel.

— Je présume qu'elle a une longue expérience.

— Pas tant que ça. M. le comte l'a nommée gouvernante il y a seulement quelques années. Il savait de quoi elle était capable, vu qu'elle était la dame de compagnie de sa première épouse.

Thea appuya si brusquement sur les rames que le petit canot fit une embardée.

— Sally m'a pourtant dit que Katharine n'avait jamais vécu dans cette demeure.

— Quand le frère de lord Luxborough était comte, lord Luxborough, sa femme et Mme Sally occupaient la maison de la douairière. Tous les trois ensemble dans leur nid douillet. Jusqu'à ce que lady Katharine tombe de cheval. Il paraît qu'elle n'allait pas bien.

— Comment ça ?

— On m'a seulement dit que la femme du comte n'allait pas bien. Sur ce sujet, ils sont plus muets que des carpes. Je pourrais peut-être prendre les rames, milady ?

Thea les lui céda volontiers, et Gilbert les ramena sur la berge. De toute façon, Thea en avait assez de cette promenade en canot, et des nuages noirs s'amoncelaient dans le ciel. Comment avoir envie de ramer après ces révélations – Luxborough et sa femme avaient vécu dans la maison de la douairière, avec Sally qui était la dame de compagnie de Katharine ? Ce qui soulevait une question contrariante : pourquoi Luxborough et Sally ne l'avaient-ils pas mentionné ?

« Cela ne te regarde pas », se morigéna-t-elle en se dirigeant vers le manoir. Elle ne prêta d'abord pas attention au cavalier qui s'engageait au galop dans l'allée, puis elle remarqua ses sacoches de selle. C'était sans doute un messager. À cette idée, elle sentit soudain ses genoux flageoler.

Un message d'Helen ! Alors c'était fini. Déjà. Aujourd'hui même. Elle devait partir, bien sûr, avant de s'empêtrer davantage dans cette situation, mais... elle n'était pas encore prête à tourner la page.

Elle se mit à courir.

Rafe aperçut le messager par la fenêtre. « Dieu merci, c'est fini », pensa-t-il d'abord, puis aussitôt : « Oh, non, pas maintenant ! » La seconde d'après, il dévalait l'escalier.

Des nouvelles de Ventnor, probablement. Il n'y avait que le vicomte pour croire que ses messages étaient d'une telle importance qu'il fallait les livrer de toute urgence à leurs destinataires. Ventnor voulait sans doute l'informer que la femme qu'il avait épousée n'était pas Helen. Rafe devrait feindre d'en être scandalisé. Il faudrait qu'il chasse Thea.

Mais pas tout de suite.

D'ailleurs, on ne lui avait pas confirmé que les curateurs avaient effectivement débloqué les fonds, ni que Thea pouvait disposer de sa dot. Où irait-elle sans argent ?

Donc, il fallait attendre un peu. Il n'était pas encore prêt.

Il se rua sur le perron à l'instant où Thea arrivait en courant, essoufflée et les joues toutes roses.

— Donnez-la-moi ! s'écria-t-elle, voyant que le messager ouvrait sa sacoche de cuir.

— Non, à moi ! rugit Rafe.

Ce remue-ménage énerva le cheval, pourtant bien dressé, du messager. Pour le calmer, ce dernier jeta deux lettres sur les gravillons, aux pieds de Rafe. Thea plongea pour s'en emparer, ce qui lui aurait valu des acclamations sur un terrain de cricket. Rafe, quant à lui, se démenait pour, d'une main, tenter de saisir les lettres et, de l'autre, empêcher Thea de tomber. Résultat, ils basculèrent tous les deux en avant, tâtonnant, et se retrouvèrent assis côte à côte, les jambes emmêlées, les fesses sur les graviers froids et pointus. Chacun avait réussi à saisir une lettre.

À cet instant, Rafe remarqua le sceau apposé sur celle qu'il tenait. Il se dégagea et regarda le messager, qui avait repris le contrôle de sa monture et arborait une mine perplexe.

— Cette missive vient de la Maison Royale, articula Rafe.

— Oui, milord. Ils ont envoyé une centaine de messagers d'un bout à l'autre du pays.

— La lettre que j'ai là est également adressée par la Maison Royale à la comtesse de Luxborough, dit Thea, aussi abasourdie que Rafe. Comment est-ce possible ?

Mais la mission du messager était d'apporter les nouvelles et non de les expliquer, aussi fut-il visiblement soulagé lorsqu'un domestique vint en hâte le chercher et l'emmener aux cuisines où on lui servirait à boire et lui donnerait sa gratification.

Rafe scrutait l'enveloppe qu'il avait dans les mains. Des lettres envoyées dans tout le pays ? Le roi était peut-être mort, ou quelque chose comme ça. Peu importait. Ce n'était pas encore fini entre Thea et lui.

Elle retira un gant et glissa un ongle sous le cachet de cire. Ils étaient toujours assis l'un à côté de l'autre, sur les graviers de plus en plus froids et pointus.

Rafe ouvrit la lettre et la parcourut. Rien d'important, en effet. On lui rappelait sévèrement qu'un pair du royaume était censé présenter son épouse à la cour, bla-bla-bla. Il chiffonna la lettre, se redressa d'un bond et s'épousseta. Puis il tendit la main à Thea, qui considérait d'un œil rond un carton d'invitation en épais vélin ivoire.

— Comtesse ?

Elle leva vers lui un regard brillant d'excitation et de plaisir.

— C'est notre invitation, annonça-t-elle. À la réception.

— Pardon ?

— Rappelez-vous : le prince régent donne une réception pour fêter le retour du marquis de Hardbury.

— Ah oui ?

— Nous en avons discuté à Londres.

— Ah bon ?

— Vous avez procuré des invitations à mes parents. Vous ne vous en souvenez vraiment pas ?

Elle finit par remarquer sa main tendue et y nicha la sienne. Ses doigts étaient glacés.

— Une réception avec le prince régent et vos parents ? dit-il quand elle fut debout. C'est exactement le genre de chose que je m'efforcerais d'effacer de ma mémoire.

— Nous en avons parlé tout de suite après que…

Elle s'interrompit, mordillant sa lèvre inférieure, et baissa les yeux sur leurs mains jointes. Il la lâcha aussitôt, et ils s'écartèrent l'un de l'autre.

— À Londres. Ça vous revient ?

— Non.

— Après que nous nous sommes… embrassés.

— Ah oui, nous nous sommes embrassés. Ça, je m'en souviens.

Ce baiser méritait qu'on s'en souvienne, contrairement à la réception du prince régent qui pouvait tomber d'emblée aux oubliettes, puisqu'ils n'y assisteraient pas. Il aurait préféré qu'on le jette pieds et poings liés dans le lac au plus fort de l'hiver.

— Ce sera une fête costumée, poursuivit-elle d'une voix un peu trop aiguë. Ce serait divertissant, non ?

— Non.

— Vous ne voulez pas y aller ?

— Non. Et vous ?

— J'en ai très envie, répondit-elle, le regard soudain lointain. Tout le monde sera là, toute la bonne société.

Et voilà, elle désirait se retrouver au milieu d'une horde de gens. Rafe, lui, comptait sur les doigts d'une main les personnes dont il appréciait la compagnie.

Il se détourna et rentra dans le hall, jonglant avec la lettre chiffonnée. Il n'avait qu'à mettre un terme à cette histoire, immédiatement. Inutile d'attendre la confirmation que l'argent était bien débloqué. De toute façon, cette confirmation ne tarderait plus. Il n'avait qu'à renvoyer Thea... Dieu sait où elle irait, mais après tout ce n'était pas son problème.

Il se retourna. Elle le suivait, pensive, les yeux rivés sur le carton d'invitation.

Elle voulait vraiment assister à cette réception.

Mais une roturière sans le sou et sans amis, qui avait de surcroît été l'objet d'un scandale, ne pouvait pas assister à la fête costumée du prince régent. Pas sans l'aide d'une personne possédant de l'entregent. Ou ayant le titre de comte.

Elle tenait à participer à cette fête, et soudain, pour lui, c'était une raison suffisante.

— Il y a deux pièces remplies de costumes au deuxième étage, déclara-t-il. Prenez ce qui vous plaît.

— Des costumes ?

— Mes parents adoraient le théâtre. Ils organisaient de grandes réceptions durant lesquelles les invités répétaient et jouaient des pièces. Chaque fois, ils faisaient confectionner de superbes costumes. Les villageoises en tiraient un joli revenu.

— Vous m'accompagnerez ?

— Il n'est pas question que je me rende à une foutue fête costumée, marmonna-t-il en s'éloignant à grands pas.

Lord Luxborough cria à Sally d'apporter les clés, et tous trois montèrent au deuxième étage. Thea en profita pour observer le comte et la gouvernante, mais ne remarqua rien de suspect dans leur comportement. Si Sally ne témoignait pas à son maître la déférence de rigueur, on ne percevait entre eux ni intimité ni secrets partagés.

Thea ne comprenait cependant pas pourquoi ni l'un ni l'autre n'avaient évoqué leur passé commun, le fait d'avoir vécu ensemble avec la femme de Luxborough dans la maison de la douairière. Malheureusement, elle ne trouvait pas de prétexte valable pour les interroger à ce sujet.

Ses préoccupations s'envolèrent à la vue, dans la première pièce, d'une multitude de vêtements et d'accessoires. Avec son énergie coutumière, Sally ouvrit les armoires et les malles. Il y avait là des costumes pour tous les personnages imaginables : empereur romain ou reine de France, fée ou animal, criminel ou saint.

— Quelles merveilles ! s'extasia Thea.

Elle se pencha sur un énorme coffre qui abritait une précieuse collection de masques – masque de Janus, de bouffon, tête d'oiseau couronnée d'iridescentes plumes bleu et vert.

Elle lança un regard à Luxborough.

— Et vous dites que ces splendeurs étaient destinées à des comédiens amateurs ? C'est incroyable.

— Quand mes parents vivaient ici, la maison était toujours bondée d'invités, et le théâtre était obligatoire. Les membres de ma famille n'étaient heureux que s'ils se donnaient en spectacle.

— Des acteurs et actrices professionnels étaient également invités, pour diriger les autres, intervint Sally. Et, disons… pour animer les soirées.

— Vous participiez aux représentations, vous aussi ? demanda Thea à Luxborough.

Il grogna, et Sally s'esclaffa.

— M. Rafe courait se cacher dans les bois dès qu'il était question d'une pièce de théâtre !

— En revanche, Sally adorait jouer, expliqua Rafe à Thea, et elle était aussi bonne que les professionnels.

— Vraiment ?

— De l'avis de tous, elle avait un talent fou. Je crois qu'on lui a proposé plus d'une fois d'aller à Londres.

— Vous n'avez pas été tentée ? demanda Thea en se tournant vers Sally. Ce doit être tellement excitant !

Sally, qui fourrageait dans un coffre, se redressa.

— Excitant, oui. Respectable, non. Mon père était très strict. Il n'aimait pas que je participe à ces spectacles. En revanche, les parents de M. Rafe m'encourageaient toujours.

Thea ouvrit distraitement un coffret rouge et poussa une exclamation ravie en découvrant un magnifique masque de chat, assez large pour couvrir son visage, et ne laissant voir que sa bouche et son menton. Un losange noir d'un côté, un rouge de l'autre encadraient les yeux. L'oreille au-dessus de l'œil noir était rouge, et vice versa. Des volutes dorées rehaussaient le fond blanc du masque. Thea le saisit avec précaution pour l'étudier de plus près.

— Un masque du carnaval de Venise, commenta Sally. C'est beau, n'est-ce pas ?

— Oh oui, souffla Thea.

Ce masque serait parfait, et elle pourrait le porter avec une toilette de soirée. La fête costumée du prince régent ne serait pas une véritable mascarade, néanmoins Thea devrait dissimuler son visage – en supposant qu'Arabella réussisse à la faire entrer. Il lui serait ainsi possible de circuler parmi la foule et d'épier les conversations. Si les choses se passaient comme prévu, des invités auraient lu son pamphlet, certains parleraient peut-être d'elle et du mal que Percy lui avait fait.

Peut-être y aurait-il quelque part dans la salle de bal un gentleman appuyé contre un mur. Leurs regards se croiseraient, et un petit sourire énigmatique s'imprimerait au coin de sa bouche. Elle le toiserait, bien sûr, et lui tournerait le dos, mais il la rattraperait, lui tendrait la main et l'inviterait à danser. Il aurait l'air las d'un homme qui a vécu mille ans, mais il y aurait au fond de ses yeux mordorés une étincelle moqueuse, une chaleur, un…

Thea referma brusquement le coffret. Assez rêvassé ! Luxborough n'assisterait jamais à ce genre de fête et l'inviterait encore moins à danser.

Levant la tête, elle s'aperçut qu'il l'observait, les traits figés dans une expression indéchiffrable. Elle se détourna, troublée, et avisa un masque intégral représentant une splendide tête de lion.

Elle s'en saisit et, sans réfléchir, déclara :

— Vous devriez porter celui-ci, il vous cach… Oh, je… Excusez-moi, bredouilla-t-elle.

— Je vous l'ai dit, il n'est pas question que j'assiste à une fête costumée, grommela-t-il, sans même jeter un coup d'œil à la tête de lion. Je vous répète que je ne suis pas sociable.

— Je comprends. Ça n'a pas d'importance.

Mais il quitta la pièce en pestant entre ses dents, le bruit de ses pas résonnant sur le parquet.

Une fois de plus, Sally avait été témoin du traitement singulier qu'il réservait à son épouse. Thea se sentit rougir, mais la gouvernante lui adressa un sourire plein de gentillesse.

— Quel genre de costume cherchez-vous, milady ?

— Ce masque de chat suffira. Ne vous dérangez pas pour moi. Quoique… ajouta-t-elle avec mélancolie. Revêtir un costume complet et devenir quelqu'un d'autre doit être libérateur.

— C'est la magie du théâtre, acquiesça Sally en rangeant les costumes. Il permet de faire vivre tous les personnages que nous pourrions être.

— Qui se cache derrière un déguisement est aussi bien seul, soupira Thea.

— Vous avez raison, approuva rêveusement Sally. Avancer sans masque et être aimé malgré tout, avoir près de soi quelqu'un avec qui on peut être complètement soi-même, sans être rejeté... c'est miraculeux.

Thea sentit son cœur se serrer.

— Vous êtes amoureuse ? Qui est-il ?

À l'évidence, elle avait encore mal choisi ses mots. Le visage de Sally se durcit. Elle rangea le costume qu'elle tenait dans une armoire qu'elle referma brutalement. Puis elle se retourna vers Thea.

— Vous avez l'intention de me renvoyer pour ça ? articula-t-elle.

— Mais pourquoi ? Vous êtes amoureuse, ce n'est pas un crime. Au contraire, c'est une occasion de se réjouir.

— Je n'ai rien à me reprocher.

Stupéfaite, Thea ravala les questions qui lui montaient aux lèvres. Cela n'avait pas d'importance. Sally n'était pas son amie. Luxborough n'était pas son mari. Elle n'était pas à sa place dans cette maison. Elle partirait bientôt et, quoi qu'elle fasse, ils la détesteraient tous.

— Veuillez m'excuser, milady, déclara Sally avec raideur.

Là-dessus, elle sortit d'un pas martial, et Thea se retrouva seule.

L'après-midi, il se mit à pleuvoir des hallebardes. Thea retourna explorer la bibliothèque, à la recherche d'un livre susceptible de la distraire. Les ouvrages qu'elle avait emportés dans ses appartements ne parvenaient pas à retenir son attention plus d'une minute.

Tandis qu'elle passait machinalement en revue les volumes alignés sur les étagères, son esprit sautait du coq à l'âne. Elle ne comprenait pas lord Luxborough, ni les autres habitants de Brinkley End. Qu'était-il arrivé à Katharine ? Pourquoi personne n'en parlait-il ? Que dissimulait-on dans les Bois Interdits ? Quel était le rôle de Martha ? Quels secrets Sally cachait-elle ? Que fabriquait Luxborough dans le jardin la nuit précédente, et pourquoi soufflait-il ainsi le chaud et le froid ?

Tout en s'efforçant de refouler ces vaines pensées, Thea ouvrit *Les Mystères d'Udolphe*[1], se remémorant avec nostalgie les heures qu'elle avait passées avec Helen à dévorer les aventures d'Emily Saint-Aubert. Katharine les avait lues, elle aussi, constata-t-elle – de nombreuses phrases étaient soulignées. Par exemple, celle-ci : « Il lui était impossible de partir. » Puis, plus loin : « Je serai assassinée ! »

Quelques mots sur une autre page – « lugubre prison ». Et, dans un autre paragraphe, « rester prisonnière ».

Thea repensa à la bible familiale, au nom de Katharine derrière des barreaux. Elle se mit à feuilleter fébrilement le roman, trouva des dizaines de passages rageusement soulignés : « les menaces de son époux », « la terreur avait semé la confusion dans son esprit », « un être dénué de sentiment », « fuis, sauve-toi ! ».

— Comtesse ?

Thea sursauta si violemment que le livre lui tomba des mains et atterrit sur le tapis, ouvert à une page barrée de soulignements accusateurs. Lord Luxborough se tenait sur le seuil de la bibliothèque,

1. Roman d'Ann Radcliffe, publié en Angleterre en 1794. (*N.d.T.*)

les yeux rivés sur le livre. Les traits de son visage semblaient sculptés dans la pierre. Thea retint son souffle quand il braqua sur elle son regard las. Son cœur cognait si fort qu'il devait l'entendre.

Il savait, bien sûr.

Il savait quels mots, quelles phrases Katharine avait soulignés, et ce que cela signifiait.

— Je vous ai effrayée, pardonnez-moi, dit-il.

Il s'inclina, se retourna et referma la porte derrière lui.

Thea ne bougea pas. Quand cinq minutes se furent écoulées, elle ramassa le livre et courut se réfugier dans son boudoir pour étudier tranquillement les passages soulignés.

Le soir, Luxborough ne dîna pas avec elle, ce qui ne l'étonna pas. Elle mangea rapidement et reprit ses recherches. Tout ce qui avait retenu l'attention de Katharine dans ce roman tournait autour d'un seul thème : la prison, la terreur, l'enfermement et la cruauté d'un époux.

Si cela avait un sens pour Katharine, il fallait en conclure que le mari vengeur et dangereux, « l'être dénué de sentiment », était le comte.

La pluie cinglait les vitres quand Thea finit par aller se coucher. De sinistres pensées envahissaient son esprit. Il se tramait peut-être des atrocités à Brinkley End. La gentilhommière et le domaine étaient pleins de charme, mais une façade charmante pouvait dissimuler des horreurs.

Scrutant l'obscurité, Thea se pelotonna sous les couvertures.

Non ! Luxborough était incapable de faire du mal à quelqu'un. C'était une force de la nature doublée d'un ours mal léché, mais il avait été gentil avec elle. Il lui avait promis qu'elle serait en sécurité et ne lui avait donné aucune raison de le soupçonner de mentir.

Les passages soulignés dans les livres de Katharine n'avaient aucun rapport avec le comte, décréta-t-elle.

Elle ferma les yeux, résolue à dormir.

Oui, mais… s'ils avaient un rapport avec lui ? Si elle trouvait dans d'autres livres des phrases qui, mises bout à bout, raconteraient toute une histoire ?

Elle n'en trouverait pas.

Quoique…

Elle vérifierait demain.

Et si, cette nuit, Luxborough faisait disparaître les livres ?

Oh, bonté divine ! Thea ne se connaissait que trop. Elle ne fermerait pas l'œil tant qu'elle ne se serait pas assurée que les livres étaient toujours à leur place dans la bibliothèque.

Elle se leva, enfila des chaussons, drapa un châle sur ses épaules et alluma une bougie. Puis, telle l'héroïne d'un roman gothique, elle sortit sur la pointe des pieds dans le couloir.

13

Un silence inquiétant régnait dans le couloir. Thea tressaillit quand le tonnerre gronda au loin et que son ombre, vacillant à la lueur de la bougie, la suivit sur le mur. « Ne commence pas à divaguer », se tança-t-elle. Quand elle s'engagea dans la galerie de portraits pour rejoindre l'escalier, elle ralentit néanmoins le pas. Elle avait la chair de poule.

Elle regarda les aïeux Luxborough alignés sur les murs, leurs figures pâles sous leurs perruques. Ils semblaient flotter dans la pénombre comme des fantômes.

Soudain... un bruit.

Elle se figea, tendant l'oreille. Rien. Elle aurait pourtant juré qu'il y avait quelqu'un, tapi dans l'obscurité. Elle tourna lentement sur elle-même. Rien, pas un son hormis les battements de son cœur, pas un mouvement.

Pour la première fois, Brinkley End prenait des airs sinistres. Les livres pouvaient attendre, décida-t-elle. S'ils disparaissaient cette nuit, ce qui était peu probable, eh bien... cela prouverait que Luxborough était dangereux.

Un bruit, de nouveau.

C'était la maison, voilà tout. Ça grinçait et ça craquait, une maison. Lâcher la bride à son imagination était souvent amusant, mais quand on était seul dans l'obscurité, entouré de portraits de défunts, c'était nettement moins drôle.

— Il n'y a pas de fantômes ici, dit-elle à voix haute. Il n'y en a pas, un point, c'est tout.

Ses mots sombrèrent dans l'ombre et dans un silence qui semblait respirer. C'était horrible.

Tout à coup, elle entendit, quelque part derrière elle, une sorte de mugissement sourd :

— Hou hou...

Pétrifiée, elle n'osa pas se retourner. Peut-être était-ce encore une fantaisie de son imagination... Il n'y avait autour d'elle que l'obscurité et ce silence lugubre. Elle se concentra sur la flamme tremblante de sa bougie, respira à fond.

— Il n'y a pas de fantômes ici, répéta-t-elle d'un ton catégorique.

— Il y a des fantômes partout, chuchota une voix rauque, indiscutablement masculine.

Cette fois, elle ne rêvait pas. Elle voulut pivoter, mais ses muscles refusèrent d'obéir.

— Vous les voyez ? ajouta la voix.

— C'est vous ? balbutia-t-elle avec espoir.

Silence. Non, pas tout à fait. Elle percevait un souffle. Si les fantômes existaient – elle préférait que ce ne soit pas le cas –, ils n'étaient sûrement pas autorisés à respirer.

— Luxborough ?

— Les fantômes sont partout...

Cette fois, elle se retourna. Et découvrit le comte, pieds nus, à moitié dévêtu, les cheveux ébouriffés, le visage dans l'ombre. Il n'avait pas de bougie et oscillait comme un arbre dans la tempête.

Elle s'approcha et leva le bougeoir pour voir ses traits. Il avait l'air absent, comme s'il était en transe.

— Lord Luxborough ?

Pas de réponse. Il semblait fixer un point dans la nuit.

— Rafe ? hasarda-t-elle.

Ses paupières battirent, et son regard accrocha celui de Thea.

— Comtesse.

— Vous... vous êtes souffrant ?

— Vous n'êtes pas un fantôme.

— En effet.

— Pas encore, du moins.

— Ah...

Il était peut-être ivre ? Elle s'approcha un peu plus, pour flairer discrètement son haleine. Elle sentit une odeur étrange, à la fois douceâtre et épicée, qui ne lui rappela rien, mais ses connaissances en matière d'alcool étaient très limitées. Elle se remémora le comportement bizarre qu'il avait eu la nuit précédente, dans le jardin – peut-être également dû à l'ivresse.

— Katharine est un fantôme, murmura-t-il rêveusement. Et John est un fantôme. Philip aussi, et mon père. Des fantômes, comme Katharine.

S'il n'avait pas bu, il était sous l'emprise d'une drogue quelconque. Mais sa voix était si douce que la peur de Thea se dissipa.

— Katharine, répéta-t-elle. Vous pouvez la voir ?

— Elle n'est pas là.

D'un geste gauche, il montra les tableaux.

— Tous des fantômes...

Ah, il parlait des portraits. Mais ni le sien ni celui de sa défunte épouse n'étaient exposés dans la galerie.

— Vous n'y êtes pas non plus, dit-elle.

— Alors où suis-je ?

Elle perçut une note d'angoisse dans sa question. Il tourna sur lui-même, lentement, comme s'il se mouvait dans du miel.

— Je suis où ?

— Vous êtes là, répondit-elle en saisissant sa main – ne fallait-il pas courir chercher de l'aide ? Et je suis là avec vous.

— Je suis là, soupira-t-il en la regardant. Et vous êtes là.

Il enlaça ses doigts brûlants à ceux de Thea. Puis il eut un sourire d'une tendresse inattendue.

— Vous vouliez toucher l'orchidée, se remémora-t-il. Alors je vous ai fait peur.

— Oui, vous avez été passablement méchant.

Il fronça les sourcils, plissa les paupières. Thea voulut libérer sa main, mais il la retint. Ses lèvres se retroussèrent sur ses dents, et il émit une sorte de hoquet, suivi d'une série de gargouillis.

Le comte de Luxborough gloussait.

— Passablement méchant, répéta-t-il en se tordant de rire.

Thea se mit à rire, elle aussi, plus soulagée qu'amusée. Peu à peu, il reprit son sérieux et poussa un long soupir.

— Venez, comtesse, dit-il d'une voix pâteuse mais relativement normale. Je vais vous présenter la famille.

Il la poussa vers un grand portrait représentant un homme coiffé d'une énorme perruque blanche et richement vêtu.

— Mon père, commenta-t-il. À côté, c'est mon frère John. Il ne l'aimait pas, mais il nous a tout de même donné une maison.

— Il n'aimait pas Katharine, c'est ça ?

Il ne répondit pas, les yeux rivés sur le portrait de son frère.

— Luxborough ?

Silence.

— Rafe ?

Il tourna la tête vers elle. Il avait de nouveau l'air absent, comme endormi.

— J'ai fait d'elle un fantôme. Elle paraissait vivante, pourtant elle était morte.

— Qu'est-il arrivé à Katharine ?

— Je ne pouvais pas l'aider. Vous avez vu les livres, chuchota-t-il. Ses messages secrets. Elle était terrifiée.

— De quoi avait-elle peur ?

— De moi.

Brusquement, il lui lâcha la main et s'écarta. Il était drogué, de toute évidence. Elle se remémora l'évêque, qui avait manifestement de l'affection pour lui. Luxborough n'avait rien fait de mal, avait-il affirmé, hélas il s'accablait de reproches.

— Lord Luxborough... Rafe ? appela-t-elle en se campant devant lui. Où est votre portrait ? Il devrait être dans cette galerie, puisque vous êtes à présent le comte en titre.

— Personne n'a envie de voir ma figure.

— Moi, j'aime bien votre visage. Il raconte votre histoire. Vos enfants, vos petits-enfants et arrière-petits-enfants relateront avec admiration une foule d'anecdotes sur le vieux Rafe, sorti vivant d'une bagarre avec un chat géant.

— Je n'aurai pas d'enfants. Et donc pas de petits-enfants, etc.

— Vous disiez pourtant que vous deviez vous marier pour engendrer des héritiers.

— J'ai déjà des héritiers. Il y a Christopher, mon frère. Et j'ai encore un autre frère. La moitié de mes frères sont morts. Les autres sont vivants. Moi, je suis à moitié mort et à moitié vivant.

Une pause.

— Où en étais-je ?

— À Christopher. Aux héritiers.

— Christopher a une ribambelle de rejetons. Son épouse est une vraie mère lapine.

Il se dirigea vers le sombre couloir qui menait à ses appartements, chancelant. Il se cogna contre le chambranle de la porte et s'arrêta net, les sourcils froncés.

— Luxborough ?

Pas de réponse. Du bout du doigt, il tâta le chambranle.

— Rafe ?

Il tourna lentement la tête.

— Vous avez besoin d'aide ? Je vous ramène chez vous ?

— Oh, c'est vous, comtesse.

— Mais oui, c'est moi.

— Je vous aime bien, comtesse. Vous parlez beaucoup trop, mais je vous aime bien quand même.

— Tant mieux. Vous avez bu ?

— Bhang, marmonna-t-il.

— Bang ? articula-t-elle, complètement perdue. Bang, comme un coup de feu ?

— Oui, voilà, un coup de feu. Bhang, bhang !

— Vous gloussez.

— Pas du tout.

— Je vous ramène chez vous.

Elle prit sa main dans la sienne. Il porta ses doigts à ses lèvres et les baisa.

— Un coup de feu, souffla-t-il.

Puis, serrant la main de Thea, il se dirigea vers ses appartements. Dans le salon, il saisit un pichet d'eau et remplit un verre qu'il vida d'un trait.

Thea posa son bougeoir et attendit en se demandant si elle n'avait pas fait une erreur en le suivant.

— Luxborough ?

Silence.

— Rafe ?

— Mmm ?

— Si vous vous sentez mieux, je vais vous laisser. Dois-je appeler un domestique ?

D'un geste, il lui fit signe de rester. Il ferma les yeux, serrant fortement les paupières. Quand il les rouvrit, son regard semblait plus limpide.

— N'ayez pas peur de moi, je ne suis pas fou. Je ne vous ferai pas de mal. Je cherche seulement à adoucir un peu les choses. Je ne peux peut-être pas sauver des vies, mais cela permettra sans doute de soulager la douleur, ne fût-ce que pour un moment.

Il s'interrompit et, avec précaution, prit le visage de Thea entre ses mains. Elle n'éprouva aucune crainte – il y avait de la tendresse dans ces mains fortes, dans ces yeux las qui scrutaient les siens. L'étrangeté et la poignante douceur de cet instant d'intimité, au milieu de la nuit, l'étourdissaient.

— Car on souffre parfois, et c'est bon de soulager la douleur, murmura-t-il. Il vous arrive de souffrir, comtesse ?

— Parfois, souffla-t-elle, subjuguée.

— Pauvre petite comtesse…

Il l'enveloppa de ses bras, comme elle rêvait qu'il le fasse. Il était peut-être fou, ou ivre, ou dangereux, mais elle s'en moquait. Il la tenait contre lui, c'était tout ce qu'elle voulait.

Alors, sachant pourtant qu'elle avait tort, elle noua ses bras autour de sa taille et se laissa aller contre lui, la joue appuyée contre son torse large et solide.

Elle écouta son cœur battre et, soudain, les larmes lui montèrent aux yeux. Trois années de solitude, trois années épuisantes à lutter, à s'empêcher de pleurer parce que c'eût été une capitulation. Tant de larmes retenues qui menaçaient tout à coup de déborder. Et voilà qu'elle cherchait du réconfort auprès d'un homme comme Luxborough, alors qu'il était ivre ou drogué, et qu'elle lui mentait sur toute la ligne. C'était pitoyable.

Mais elle ne se dégagea pas. Au contraire, elle posa les mains sur son dos puissant. Caressant ses cheveux de son souffle, il la serra contre lui, et elle sentit une étrange quiétude l'envahir. Peut-être était-elle ivre, elle aussi.

Soudain, elle remarqua qu'il s'appuyait plus lourdement contre elle, qu'il se relâchait. Il commençait à s'endormir. Elle s'écarta, et il chancela.

— Il est temps d'aller au lit, dit-elle avec douceur.

— Au lit, répéta-t-il en titubant jusqu'à la chambre. Pauvre petite comtesse, si vivante et adorable, qui n'aime pas dîner seule ni dormir seule.

Riant tout bas, il disparut dans la pièce obscure. Thea reprit son bougeoir et s'approcha de la porte de communication. Elle le vit se glisser dans son lit et se pelotonner sous les couvertures.

Il l'avait déjà oubliée. Mais Thea, elle, sentait encore ses bras autour d'elle, le bien-être qu'elle avait éprouvé.

Elle refusait de croire qu'il était aussi mauvais qu'on le prétendait. Cependant, elle voulait en avoir le cœur net. Il lui faudrait partir bientôt, le lendemain ou le surlendemain, et si elle ne découvrait pas auparavant les secrets de cet homme, elle n'assouvirait jamais sa curiosité.

14

Le lendemain après-midi, Thea drapa une cape légère, vert sombre, sur ses épaules et annonça à la cantonade qu'elle allait se promener. Ses pas l'amenèrent jusqu'au ruisseau et, quand elle eut la certitude que personne ne l'observait, elle remonta la capuche de sa cape sur ses cheveux et s'élança vers le pont menant aux Bois Interdits.

Elle s'engagea sur un paisible sentier moucheté de soleil. Elle rasait quasiment les arbres qui le bordaient, prête à se cacher si quelqu'un arrivait. Quelqu'un, autrement dit Luxborough. Ou plutôt Rafe, car c'était ainsi, à présent, qu'elle l'appelait quand elle pensait à lui. D'ailleurs, cette nuit, il n'avait répondu qu'à ce nom.

Elle ne rencontra personne sur le sentier, qui déboucha brusquement dans une immense clairière herbeuse. Là, resplendissant sous le soleil, se dressait, pareil à une église, un édifice en verre et fer forgé. On distinguait des plantes à travers les vitres. Une serre, rien d'extraordinaire ni d'effrayant.

Il y avait aussi, un peu plus loin, un cottage en pierre. Les lieux étaient déserts. Pas d'employés, pas de comte en vue. Au pas de course, Thea s'avança vers la serre et, longeant les parois vitrées, atteignit une porte. Elle s'apprêtait à l'ouvrir quand un mouvement attira son regard. Une haute silhouette approchait. Luxborough !

Thea se baissa puis, courbée en deux, parcourut à toute allure la distance qui séparait la serre du cottage. Elle se plaqua contre le mur de pierre, s'attendant qu'un comte furibond se rue sur elle pour lui passer un savon mémorable.

Mais rien ne se produisit. Elle avisa alors un étroit sentier qui s'enfonçait dans les bois et décida de le suivre, avec l'espoir qu'il la ramènerait au manoir.

En fait, il la conduisit à une petite clairière, d'où partaient deux autres sentiers. Thea s'arrêta pour reprendre sa respiration et remarqua ce qui se trouvait au centre de la clairière.

Une tombe.

Tout autour, l'herbe était soigneusement coupée. D'exubérantes belles-de-jour grimpaient sur la pierre tombale. Entre les feuilles vernissées, leurs fleurs mauves semblaient sourire. Un couple de petits oiseaux bleus se perchèrent sur la stèle, gazouillèrent un instant, puis s'envolèrent.

Thea s'accroupit à côté de la tombe. Elle savait déjà, avant même d'écarter les fleurs qui le masquaient, quel nom était gravé sur le granit.

Katharine Jane Landcross.

Elle lut les dates inscrites sous le nom : Katharine était morte à vingt-cinq ans, neuf ans auparavant.

L'épitaphe était une citation biblique : « Venez à moi, et je vous donnerai le repos. »

— Que t'est-il arrivé, Katharine ?

Un bruit...

Thea sauta sur ses pieds et se retourna, se recroquevillant dans sa cape. Luxborough, tête nue, en bras de chemise, venait dans sa direction. Il marchait vite, et même de loin, elle voyait qu'il avait la mine sombre.

— Je suis désolée, balbutia-t-elle, comme s'il avait pu l'entendre.

Elle n'avait pas respecté l'unique règle qu'il lui avait imposée : ne pas s'aventurer dans les bois. Sa défunte épouse le hantait toujours, et Thea n'avait pas pu s'empêcher de fourrer son nez dans cette histoire. Il était visiblement fâché, il en avait le droit, et elle... Oh, elle ne le supporterait pas !

Sans réfléchir, elle s'élança sur le sentier qui l'avait amenée dans la petite clairière.

Elle détalait lâchement, au lieu d'affronter la colère et la déception de Rafe. Décevoir les gens l'avait toujours rendue malade. Elle avait honte, alors elle courait à perdre haleine. Une fois qu'elle aurait retrouvé Gilbert, elle s'enfuirait. Helen devait être mariée, à présent, et Luxborough serait content de se débarrasser d'elle.

Elle atteignait la grande clairière quand elle aperçut une autre silhouette. Affolée, elle s'engouffra dans le cottage pour se cacher. Elle referma la porte, tendit l'oreille. Rien.

Elle s'obligea à respirer profondément pour se calmer, puis, ses yeux s'accoutumant à la pénombre, se retourna...

... et se retrouva nez à nez avec un squelette humain.

Elle poussa un cri, recula d'un bond et heurta la porte. Alors elle éclata de rire. Quelle froussarde !

Le squelette, pendu à un crochet, était manifestement tout à fait inoffensif. Elle s'en approcha, lui donna une chiquenaude. Le malheureux oscilla lentement et parut sourire.

Thea jeta un regard circulaire. Le domaine du squelette ne comportait qu'une pièce, avec un fourneau dans un coin et des herbes sèches accrochées aux murs. Au centre de l'espace se dressait une grande table couverte de récipients en verre et de divers objets dont Thea ignorait le nom et la fonction. Ils voisinaient avec une rangée de gros bocaux dans lesquels flottaient des formes étranges.

Thea s'en approcha. Ça alors... un serpent à deux têtes ! Et une créature bizarrement difforme, avec une longue queue enroulée sur elle-même et des pieds pourvus de gros orteils.

Elle leva les yeux vers une étagère sur laquelle s'alignaient d'épais volumes portant, au dos, l'inscription *De Materia Medica*[1].

À cet instant, la porte s'ouvrit brutalement et Rafe s'encadra sur le seuil, silhouette menaçante en contre-jour.

Thea ne distinguait pas l'expression de son visage. Sans doute en était-il de même pour lui, supposa-t-elle. La bile lui monta à la gorge, goût amer familier – elle l'avait toujours à la bouche quand elle savait qu'elle décevait les autres.

Elle essuya ses paumes sur sa jupe et redressa les épaules. *Ne sois pas lâche.*

— Avez-vous trouvé ce que vous cherchiez ? La preuve que ce qu'on raconte est vrai ? lança-t-il d'une voix cinglante. Que je suis un sorcier, un empoisonneur ? Vous devez être terrifiée.

Elle avait peur de lui.

Rafe faillit se mettre à rugir, à arracher la porte de ses gonds et à tout casser dans la pièce. Elle aurait alors une bonne raison d'être effrayée !

C'était sa faute. Il était coupable. Coupable de l'avoir embrassée, d'être toujours renfrogné, taciturne

1. Manuel en cinq volumes de Dioscoride, médecin, pharmacologue et botaniste grec, dont l'œuvre est une somme en matière de remèdes de nature végétale, animale ou minérale. (*N.d.T.*)

et solitaire. D'avoir pris du bhang et erré dans la maison comme un zombie. Pas étonnant que Thea, comme Katharine à la fin, ait peur de lui.

Cette nuit, pourtant, elle n'avait pas eu peur quand elle avait pris sa main, qu'elle s'était laissée aller contre lui. La chaleur de ce corps féminin s'était gravée dans son esprit embrumé par la drogue. Cette nuit, elle avait veillé sur lui, elle avait eu confiance en lui. Et aujourd'hui, en la voyant courir dans la clairière comme une mauvaise espionne, il avait ri et l'avait suivie pour lui parler et la taquiner.

Puis il avait lu la crainte sur son visage.

— Vous avez découvert la tombe de ma défunte femme, grogna-t-il.

— Je suis vraiment désolée, murmura-t-elle d'une voix tremblante.

Maudite soit-elle ! Elle savait pourtant bien qu'il ne lui ferait pas de mal. Et maudits soient-ils tous les deux ! Il aurait dû la mettre dans une voiture qui l'aurait emmenée très loin d'ici, pour toujours. Ou bien il aurait dû la prendre dans ses bras et la couvrir de baisers. Mais, ni l'un ni l'autre n'étant possibles, il abattit son poing sur la table en bois.

— Je suppose que vous voulez savoir comment elle est morte ? Si je l'ai empoisonnée, ensorcelée, ou si c'est ma cruauté naturelle qui l'a poussée à s'enfuir ? Vous vous demandez quel genre de monstre je suis ?

La fureur le rendait incohérent. Il montra d'un geste large ce qui les entourait, les instruments de la science de Martha.

— Vous êtes sans doute contente d'avoir trouvé les réponses : poisons, magie démoniaque...

— Rafe... Monsieur le comte... je vous en prie...

Elle semblait inquiète.

Il saisit les doigts du squelette dans une parodie de poignée de main.

— Vous pensez que je l'ai tué aussi, celui-là ? Que c'est grâce à tous ces accessoires que j'exerce mes maléfices ?

Il donna une pichenette au bocal contenant la vipère à deux têtes.

— C'est vrai, je pratique la sorcellerie, et ce serpent est mon compagnon. Ce bébé, enchaîna-t-il en désignant le fœtus de singe, est le rejeton du diable. Là, vous avez les restes d'un sacrifice humain.

Il souleva le bocal renfermant un cœur de cheval plus gros qu'un chou.

— Et ça, c'est le cœur d'une vierge.

Thea s'approcha et inclina la tête sur le côté d'un air dubitatif.

— Il est énorme, ce cœur.

— La vierge était une géante.

Elle étudia l'organe sans la moindre grimace de dégoût, puis leva vers Rafe des yeux ronds. Elle se mordait les lèvres, ses épaules tressaillaient.

Elle s'efforçait de ne pas rire.

La colère irrationnelle de Rafe s'évapora aussi vite qu'elle s'était emparée de lui. Nom d'une pipe ! Si seulement il avait pu revenir en arrière, entamer autrement la conversation, alors il l'aurait sans doute embrassée comme il avait rêvé de le faire cette nuit.

Au lieu de quoi... Quel imbécile !

Affreusement gêné, il se dirigea vers la porte.

— Monsieur le comte ?

Sans répondre, il franchit le seuil du cottage. Il cligna des yeux, aveuglé par le soleil.

— Luxborough ?

Il continua de marcher, sans savoir où il allait. Il entendit la porte du cottage se refermer, puis des pas légers derrière lui.

— Rafe ?

Il s'arrêta. Il y avait de la peine dans la voix de Thea, et il ne supportait pas de lui faire de la peine – ce qui était parfaitement idiot, puisqu'elle jouait son jeu et lui le sien, et que bientôt, ce soir peut-être, elle partirait.

Il se tourna vers elle.

Un simple bandeau retenait ses cheveux ramassés en chignon, et le soleil allumait des reflets flamboyants dans ses cheveux châtains. Il savait à présent que ses cheveux étaient soyeux, ses joues veloutées, son corps chaud et tendre.

— Je ne crois pas que vous ayez fait du mal à votre femme, dit-elle avec douceur.

— Vous avez peur de moi.

— Non.

— Votre visage est un livre ouvert.

— Vous m'aviez fixé une seule règle, et je ne l'ai pas respectée. Et je... je ne supporte pas qu'on soit fâché ou déçu à cause de moi. Je ne suis pas courageuse. Je suis désolée.

Elle paraissait sincère. La brise jouait avec une boucle de ses cheveux. Rafe noua les mains derrière son dos, muet, terriblement embarrassé.

— Je ne crois pas non plus à la sorcellerie, poursuivit-elle. Beaucoup de gens y croient encore, mais pas moi. Et j'ai vu le titre des ouvrages : *De Materia Medica*. Inutile d'être savante pour comprendre de quoi il s'agit. Je connais des apothicaires, à Londres, et j'ai même consulté une guérisseuse. Cette nuit, vous avez évoqué des douleurs à soulager. Vous fabriquez des remèdes, n'est-ce pas ?

— Mmm...

— J'adore regarder les étiquettes des médicaments chez les apothicaires. Poudre diaphorétique du Dr James. Écorce du Pérou. Élixir purgatif du Suédois. Avec un nom pareil, cet élixir promet des nuits… mouvementées, ajouta-t-elle avec un sourire malicieux.

Quel idiot il était d'avoir douté d'elle, se tança-t-il. Malgré sa fantaisie, Thea n'était pas dénuée d'esprit pratique. Il s'éclaircit la gorge.

— Je… J'ai peut-être réagi un peu… vivement. Je perds quelquefois mon sang-froid, mais je… je ne suis pas dangereux.

— Vous êtes seul pour fabriquer vos médicaments ? demanda-t-elle, comme si elle n'avait pas entendu ses bredouillis.

— Je me contente de faire pousser les plantes. Martha connaît sur le bout des doigts leurs vertus curatives. Son savoir est un héritage familial, engrangé au fil des générations auprès des peuples indigènes des colonies espagnoles. Les ancêtres de Martha étaient originaires d'Afrique occidentale, où ils ont été capturés. Ils ont ensuite été emmenés au Pérou comme esclaves.

— Et comment s'est-elle retrouvée en Angleterre ?

— Elle voulait avoir les coudées franches pour élaborer et expérimenter de nouveaux médicaments, mais sa famille la freinait. Je lui ai dit que, si elle souhaitait devenir mon associée, elle serait libre de travailler à sa guise. Quand il s'agit de sa science, elle est sacrément opiniâtre.

— Et que faites-vous de vos médicaments ?

— Nous projetons de créer une entreprise pour les vendre. L'argent que me rapporte notre mariage nous le permettra.

— Vous vous lancez dans le commerce ? rétorqua-t-elle, stupéfaite. C'est bien pire que la sorcellerie. « Fichtre, diront les gens, quand on est comte, il vaut mieux pactiser avec le diable que de s'abaisser au rang de marchand ! »

— Il faut que je le fasse, déclara-t-il, encouragé par cette boutade. C'est la seule chose qui me donne...

Il s'interrompit, à court de mots. D'où lui venait ce besoin subit de lui expliquer son objectif ? Il ne l'avait jamais fait, même si Christopher, Martha et Nicholas le connaissaient assez bien pour deviner ce qui le motivait.

— Quand j'ai repris connaissance après l'accident, enchaîna-t-il en désignant ses cicatrices, j'étais dans un village. Les habitants là-bas avaient un remède pour apaiser l'esprit. Ils le fabriquaient avec une plante qui poussait dans le coin. Je me suis dit que c'était une activité à ma portée. J'ai donc décidé de me renseigner, d'apprendre. Au Pérou, j'ai rencontré le frère de Martha, puis Martha elle-même, et voilà.

Thea scrutait pensivement son visage.

— Alors si ce jaguar ne vous avait pas attaqué, rien de tout cela – elle montra le décor d'un geste – n'existerait. Où seriez-vous, dans ce cas ?

— Je continuerais peut-être à parcourir la planète.

— Ne jamais rentrer chez soi serait bien triste.

Elle continuait à le regarder fixement. Déconcerté, il se détourna. Un caillou s'était planté dans la semelle de sa botte. Il le retira et le lança dans un fourré. Il avait trop parlé. Thea, par sa simple présence, lui donnait l'impression que son corps appartenait à un autre homme, capable de bavarder, de rire, de toucher et de s'amuser.

— Vous aviez pris un médicament, cette nuit ? demanda-t-elle.

— Je testais la dernière invention de Martha, une variation d'une préparation qu'on appelle bhang. La version originale est à base de chanvre indien, une plante dont les habitants de l'Hindoustan connaissent depuis longtemps les propriétés. Elle soulage la douleur et augmente l'appétit, sans parler des effets euphorisants dont vous avez été témoin. Je vous présente d'ailleurs mes excuses. Je crains de m'être mal conduit et de vous avoir effrayée.

— Pas du tout. C'était...

Elle se tut et baissa les yeux. Il attendit, s'accordant le plaisir de croire qu'elle songeait à leur étreinte. Les événements de la nuit étaient flous dans son esprit, cependant il était sûr de l'avoir tenue dans ses bras, et ce souvenir-là était aussi réel que le chant des oiseaux dans les bois. Mais ni lui ni elle ne l'évoqueraient.

— La tombe est ravissante, reprit-elle, avec toutes ces belles-de-jour...

— C'était la fleur préférée de Katharine. Elle l'aimait parce qu'elle pousse où elle veut et qu'on ne peut pas en faire des bouquets. Katharine ne supportait pas d'être confinée dans des espaces exigus. J'ai donc choisi de l'enterrer dans les bois plutôt que dans le mausolée familial. C'était stupide, bien sûr, car elle est tout de même enfermée dans un cercueil.

— Je suis tellement désolée, bredouilla-t-elle. À Londres, j'ai plaisanté sur les épouses mortes, vos victimes, alors qu'elle est enterrée ici, dans la clairière. Je n'ai même pas pensé...

— Ça n'a pas d'importance.

— Je rate ce que j'entreprends, je déçois les gens, mais je... je ne voulais pas vous blesser.

— Allons donc, vous ne m'avez jamais déçu.

— C'est vrai ?

Son visage s'était éclairé. Il lui avait dit une vérité toute simple, et cela avait suffi à la réconforter. Il avait réussi ça !

— Vous m'avez impressionné, la taquina-t-il. Vous avez tenu presque trois jours avant d'assouvir votre curiosité.

— Cette nuit, vous avez dit qu'elle était un fantôme. Pourquoi vous hante-t-elle ?

Non, il ne voulait plus parler de Katharine. Quelles que fussent les bêtises qu'il avait racontées cette nuit, quels que fussent ses échecs passés, cela n'avait plus cours dans cette lumière radieuse, auprès de cette femme si vivante.

— Vous ne croyez pas à la sorcellerie, mais vous croyez aux fantômes ? biaisa-t-il.

— Le passé peut hanter chacun de nous…

Elle tendit une main, comme si elle voulait le toucher. Il se pencha vers elle, mais elle laissa retomber son bras.

— Il y a de la lassitude dans vos yeux, murmura-t-elle. Je pensais que c'était parce que vous aviez vu tout ce qu'il y a à voir dans ce monde. Mais peut-être est-ce dû aux fantômes.

— Ou aux efforts que je fournis pour suivre le fil de vos pensées.

— Au soleil, ils ont la couleur du cognac.

— Mmm ?

— Vos yeux, répondit-elle avec un sourire chaleureux. On ne vous a jamais dit qu'au soleil, ils avaient la couleur du cognac ?

Se laisser griser par ce genre de compliment était proprement imbécile, pourtant il se rengorgea, comme si la couleur de ses yeux était la plus formidable réussite de son existence.

— On ne me l'a jamais dit, ce qui ne laisse pas de me sidérer.

Elle pouffa de rire. Dieu, qu'il aurait voulu capturer dans sa bouche ce rire argentin, savourer le goût de sa joie !

C'était maintenant à son tour de la complimenter, de lui susurrer que ses yeux étaient aussi bleus que les ailes des papillons tropicaux.

Mais il se sentait suffisamment idiot comme ça.

— Vous souriez, dit-elle d'un ton accusateur.

— Pas du tout.

— Ah ah ! Maintenant, je sais pourquoi vous souriez si rarement. Vous avez une fossette !

— Certainement pas.

— Oh que si ! Elle est là quand vous souriez, insista-t-elle, posant le doigt sur sa joue. Souriez, s'il vous plaît.

Il lui saisit la main.

— Vous êtes résolue à m'enlever toute dignité, n'est-ce pas ?

Elle essaya de prendre un air innocent, mais elle ne pouvait s'empêcher de sourire. Elle baissa la tête, le regarda par en dessous, et ce fut ainsi qu'il découvrit, près de sa bouche…

— C'est vous qui avez des fossettes.

— Non, c'est vous.

— Elles sont là… et là…, murmura-t-il, frôlant du pouce les minuscules fossettes, d'autant plus adorables qu'elles se creusaient uniquement quand Thea essayait de ne pas sourire.

Il serait facile, songea-t-il, de prendre son visage entre ses mains, comme elle l'avait fait avec lui, de presser ses lèvres sur les siennes, de les caresser pour qu'elles s'entrouvrent. Elle lui rendrait son baiser, et il se délecterait de ce miracle. Cette nuit, il avait rêvé qu'il l'embrassait, un rêve enchanteur hélas trop vite envolé.

Il recula d'un pas. S'il goûtait à la bouche de Thea, il aurait vite fait de goûter à tout le reste, et s'il prenait de telles libertés avec elle, l'honneur lui imposerait de l'épouser réellement. Que deviendrait une jeune femme aussi vivante et sociable dans un manoir perdu en pleine campagne, avec un mari revêche et solitaire qui n'aimait que ses plantes ?

La serre, le laboratoire, voilà ce qui donnait du sens à son existence. Il n'était pas taillé pour la vie de famille, contrairement à Christopher, avec sa bien-aimée Mary et leur ribambelle d'enfants. Il n'était pas fait pour rendre une femme heureuse.

Il voulut lui dire de regagner ses appartements, mais l'intense curiosité qu'il lisait sur son visage l'en empêcha.

Lorsqu'elle l'avait vu contrarié, elle avait balayé sa mauvaise humeur en lui témoignant simplement une gentillesse qui n'exigeait rien en retour. N'était-elle pas fatiguée d'être tout le temps gaie ? Et comment pouvait-elle avoir le courage de jouer alors qu'elle avait perdu tant de choses ? Elle qui détestait décevoir les gens allait de déception en déception.

Peut-être était-ce une faiblesse, mais il avait envie de lui faire plaisir.

— Voulez-vous que je vous fasse visiter la serre ?

Son visage s'illumina. Ce serait mal de la priver de ces petits bonheurs, songea-t-il.

— Oui, j'en serais heureuse.

15

Thea regardait les plantes, et Rafe regardait Thea.

— Oui, oui, oui..., marmonna-t-elle avec cet air docte qu'elle prenait quand elle ignorait tout d'un sujet. Je vois.

— Que voyez-vous exactement ?

Elle fronça les sourcils, comme s'il lui soumettait un problème scientifique de première importance.

— Je vois... des plantes. Et si je peux donner mon avis...

— Je vous en prie.

— Elles sont vertes.

— Très, très vertes, acquiesça-t-il solennellement. Je crois que je n'ai plus rien à vous apprendre.

Elle effleura les feuilles d'un palmier, promena ses doigts sur les tiges.

— Ma totale ignorance en matière de végétaux devrait vous enchanter. Elle vous offre l'occasion de faire mon éducation. Quand j'étais petite, je n'avais en guise de végétation que la mousse verdâtre qui se formait sur l'abreuvoir des chevaux devant l'auberge du Lion Rouge.

— Vos parents ne vous emmenaient jamais à la campagne ?

— Je me souviens d'y être allée un jour pour voir voler une montgolfière. Il y avait des arbres partout, j'étais sidérée. J'étais sûre que les fées habitaient dans leur feuillage.

— La montgolfière vous a plu ?

— Elle m'a terrifiée. Quand ils ont dénoué les cordes et que la nacelle a quitté le sol, j'ai hurlé. Bref..., ajouta-t-elle en souriant. Mes parents envisageaient d'acheter une propriété à la campagne, mais le silence de la nature les perturbe. Ils préfèrent Londres.

— Et vous ?

— Moi aussi, bien sûr, répondit-elle distraitement. À Londres, je suis chez moi.

Il ne devait pas oublier ça.

— Où sont les orchidées ? interrogea-t-elle.

— Elles ont leur propre espace, suivez-moi... Elles sont difficiles à cultiver, mais les jardiniers anglais pensent que leurs pays d'origine ayant un climat chaud et humide, il suffit de leur donner un environnement chaud et humide. Résultat, ces malheureuses plantes mijotent littéralement dans leur jus. Je ne les sauverai pas toutes, mais avec un peu de chance, quelques-unes survivront.

Il la guida vers une sorte d'alcôve et s'effaça pour la laisser passer. Le regard de Thea fut aussitôt attiré par l'orchidée qui lui avait tant plu, le soir où ils s'étaient rencontrés.

Elle agita les doigts, mais se garda bien de toucher les pétales jaune et pourpre.

— La fleur est toujours là, murmura-t-elle.

— Les orchidées fleurissent en moyenne une fois par an, pendant plusieurs semaines.

— Ces fleurs sont fascinantes. Pas étonnant qu'elles soient aussi convoitées.

— D'aucuns prétendent que les orchidées, si nous parvenons à les cultiver, seront aussi précieuses que l'étaient les tulipes voici deux siècles.

— Ce qui explique, je suppose, l'intérêt de lord Ventnor. Et vous, vous les voulez parce qu'elles ont de la valeur ? Mais peut-être ont-elles des propriétés médicinales ?

— Pas à notre connaissance. Elles sont simplement belles.

— La beauté aussi peut guérir.

Comme elle avait la tête baissée pour étudier les plantes, Rafe contempla ses cils qui dessinaient un croissant d'ombre sur ses pommettes, les fines mèches de cheveux qui bouclaient autour de son oreille, la ligne de sa mâchoire, le dessin de sa bouche.

Guérir. Il n'avait pas besoin de guérir, pourtant il répondit :

— Oui.

Elle leva les yeux et le surprit en train de la dévorer du regard. Il vit un frémissement passer sur son visage, mais elle ne se déroba pas. La façon qu'elle avait de s'ouvrir au monde lui serrait le cœur et le rendait jaloux. Il aurait voulu capturer, comme on capture un papillon, cette simplicité, cette vitalité, et les mettre à l'abri.

Quelque chose bougea au tréfonds de lui, telle une plante à bulbe longtemps enfouie qui, sentant la chaleur du printemps, crève la terre pour jaillir à l'air libre. Un élan puissant, sauvage et fabuleux qui menaçait de l'engloutir.

Il se détourna et retourna à grands pas dans la salle principale de la serre. Dans sa précipitation, il faillit percuter un banc.

— Que voulez-vous savoir ? lança-t-il d'un ton brusque. Le nom des plantes ? La température et le degré d'humidité qu'il leur faut ?

— C'est vous que je veux comprendre.

— Pardon ? marmonna-t-il, assourdi par les battements de son cœur.

— En tant que comte, vous pouvez faire tout ce qui vous chante, or vous consacrez votre temps à cultiver des plantes et à fabriquer des médicaments pour soulager la douleur des gens. Alors que vous n'aimez pas les gens.

— Je les aime suffisamment. En théorie.

Elle promena son regard sur son visage, ses joues sur lesquelles il sentait encore l'empreinte de ses paumes, son cou, ses épaules, et le souvenir vivace de son corps souple contre le sien lui revint. Puis elle détourna les yeux et reprit d'un ton trop léger :

— Bien... tout cela est sûrement passionnant.

Les manches courtes de sa robe d'été dénudaient ses bras, qui semblaient appeler la caresse.

— Rafe ?

— Mmm ?

Elle effleurait une feuille à trois lobes, d'un vert tirant sur le brun-pourpre.

— Je vous ai demandé comment ça s'appelait.

— C'est... une plante, bredouilla-t-il.

— Je m'en doutais un peu.

— Elle a un nom, assura-t-il.

— Formidable.

— Médicinier, assena-t-il – le nom lui revenait soudain. Efficace contre la dysenterie.

Il s'avança, et elle ne bougea pas. Elle souriait. Rafe se détendit : il n'était pas seul dans cette affaire. Le trouble qu'il éprouvait était contagieux.

— *Arum maculatum*, dit-il, désignant un autre végétal. On l'utilise pour soigner les brûlures.

Elle tendit la main vers les larges feuilles plates, mais la retira aussitôt d'un air penaud.

— Désolée. Je ne dois pas toucher, je sais.

— Mais si, vous pouvez. Touchez donc.

De nouveau, elle promena son regard sur son torse. Il en eut des picotements partout. Oh, que n'aurait-il pas donné pour une caresse, un baiser, pour avoir le droit de lui enlever sa robe et de goûter chaque millimètre de sa peau douce et parfumée !

Elle tourna les talons et remonta l'allée à toute allure. Puis elle se retourna et, baissant devant son visage, comme elle l'aurait fait avec un éventail, une grande feuille semblable à une palme, elle braqua sur lui ses yeux pétillants.

— Poivre de Guinée, pour la digestion, annonça-t-il.

Il s'approcha lentement, pour lui laisser la possibilité de s'échapper. Elle lâcha la feuille et saisit une plante en pot qu'elle tint devant elle en guise de bouclier.

— Chanvre, du genre cannabis. Pour la douleur et les convulsions. C'est aussi une drogue. C'est l'un des ingrédients de la décoction que j'ai bue cette nuit.

Elle examina avec intérêt les feuilles d'un vert éclatant.

— Je peux tester cette décoction, moi aussi ?

— Non, vous semblez ivre même quand vous êtes sobre.

Elle lui fourra le pot dans les mains et s'éloigna. Rafe remit la plante à sa place, sans se presser, pour laisser Thea s'enfuir car il aimait la pourchasser. Le jeu consistait à ne pas l'attraper, même s'ils en avaient tous les deux une envie folle.

Elle se dirigea vers le secteur où il empotait les végétaux.

— Oh, je connais ces fruits ! Ce sont des mandarines.

— Pour prévenir le scorbut.

Elle donna une pichenette à un petit fruit qui trembla et tomba dans le pot.

— Oups..., souffla-t-elle.

Sans se démonter, elle montra un bac de terre noire et grasse.

— Et voilà de la terre.

— De la nourriture pour les plantes.

Rieuse, elle plongea une main dans l'humus, la retira vivement et la secoua.

— Vous allez vous en mettre partout, dit-il en se rapprochant.

— Comme vous.

— Pardon ?

— Vous vous êtes sali.

— Mais non, protesta-t-il en inspectant sa chemise.

— Là...

Il fut trop lent. Peut-être était-il distrait par les joues roses de Thea et son sourire espiègle. Il se pouvait aussi que le bhang ne fût pas complètement dissous dans ses veines. Ou peut-être voulait-il cette lenteur, car il savait à quoi elle pensait et qu'il la laissait faire.

Toujours est-il qu'il n'essaya même pas de se dérober lorsqu'elle posa la main sur sa joue et y étala la terre granuleuse.

Il eut une sorte d'étourdissement. Soudain, il avait l'audace d'un jeune homme qui ne cherchait que le plaisir de l'instant, sans se soucier des conséquences. Thea retenait son souffle, prête à détaler.

Très lentement, il tendit la main et la plongea dans la terre noire et odorante. Thea recula d'un bond, et son postérieur heurta la table derrière elle. Les feuilles du mandarinier frissonnèrent, les petits fruits dansèrent.

— Vos cheveux..., murmura-t-il. Ils sont beaucoup trop propres et luisants.

Avec un couinement, Thea protégea sa tête de ses bras repliés. Une posture adéquate pour épargner sa chevelure… mais qui laissait sa poitrine à découvert.

Aussi Rafe appliqua-t-il carrément sa main terreuse sur son décolleté, à la naissance de ses seins. Thea laissa échapper un soupir d'une douceur affolante. Il eut l'impression qu'une coulée de lave dévalait son dos jusqu'à ses reins, où un brasier s'alluma. Il sentait sous sa paume le cœur battant de Thea, percevait sa respiration précipitée.

Au bout de quelques bienheureuses secondes, il s'écarta. Thea baissa les yeux, et tous deux admirèrent l'œuvre de Rafe : l'empreinte d'une main d'homme sur un décolleté.

Ils se regardèrent.

— Oups…, susurra-t-il.

Thea avait du mal à respirer. Mais à quoi bon respirer quand elle lisait dans le regard de Rafe de la malice et du désir, et quelque chose qui lui donnait le sentiment d'être intéressante et singulière, comme si tout ce qu'elle faisait était bien, pour la simple raison que c'était elle qui le faisait ?

C'était un sentiment merveilleux, qui se mêlait aux divines sensations qui l'étourdissaient et la rendaient intrépide.

Sans détourner les yeux du visage de Rafe, Thea tâtonna sur la table derrière elle, trouva le mandarinier et le fruit tombé dans le pot.

Rafe s'approcha. Discrètement, elle plongea une main dans la terre.

Il était tout près, il ne voyait qu'elle.

Elle saisit la mandarine.

Il s'immobilisa, la pointe de sa botte touchant le soulier de Thea. Des miettes de terre accrochées à sa joue tombèrent sur son col. Il les épousseta.

Voilà, c'était le moment. De toutes ses forces, elle écrasa la mandarine sur le torse de Rafe. Un parfum acidulé se répandit dans l'air.

Rafe poussa un rugissement et écarta les bras. Implacable, elle étala sur le devant de son gilet un mélange de pulpe, de jus et de terre. Puis, pouffant de rire, en proie à une témérité euphorisante, elle glissa un doigt dans la ceinture de la culotte de son compagnon, tira et...

— Oh non, pas ça ! s'écria-t-il.

... laissa tomber dans le vêtement la mandarine réduite en bouillie.

Rapide comme le vent, elle passa de l'autre côté de la table, où elle pourrait exulter en toute sécurité.

Il l'épiait, figé comme un prédateur à l'affût, les yeux luisants. Les gloussements de Thea ne le perturbèrent pas, et elle frissonna de plaisir – il allait se venger.

Il glissa de deux pas vers la gauche. Elle fit de même vers la droite, en ayant soin de rester derrière la table. Il recula, elle aussi. Il feinta, d'un côté et de l'autre, et chaque fois elle garda ses distances.

Ils allaient passer la journée à danser autour de la table, sauf si...

Il sauta sur la table.

Voilà, il avait repris le contrôle de la situation. Il allait se jeter sur elle, la capturer et... et ensuite ?

Elle recula encore, heurta un banc. Il était magnifique sur cette table, pareil à une statue posée là pour le plaisir des yeux. Il grimaça, tira sur sa ceinture, où s'était nichée la mandarine, puis haussa les épaules. Il avança agilement entre les pots.

Il s'arrêta au bord de la table. Du regard, il la mit au défi de bouger. Il contracta ses muscles. Elle fit un pas de côté, et il bondit.

Elle tomba sur le banc, et il se pencha vers elle, les jambes contre sa jupe. Il la touchait à peine, pourtant elle eut l'impression que tout son corps pesait sur le sien.

— Je vous tiens, murmura-t-il.

Il glissa une main sur sa taille, et elle posa la sienne sur son bras musclé. De sa main libre, il caressa sa joue, son pouce frôlant ses lèvres. Elle le regardait fixement, fascinée par la flamme qui brûlait dans ses yeux.

Elle entrouvrit les lèvres.

— Maintenant que je vous ai attrapée, que vais-je faire de vous ?

Il s'empara de sa bouche, qui n'attendait que cela. Ce fut un baiser triomphal, comme s'il décrochait enfin un trophée convoité depuis longtemps. Comme s'il n'y avait rien de plus important en ce monde.

Elle se cramponna à lui, saisie du besoin de le serrer contre elle. Sa langue douce dansait avec la sienne, éveillant en elle des sensations inconnues et enivrantes. Elle eut de nouveau la bizarre impression que ses baisers pénétraient dans son corps comme des entités vivantes qui gigotaient entre ses cuisses et la faisaient vibrer, lui donnant à la fois envie de les garder en elle et de les expulser.

Avec un grognement sourd, il l'entoura de ses bras, la plaquant contre lui. Il la dévorait, l'envahissait. Elle était ivre de sa chaleur, de sa saveur ; elle en voulait plus. Bien plus.

Elle défit un bouton de sa chemise et glissa la main sous le tissu. C'était si excitant d'explorer cette peau chaude, ces muscles fermes… Il pressait sa cuisse contre son bas-ventre, et elle se frotta contre ce tronc solide.

Alors, brusquement, il la lâcha et recula en chancelant.

Elle essaya de reprendre son souffle, mais elle n'avait pas envie de respirer. Elle avait envie de lui.

Il reculait toujours, pestant entre ses dents.

— Rafe ? Qu'est-ce qui ne va pas ? Qu'est-ce que j'ai fait ?

Il secoua la tête, ébaucha un geste qui signifiait : « Une minute, s'il vous plaît. »

— Mandarine, articula-t-il d'une voix rauque.

Tandis qu'elle s'efforçait de ravaler le rire qui montait dans sa gorge, il lui tourna le dos, appuya son front contre un pilier et enfonça les doigts dans la ceinture de sa culotte.

Thea se tordit le cou pour voir ce qui se passait, puis elle se ressaisit et se laissa tomber sur le banc.

— Je... euh... j'espère que la mandarine n'a rien... endommagé, bafouilla-t-elle.

— Non, je suis simplement un peu... euh... à l'étroit.

Il jeta le fruit incriminé sur le sol, et Thea se hâta de détourner les yeux. Elle lissa les plis de sa jupe, comme si cela pouvait apaiser son corps trop fougueux. Rafe ne bougeait pas, le front toujours appuyé contre le pilier.

Pilier auquel il donna soudain un coup de poing, en marmonnant quelque chose comme : « J'oublie tout le temps. Un regard, et j'oublie. »

Il boxa de nouveau le pilier, les muscles de son dos roulant sous la fine étoffe de sa chemise.

Il n'était plus question de mandarines.

Thea attendit. Pour s'occuper les mains, elle rajusta son corsage, l'épousseta, secoua sa jupe. Puis elle redressa les épaules et s'obligea à respirer profondément.

Lorsque Rafe se retourna enfin, une expression peinée crispait ses traits. Elle se rappela alors, un peu tard, qu'il la considérait comme sa légitime épouse. Elle aurait du mal à le repousser, elle n'en avait d'ailleurs pas envie, mais elle devait le faire parce que... eh bien...

... Oui, parce qu'il la prenait pour Helen, qu'ils n'étaient pas réellement mariés, qu'elle partirait bientôt et que, même si elle avait soif d'aventures, elle n'avait pas prévu celle-ci.

Tandis qu'elle cherchait ses mots pour insinuer subtilement qu'elle était dans la mauvaise période du mois, il dit d'un ton rude :

— C'est impossible. Je ne peux pas.

— Oh...

Seigneur, quelle idiote ! Dans sa naïveté, elle n'avait pas su déchiffrer les indices. Il n'avait pas eu d'enfants. Il ne l'obligeait pas à accomplir le devoir conjugal. Il avait besoin de médicaments pour soulager ses douleurs. Le lignage de sa femme lui était complètement indifférent.

Tout cela, évidemment, parce qu'il *ne pouvait pas*.

Le pauvre... Pas étonnant qu'il soit grincheux !

— Est-ce à cause du jaguar ? demanda-t-elle avec douceur.

— Pardon ?

— Est-ce que ce fauve vous a déchiqueté les... les orchidées ?

Il écarquilla les yeux, médusé, comme si elle s'était subitement métamorphosée en jaguar.

Puis il lui décocha un regard noir.

— Je vous assure que mes orchidées vont parfaitement bien.

— Ah... euh... tant mieux.

Il ricana et passa une main terreuse dans ses cheveux.

— J'avais promis d'attendre. Donc, je vous présente mes excuses.

Sur ces mots, il sortit à grands pas de la serre, laissant Thea seule avec les plantes qui l'observaient, du moins en eut-elle l'impression, d'un air entendu.

Lorsqu'elle pénétra dans le hall du manoir, serrant les pans de sa cape pour cacher son corsage maculé de terre, elle avait à peu près retrouvé sa lucidité, et la voix de la raison lui ordonnait de partir.

Sans attendre. Aujourd'hui même. Ce soir.

Rafe – lord Luxborough, Sa Seigneurie, quel que soit le nom qu'on lui donnait – avait renoncé aux plaisirs de la chair, et maintenant elle comprenait pourquoi. Car, une fois que le désir s'emparait de vous, il vous consumait. En cet instant même, Thea ne souhaitait pas en être délivrée, au contraire.

Or cela la conduirait fatalement à sa perte, alors qu'elle voulait par-dessus tout recouvrer son honneur. De toute façon, Rafe ne tenait pas à elle. Il ne connaissait même pas son vrai nom ! Quand il apprendrait qu'elle n'était pas réellement son épouse, il se contenterait de hausser les épaules, de rouspéter un peu et de la remplacer.

Elle ne se bercerait pas d'illusions : Rafe n'était pas son mari, et elle n'était pas chez elle dans cette maison. C'était la réalité, et cela lui imposait de partir pour Londres ce soir même. Il lui était cependant impossible de voyager seule. Par conséquent, elle avait besoin de Gilbert.

Une servante qui passait, et à qui elle demanda où était Gilbert, lui apprit qu'il était dans la salle de bal avec Mme Flores. Que fabriquaient ensemble Martha et Gilbert ?

La question demeurait sans réponse lorsqu'elle franchit le seuil de la salle de bal. Il faisait frais dans l'immense salle, malgré le soleil qui l'inondait et faisait étinceler les cristaux des lustres.

Assise près d'une fenêtre, un carnet sur les genoux et un crayon dans la main, Martha observait, les sourcils froncés, Gilbert qui… valsait ?

Cet homme massif, dont la figure cabossée révélait un passé de champion de boxe, se mouvait avec une grâce surprenante.

Mais, bien sûr, un boxeur devait être souple et agile. Il était cependant étonnant qu'il sache valser, et qu'il le fasse seul, en plein après-midi. Tenant contre lui une cavalière imaginaire, il avait les yeux fermés et un sourire extatique aux lèvres. Il chantonnait d'une voix de baryton un air de valse lente.

Sur la pointe des pieds, Thea rejoignit Martha et s'accroupit près d'elle. Martha la dévisagea attentivement, ce qui la fit rougir – les effets du baiser étaient-ils visibles ? Mais peu importait, puisque tout le monde la croyait mariée.

— Que fait M. Gilbert ? chuchota-t-elle.

— Il danse.

— D'accord, mais pourquoi ?

Martha tapota pensivement son crayon contre ses dents.

— C'est surprenant, n'est-ce pas ? Ça produit des réactions différentes selon les individus.

— *Ça* ?

— Je n'ai pas encore trouvé le nom adéquat. C'est inspiré du bhang, mais je l'ai tellement modifié que c'est devenu autre chose.

— Il est drogué ? fit Thea, dépitée.

— M. Gilbert s'est porté volontaire pour tester mes médicaments. Celui-ci a pour objectif de soulager la douleur. J'ai essayé d'en supprimer les effets hallucinogènes, sans succès jusqu'ici. La décoction semble révéler la vraie nature des gens. Quand Sally en a pris, elle se tordait de rire. Moi, j'ai parlé pendant des heures de philosophie naturelle.

Et Rafe, songea Thea, s'était montré affectueux et plein d'humour.

— Nous portons tous un masque pour survivre dans la société, poursuivit Martha. Les drogues nous permettent de l'enlever.

Thea regarda Gilbert, si heureux et gracieux qu'il faisait plaisir à voir.

— Il est dans un drôle d'état, commenta-t-elle. Quand redeviendra-t-il lui-même ?

— Demain matin.

Gilbert ne pouvait pas l'accompagner à Londres tant qu'il était sous l'emprise de la drogue, et Thea ne pouvait pas y aller seule. Elle ne quitterait donc pas Brinkley End aujourd'hui.

Alors elle s'assit pour admirer Gilbert. Elle se sentait apaisée, comme si on lui avait accordé un peu de répit.

16

Le lendemain, Rafe s'extirpa du lit après une nuit d'insomnie, passée à penser à Thea et à rêver de lui faire l'amour, ce qui n'arriverait jamais.

Il avait eu l'intention de se réfugier tout de suite dans la serre, mais il s'arrêta pour terroriser un laquais en lui aboyant au nez : quelqu'un était-il allé chercher le courrier ? Le malheureux bégaya que oui, quelqu'un y était allé, comme d'habitude, mais qu'il pouvait vérifier de nouveau si milord le désirait.

Milord, conscient d'être pénible, se borna à déclarer qu'il voulait être informé sur-le-champ de l'arrivée du courrier.

— Sur-le-champ, c'est bien compris ? grommela-t-il.

Le laquais acquiesça, et Rafe resta à attendre dans son bureau, faisant les cent pas et usant le tapis.

On lui apporta enfin un paquet de lettres qu'il s'empressa de décacheter. Son notaire confirmait que les curateurs avaient débloqué les fonds et qu'il pouvait donc, sans risque, mettre un terme à son grotesque mariage. Il précisait en conclusion que M. Knight n'avait pas encore remis la dot de Mlle Knight.

Il y avait aussi une missive de la Maison Royale, dans laquelle on demandait que Rafe… Il la jeta sur le bureau sans la lire jusqu'au bout. Peu importait pour l'instant.

Pas un mot de Ventnor.

Il compta et recompta les jours. Helen et Beau Russell devaient être mariés à présent. La nouvelle était probablement parvenue à Londres. Il aurait dû y avoir dans le courrier une lettre cinglante de Ventnor.

Mais non, rien.

Il était tellement soulagé qu'il en avait le tournis. Ce n'était pas encore fini, ils avaient au moins un jour devant eux. Il ne le gâcherait pas.

Sauf si...

— La comtesse a-t-elle reçu du courrier ? grogna-t-il.

— Une lettre, milord.

— Et ?

Le laquais fouilla la pièce du regard, en quête de la bonne réponse.

— Et... Mme la comtesse ne l'a pas encore lue, vu qu'elle n'est pas rentrée de sa promenade.

Cessant de tourmenter le pauvre laquais, Rafe sortit de la demeure et descendit la pente tapissée de gazon. Il cherchait Thea et ne la voyait pas. Mais que ferait-il s'il la trouvait ? Ensorceler le domaine, comme le sorcier qu'on le soupçonnait d'être, afin d'arrêter le temps ? On disait que le désir rendait les hommes fous, et il en était la preuve vivante.

Qu'arriverait-il si les nouvelles du monde extérieur n'arrivaient plus jamais, si Thea ne révélait jamais la supercherie et lui non plus, si elle ne partait jamais et qu'il n'ait jamais à décider...

Décider quoi, au juste ?

Il s'immobilisa au bord du lac, laissant les vaguelettes lécher le bout de ses bottes. Une libellule glissait à la surface de l'eau miroitante, que ridait une brise légère. Un oiseau poussa un trille alangui.

Une journée d'été idyllique. Mais, dans ce tableau idéal, Rafe était en proie aux affres de l'indécision, du désir et du désespoir. Une séance de natation le calmerait.

Il se déshabilla et, en caleçon, plongea dans l'eau froide et se mit à nager comme si sa vie en dépendait. Mais à chaque goulée d'air, à chaque battement de pied, à chaque mouvement de ses mains qui brassaient l'eau, il pensait à Thea. Des souvenirs l'assaillaient, des interrogations, des images de Thea dans un avenir impossible. Thea qui lui mentait. Thea qui se languissait des bals et des mondanités de Londres. Thea, dont la vitalité lui donnait envie d'être un autre homme.

Il nageait de plus en plus vite, de plus en plus fort, et quand il atteignait l'extrémité du lac, il se retournait et recommençait. Tous ses muscles se bandaient pour le pousser en avant. Il continua à cette allure jusqu'à ce qu'il soit à bout de souffle. Se noyer ? C'eût été excessif, aussi, lorsqu'il fut près de la berge, s'arrêta-t-il pour reprendre sa respiration.

Il enfonça ses orteils dans la vase. L'eau clapotait contre sa poitrine, et son caleçon collait désagréablement à ses cuisses. Fourrageant dans ses cheveux dégoulinants, il poussa un rugissement de rage et se retourna.

Elle était là.

Thea était assise sur un rocher plat, au bord du lac. Elle avait retroussé sa jupe bleue jusqu'aux genoux, dévoilant un soupçon de pantalons. Elle avait les jambes nues et trempait ses pieds dans l'eau.

On voyait ses chevilles. Ses fameuses et fascinantes chevilles.

Après cette séance de nage forcenée, Rafe avait la tête vide, mais il n'avait pas besoin de son cerveau.

Ce fut son corps qui prit la direction des opérations et l'entraîna vers elle.

Pour sa défense, Thea avait retiré ses souliers et ses bas, et s'était assise sur le rocher avant de remarquer Rafe.

Elle avait eu l'intention de boucler ses bagages dès le lever du jour, mais alors qu'elle ouvrait sa malle vide, l'idée lui était venue de faire ses adieux à Brinkley End. Après tout, s'était-elle dit, une heure de plus ou de moins, dans la marche du temps, ne changeait pas grand-chose. Elle n'était pas si pressée de regagner Londres, étant donné que les exemplaires de son pamphlet ne seraient pas disponibles avant plusieurs jours.

Il faisait si beau, et elle avait chaud aux pieds. Les tremper dans l'eau serait agréable…

Puis elle avait vu Luxborough nager d'un bout à l'autre du lac, avec une vigueur absurde, et avait constaté qu'elle n'était plus capable d'ébaucher un mouvement.

Elle n'avait pas bougé quand il s'était arrêté. L'eau léchait son torse, soulignait les cicatrices qui zébraient ses épaules et ses côtes. Soudain, il avait empoigné ses cheveux et rugi comme un animal, et elle avait songé rêveusement que, de fait, elle avait peut-être devant les yeux un animal mythique, une créature fantastique.

Mais il s'était retourné et l'avait regardée, et elle avait su sans l'ombre d'un doute qu'il était un homme de chair et de sang.

Un chasseur.

Lentement, il s'avança. Il avait le pied sûr et ne trébucha pas dans la vase. Thea le dévorait du regard : ses larges épaules, ses bras musclés, sa poitrine velue, son nombril…

Il s'immobilisa devant elle. L'eau enserrait sa taille mince et cachait ce qu'il y avait en dessous, ce qui était vraiment contrariant. Thea leva le nez et se concentra sur son visage, mais son regard était si brûlant qu'elle ne put le soutenir.

Elle fut soudain submergée par un sentiment si étrange et si violent qu'elle en oublia de respirer.

Elle aurait voulu plonger en lui comme dans un lac, nager sous l'eau et découvrir les merveilles qui s'y cachaient. Elle aurait sans doute trouvé dans ces profondeurs mystérieuses un royaume féerique, où elle aurait pu comprendre les rouages de son esprit, de son cœur et de son corps, de son âme.

Il fallait commencer cette plongée par les yeux, bien sûr. Rassemblant son courage, elle le dévisagea.

— Vous nagiez, dit-elle d'une voix trop aiguë.

— Mmm...

— Je n'avais jamais vu quelqu'un nager de cette façon, avec ces grands éclaboussements.

— J'ai appris cette nage en Amérique, en observant les membres d'une tribu indienne.

Sa voix était râpeuse, un peu essoufflée – à cause, sans doute, de l'effort physique.

— Ça permet de nager plus vite, ajouta-t-il.

— Vous êtes poursuivi ?

— Pardon ?

— Vous n'avez pas de destination précise à atteindre. J'en conclus donc que, si vous éprouvez le besoin de nager plus vite, c'est qu'on vous poursuit.

Thea estimait avoir soulevé un argument judicieux, cependant elle lut de nouveau sur le visage de Rafe cette expression bizarre, comme s'il ne savait pas que penser d'elle, mais l'appréciait tout de même.

Il fit un pas de plus vers elle. Si elle avait tendu les jambes, elle aurait pu les nouer autour de sa taille.

— Ce sont les crocodiles, déclara-t-il d'un ton solennel.

— Il y a des crocodiles dans votre lac du Somersetshire ?

— Ne vous inquiétez pas, répondit-il en s'approchant encore. Ils sont plutôt gentils.

— Des crocodiles gentils ?

— La plupart du temps, oui.

Sous l'eau, il lui saisit la cheville. Elle poussa un petit cri, puis se tut. La main de Rafe était ferme et étrangement chaude. Du pouce, il lui caressa la cheville, et un doux crépitement parcourut la jambe de Thea.

— Voilà donc les fameuses chevilles fascinantes…

Quand il lui lâcha le pied, celui-ci se posa tout naturellement sur sa taille, où la ceinture du caleçon le chatouilla. Les doigts de Rafe remontèrent sur son mollet, jusqu'au creux de son genou, puis rebroussèrent chemin, avant de reprendre leur ascension.

Fut-ce à cause de ces crépitements insistants ? De la pensée qu'elle aussi avait le droit de le toucher ? De l'idée déprimante qu'elle devrait bientôt partir et révéler la vérité, et qu'elle ne l'écouterait plus jamais dire des bêtises à propos de crocodiles, qu'il ne lui caresserait plus jamais la jambe ? En tout cas, ce fut plus fort qu'elle.

Du bout du doigt, elle écrasa une goutte d'eau sur sa peau, dessina les cicatrices déchiquetées qui barraient son épaule.

— Le jaguar vous a labouré l'épaule, murmura-t-elle.

— Mmm… Il était dans un arbre et m'a sauté dessus par-derrière. Je me suis retourné, et il m'a balafré la figure.

Elle effleura sa clavicule. Cela ne parut pas le déranger.

— Et ensuite, que s'est-il passé ?

— Mes compagnons sont arrivés, avec des chiens et des fusils. Le jaguar a considéré que le jeu n'en valait pas la chandelle et est remonté dans son arbre. C'était fini avant même que je comprenne ce qui m'était arrivé.

— Ils ont tué le jaguar ?

— Non, il était trop rapide. Au fond, je ne le blâme pas : j'étais dans sa forêt, et je volais ses fleurs.

Doucement, il saisit de nouveau sa cheville et lui déplia la jambe, qui semblait fragile dans sa grande main brune. Il ne touchait que sa cheville, mais elle avait la sensation que ses doigts étaient partout sur elle, sur sa gorge, ses seins, son ventre.

— Vous avez les joues rouges, murmura-t-il.

— C'est qu'il fait chaud aujourd'hui, vous ne trouvez pas ?

— Venez nager avec moi.

— Ma robe...

— Gardez-la ou enlevez-la, ça m'est égal.

— Se baigner tout habillée... c'est un peu déraisonnable.

— Si vous continuez à tergiverser, moi, je serai raisonnable.

— Que vous êtes grincheux !

Mais il souriait. Un vrai sourire qui creusait sa fossette. Thea passa un bras autour de son cou, et il la souleva pour l'entraîner dans l'eau délicieusement fraîche. Sa jupe se gonfla pour former une corolle à la surface du lac. Thea la secoua en riant, et l'étoffe retomba mollement, s'enroulant autour de ses jambes. Elle n'avait pas pied, mais ce n'était pas nécessaire puisque Rafe la tenait dans ses bras.

Il appuya son front contre le sien et, d'une main, retira les épingles qui retenaient sa chevelure.

Dans un instant, il l'embrasserait, alors qu'il ne connaissait même pas son nom.

Elle n'avait pas le droit de lui faire ça.

Elle allait le décevoir et... Oh, si seulement cette journée magique pouvait durer toujours – le soleil, l'eau fraîche, les caresses de Rafe, ce moment de bonheur !

Oui, elle aurait voulu que cela ne finisse pas. Mais, dans sa vie, rien ne durait.

— Rafe, souffla-t-elle.

— Mmm...

Il promena ses lèvres sur sa joue, mordilla le lobe de son oreille. Elle se déroba.

— Il faut que je vous dise quelque chose... à mon sujet.

— Vous me le direz demain.

— Il faut que je vous le dise maintenant.

— Non, demain, murmura-t-il à son oreille. Ça peut attendre demain.

L'eau tourbillonnait autour de Thea, tirait fortement sur sa jupe. Heureusement, les bras de Rafe la soutenaient.

Des bras qui ne mentaient pas.

— Vous savez déjà, balbutia-t-elle.

Il la serra contre lui et l'entraîna plus loin. La gorge nouée, elle se cramponna à son cou.

— Demain, répéta-t-il d'un ton brusque. Si vous le dites, ce sera fini. Le charme sera rompu. Donnez-nous un jour de plus. Pour nager et jouer. Un soir pour dîner ensemble. Faisons semblant de croire à notre mariage. Nous n'avons que cette fiction pour rester ensemble un jour de plus.

Il n'essayait pas de l'embrasser. Son regard cherchait le sien.

— Comment l'avez-vous découvert ? souffla-t-elle.

— Je l'ai toujours su.

Une fois de plus, toutes les certitudes de Thea s'écroulaient. Elle aurait dû s'écarter de lui, le gifler ou lui arracher les yeux. Mais elle avait besoin de lui pour ne pas couler.

Lui aussi avait menti.

Elle ne savait plus ce qui était réel ou illusoire, vrai ou faux.

— J'ai graissé la patte à un domestique de vos parents. Il a lu les lettres que vous écriviez à Helen.

Il scrutait son visage, comme pour le graver dans son esprit. Leur dialogue mettait un point final à cette histoire, pourtant ils s'accrochaient l'un à l'autre, leurs corps refusant encore d'y croire.

— Je vous ai vue arriver dans ce relais de poste du Warwickshire déguisée en homme. Ensuite, Helen vous a rejointe et est entrée dans votre chambre. Un moment après, habillée en homme, elle est montée dans la diligence en partance pour le nord. Puis Mlle Larke et vous êtes descendues au rez-de-chaussée. Les sbires de Ventnor n'ont pas remarqué que vous aviez pris la place de votre sœur, mais je les ai tout de même renvoyés à Londres, par précaution.

— Pourquoi ? Vous n'ignoriez pas que le mariage ne serait pas valide. Pourquoi ?

— Il me fallait un certificat de mariage et une épouse bien vivante pour empocher le capital que m'a légué ma mère, or j'ai juré de ne jamais me remarier.

Elle se rendit soudain compte qu'il l'avait ramenée près de la berge – ses pieds s'enfonçaient à présent dans la vase. Il avait raison : cela aurait pu attendre le lendemain. Elle aurait pu attendre un jour de plus pour découvrir qu'il lui avait menti, lui aussi, qu'il avait monté une combine, comme elle, mais qu'il s'était mieux débrouillé et qu'il avait gagné.

Une libellule voletait dans le soleil qui faisait étinceler ses ailes, l'eau clapotait paisiblement. Tout semblait insouciant en cette belle journée d'été. Tout, sauf eux.

— Vous auriez dû me le dire, lui reprocha-t-elle, consciente d'être de mauvaise foi.

— Comtesse, nous...

— Non !

Elle s'écarta brusquement et perdit l'équilibre. Il la rattrapa avant que l'eau et le chagrin ne l'emportent.

— Appelez-moi par mon nom, puisque vous le connaissez.

— Si je le fais, ce sera vraiment fini.

Là aussi, il avait raison. Son nom serait la formule magique qui romprait l'enchantement. Ils ne pourraient plus faire semblant, ils seraient obligés de battre en retraite derrière les barrières de la bienséance et de l'indignation. Ils deviendraient des ennemis.

— Prononcez mon nom, insista-t-elle.

— Thea.

C'était à peine un murmure. Il avait l'expression d'un homme qui a perdu quelque chose, mais il n'y avait jamais rien eu à perdre. Ils avaient joué la comédie, et la pièce était à présent terminée.

— Je ne comprends pas.

Elle n'avait pas le droit d'être blessée. Pourtant, elle se sentait trahie. Tout ce qu'elle pensait savoir était faux.

— Si vous connaissiez mon identité, cela signifie que vous avez délibérément laissé Helen et Beau Russell s'enfuir pour se marier. Lord Ventnor sera furieux.

— Je l'espère bien.

Une pierre tomba soudain dans l'eau à côté d'eux et les éclaboussa. Thea poussa une exclamation, mais

Rafe n'eut pas un tressaillement. Il tourna lentement la tête. Thea l'imita et vit, sur la berge, un homme élancé aux cheveux blancs. Lord Ventnor.

— Quand on parle du loup, il sort du bois, ironisa Rafe. Je me trompe, ou il a l'air fâché ?

17

Thea n'en croyait pas ses yeux. Ventnor était là, et il avait effectivement l'air furieux.

Il n'était pas à sa place à Brinkley End, devenu un lieu fantasmagorique. Il était trop réel. Comment était-il arrivé là ? Peut-être avait-il surgi d'un nuage de fumée empestant le soufre à l'instant où Rafe avait prononcé le nom de Thea et rompu l'enchantement.

— Venez ici, Luxborough ! vociféra Ventnor.

Thea et Rafe firent la sourde oreille.

— Vous avez froid, rentrez vous changer, dit-il. Je me charge de lui.

Il voulut lui prendre le bras, mais elle se dégagea avec brusquerie.

— Ne me touchez pas.

Rafe recula si vite qu'une vague vint mourir contre Thea. Une autre pierre passa à quelques centimètres de la tête de Rafe et tomba dans l'eau.

— Voudriez-vous, tous les deux, avoir la courtoisie de remettre à plus tard votre querelle d'amoureux ? leur lança Ventnor.

Rafe dévisagea longuement Thea, puis, avec un soupir, se dirigea vers la berge. Elle essaya de le suivre, mais sa robe l'entravait, et elle glissa dans la vase.

— Attendez ! s'écria-t-elle.

Rafe pivota.

— Faut-il que je vous porte ?

— Là, tout de suite, je vous méprise.

— D'accord, mais faut-il que je vous porte ?

— Si vous voulez bien... oui.

Il revint auprès d'elle.

— Accrochez-vous à mon cou.

Elle hésita, tandis que Ventnor beuglait quelque chose qu'ils n'écoutèrent même pas.

— Cela ne vous dérangeait pas, tout à l'heure, grommela Rafe.

— Tout à l'heure, j'ignorais que vous étiez un menteur, un traître et un fourbe.

— Ces charmants compliments dans la bouche d'une femme qui a triché sur son identité, qui a accepté sciemment un mariage frauduleux et qui a acheté avec mon argent un tas de choses dans le but de les revendre.

— Vous ne méritiez pas mieux.

— Sans doute. Et maintenant, accrochez-vous à mon cou, que je vous sorte de là.

Elle obéit, cette fois, et s'efforça de ne pas frissonner de plaisir quand il la souleva et l'emporta sur la berge.

— Vous me dégoûtez, tous les deux, à vous renifler dans l'eau comme des chiens en chaleur ! cracha Ventnor.

— Des loutres en rut, ne confondez pas ! riposta sèchement Thea.

Ça alors... Il ne l'effrayait plus. Peut-être était-elle trop blessée, trop désemparée, trop honteuse pour avoir peur. Ventnor était furieux ? Elle s'en moquait éperdument. Mais peut-être étaient-ce les bras de Rafe autour d'elle qui la rendaient téméraire.

Même si Rafe n'était qu'un menteur, un fourbe, un monstre.

— Attention, Ventnor, prévint Rafe en posant Thea sur le sol. Vous risquez de faire un plongeon dans le lac, vous aussi.

— Ne me menacez pas, espèce de crapule.

— Mettez ça, dit Rafe à Thea en lui lançant sa redingote. Dépêchez-vous de rentrer vous réchauffer. Je me charge de lui.

Ruisselant, il enfila sa culotte. Thea détourna le regard et revêtit la redingote, dont elle resserra les pans autour d'elle.

— Vous avez fait n'importe quoi, Luxborough !

— Mmm ?

— Cette femme n'est pas Helen Knight ! clama Ventnor en braquant le pommeau d'argent de sa canne sur Thea.

— Mmm.

— Je vous avais chargé d'empêcher Helen Knight de filer en douce jeter le grappin sur Beau. Vous avez dit que, pour l'arrêter, vous l'aviez épousée, mais vous vous êtes trompé de fille, triple idiot !

Rafe boutonna sa braguette, imperturbable, puis sa chemise. Les vêtements collaient à sa peau mouillée, mais cela ne paraissait pas le gêner. Thea observait les deux hommes, aussi déroutée que si elle avait débarqué sur une scène de théâtre alors que le spectacle était commencé et qu'elle ignorait tout de l'histoire, ne savait pas qui était le héros et qui le méchant, et se demandait si elle-même était l'héroïne ou une pauvre folle.

— Vous m'avez chargé de faire votre sale boulot, et vous vous attendiez que je m'exécute. Qui de nous deux est le triple idiot ?

— Mon héritier est marié avec une boutiquière parce que vous êtes incapable de suivre les instructions pourtant simples qu'on vous donne !

— Il est marié avec la femme qu'il a choisie, rectifia Rafe, parce qu'il ne supportait plus que vous le traitiez comme un gamin.

— Vous aviez promis de tenir Helen Knight à distance en échange des orchidées.

— J'ai menti.

— Je veux récupérer les orchidées.

— Fichez le camp, Ventnor.

— Je ne comprends pas, dit Thea à Rafe. Vous semblez le détester, alors que je vous croyais alliés, tous les deux. C'était votre beau-père.

— Un lien que je préférerais oublier. Vous pouvez marcher avec cette jupe trempée ?

— Luxborough ! beugla Ventnor. Arrêtez de parler à votre catin et écoutez-moi !

— Insultez-la une fois de plus et je vous envoie dans le lac, menaça Rafe. Vous pouvez marcher ? répéta-t-il à l'adresse de Thea.

— Oui… Je vais devoir montrer mes jambes, mais toutes les catins dignes de ce nom le font.

Redressant les épaules d'un air de défi, elle retroussa sa jupe jusqu'aux genoux et entreprit de monter la pente. Rafe lui emboîta le pas.

— Vous aviez besoin d'un certificat de mariage pour toucher votre argent, mais comme vous ne vouliez pas vous remarier, un mariage illégitime avec moi faisait l'affaire, résuma-t-elle.

— Exactement.

— Ensuite vous m'avez embrassée.

— Et ensuite j'ai arrêté de vous embrasser.

— Ne faites pas semblant de ne pas me voir, Luxborough ! rugit Ventnor, qui les rattrapa et se campa devant eux. Je suis venu jusqu'ici pour avoir une explication.

— Eh bien, vous n'avez plus qu'à rebrousser chemin.

Thea et Rafe contournèrent le vicomte et continuèrent à marcher. Le carrosse noir de Ventnor était arrêté devant la demeure, maculé de boue et attelé de chevaux de louage mal assortis. Seuls les trois laquais en livrée pourpre faisaient encore bonne figure.

— Alors vous n'avez jamais eu l'intention de séparer Helen et Beau Russell ? demanda Thea à Rafe.

— Je vous l'ai dit : je me moque de savoir qui épouse qui. En revanche, la perspective de contrarier ce monsieur me plaisait énormément.

— Allez au diable, Luxborough. Vous allez m'écouter, sinon...

— Sinon quoi, Ventnor ? articula Rafe d'un air de profond ennui. Que ferez-vous, cette fois ? Vous engagerez encore des comédiens pour colporter vos mensonges et crier sur les toits que je pratique la sorcellerie et que j'ai empoisonné Katharine ?

Thea eut l'impression que son univers se mettait de nouveau à tourner à l'envers.

— C'est Ventnor qui a lancé ces rumeurs ? L'illuminé que j'ai vu devant votre résidence londonienne était donc William Dudley, le comédien ?

— Oui, il semble que Ventnor ait engagé une ribambelle d'acteurs dans tout le pays. Nous avons tous besoin d'un passe-temps, et lui a trouvé le sien : répandre des rumeurs.

— Mais pourquoi ? s'étonna Thea.

Ventnor la gratifia d'un sourire mielleux.

— C'est le comte qui a commencé quand il a déclaré publiquement que ma fille était une malade mentale.

— Mais c'est vous qui l'avez enfermée dans un asile de fous, rétorqua Rafe d'un ton âpre.

— Quelle horreur..., souffla Thea.

— Pour le bien de ma famille, je ne pouvais pas laisser passer sans réagir des allégations aussi infamantes, poursuivit Ventnor comme s'il ne les avait pas entendus. J'ai riposté en affirmant que Luxborough avait enlevé Katharine, qu'il l'avait brutalisée et empoisonnée, ce qui lui avait détraqué l'esprit.

Ricanant, il pointa le bout de sa canne vers Rafe.

— Quand il est revenu avec cette figure balafrée et qu'il est devenu comte parce que ses frères étaient morts, je me suis dit que les gobe-mouches de la bonne société ne tarderaient pas à croire qu'il avait conclu un pacte avec le diable.

— Tout cela est absurde, rétorqua Thea. Rafe est incapable de faire du mal à quiconque.

Le vicomte en eut un haut-le-corps.

— Votre catin prend votre défense, Luxborough. Comme c'est mignon !

— Ça suffit, marmonna Rafe.

D'un pas martial, il s'avança vers le carrosse, les laquais s'égaillant devant lui comme des poulets pourpres portant perruque, et ouvrit la portière.

— Montez avant que je m'énerve. Je ne frapperai pas un homme de votre âge, mais je n'hésiterai pas à vous abattre d'une balle de pistolet.

Le vicomte se tourna vers Thea et demanda d'un ton aimable :

— Vous a-t-il dit comment Katharine était morte ? Elle est partie à cheval en plein orage pour lui échapper. Savez-vous pourquoi elle s'enfuyait ?

— Pourquoi ? interrogea-t-elle – c'était plus fort qu'elle.

Rafe avait pâli.

— Vous le savez bien, dit-il. Katharine avait peur de moi.

— Mais pourquoi ?

— Je l'ignore.

Brandissant sa canne, Ventnor éclata de rire.

— Parce que vous la maltraitiez, voilà ce que les gens croiront toujours !

— Fermez-la, Ventnor.

D'un geste vif, Rafe arracha des mains du vicomte la canne en ébène, la cassa en deux sur son genou, puis jeta les morceaux dans la voiture. Ventnor, la figure marbrée de taches rouges, tremblait de rage. Puis, tout à coup, le sang se retira de son visage, au point que Thea craignit qu'il n'ait une attaque. Intriguée, elle suivit la direction de son regard, pour voir ce qui avait provoqué cette réaction.

Sally se tenait sur le perron, figée, pâle comme un linge. Thea aurait voulu que, pistolet au poing, elle s'avance vers Ventnor avec son aplomb coutumier, or la gouvernante paraissait se tasser sur elle-même.

— Vous ! articula Ventnor. Mais... on disait que vous étiez...

Sally tourna les talons et rentra précipitamment dans le hall.

— Comment se fait-il que vous vous connaissiez ? demanda Rafe, aussi déconcerté que Thea.

Ventnor prit une grande inspiration. Il retrouvait ses couleurs et répondit simplement :

— En permettant à mon fils de se marier en dessous de sa condition, vous avez nui à ma famille. Je vous ruinerai, Luxborough.

— Vous ne ferez pas ça, intervint Thea. Lord Luxborough est un horrible menteur, mais à part ça, c'est un homme bon, honorable et gentil.

— Pauvre sotte. Vous avez vu comment il a brisé ma canne ?

— Oui, il l'a brisée gentiment.

— Et si vous ne partez pas, Ventnor, je vous tirerai dessus gentiment.

La bouche crispée par un rictus dédaigneux, le vicomte s'engouffra dans son carrosse. Dès que Rafe eut refermé la portière, les laquais se perchèrent à l'arrière de la voiture, le cocher claqua de la langue, et les chevaux, dociles, s'ébranlèrent.

— Je ne comprends toujours pas, se plaignit Thea, qui frissonnait dans ses vêtements mouillés. Je pensais qu'il était votre allié et que vous étiez à ses ordres, alors que, depuis le début, vous et moi sommes dans le même camp. Je me suis trompée sur toute la ligne. Je craignais que vous ne soyez fâché contre moi, et maintenant c'est moi qui suis fâchée contre vous, or j'ai l'impression de ne pas avoir le droit d'être en colère, ce qui me rend furieuse. En plus, quand vous m'avez embrassée, ce n'était pas parce que vous estimiez que notre mariage vous y autorisait, mais parce que... euh... Vous n'étiez pas obligé de m'embrasser puisque vous saviez que je n'étais pas votre épouse et que...

— Cela n'a plus d'importance, la coupa Rafe. Le pot aux roses est découvert. Votre sœur est mariée, j'ai l'argent et les orchidées. Tout s'est passé comme je l'espérais.

— Et maintenant ?

Immobile comme une statue, Rafe tourna les yeux vers le lac.

— Maintenant, il est temps pour vous de partir.

Rafe était presque reconnaissant à Ventnor de lui avoir rappelé à point nommé qu'il n'était pas fait pour le mariage. Quand il tenait Thea dans ses bras, il l'oubliait.

« Tout est bien qui finit bien », se répétait-il, mais son regard revenait sans cesse vers le lac, comme s'il cherchait à apercevoir là-bas un homme et une femme enlacés dans l'eau.

Espèce d'imbécile !

Dans le hall, les domestiques accoururent avec des serviettes. Rafe en tendit une à Thea sans un mot. Après s'être sommairement séché, il se dirigea vers l'escalier. Alourdie par sa robe gorgée d'eau, Thea avait du mal à se mouvoir.

— Votre culotte est de travers, fit-elle remarquer. Ce doit être inconfortable.

— En effet.

— Tant mieux. J'espère que ça vous gratte.

Rafe revint se camper près d'elle.

— Voulez-vous que je vous porte pour monter l'escalier ?

— Je veux que vous m'expliquiez pourquoi Ventnor connaît Sally, pourquoi vous m'avez menti, et aussi ce qui est arrivé à Katharine.

— Je vous ai déjà dit ce qui lui est arrivé.

— Vous avez omis certains petits détails : l'asile de fous et les raisons pour lesquelles elle avait peur de vous.

Rafe jura entre ses dents.

— Je vais vous porter, sinon nous en avons pour la journée.

— Très bien, mais je vous préviens : ça ne va pas me plaire, et je serai peut-être forcée de hurler.

— Ne vous gênez pas.

Rafe la souleva de terre. Ils étaient tous les deux trempés, ils avaient froid, mais Thea était légère dans ses bras, et son corps doux contre le sien. Elle passa un bras autour de son cou. Tout cela devenait familier – les baisers, leurs jeux, leurs querelles. Ils apprenaient si vite !

Thea cherchait son regard, et il eut la sensation que son cœur se dilatait dans sa poitrine. La serrant plus étroitement contre lui, il ferma les yeux pour ne plus voir sa beauté et son émotion. Mais c'était là, sous ses paupières. S'il avait été un autre homme, il aurait porté sa jeune épouse jusqu'au lit conjugal et lui aurait donné tant de plaisir qu'elle ne l'aurait jamais quitté.

Malheureusement, il n'était que lui-même.

Rouvrant les yeux, il monta l'escalier et se dirigea vers les appartements de Thea.

Le soleil inondait le boudoir de Thea, où sa malle ouverte attendait. Rafe se délesta de son précieux fardeau et passa dans la garde-robe attenante, où il prit une brassée de vêtements. Lorsqu'il rejoignit Thea, elle était en train de vider la malle.

— Qu'est-ce que vous fabriquez ?

Il jeta un coup d'œil aux bas qu'elle avait jetés sur le canapé.

— Je ne partirai pas tant que vous ne m'aurez pas tout dit au sujet de Katharine.

— Elle est morte il y a longtemps, rétorqua-t-il en laissant tomber les robes dans la malle.

— Vous vous bagarrez toujours avec Ventnor à cause d'elle. Et l'autre nuit, dans la galerie des portraits, vous avez dit qu'elle vous hantait.

— J'étais sous l'emprise de la drogue, je racontais n'importe quoi.

— Vous avez dit que vous m'aimiez bien.

Détournant les yeux, Rafe s'affaira à remplir la malle. Thea récupéra les vêtements et les lança à travers la pièce.

— Vous êtes pénible, marmonna-t-il.

— Vous me devez des réponses.

— Je ne vous dois rien du tout.

— Vous m'avez menti.

— Mon seul mensonge a été de prétendre croire à vos mensonges. C'est vous qui avez menti la première.

— Je n'avais pas le choix, rétorqua-t-elle en lui décochant un regard outré. En menaçant Arabella, vous me mettiez le couteau sous la gorge.

— Eh bien, disons que nous sommes quittes. De toute façon, c'est fini, à présent.

Elle n'acquiesça pas. Une expression accusatrice s'était peinte sur ses traits.

— Qu'est-ce qui vous dérange, Thea ? Vous êtes fâchée parce que je vous ai dupée ?

— Non, c'est que...

Elle s'interrompit et repoussa de son pied nu une pile de sous-vêtements.

— Nous étions du même côté, contre Ventnor. Vous m'avez laissé penser que nous étions des ennemis, alors qu'en réalité nous étions des alliés. Et cela aurait été agréable. D'être dans le même camp, je veux dire.

Oui, tant de choses auraient pu être agréables. Mais, au début, il ne lui faisait pas assez confiance pour lui révéler la vérité. Maintenant, c'était trop tard.

Il s'approcha de la coiffeuse, rassembla peignes, brosses à cheveux et autres babioles qu'il rangea dans la malle.

— Que s'est-il passé en Amérique ? demanda Thea.

— Au début, nous étions heureux, même si les jeunes aristocrates que nous étions ignoraient complètement comment on se bâtit un foyer. Et puis Katharine... elle a changé. Elle a sombré dans la mélancolie. Elle ne mangeait plus, ne dormait plus. Elle commençait à disparaître sous mes yeux. J'ai promis de la ramener en Angleterre dès que j'aurais gagné assez d'argent.

— Et ensuite ?

— Ensuite...

Rafe se tourna vers une fenêtre et frissonna de la tête aux pieds, comme s'il était de retour dans cette chaumière glacée que Katharine et lui avaient désespérément essayé de rendre douillette.

— Ensuite, elle est sortie de sa léthargie. Moi, je travaillais comme un forcené. Au bout de quelque temps, son humeur a de nouveau changé. Un jour, elle a dépensé toutes nos économies pour acheter au marché des assiettes, des marmites et de pleins paniers de victuailles. Nous avions des chèvres et des poules qui batifolaient dans la maison. Elle voulait ouvrir une taverne, elle disait que ce serait l'établissement le plus couru du pays et que nous allions faire fortune. Je ne parvenais pas à la raisonner. Elle était tout juste capable de faire cuire un œuf, et voilà qu'elle lançait dix plats à la fois sur les fourneaux, au risque de mettre le feu à la bicoque. Elle n'a pas fermé l'œil pendant des jours et des nuits…

Ce souvenir était encore frais dans son esprit. Katharine paraissait hallucinée, parlait à toute vitesse. Elle était effrayante.

— Cette phase d'excitation s'est achevée, poursuivit-il d'une voix sourde. Après cela, Katharine était épouvantée de s'être comportée de cette façon. Par la suite, il y a eu d'autres épisodes du même genre. Quand quelque chose la bouleversait, elle perdait la notion de la réalité et croyait que le monde entier lui voulait du mal. Et moi…

Lui était impuissant. Il pouvait seulement la prendre dans ses bras, la bercer, lui répéter que tout s'arrangerait, et se demander en secret comment la ramener en Angleterre. Peu à peu, il avait vu l'esprit de Katharine sombrer.

Il passa la main sur sa figure, pour chasser ces souvenirs. En vain. Ils étaient toujours là, et l'inquiétude se lisait dans les yeux de Thea.

Elle était cocasse, ainsi échevelée, pieds nus et mouillée jusqu'aux os. Malgré lui, il sourit. Oh, si seulement il avait pu oublier le passé, se claquemurer avec elle dans le présent, la serrer contre lui pour qu'elle lui réchauffe le cœur !

— Vous étiez si jeune, murmura-t-elle en s'approchant de lui. Seul dans un pays étranger, loin de votre famille et de vos amis. Vous deviez être terrifié.

— Ce n'est pas moi qu'il faut plaindre. Katharine souffrait. J'avais promis de veiller sur elle, mais...

Il détourna le regard. Il ne méritait pas sa compassion.

— Mais Ventnor a débarqué, hasarda-t-elle.

— Effectivement. Katharine avait écrit à sa mère, et Ventnor a traversé l'Océan pour la ramener chez eux. Je l'ai laissée partir, il me semblait que c'était la meilleure solution. Quelque temps après, Nicholas – l'évêque de Dartford – m'a écrit que Ventnor avait enfermé Katharine dans un asile de fous. Je suis immédiatement rentré en Angleterre pour la tirer de cet enfer. J'étais son mari, j'avais des droits que son père n'avait pas. Si vous l'aviez vue quand elle est sortie de cet endroit...

Il en frémissait encore : sa Katharine si fougueuse marchait en traînant les pieds, muette et les yeux vides.

Il secoua la tête, saisit machinalement un bestiaire et s'aperçut qu'il était ouvert à la page du jaguar. Le cœur serré, il imagina Thea seule dans ce boudoir, ce gros livre dans les mains, parce qu'elle voulait en apprendre plus sur les grands félins et qu'il refusait d'en parler.

— Vous vous êtes donc installés à Brinkley End, dans la maison de la douairière.

— Oui... Mon père était mort, ma mère était sur le continent. Mon frère John était le comte en titre. Il nous a laissés vivre ici.

Il referma le livre et le jeta dans la malle.

— Ce n'est pas à moi, protesta Thea, qui repêcha le bestiaire et le serra contre sa poitrine. Pourquoi ne m'avez-vous pas dit que Sally habitait avec vous ?

Il haussa les épaules.

— Ce n'est pas le plus important. La compagnie de Sally était bénéfique pour Katharine. Notre nouvelle existence paraissait lui faire du bien. Des semaines ont passé sans qu'elle ait de crise. Moi, je me renseignais sur les nouveaux traitements des maladies mentales. Je correspondais avec un aliéniste français...

— Un... aliéniste ?

— Un médecin qui soigne les malades mentaux. J'envisageais d'emmener Katharine en France. Elle était contente, nous l'étions tous. Et puis, brusquement, ça a recommencé. J'ignore pourquoi, vu que nous nous échinions à créer autour d'elle une atmosphère paisible, à éliminer le moindre motif d'anxiété. Mais elle lisait ce satané roman gothique... Selon elle, il renfermait des messages qui lui étaient destinés. Là-dessus, il y a eu les corbeaux... C'était une obsession ; elle n'arrêtait pas de parler des corbeaux qui allaient venir l'enlever, elle m'accusait d'en être un ou de m'être associé avec eux...

— Pourquoi croyait-elle que vous lui vouliez du mal ?

« Je te maudis, avait dit Katharine d'une voix sifflante, en proie au cauchemar qui dévorait son esprit, tandis que des nuages noirs s'amoncelaient dans le ciel et que le tonnerre grondait au loin. Tu es aussi mauvais, aussi cruel qu'un corbeau. »

— Elle avait vu un corbeau tuer un moineau.

— C'est tout ?

— L'orage couvait, soupira-t-il. Elle est sortie, et j'ai essayé de la ramener dans la maison. Elle criait que je voulais la tuer. J'aurais dû rester doux et patient, mais j'étais fatigué, énervé...

— Inquiet, rectifia Thea.

Il balaya le mot d'un geste.

— J'ai perdu mon calme, je l'ai empoignée... Elle s'est dégagée et a couru jusqu'aux écuries...

Et lui, maudit imbécile, avait perdu plusieurs minutes à chercher une fiole de laudanum avant de se lancer à sa poursuite. De précieuses minutes durant lesquelles elle avait sauté sur un cheval sans même le seller.

Thea reposa le bestiaire sur un guéridon et, pensive, dessina du bout du doigt les lettres ornées sur la couverture reliée en maroquin, de la même façon qu'elle avait effleuré un peu plus tôt – il y avait une éternité de cela – les cicatrices de Rafe.

Il s'efforça de graver dans sa mémoire les traits de son visage, les courbes de son corps. Il ne la reverrait peut-être jamais plus.

Elle leva les yeux et le surprit en train de la contempler. Il eut l'impression qu'un éclair invisible fulgurait dans l'espace qui les séparait.

— Pourquoi Ventnor a-t-il été si choqué de voir Sally ? demanda-t-elle.

— J'ai quitté l'Angleterre le jour des obsèques de Katharine. J'ignore ce qui s'est passé après mon départ.

— Vous n'avez jamais posé la question ?

— À quoi bon ?

Katharine était morte. Il ne pouvait pas changer le passé, et lui non plus ne pouvait pas changer.

Il se força à regarder Thea dans les yeux, à dire :

— Vous devez partir.

Elle redressa le menton.

— Eh bien, en fait, je crois que je vais rester.

18

Thea soutint sans ciller le regard surpris de Rafe. Sa silhouette se découpait devant la fenêtre, la lumière dorée soulignant les contours de son torse sous sa chemise blanche. Ses cheveux maintenant presque secs étaient d'un noir profond.

Comme elle aurait aimé pouvoir consoler cet homme fort, sensible, que la vie avait si cruellement blessé !

Cet homme qui voulait tellement la renvoyer.

Il lui racontait son histoire, celle d'un jeune homme amoureux impuissant à soulager la douleur d'une jeune femme torturée, et après quoi, comme si tout cela était insignifiant, comme s'il n'était pas un être humain qui avait besoin de compassion, il faisait volte-face et lui ordonnait de partir.

Mais à quoi s'attendait-elle ? Elle avait certes prévu de s'en aller aujourd'hui, mais c'était avant de découvrir sa supercherie, avant d'apprendre combien il avait souffert pour sa jeune et bien-aimée compagne. Comment aurait-elle pu continuer à lui en vouloir pour ses mensonges, maintenant qu'elle le comprenait mieux ?

Un homme comme Rafe, titré et issu d'une vieille famille respectée de tous, n'aurait pas eu de mal à trouver une épouse, malgré son mauvais caractère, ses cicatrices et sa réputation sulfureuse. Il aurait pu épouser une femme fortunée, l'installer quelque part et ne plus jamais lui adresser la parole. Ce genre d'arrangement n'aurait choqué personne, l'affection étant rarement un ingrédient des mariages aristocratiques. Au lieu de cela, il avait élaboré ce stratagème, préférant l'imposture au mariage, dont la seule idée le révulsait.

C'était le choix d'un homme résolu à ne pas faire partie de ce monde. Maintenant qu'elle connaissait son histoire, Thea n'aurait pas dû se sentir blessée qu'il veuille se débarrasser d'elle.

Seulement voilà, elle en avait assez que les gens se débarrassent d'elle.

Thea n'était pas complètement naïve. Elle n'avait rien à offrir à Rafe, hormis des histoires farfelues et des baisers dans l'eau. Elle n'était pas chez elle ici, et elle savait bien que cela ne changerait jamais.

— Vous ne pouvez pas rester, répéta-t-il.

— Bien sûr que je peux rester, riposta-t-elle. Quelques jours de plus. Je partirai quand bon me semblera. Après tout, vous avez triché pour m'amener ici.

— C'est vous qui avez triché pour venir ici.

— Je ne l'aurais pas fait si vous n'aviez pas manigancé tout ça. Je me serais claquemurée chez Arabella en me faisant passer pour Helen, et j'aurais tranquillement attendu que ma sœur soit mariée et que le pamphlet soit imprimé, puis je serais rentrée à Londres. Mais un comte arrogant s'est mis en travers de mon chemin et nous a traitées toutes les trois comme des pions sur un échiquier. C'est moi qui déciderai à quel moment je m'en irai, pas vous.

Il s'était figé.

— Quel pamphlet ?

— Celui que j'ai écrit.

— Vous avez écrit un pamphlet, articula-t-il.

— J'y raconte ce que m'a fait Percy Russell. J'ai changé les noms des protagonistes, mais j'invite les lecteurs à deviner de qui il s'agit. *L'Histoire de Rosamund*. Cruellement dupée par… vous savez qui.

Rafe demeura silencieux. Les sourcils froncés, il se mit à arpenter la pièce.

— Le texte sera imprimé à temps pour la fête costumée du prince régent, se hâta-t-elle d'expliquer. Toute la bonne société y assistera, et j'aurai fait distribuer avant le pamphlet aux invités.

Muet, il continuait à faire les cent pas dans le boudoir.

— Si les choses se déroulent comme prévu, les gens comprendront que Percy et son ami ont menti. Mes parents se rendront compte qu'ils ont eu tort de ne pas me croire. Je retrouverai une réputation sans tache et je reprendrai le cours de ma vie.

Pas de réaction.

— Je me construirai un nouveau chez-moi, d'où personne ne pourra me chasser. Si tout se passe bien.

Silence.

— Rafe… dites quelque chose.

Il s'arrêta brusquement.

— Votre plan ne fonctionnera pas.

— Oh…

Elle attendit un commentaire, en vain.

— Vous étiez censé dire : « Votre plan est remarquable. »

— Il ne l'est pas.

— Ce sera forcément un succès…

— Ce sera un échec.

S'il avait raison… que deviendrait-elle ? Où iraitelle ? Non, elle ne devait pas se laisser gagner par le doute.

Cependant, malgré le soleil, un frisson glacé la parcourut.

— Faut-il vraiment que vous soyez si pessimiste ? s'insurgea-t-elle. C'est encore une chose qu'on vous enseigne à l'école des comtes ? On vous donne des cours de défaitisme, outre les leçons d'arrogance, de perfidie et de mesquinerie ?

Il secoua la tête.

— J'ai publié un texte révélant la vérité au sujet de Katharine, mais personne n'avait envie de savoir. Ventnor a contre-attaqué avec ses mensonges, que les gens ont gobés sans sourciller. Et plus les mensonges grossissaient et devenaient grotesques, plus les gens les avalaient. Parmi toutes les rumeurs qui courent sur mon compte, en avez-vous entendu une seule disant que Katharine souffrait d'une maladie mentale dont personne n'était responsable ?

— Non.

— Réfléchissez-y. Les gens croiront que c'est vous qui avez mal agi, et non Percy, parce que cette théorie ne bouleverse pas leur petit univers.

— Je ne vous écoute plus.

— Vous devriez. Écoutez-moi, Thea, votre optimisme vous...

— Ne vous avisez pas de railler mon optimisme, le coupa-t-elle avec colère. L'optimisme a nourri ma famille quand nous n'avions rien. C'est grâce à lui que mon père, le fils d'un pauvre magasinier, est devenu un riche marchand. Vous autres aristocrates répugnez à vous enthousiasmer. Nous autres roturiers n'avons pas les moyens d'être pessimistes. Avez-vous réfléchi à ça ? Je conçois que vous soyez malheureux et que...

Elle s'interrompit, confuse, les joues rouges.

— Pardonnez-moi. Vous avez souffert plus que moi.

Balayant ces maladroites excuses d'un geste nerveux, Rafe s'approcha d'elle.

— Je ne raille pas votre optimisme, mais... n'avez-vous pas été suffisamment blessée ?

Il tendit la main pour effleurer sa joue.

— J'admire votre franchise, votre ténacité et votre joie de vivre, mais ils vous écraseront encore, et je détesterais vous voir souffrir.

Était-ce vrai ? Il semblait réellement inquiet, mais elle ne savait plus s'il mentait ou était sincère.

Elle s'écarta, et il laissa retomber sa main.

— J'étais persuadée que les Knight se soutiendraient toujours entre eux, et je voulais par-dessus tout aider les miens. Et soudain, tout ce en quoi je croyais s'est écroulé. Je n'avais pourtant rien fait de mal.

— Je sais.

— J'ai fait ce que je pensais être juste, or j'ai été punie et chassée de chez moi. Il n'est pas question que j'accepte cette injustice alors que j'ai une chance de remettre les choses en ordre. Vous ne pouvez pas comprendre, vous qui avez tout...

Elle montra le décor d'un geste ample.

— ... tout ça. Moi, je n'ai que ce pamphlet et mes rêves.

— Ce n'est pas tout à fait exact.

En effet, elle avait aussi ses souvenirs. De merveilleux souvenirs de lui, de ses baisers, de ses bras solides et de son cœur tendre, des moments passés ensemble. Elle emporterait avec elle cette part de cet homme bon et sensible qui se fustigeait pour avoir échoué à sauver sa femme, alors que son seul échec était de ne pas voir tout ce qu'il avait à offrir. Mais une part de lui ne suffirait pas à Thea.

Elle devrait pourtant s'en contenter. Il ne lui proposait pas de rester ici, dans cette magnifique demeure. Il ne l'invitait pas à entrer dans sa vie. Il lui ordonnait de partir, il lui...

— Pardon ? bredouilla-t-elle, se rendant compte tout à coup qu'elle ne prêtait plus attention à ce qu'il racontait. Que disiez-vous ?

— Je disais que vous serez bientôt riche.

— Le pamphlet ne me rapportera pas un sou. Au contraire, il me ruinera. Je serai obligée de vendre les objets que j'ai achetés avec votre argent.

— Je parle des quinze mille livres de votre dot. Quand j'ai rendu visite à votre père, à Londres, il a accepté de me la remettre. Mon notaire est en train de régler les formalités pour que cette somme vous revienne.

Thea sentit ses jambes flageoler et s'effondra sur le fauteuil le plus proche.

— Vous êtes abominable, balbutia-t-elle d'une voix éraillée. Comment osez-vous me faire une chose pareille ?

— Cela m'a paru une bonne idée.

— Je vais avoir du mal à vous haïr, maintenant.

— Il est pourtant préférable pour nous deux que vous me détestiez, rétorqua-t-il en se dirigeant vers la porte. Il n'y a pas de place pour vous ici.

— Je n'ai jamais prétendu qu'il y en avait une.

Elle se redressa et darda sur lui son regard le plus impérieux.

— Je m'en irai, évidemment, mais quand je serai prête, pas avant.

— Très bien. Restez ou partez, je m'en fiche éperdument.

Sur quoi, après l'avoir saluée d'un hochement de tête, Rafe sortit en claquant la porte.

Lorsque Thea se fut changée et recoiffée, elle descendit au rez-de-chaussée. Elle croisa deux servantes qui, la main devant la bouche, chuchotèrent sur son passage. Personne, cependant, n'arrivant pour la jeter dehors, elle pénétra dans la bibliothèque, où elle trouva une lettre d'Arabella.

Son amie avait joint à son envoi un billet d'Helen, que Thea lut avidement. Dieu merci, sa sœur confirmait qu'elle avait épousé Beau Russell à la frontière écossaise, comme prévu, et que les tourtereaux se rendaient à Brighton.

Tu vois que nous nous aimons vraiment, car il n'y a pas une ombre entre nous, pas un regret, écrivait Helen.

Un reflet dans le miroir attira soudain l'attention de Thea. Elle pivota et se retrouva face à Sally et à Martha.

— Vous n'êtes donc pas la nouvelle comtesse, déclara Sally après un très long silence. Vous n'êtes ni son épouse ni sa maîtresse.

— Je faisais semblant.

Thea grimaça, agacée par sa voix fluette et presque inaudible. Elle s'était pourtant juré de toujours se faire entendre, quoi qu'il advienne.

— Je suis navrée de vous avoir menti, reprit-elle, et cette fois, sa voix était forte et claire. Je voulais aider ma sœur et une amie, alors j'ai fait semblant d'être quelqu'un que je ne suis pas.

À sa surprise, Sally répondit par un grand sourire.

— Nous avons toutes fait ça. Quelle femme ne l'a pas fait ?

Thea attendit la suite, car il y en aurait forcément une. Elle ne s'en tirerait pas à si bon compte.

Mais Martha haussa les épaules et déclara simplement :

— Ça explique pourquoi vous ne dormiez pas dans le même lit.

Thea sentit le feu lui monter aux joues.

— Il... il s'est conduit en homme d'honneur, bafouilla-t-elle.

Ses deux interlocutrices éclatèrent de rire.

— Le comte m'a autorisée à rester ici un peu plus longtemps, enchaîna Thea, cramoisie. Mais il faudrait que je quitte les appartements de la comtesse. Auriez-vous une chambre plus modeste où je pourrais m'installer ?

— Vous voulez nous donner plus de travail, milady ? rétorqua Sally.

— Bien sûr que non ! Seulement... je ne suis pas une vraie lady. Je m'appelle Thea Knight.

— Vous savez jouer au billard, maintenant ? demanda Martha. Nous le vérifierons ce soir après le dîner, Thea Knight.

Sur cette invitation, les deux femmes tournèrent les talons. Thea hésita, puis lança :

— Sally, j'ai une question à vous...

— Non.

— Lord Ventnor et vous semblez vous connaître.

Sally pivota lentement.

— Après la mort de Katharine, je suis allée à Londres, où j'ai rencontré lord Ventnor. Nous nous sommes disputés, il m'a menacée. J'ai eu peur et je suis revenue ici. Chez moi.

— Aujourd'hui, vous avez fui en le voyant. Quel était le sujet de cette terrible dispute ?

— Katharine, répondit Sally après un silence. J'avais le sentiment que sa mort ne chagrinait pas énormément Ventnor. Je le lui ai dit, et cela ne lui a pas plu... S'il vous plaît, Thea, soupira-t-elle. Plus de questions, même si nous sommes amies.

Sitôt que les deux compagnes furent sorties, Thea parcourut la lettre d'Arabella. Celle-ci lui racontait qu'elle était allée à Londres commander une tenue pour la fête costumée du prince régent. La missive se concluait par un paragraphe si étonnant que Thea dut le lire deux fois :

Je te soupçonne depuis longtemps de me cacher des choses, et maintenant j'en ai la preuve. Pendant notre voyage, nous nous sommes arrêtés dans un bourg où des comédiens ambulants jouaient une courte pièce étrangement similaire à ton pamphlet. Ils racontaient les tribulations de Rosamund, une charmante demoiselle cruellement dupée par deux odieuses canailles. La fin était cependant... surprenante. Pourquoi ces comédiens interprétaient-ils ton histoire ? Je te prie de m'écrire immédiatement et de me narrer tes aventures sans omettre le moindre détail.

Thea ne put s'empêcher de rire. Un client appartenant à une troupe de théâtre ambulante avait sans doute assisté à son spectacle impromptu, dans la salle du relais de poste, et estimé que cela méritait d'être repris. Et maintenant, une foule de gens connaissaient son histoire. Elle n'aurait pu rêver mieux !

Elle s'assit devant le secrétaire et prit une plume, de l'encre et une feuille. Si Arabella voulait des aventures, Thea pouvait lui écrire tout un roman.

Oh... Cette idée ne lui avait jamais traversé l'esprit. L'unique but de son pamphlet était de laver sa réputation, elle n'avait jamais songé à écrire pour le plaisir. Mais ce serait sans doute amusant, et cela l'aiderait à ne plus penser à... à certaines personnes.

Le roman pourrait commencer comme une lettre. La confession d'une jeune femme qui serait... Oui ! une réprouvée nantie d'une fortune secrète. Elle serait enlevée et enfermée dans le château d'un cruel sorcier qui s'appuierait pour marcher sur une canne magique en ébène. Le château serait évidemment délabré et lugubre, rempli de squelettes, de grimoires moisis et de créatures bizarres dans des bocaux. Il y aurait un fantôme qui surgirait des portraits exposés dans une galerie. Non… qui surgirait du lac.

Thea tourna les yeux vers le lac, au-delà des jardins. Dans son esprit était à jamais gravée l'image de Rafe qui s'avançait vers elle, l'eau ruisselant sur son corps athlétique.

Une douleur atroce la transperça soudain. Rafe ne voulait pas d'elle, et comprendre pourquoi ne rendait pas la chose moins douloureuse. « Encore un jour », avait-il décrété. Que se passerait-il si elle le rejoignait maintenant et lui disait : « Encore une nuit ? »

Non, ce serait une terrible erreur. Elle ne pouvait se fier à rien ni personne en ce monde. Il n'y avait pas de rocher auquel se raccrocher, rien que des sables mouvants. Rafe ne lui offrait qu'une aventure de plus, pour la distraire jusqu'à ce qu'elle trouve le chemin qui la ramènerait chez elle.

Elle secoua la tête et reporta son attention sur sa lettre.

Ce n'était pas un fantôme qui surgissait du lac, décida-t-elle, mais un homme ensorcelé. L'héritier légitime du château, auquel le sorcier avait jeté un sort. Il était condamné à nager dans le lac jusqu'à ce que le charme soit brisé.

Autrement dit, il serait nu et dégoulinant pendant la majeure partie de l'histoire.

Arabella serait choquée. Parfait. Quand elle était choquée, Arabella était irrésistiblement cocasse.

L'héroïne chercherait à délivrer l'homme du lac et à abattre le diabolique sorcier. Une fois l'homme libéré, il prendrait la belle et courageuse héroïne dans ses bras et lui promettrait…

Rien du tout.

Rafe la voulait, mais pas assez, parce que personne ne la voulait vraiment.

Thea écrasa cette pensée comme un insecte. Pas de pleurnicheries. Elle ne devait penser qu'à des choses agréables et amusantes, qui ne faisaient pas souffrir.

Elle plongea résolument sa plume dans l'encrier et commença à écrire.

19

Deux nuits s'étaient écoulées. Thea n'était toujours pas partie, et Rafe ne lui avait toujours pas adressé la parole. Aujourd'hui, il en avait assez de ses plantes posées là, inutiles et muettes, avec leur petit air satisfait.

La porte de la serre s'ouvrit, livrant passage à Martha.

— De nouvelles plantes devaient arriver, grommela-t-il. Pourquoi ne sont-elles pas là ? Ce n'est pourtant pas compliqué. On les charge sur un bateau, on appareille, et ensuite on les débarque en Angleterre. Seulement voilà… pas de plantes.

— Vous avez dit que le chargement était prévu pour septembre.

— Et alors ?

— Nous sommes en août.

— Et alors quoi ?

— Vous n'êtes pas raisonnable.

— Effectivement.

Deux nuits à se tourner et à se retourner dans son lit, entortillé dans les draps, à revivre sa dispute avec Thea – cette mauvaise pièce dont il ne pouvait pas modifier la fin. La veille, pour tuer le temps, il avait ordonné au régisseur de l'emmener faire le tour du domaine pour discuter des prochaines récoltes.

Il avait à présent une autre journée à remplir. Et il y aurait encore le jour d'après. Des journées entières à endurer. Avec ces foutues plantes inutiles, muettes et qui faisaient la tête.

— Oseriez-vous me traiter de pessimiste ? demanda-t-il à Martha. De grincheux, d'ignoble individu ?

— Non, je vous donnerais des noms d'oiseaux en espagnol.

— Vous êtes aussi utile que ces satanées plantes.

— Savez-vous ce que représentent ces satanées plantes, comme vous dites ? Elles représentent l'espoir. Planter une graine, soigner une pousse fragile comme vous le faites jour après jour est un acte de foi. Moi, je me sers d'elles pour fabriquer des médicaments, avec l'espoir de guérir les malades... Nous sommes ignorants et malhabiles, mais nous nous acharnons.

— Dans votre bouche, l'espoir devient une forme de folie.

— Oui, mais nous avons besoin de cette folie pour vivre. Vous avez perdu tant de choses, cependant je crois que vous n'avez pas perdu l'espoir.

Deux nuits à scruter l'obscurité, sans jamais oser espérer. Une journée et demie à se tenir à l'écart de Thea, car elle appartenait à un monde où il n'avait pas de place. On lui disait qu'elle passait tout son temps dans la bibliothèque, qu'elle écrivait une très longue lettre à son amie. Rafe savait que c'était vrai, car il l'avait épiée par la porte entrebâillée. Il l'avait vue s'arrêter d'écrire pour regarder par la fenêtre et se caresser distraitement la joue avec la plume d'oie. Puis elle avait émis un petit rire et s'était remise à noircir du papier.

S'il avait été un autre homme, il l'aurait rejointe et aurait posé les mains sur ses épaules. Elle aurait renversé la tête en arrière, et il l'aurait alors embrassée et interrogée sur le contenu de sa lettre.

— À propos, vous avez de la visite, annonça Martha.

— Je ne reçois jamais de visites.

— Peut-être, mais c'est la deuxième cette semaine. D'abord cet horrible vicomte, maintenant un charmant évêque. Je n'ai pas aimé le premier, mais l'évêque me plaît bien. Celui-là, il peut rester.

Rafe rentra au pas de course et ne ralentit l'allure que pour envoyer une servante chercher Sally, afin que Nicholas ne manque de rien. Il atteignait le seuil du salon quand il s'immobilisa et, sans bruit, se dissimula.

Thea et Nicholas prenaient le thé en bavardant comme de vieux amis. Rafe avait oublié combien le salon pouvait être accueillant quand le soleil baignait la pièce. La scène qui se déroulait devant lui, la façon dont Thea souriait à l'évêque l'emplirent soudain de nostalgie. Il eut la sensation étrange que des murs de verre – ceux de la serre – le séparaient du reste du monde. Il crispa les poings, prêt à briser ces vitres, mais comment faire ?

Alors il s'avança et se montra. Thea n'était peut-être plus fâchée contre lui, ou avait oublié qu'elle l'était, car elle lui adressa un sourire radieux. Les murs de verre disparurent, et Rafe eut l'impression qu'ici, il était à sa place.

Une idée incongrue, vu que ce « ici » désignait sa maison.

Thea dut soudain se souvenir de ses griefs, car elle afficha un masque dédaigneux.

— Rafe, mon garçon, viens te joindre à nous ! s'exclama l'évêque. Je passe un moment délicieux avec Mlle Knight.

— Qu'est-ce qui t'amène, Nicholas ?

— J'ai décidé de passer voir comment allaient les jeunes mariés.

— Deux jours de route juste pour « passer voir » ?

Un sourire fendit la figure de Nicholas. Rafe, lui, se pencha pour examiner les gâteaux fort appétissants disposés sur un plat d'argent. Cela lui éviterait de manger Thea des yeux. Mais son regard se posa sur les doigts fuselés de la jeune femme, qui effleuraient l'anse de la théière ornée de petites fleurs bleues.

— De toute façon, nous ne sommes pas mariés, ajouta-t-il.

— Pourtant, Mlle Knight est encore là.

— Elle ne veut pas partir.

— Oh, pauvre garçon ! Un comte tout-puissant et cependant incapable d'empêcher une jeune femme sans défense de s'installer sous son toit.

Rafe leva le nez et vit Nicholas qui faisait un clin d'œil à Thea, laquelle répondit par un sourire. Que ces deux-là s'entendent si bien lui réchauffa bizarrement le cœur.

Puis Thea le regarda, son sourire se fit tendre, et d'autres parties de son anatomie s'émurent.

— Ma foi, continua Nicholas, elle pourrait bien ne jamais partir.

— Oh si, je partirai, déclara Thea, qui ne souriait plus. Dès que mon pamphlet sera imprimé. Lord Pessimiste que voici affirme que mon plan échouera, mais les gens découvriront la vérité sur le scandale monté de toutes pièces dont j'ai été victime. Il leur suffira de lire *L'Histoire de Rosamund.*

— *L'Histoire de Rosamund* ? répéta Nicholas. Ça me rappelle quelque chose.

— Vous me surprenez.

— Rosamund… n'est-ce pas la charmante demoiselle…

— Oui ?

— … cruellement dupée par deux…

— Oui…

— … odieuses canailles ?

— Oui ! applaudit Thea en riant. Auriez-vous assisté, comme Arabella, à une pièce de théâtre ?

— En effet, dans les faubourgs de Londres. Je comprends maintenant pourquoi l'intrigue m'avait paru familière. Il s'agit de Percy Russell et de vous, mademoiselle Knight. La pièce se finit néanmoins bizarrement.

Nicholas s'interrompit et fronça les sourcils d'un air songeur.

— Au fait, Rafe, notre bon ami William Dudley jouait dans cette pièce. Nous avons échangé quelques mots, et il m'a dit qu'il avait quitté Ventnor pour travailler avec cette troupe de comédiens ambulants et que… Ça alors…

Il s'interrompit, les yeux rivés sur Sally, immobile sur le seuil du salon, l'air confus et belliqueux à la fois, comme si elle hésitait entre s'enfuir et charger tel un taureau.

— C'est vous ! dit Nicholas en battant des mains. C'est bien vous, n'est-ce pas ? Comment avez-vous atterri ici ?

Thea était bouche bée, comme Rafe.

— Vous aussi, vous connaissez Sally ? demanda-t-elle. Comment se fait-il que tout le monde connaisse Sally ?

— C'est Sally, maintenant ? lança Nicholas avec un sourire ravi. Nous l'avons connue à Londres. Oh Seigneur… n'est-ce pas merveilleux ? Elle était là pendant tout ce temps, et personne ne le savait parce que tu ne reçois jamais de visiteurs, Rafe.

Sally vacillait.
— Mais de quoi diable parles-tu, Nicholas ? s'énerva Rafe. C'est Sally Holt, ma gouvernante. Elle était la dame de compagnie de Katharine.
— Peut-être, mais elle est aussi Sarah Holloway, l'étoile du théâtre londonien.
Rafe dévisagea Nicholas, puis Sally.
— Tu dois te tromper.
— Sarah Holloway, insista Nicholas. La comédienne adorée du public durant trois saisons – ou quatre ? – avant sa mystérieuse disparition. Je reconnaîtrais entre mille cette chevelure flamboyante et cette magnifique paire de…
— Nicholas, gronda Rafe.
— … de bras.
— Sally Holt ne peut pas être Sarah Holloway, intervint Thea. Les initiales sont identiques, d'accord, mais Sally a toujours vécu ici. Peut-être l'avez-vous vue jouer dans les environs avec des comédiens amateurs, et ses cheveux roux vous auront induit en erreur. Il paraît que Sally est douée pour le théâtre.
— Non, impossible. Je ne suis pas venu à Brinkley End depuis une éternité.
Les bras croisés, Rafe observait Sally qui, crispée, les écoutait.
— Vous n'avez jamais pensé à m'en parler, lui lança-t-il d'un ton accusateur.
— Vous n'avez jamais pensé à me poser la question. Après que vous avez quitté l'Angleterre, je suis allée à Londres, ce n'est pas un secret.
— Et vous êtes devenue une comédienne célèbre ?
— Ce n'est pas non plus un secret.
Une réponse hypocrite, car Sally savait pertinemment que la plupart des habitants du comté et des villages voisins ne s'aventuraient pas hors de leur paroisse et lisaient rarement les gazettes. Le milieu

du théâtre londonien leur était étranger. Sally Holt était issue de ce monde rural ; quand elle était revenue ici après quelques années d'absence, on l'avait accueillie sans réserve.

— Vous êtes donc la célèbre comédienne qui s'est un jour évanouie dans la nature, dit Thea. Est-ce pour cette raison que lord Ventnor a été si choqué de vous voir ici ?

— Ventnor, répéta pensivement Nicholas. Il était le protecteur de Sarah Holloway. Il a fait d'elle une étoile, en marchant pour cela sur les plates-bandes de nombreuses actrices.

— Ventnor était votre protecteur ? articula Rafe.

Sally se détourna.

— Si vous n'avez plus besoin de moi, monsieur le comte, je dois préparer la chambre de votre invité.

— Je croyais que Ventnor et vous étiez brouillés à cause de Katharine, s'étonna Thea.

— Il doit y avoir autre chose, rétorqua Nicholas. Une rumeur courait à Londres. On murmurait que Mlle Holloway avait, entre autres, une aventure avec l'épouse de lord Ventnor.

— C'était un mensonge ! s'écria Sally.

— Mlle Holloway a disparu peu de temps après ça.

Un silence de plomb s'abattit sur le salon. Durant cet échange, Martha s'était encadrée sur le seuil de la pièce. Elle observait la scène, le visage fermé. Sally se taisait, les joues rouges.

Nicholas tendit les mains vers elle.

— Oh, je suis navré, ma chère. Je croyais que tout le monde savait que vous étiez… À Londres, on…

Thea lui décocha un regard outré.

— Vous pouvez être navré, monsieur ! Colporter ces ragots, prétendre que Sally avait une aventure avec une femme ! C'est évidemment faux.

Les paroles naïves de Thea demeurèrent en suspens dans l'air. Tous baissèrent le nez, gênés.

Sally s'éclaircit la gorge.

— J'avais effectivement des aventures féminines. C'est plus fréquent qu'on ne l'imagine, Thea, mais personne n'en parle, parce que les puissants préfèrent cacher les femmes comme moi. Ouvrez les yeux et vous vous en rendrez compte, ajouta-t-elle avec un sourire amer. Maintenant que lord Luxborough le sait, il va me mettre à la porte.

Rafe ne l'écoutait pas. Appuyé contre le rebord de la fenêtre, il regardait dans le vide. Ventnor avait été le protecteur de Sally, qui avait été la dame de compagnie de Katharine... Ventnor avait voulu enfermer Katharine... Katharine était morte alors que Rafe et Sally veillaient sur elle...

Les autres parlaient des inclinations de Sally comme si cela avait une quelconque importance. S'ils avaient rencontré quelques-uns des êtres humains qu'il avait croisés durant ses pérégrinations à travers le monde, ils ne se seraient pas offusqués pour si peu.

— Vos préférences étaient connues dans certains cercles londoniens, fit remarquer Nicholas en reprenant sa tasse de thé. Vous sembliez même les afficher. Beaucoup d'hommes ont eu le cœur brisé, ajouta-t-il, s'adressant à Thea. Certains ont perdu gros en pariant qu'ils réussiraient à la ramener dans le droit chemin.

— Voici venir le sermon sur le péché, railla Sally. Montrez-nous les flammes de l'enfer, faites-nous frémir.

— Je vais vous décevoir, ma chère, rétorqua Nicholas, dont les yeux pétillaient. Je connais trop bien la merveilleuse et déconcertante diversité de la nature humaine pour porter un jugement sur nos façons d'aimer nos semblables.

— En tout cas, sachez que je n'avais pas de liaison avec lady Ventnor, déclara Sally. Elle désirait parler de Katharine, mais comme son époux le lui avait interdit, nous nous rencontrions secrètement. Percy Russell nous a surprises. C'est lui qui a lancé les rumeurs.

— Sur sa propre mère, commenta Nicholas avec dégoût. Le sale petit morveux.

— Ventnor était profondément perturbé par ces ragots, et il m'a ordonné de quitter Londres. J'ai refusé, alors il m'a envoyé un individu armé d'un poignard qui a menacé de me taillader la figure si je ne partais pas.

— Seigneur ! soupira Thea. Que lord Ventnor ait cru ces ragots au sujet de son épouse et de vous... c'est inouï. Pourquoi les gens sont-ils si crédules ? Ça me rend malade.

— Oh, il n'y croyait pas, rétorqua Sally. Mais on se moquait de lui, ce qu'il ne supportait pas. Moi, je suis revenue ici. C'est ici que j'ai mes racines, et je me suis rendu compte qu'il valait mieux être en paix chez moi que célèbre à Londres.

Elle s'interrompit et chassa d'une chiquenaude une poussière imaginaire sur son pantalon.

— Madame et messieurs... si l'interrogatoire est terminé, j'ai du travail.

— Il n'est pas terminé, articula soudain Rafe.

Il ne voyait pas les visages tournés vers lui – Thea, Nicholas et Martha –, ne regardait que Sally, ses cheveux roux, son beau visage et ses yeux voilés. Sally, qui s'était métamorphosée après la mort de Katharine, qui avait accepté l'aide de Ventnor.

Sally, qui tournait de nouveau les talons pour sortir. Elle était rapide, mais Rafe l'était encore plus. En deux enjambées, il combla la distance qui les séparait. Martha, quant à elle, entra dans la pièce, ferma la porte et, telle une sentinelle, se campa devant le battant.

— Quels services avez-vous rendus à Ventnor en échange de sa protection ? demanda Rafe.

Les lèvres pincées, Sally détourna le regard.

— Il a enfermé ma femme dans un asile effroyable. Je l'en ai délivrée, et ensuite Ventnor m'a écrit toutes les semaines. Il voulait que je la ramène dans cet enfer, il colportait des mensonges sur mon compte au lieu de s'occuper de sa fille. C'est avec cet homme-là que vous vous êtes liée d'amitié ?

— Nous n'avons jamais été amis, protesta-t-elle d'un ton âpre.

— Pourtant, il vous a récompensée ! Qu'avez-vous fait à Katharine pour qu'il vous récompense ?

Assourdi par les battements de son cœur, Rafe serrait les poings. Il entendit vaguement Thea prononcer son nom, mais n'y prêta pas attention. Plus rien n'existait, hormis Sally et le remords qu'il lisait sur ses traits.

Tremblante, Sally cacha son visage dans ses mains. Un hoquet la secoua. Quand elle releva la tête, ses yeux étaient mouillés de larmes.

— J'ai toujours su, murmura-t-elle avec un petit rire désespéré, que le jour viendrait où mon passé me rattraperait, avec son cortège de honte et de chagrin.

— Qu'on ne vous ait pas reconnue plus tôt est surprenant, intervint Nicholas. Vous étiez une comédienne célèbre, ma chère, et une adepte déclarée du saphisme.

— Et je n'en ai pas honte, quand bien même on voudrait que je me couvre la tête de cendre. Non... ce qui me hante est antérieur à cette période de ma vie.

Elle regarda Rafe droit dans les yeux.

— Avant Londres, il y avait Katharine, marmonna-t-il.

— En effet.

— Que lui avez-vous fait ? lança-t-il d'une voix sifflante.

Un sourire d'une infinie tristesse erra sur les lèvres de Sally.

— Je l'aimais. Voilà ce que je lui ai fait. J'aimais Katharine, et c'est à cause de ça qu'elle est morte.

20

Rafe s'appuya contre le mur. Ses jambes ne le soutenaient plus. Sally racontait des balivernes. Des âneries. Il devait le dire à Thea, qui les observait avec des yeux ronds et pleins de sollicitude ; le crier à Nicholas qui, assis au bord de son siège, se penchait vers eux, dégoulinant de compassion ; le hurler à Martha qui, cramponnée à une chaise, tambourinait machinalement sur le dossier.

Katharine était morte parce que Rafe n'avait pas su prendre soin d'elle. Jour après jour, durant des années, il l'avait déçue. Une rage glacée l'envahit, contre Sally qui essayait de lui voler son rôle de coupable.

Mais quand elle s'effondra dans un fauteuil et resta là comme une pénitente vaincue, tête basse et les mains nouées, Rafe oublia aussitôt sa fureur. Que Sally ait raison ou tort, elle était convaincue de dire la vérité.

— Katharine n'a jamais su combien je l'aimais, reprit-elle d'une voix sourde. L'amour inexprimé n'en est pas moins réel. Tomber amoureux d'un être inaccessible… c'est vieux comme le monde.

— Mais Ventnor…

— Il ne m'a pas accordé de récompense, le coupa-t-elle avec un soupir las. Je le faisais chanter.

Brusquement, comme si le mur l'avait poussé dans le dos, Rafe se mit à arpenter le salon.

— Au sujet de la maladie de Katharine ? Si les gens ne me croyaient pas quand je leur disais la vérité, que pouvait-il redouter ?

— Ce n'est pas ça. Vous l'avez dit : Ventnor avait peur qu'on apprenne de quoi souffrait Katharine. Qu'elle vive à l'écart du monde, au fin fond de la campagne, ne lui suffisait pas. Il voulait qu'elle soit enfermée dans un asile et qu'elle y moisisse.

Sally ferma brièvement les paupières.

— Il a chargé deux de ses sbires de l'enlever.

Thea, Nicholas et Martha laissèrent échapper une exclamation. Rafe s'arrêta net, interloqué.

— Nous faisions une promenade dans les bois, poursuivit Sally. À un moment, elle m'a distancée. Je l'ai entendue crier, j'ai couru, et je l'ai trouvée aux prises avec deux hommes. J'avais mon pistolet, j'ai tiré sur l'un des deux types, que j'ai touché à l'épaule. J'ai visé l'autre, mais... ils se sont enfuis.

— Pourquoi ne m'avez-vous rien dit ? s'insurgea Rafe.

— Je pensais pouvoir la protéger moi-même.

— Vous auriez dû me prévenir.

Sally ne répondit rien. Le pouce droit enfoncé dans sa paume gauche, elle fixait le vide. Le passé. Ce passé qui les escortait obstinément et qui, même dans cette pièce lumineuse, étendait sur eux son ombre maléfique. Du vivant de la mère de Rafe, les murs du salon étaient vert sauge. Il revoyait sa famille dans ce décor, sa mère délicieusement exubérante, son père si indulgent, ses frères qui ne tenaient pas en place. Et l'incessant défilé des invités. Tant de gens étaient passés dans cette pièce – autant d'histoires ensevelies dans le silence de mots qui n'avaient pas été prononcés, d'émotions étouffées.

— Quand nous vivions dans la maison de la douairière, reprit Sally, Katharine était calme. Elle était elle-même. Magnifique.

— Comme un cheval sauvage, dit Rafe.

Le regard de Sally s'éclaira.

— Oui, exactement. Ce furent les mois les plus heureux de ma vie. Mais vous cherchiez de nouveaux traitements, vous envisagiez de l'emmener sur le continent.

— Je voulais qu'elle reçoive les meilleurs soins.

— Vous rappelez-vous que j'ai proposé de vous accompagner ? Vous avez répondu qu'il n'était pas nécessaire de me déraciner, que vous engageriez une autre dame de compagnie. Mais je serais volontiers allée jusqu'au bout du monde pour ne pas quitter Katharine.

Désespéré, Rafe se tourna vers Thea. Ils se regardèrent, et il faillit courir se blottir dans ses bras. Mais quand elle se redressa à demi, comme si elle entendait son appel, il se retourna pour faire face à la fenêtre.

— Je suis navré..., murmura-t-il à son reflet dans la vitre. Si j'avais su ce que vous ressentiez...

— Je me disais que si vous le saviez, vous me chasseriez, répondit Sally avec amertume. Et si vous aviez su ce que Ventnor manigançait, vous auriez emmené Katharine loin d'ici. C'était égoïste de ma part, mais j'étais tellement sûre de pouvoir la protéger que je n'ai rien dit.

— Vous l'avez sauvée, dit alors Thea.

À cet instant, un grand oiseau se posa sur la pelouse et gonfla ses plumes de jais. Un autre oiseau le rejoignit.

— Les corbeaux, murmura Rafe.

— Oui…, acquiesça Sally. Le lendemain de l'incident, Katharine les a vus : une dizaine de corbeaux, dans l'arbre devant sa fenêtre.

Rafe pressa ses doigts sur le carreau, comme pour repousser le souvenir de ce lointain après-midi, des nuages d'orage au-dessus de leurs têtes, de la voix de Katharine : « Tu es aussi mauvais, aussi cruel qu'un corbeau. »

— Elle s'est persuadée qu'ils étaient là pour elle, pour lui faire du mal, poursuivit Sally. Les phrases qu'elle soulignait dans ce maudit roman gothique le confirmaient, selon elle. Elle a fini par croire que vous aviez engagé les ravisseurs. J'ai caché le livre, elle l'a retrouvé. J'ai mis du laudanum dans son verre, mais elle a dû ruser et ne pas l'avaler.

— Ensuite, elle a vu un corbeau tuer un moineau.

Il se retourna. Sally le dévisagea.

— J'ai commis une erreur de jugement. Je ne me le pardonnerai jamais. Je l'aimais, et je l'ai tuée. Si je vous en avais parlé, si j'avais été moins égoïste…

Si… et si… Avec des « si », on réécrivait l'histoire.

— Cette tentative d'enlèvement… Elle devait être terrifiée.

— Vous auriez été fier d'elle, rétorqua Sally avec un pauvre sourire. Elle s'est battue comme une lionne. L'un de ces types a dans l'épaule le trou qu'a laissé la balle de mon pistolet, mais l'autre a l'empreinte des dents de Katharine gravée à jamais sur sa peau.

L'image de Katharine se battant contre les hommes de Ventnor fit grimacer Rafe.

— Que d'efforts nous avons déployés pour ne pas la perturber ! soupira-t-il. On me le recommandait. Calme, routine, soleil… Pendant plusieurs mois, elle a mené une vie normale, sans avoir de crise. Et puis, à cause de Ventnor et de ses sbires…

— C'est lui le coupable, l'interrompit Thea. Ni vous ni Sally n'êtes responsables de cette tragédie. Ventnor a causé la mort de sa fille, et il n'en a probablement aucun remords.

— Oh non ! cracha Sally avec un mépris cinglant. Il a même osé dire que sa mort réglait son problème.

Elle inspira profondément, puis se leva.

— Monsieur Rafe... euh... monsieur le comte, je suis terriblement navrée. Depuis votre retour, j'ai essayé de me racheter. J'ai gardé cette maison prête à accueillir une nouvelle épouse pour que vous y bâtissiez un foyer heureux. Mais là aussi, c'était de l'égoïsme. Je pensais que si vous réussissiez à vous libérer du passé, je le pourrais peut-être aussi. À présent, je vais vous quitter.

Rafe secoua la tête. Se libérer du passé ? Il s'était pour cela réfugié au fin fond de la jungle, pour découvrir que le passé l'attendait là. Instinctivement, il tourna les yeux vers Thea, mais cette fois il fut incapable de soutenir son regard. Il avait la sensation que les murs se rapprochaient, que du plomb se répandait dans ses membres.

Nicholas se redressait, Martha fronçait les sourcils, Thea prononçait son nom, l'écho de sa voix résonnant dans le vide de son crâne.

— J'ai... j'ai besoin de réfléchir, bredouilla-t-il.

En passant près de Sally, il lui étreignit l'épaule.

— Vous l'aimiez, c'est bien. Elle méritait d'être aimée.

Sur ce, commandant à ses jambes d'avancer, il s'éclipsa.

Le hall lui parut aussi étouffant que le salon. Hébété, il se dirigea vers l'imposante porte d'entrée. La voix de Thea, qui l'appelait, s'enroula autour de lui comme une corde. Si seulement le reste du monde pouvait être anéanti ! Thea et lui seraient les seuls survivants, elle dissiperait les ténèbres.

Il pivota et la regarda s'approcher de lui de son pas léger. Elle posa la main sur sa poitrine, et il effleura sa joue – c'était si naturel.

— Ce n'était pas votre faute, vous n'y êtes pour rien, murmura-t-elle en scrutant son visage.

À cet instant, Nicholas les rejoignit, et ils s'écartèrent l'un de l'autre dans un futile simulacre de bienséance.

— Pardonnez-moi, marmonna Rafe, mais j'ai besoin d'être seul pour réfléchir.

— Prends ton temps, répondit gentiment Nicholas. Pense surtout que Katharine n'est pas morte par ta faute. Ni par celle de Sally. Pendant toutes ces années, tu t'es raconté une histoire qui n'est pas vraie. C'est ce que j'ai si souvent essayé de te faire comprendre.

Rafe émit un rire incrédule.

— Oh non, mon vieux, ne me dis pas que tu avais imaginé un imbroglio pareil.

— Pas exactement. Pas du tout, même. Mais j'étais certain que tu avais fait le maximum pour Katharine.

— Ce n'était pourtant pas suffisant.

Nicholas et Thea échangèrent un regard, puis Rafe s'éloigna, ses pieds foulant le damier du sol. Il était écartelé entre plusieurs tentations : se ruer à Londres et déchiqueter Ventnor, prendre Thea dans ses bras et se perdre en elle, plonger dans le lac et nager jusqu'à l'épuisement, tomber à genoux et pleurer toutes les larmes de son corps.

— Mademoiselle Knight, auriez-vous la bonté de nous accorder un instant ? demanda Nicholas.

— Bien sûr.

Rafe regarda Thea regagner le salon et attendit que l'ourlet de sa robe ait disparu pour reporter son attention sur Nicholas, qui lui sourit.

— Notre Mlle Knight est vraiment adorable, n'est-ce pas ?

— Tu choisis ce moment pour jouer les marieurs ? grogna Rafe. Tu es vraiment impossible. Oui, elle est adorable, mais je te rappelle qu'elle est là uniquement pour me permettre d'obtenir les fonds nécessaires à mon entreprise de produits médicaux. Si tu veux des mariages heureux et des hordes de bambins, va tarabuster Christopher et laisse-moi tranquille. Je suis celui qui n'a pas su protéger sa première femme contre son père.

Il se détournait quand Nicholas referma sur son bras une main étonnamment ferme.

— Figure-toi, mon garçon, que je m'interroge sur ce projet de fabriquer des médicaments. Je me demande si tu ne désires pas sauver tes semblables parce que tu n'as pas pu sauver Katharine. Pendant des années, tu as dû regarder, impuissant, souffrir celle que tu aimais. Mais sache que Katharine est morte malgré ton amour, et non à cause de lui.

Rafe, qui avait de nouveau du mal à respirer, regarda la porte.

— Quel est le but de ce sermon ?

Nicholas sourit.

— Tu es retombé amoureux, et tu as peur.

— Pas du tout.

Mais Nicholas n'avait pas complètement tort. Rafe sentait frémir en lui quelque chose qui ressemblait vaguement à de la peur. Pour lui, la peur était d'ordinaire une secousse violente, une créature qui vous sautait dessus, munie de crocs et de griffes ou de pistolets et de poignards. Ce qu'il éprouvait était différent. C'était l'angoisse que lui inspiraient les tourments de Katharine, qui l'étreignait quand il ne pouvait pas dormir à force de chercher des solutions. L'angoisse qui le transformait en statue de pierre incapable de bouger et de respirer.

— Excuse-moi, marmonna-t-il. J'ai besoin d'être seul.

Nicholas opina, lui lâcha le bras, et Rafe sortit enfin à l'air libre.

Immobile devant une fenêtre du salon, Thea regarda Rafe traverser à grands pas le jardin en direction des bois, pour rejoindre sa serre et ses chères plantes. Quand il eut disparu, elle se tourna vers Sally et Martha, assises côte à côte.

— Voilà pourquoi vous redoutiez que je ne vous renvoie, dit-elle à Sally. À cause de vos secrets.

— Je ne peux pas vivre ici. Je suis coupable.

— Non ! protesta Thea. Ce n'est pas votre amour qui a tué Katharine, ce sont les préjugés de Ventnor. Personne ne vous accuse.

— Je suis coupable.

Martha posa sa main sur celle de Sally.

— Tu l'aimais.

— Oui..., souffla Sally. Je lui répétais qu'elle était malade parce qu'elle avait une si belle âme que son corps ne pouvait pas la contenir.

— Et quand elle est morte, tu as dû cacher ton désespoir, dit Martha.

— Tout m'était indifférent, murmura Sally. Comme je ne supportais plus d'être ici, je suis partie à Londres. Je ne pouvais pas détruire Ventnor, alors je me suis servie de lui. Quand il m'a offert sa protection – je crois bien que ça l'excitait –, j'ai décidé de vivre à ma guise. Après tout, le secret ne m'avait pas porté chance. Mais, finalement, j'ai dû m'enfuir encore.

— Une raison supplémentaire de haïr Ventnor, qui vous a chassée de Londres et privée de votre art, rétorqua Thea.

Soudain, un sourire éclaira le visage de Sally.

— L'homme qui a menacé de me défigurer était celui sur lequel j'avais tiré. Il m'a expliqué que son épaule le faisait souffrir. Je lui ai dit que j'en étais désolée et que je regrettais de n'avoir pas visé le cœur.

Elle soupira, secoua la tête.

— Je parle comme si j'étais courageuse, alors que je n'ai même pas eu le cran de dénoncer Ventnor. Je peux seulement veiller sur ceux qui m'entourent.

— Tu ne t'es plus autorisée à aimer, dit Martha avec douceur. Mais de l'eau a coulé sous les ponts. Le passé ne doit pas te ligoter pour toujours.

Les deux femmes échangèrent un regard d'une troublante intimité. Thea se retourna vivement vers la fenêtre, scruta la lisière des bois. Comme elle regrettait de s'être querellée avec Rafe, d'avoir perdu tout ce temps...

— Si seulement nous pouvions montrer au monde qui est vraiment Ventnor, dit-elle en pivotant vers ses interlocutrices. Tout cela est trop injuste ! Vous avez été menacée, Sally. Katharine est morte, Rafe est calomnié, et moi, j'ai été chassée de chez moi. Ventnor, Percy Russell et leurs acolytes poursuivent allègrement leur chemin, tandis que nous vivons comme des exilés à cause d'eux.

— Qui sommes-nous pour affronter un puissant vicomte ? rétorqua Sally. Une actrice qui aime les femmes, une étrangère et une réprouvée.

Une réprouvée nantie d'une petite fortune, corrigea mentalement Thea. Jusque-là, elle ne s'était pas autorisée à penser à l'argent que Rafe lui avait obtenu – son père serait fâché qu'elle empoche sa dot alors qu'elle était toujours célibataire. Mais quinze mille livres... Ah, le pavé qu'avec cet argent elle jetterait dans la mare ! Son pamphlet serait le premier pas. Ensuite, elle s'attaquerait à lord Ventnor et trouverait le moyen de lui gâcher la vie. Et après... Bah, les scélérats à écrabouiller ne manquaient pas sur cette terre.

Et peut-être qu'un jour, le récit de ses exploits parviendrait jusqu'au Somersetshire, jusqu'à Rafe. Alors il...

« Non, ne commence pas à échafauder des rêves qui ne se réaliseront pas », se tança-t-elle. L'optimisme, d'accord, mais à condition de ne pas se bercer d'illusions. Rafe voulait rester en marge de la société. C'était son choix, si regrettable fût-il. Elle se concentrerait sur ce qu'elle pouvait accomplir et garderait ses chimères pour les histoires fantastiques qui jaillissaient de sa plume.

Rafe se dirigeait comme un automate vers sa serre quand, brusquement, il s'engagea sur un autre sentier qui débouchait dans la petite clairière.

Il s'accroupit près de la tombe de Katharine et écarta avec précaution les feuilles des belles-de-jour pour relire l'épitaphe qu'il avait fait graver dans la pierre : « Venez à moi, et je vous donnerai le repos. »

Peut-être avait-il choisi ces mots pour lui-même et non pour Katharine. Dans son chagrin et ses remords, l'idée que Katharine pourrait trouver la paix le consolait.

Les années avaient passé, et les voyages avaient usé son désespoir. Le chagrin ne durait pas éternellement. Il avait pleuré la mort de sa femme, de son père, de son frère, puis les larmes s'étaient taries. Mais la culpabilité... ce sentiment-là ne s'effaçait jamais. Il vous rappelait sans cesse l'injustice du destin.

Il laissa retomber les fleurs sur la tombe et se redressa. Il avait planté cette belle-de-jour le jour où il avait quitté l'Angleterre et ne s'en était jamais occupé depuis. Elle s'était beaucoup développée, et il s'aperçut soudain qu'on l'avait disciplinée afin qu'elle recouvre la tombe. L'herbe, tout autour, était coupée. La pierre tombale était propre.

Quelqu'un, qui n'était pas lui, entretenait la tombe de Katharine.

Sally, forcément.

Il n'avait jamais deviné qu'elle aimait Katharine. Elle l'avait bien caché, et lui avait manqué de finesse. Il fouilla dans sa mémoire, exhumant des images d'autrefois. Katharine et Sally disputant une partie de croquet sur la pelouse, jouant du pianoforte le soir et chantant à l'unisson, tandis que Rafe et John discutaient en sirotant leur porto. Katharine et Sally penchées sur le même livre ou le même ouvrage.

— Tu étais aimée, murmura-t-il à la tombe. Tu étais passionnément aimée.

Rafe se détourna et s'éloigna. Il marcha, parcourut des kilomètres jusqu'au crépuscule, puis rentra. Dans le hall, il entendit des voix dans la salle à manger : Thea et Nicholas, Sally et Martha, qui dînaient et bavardaient. Il monta l'escalier. Une collation l'attendait dans ses appartements. Il y toucha à peine, hébété et épuisé d'avoir ressassé ses souvenirs. Il avait été sûr que le passé était immuable, mais cette nuit-là, pendant qu'il dormait, son passé se disloqua pour se reconstruire autrement.

Lorsque Rafe se réveilla, le soleil se faufilait dans la chambre. Il fit sa toilette et s'habilla. Le silence qui enveloppait la maison l'étonna, puis il se rappela qu'on était dimanche. Peu de domestiques travaillaient ce jour-là, et Nicholas devait assister à l'office. Martha, qui était catholique, fréquentait l'église d'un autre village, et Sally avait pris l'habitude de l'accompagner. Thea était probablement avec elles, ou peut-être avec Nicholas.

À moins qu'elle ne soit partie pour de bon.

Il prit une cravate impeccablement repassée dans un tiroir plein de cravates impeccablement repassées. Il jeta un regard circulaire autour de lui : tout était d'une propreté irréprochable. Il sortit dans le couloir désert, au plancher ciré, et s'approcha des fenêtres qui donnaient sur le jardin. Il y avait un nombre ahurissant de fenêtres dans cette demeure – une extravagance de son père, étant donné que l'impôt sur les portes et les fenêtres était ruineux –, cependant les vitres étincelaient. Les chandeliers muraux étaient astiqués.

Il ouvrit la porte de chambre voisine, où l'on avait installé Nicholas. Tout y avait été remis en ordre. Rafe poursuivit son inspection et découvrit dans chaque pièce la même chose : les tentures étaient tirées pour conserver la fraîcheur, tout était propre et bien rangé. On aurait pu croire que la maison attendait le retour imminent d'une famille nombreuse et de ses invités.

« J'ai gardé cette maison prête à accueillir une nouvelle épouse pour que vous y bâtissiez un foyer heureux… Je pensais que si vous réussissiez à vous libérer du passé, je le pourrais peut-être aussi », avait dit Sally.

Et Thea était arrivée.

Elle s'était insérée dans ce décor comme si c'était elle que la maison attendait. Thea, une réprouvée affublée des vêtements de sa sœur, une fille de marchand qui avait appris à se mouvoir et à s'exprimer comme une lady, une survivante optimiste qui avait, pour réparer sa vie, un plan où Rafe n'avait pas de place.

Allongeant le pas, il se dirigea vers les appartements de Thea. Il frappa à la porte. Pas de réponse. Elle ne serait tout de même pas partie sans dire au revoir ?

Le cœur serré, il ouvrit la porte du boudoir. Les affaires de la jeune femme étaient encore là. Il s'approcha de la fenêtre et contempla le jardin, les bois et les prés. Tout à coup, il perçut un éclair jaune à la lisière de son champ de vision.

Une femme aux cheveux châtains et en robe bouton d'or flânait entre les parterres fleuris.

Rafe appuya son front contre la vitre.

S'il avait été un autre homme, il se serait promené avec elle en plein soleil.

Soudain, il se rappela que tout avait changé et que, par conséquent, lui aussi était capable de changer. S'il le décidait.

Il pouvait continuer à vivre dans la peur de voir souffrir un être aimé. Ou il pouvait choisir d'être un autre homme.

Il s'écarta de la fenêtre et sortit du boudoir en courant.

21

Rafe trouva d'abord un chapeau de paille et un châle jaune abandonnés sur un banc. Il posa sa cravate à côté et continua de marcher.

Plus loin, il découvrit des escarpins et des bas. Il se débarrassa de ses bottes et, pieds nus, poursuivit son chemin.

Enfin, il trouva Thea.

Elle flânait dans les jardins en fredonnant. Elle avait relevé ses cheveux, mais des bouclettes s'échappaient de son chignon. Ses pieds menus étaient blancs dans l'herbe verte, sous l'ourlet jaune.

Tout au plaisir de regarder les papillons voleter dans un jardin fleuri par une belle journée d'été, elle ne pensait sans doute pas à lui. C'était la force formidable de la survivante qu'elle était : elle avait le don de faire du monde ordinaire un lieu enchanté. Malgré les avanies qu'elle avait subies, personne ne lui avait enlevé ce talent-là, et personne ne le lui enlèverait, Rafe y veillerait.

Il se sentit soudain extraordinairement léger. Il avait envie de danser. Les couleurs étaient subitement plus éclatantes, la lumière plus vive, le parfum du chèvrefeuille plus entêtant.

Thea ne semblait pas consciente de sa présence, cependant il la suspectait de l'avoir vu – elle avait redressé les épaules. Sans lui lancer un coup d'œil, elle passa derrière une haie.

Il attendit, immobile. La chevelure châtain apparut au-dessus de la haie, puis un front et des yeux bleus qui souriaient. Dès que leurs regards se croisèrent, Thea se baissa.

Amusé, il voulut la rattraper. Elle s'échappa pour s'arrêter bientôt devant des lis orange. Rafe s'approcha.

— Vous avez semé des vêtements dans le jardin comme autant de petits cailloux blancs.

— Ce n'est pas convenable, et le soleil va me gâter le teint, je sais, pouffa-t-elle. Mais c'est tellement agréable, n'est-ce pas ? L'air est si pur, le ciel si vaste et la campagne si belle ! Je n'aurais plus rien de tout cela à Londres.

— Londres, marmonna-t-il, enfonçant ses ongles dans ses paumes.

— Je dois partir demain, si je veux que mon pamphlet soit distribué avant la fête costumée du prince régent. Ne vous inquiétez pas, je ne vous importunerai bientôt plus.

— Vous ne m'importunez pas.

— Non, puisque nous ne nous voyons pas. Je suppose que, pour vous, je suis déjà loin.

— Vous ne quittez jamais mon esprit.

Lentement, elle se tourna vers lui. Il lut une question dans ses yeux pervenche.

— Jamais, répéta-t-il.

Un sourire éclaira le visage de Thea.

— Vraiment ?

— Vous ne me laissez aucun répit.

— Tant mieux. Vous méritez qu'on vous tourmente sans pitié.

Elle tressaillit et pressa une main sur sa bouche.

— Oh, ce n'est pas ce que je voulais dire. Vous ne méritez pas ça, vous n'avez que trop souffert, vous... Je suis désolée, je parle à tort et à travers, je...

— Calmez-vous, Thea. Je sais ce que vous vouliez dire.

— Est-ce que vous... euh... L'évêque m'a prévenue que vous aviez besoin de solitude, et je comprends que c'est votre nature, mais je m'inquiétais. Vous allez bien ?

— Je vais très bien, répondit-il, et il se rendit compte que c'était vrai. J'étais persuadé qu'on ne pouvait pas réécrire le passé, mais je découvre qu'il n'est pas gravé dans le marbre. Si nous le regardons sous un autre angle, nous découvrons des choses que nous ne soupçonnions pas, alors tout change. C'est aussi ce que vous voulez, n'est-ce pas ? Amener vos parents à reconsidérer leur position.

— C'est donc possible, selon vous ? demanda-t-elle d'une voix vibrante.

— Si j'avais réellement le pouvoir de modifier le passé, personne ne vous blesserait. Si je le pouvais, je transformerais le monde et la vie pour que vous ne soyez plus jamais malheureuse.

— Si je le pouvais, je ferais la même chose pour vous.

Il n'osait pas la toucher, pas encore, pas au moment où elle devait choisir. Il se borna à effleurer un lis orange et attendit.

Un papillon aux ailes du même bleu pâle que le ciel se posa alors sur le dos de sa main. Thea se rapprocha pour l'admirer.

— Quand un papillon se pose sur vous, murmura-t-elle, c'est que la chance vous sourit. Faites un vœu, le papillon s'envolera et votre souhait sera exaucé.

— Je ne connaissais pas ce dicton, répondit-il d'une voix éraillée.

— Évidemment, puisque je viens de l'inventer.

— Si vous l'avez inventé, ce doit être vrai.

Elle sourit, les yeux rivés sur sa bouche. Lui aussi souriait, de son sourire à fossette.

— Vous ferez un vœu ? demanda-t-elle.

Il s'exécuta et formula un souhait tellement impudent que le papillon s'envola aussitôt. Rafe suivit du regard cet idiot qui partait dans la mauvaise direction, car son vœu était là, devant lui, et disait tout bas :

— Regardez... il a laissé des empreintes.

— Mmm ?

Thea toucha le dos de sa main, et le frôlement de ses doigts laissa effectivement sur sa peau une empreinte brûlante. Il referma sa main sur la sienne.

— Je vais vous dire ce que j'ai souhaité.

— Un vœu doit rester secret.

— Mais il faut que je vous révèle le mien, sinon il ne se réalisera pas. Qu'en pensent les papillons ?

À cet instant, un autre papillon – ou peut-être était-ce le même – voleta autour d'eux. Thea observa sa danse légère, puis regarda Rafe.

— Celui-ci vous répond : « D'accord. »

— Je souhaite...

Son véritable vœu était trop grave pour qu'il confie à un papillon le soin de l'exaucer. Il palpitait dans son cœur, tendre et timide.

— Je souhaite vous embrasser.

Ce n'était qu'une partie de la vérité.

— C'est cela, votre vœu ?

Était-elle contente ou déçue ? Il ne savait pas trop. Peut-être devait-il lui avouer ce qu'il désirait vraiment, car s'il se taisait, elle partirait pour Londres dès le lendemain. Mais il n'avait pas le courage de parler. Thea était résolue à partir. Sa réponse changerait tout, et si ce n'était pas celle qu'il espérait, ils ne se reverraient plus jamais. Tout serait perdu.

— Puis-je vous embrasser ?

Elle entrouvrit les lèvres, sans cesser de le dévisager.

— Le papillon vous répond : « Oui… », souffla-t-elle.

Mais il ne l'embrassa pas. Pas tout de suite. Il voulait que chaque seconde dure une éternité.

De ses doigts tremblants, il repoussa la mèche vagabonde qui s'échappait toujours du chignon de sa compagne, effleura le satin de son cou. Il lui sembla sentir son pouls, qui battait aussi vite que le sien. Penchant la tête, il baisa sa tempe. Elle laissa échapper un soupir affolant.

Alors il promena ses lèvres sur sa joue, et le parfum de sa peau l'enivra. Elle soupira de nouveau.

— Vous me provoquez, se plaignit-elle.

— Pourquoi ?

Elle renversa la tête, et il sema des baisers le long de son cou de cygne.

— Votre vœu ne précisait pas où vous désiriez m'embrasser, murmura-t-elle d'une voix essoufflée.

— Je n'ai pas tout dit, je ne voulais pas froisser la sensibilité du papillon.

— Si les papillons connaissent les vœux les plus ardents des humains, ils ne peuvent pas être trop délicats, sinon ils seraient tellement choqués qu'ils en tomberaient du ciel.

— Si je disais que j'ai souhaité vous embrasser… partout… serait-ce choquant ? interrogea-t-il en déposant un baiser au creux de sa gorge.

— C'est inutile… Quand vous m'embrassez ici ou là, je sens vos lèvres dans toutes les fibres de mon corps.

— Et cela vous plaît ?

— Je ne m'en lasse pas. Je suis aussi gourmande de vos baisers que de sabayon.

— Ils sont bien meilleurs que le sabayon.

— Je n'en suis pas certaine.

C'était une invite. Il effleura son décolleté, le renflement de ses seins, puis sa bouche affamée goûta sa peau satinée, divine. Soupirant encore, elle agrippa ses cheveux.

— Vous sentez ma bouche partout sur votre corps ?

— Comme si vos baisers s'insinuaient dans mes veines et allaient se nicher dans des endroits… inattendus, souffla-t-elle en rougissant.

— Ils ne sont pas inattendus, pas du tout.

Titubant quelque peu, Rafe recula pour s'asseoir sur un muret de pierre, afin que leurs visages soient à la même hauteur. Thea se glissa sans hésiter entre ses cuisses. Il la tenait par la taille, et elle pressa ses mains fines sur son torse. Il ferma les yeux, savourant la chaleur du soleil, le bourdonnement paresseux des insectes, et les mains de Thea qui exploraient ses épaules et sa poitrine.

— Votre cœur bat fort.

— À cause de vous… Parce que je vous veux.

— Mmm…

Elle enfonçait ses ongles dans le tissu de la chemise, comme si elle essayait de le déchirer. Rafe vit sur son visage une expression féroce qui l'enflamma.

— Vous aimez ça…, grogna-t-il. Cela vous plaît que je sois fou de désir pour vous.

— Quel être n'aurait pas envie d'être désiré par la personne qu'il désire aussi ? Qu'il suivrait au bout du monde ?

Elle pressa ses lèvres sur son cou, le mordilla. Il grogna de nouveau, et ses mains quittèrent sa taille fine, irrésistiblement attirées par les globes de ses seins.

— Vous iriez au bout du monde pour moi ? demanda-t-elle.

— Vous m'y obligeriez ?

Au lieu de répondre, elle l'embrassa fiévreusement. Sa langue toucha la sienne, et quand elle hésita, ce fut lui qui s'empara de sa bouche, dans un baiser violent qui la fit frissonner tout entière. Lorsqu'elle s'écarta, il faillit gémir de dépit.

— Avez-vous aussi fait le vœu de me… caresser ? murmura-t-elle, plongeant ses yeux dans les siens. C'est que, voyez-vous, tous ces baisers…

Sans lui laisser finir sa phrase, il délogea un sein rond et blanc du décolleté et titilla son mamelon. Elle poussa un gémissement qui le rendit fou, et il dut fournir un effort surhumain pour ne pas lacérer cette satanée robe jaune.

Ils ne pouvaient pas faire l'amour s'ils n'étaient pas mariés. Alors, bien sûr, ils se marieraient. Mais encore fallait-il qu'il fasse sa demande, et encore fallait-il qu'elle dise oui.

— Thea, ma belle, ma douce… Nous ne devons pas…

— Mais j'en veux davantage. Je ne vous prendrai pas tout, je vous laisserai ce dont vous avez besoin. J'en veux juste un peu plus.

« Un peu plus » ne suffirait pas. Il voulait tout donner et tout prendre.

— Juste un peu plus de… de quoi ? bégaya-t-il.

— De vous. Je sais bien que vous avez parfois besoin de solitude, répondit-elle d'une voix tendre et implorante. Mais donnez-moi un peu de l'homme que vous êtes quand personne ne vous observe, que vous êtes vous-même.

Comme elle mordillait le lobe de son oreille, il émit un coassement qui la fit pouffer de rire, et malgré le désir douloureux qui le torturait, il rit aussi, heureux d'être vivant et d'être avec Thea. Lorsqu'elle le regardait dans les yeux, il croyait voir son âme et espérait qu'elle voyait aussi la sienne. Ainsi ils ne formeraient plus qu'un seul être.

— Thea... il y a quelque chose que je dois faire avant...

Au prix d'un nouvel effort surhumain, il la repoussa doucement. Elle pressa ses mains sur ses joues enflammées. Ses yeux étaient incroyablement brillants, comme si elle avait la fièvre.

Avant qu'il ait pu poser sa question, elle murmura :

— Oui.

Elle savait, elle acceptait !

— Mais d'abord, il faudra m'attraper.

Elle se détourna et s'élança, sa jupe bouton d'or se gonflant autour de ses chevilles, ses cheveux s'échappant de son chignon pour danser sur ses épaules.

Elle voulait jouer, pour qu'il mérite ce qu'elle allait lui offrir.

Alors, le sang grondant à ses tempes, Rafe se lança à sa poursuite.

22

Thea ne savait pas ce qu'elle faisait.

Elle savait seulement que chaque minute passée avec Rafe était précieuse et qu'elle n'avait que cette journée pour en profiter. Il avait formulé le souhait de l'embrasser, mais ne lui avait pas demandé de rester. Elle ne devait pas espérer davantage, puisqu'il avait choisi de vivre en marge de la société. Tant pis, elle partirait le lendemain, remettrait les choses en ordre et reprendrait le cours de sa vie.

En attendant, elle avait cette journée, et les souvenirs qu'elle lui offrirait.

Elle courut vers le lac, l'herbe se couchant souplement sous ses pieds nus. Il n'y avait personne alentour. Dans le silence dominical, les jardins semblaient enchantés. Elle jeta un coup d'œil par-dessus son épaule. Rafe la poursuivait. Tous deux savaient qu'il aurait pu la rattraper en deux enjambées, mais il jouait le jeu.

Essoufflée et hilare, Thea s'engouffra dans un bosquet qui bordait la partie la plus isolée du lac, là où elle s'était baignée. Elle tourna de nouveau la tête.

Rafe n'était plus là. Il n'était tout de même pas déjà fatigué de jouer ?

Elle atteignait la lisière du bosquet quand un bruit la fit tressaillir. Rafe bondit et la saisit par la taille.

Elle cria, s'agrippa à un arbre. Elle entendait la respiration saccadée de Rafe, sentait son torse brûlant contre son dos.

« Il faut que je me souvienne de cet instant », pensa-t-elle, et elle grava dans sa mémoire les moindres sensations qu'elle éprouvait.

— Savez-vous que votre robe est fermée par quatre boutons ? murmura-t-il.

— Oui...

Avec précaution, il ramassa sa chevelure et la fit passer par-dessus son épaule, puis dégrafa le premier bouton.

— Un...

Son souffle lui chatouillait la nuque, ses lèvres effleuraient son cou. *Je dois me souvenir de tout – de sa chaleur, de son odeur, de ses doigts*.

Il défit le deuxième bouton.

— Deux...

Il soupesa ses seins, titilla ses mamelons. Elle soupira et se cambra.

— Trois... quatre.

Un baiser, puis le vide. Elle n'avait plus que l'arbre auquel se raccrocher, alors que son corsage bâillait, que sa chair brûlait et que ses seins réclamaient les mains de Rafe.

Ses mains qui revinrent les soupeser, les caresser.

— C'est bon ? lui murmura-t-il.

— Ou... oui.

— Meilleur que le sabayon ?

— Mmm... je ne sais pas.

Avec un rire rauque, il la lâcha. Elle voulut s'élancer de nouveau vers le lac, mais elle flageolait sur ses jambes. Heureusement, Rafe était là pour l'empêcher de tomber. Il la souleva de terre. Elle poussa un petit cri de ravissement, car elle volait, libre et pourtant amarrée aux bras solides de son compagnon qui l'emportait. Il s'arrêta dans l'ombre des saules pleureurs, qui formaient autour d'eux un rideau mouvant et moucheté de soleil.

Il l'étreignit, les mains sur ses fesses, et elle s'appuya de tout son poids contre lui. Les paupières closes, elle nicha sa tête au creux de son épaule.

— Oh mon Dieu..., souffla-t-elle.

Son sexe palpitait, et Rafe devait en avoir conscience, car ses mains s'affairaient sur sa robe.

— Lève les bras, ordonna-t-il, et elle obéit.

L'instant d'après, sa robe jaune gisait dans l'herbe, bientôt suivie par la chemise de Rafe. Thea baissa les yeux sur son corps, offert pour la première fois au regard d'un homme. Sur sa peau blanche, les mains de Rafe étaient brunes, l'une sur sa cuisse, l'autre sur son ventre.

Elle referma les yeux et s'abandonna totalement à lui. Il glissa les doigts entre ses cuisses. Elle laissa échapper un petit cri, mais les doigts continuèrent leur œuvre, éveillant au tréfonds d'elle des sensations inouïes.

— Il n'y a plus qu'un seul être au monde, et c'est toi, dit-il d'une voix sourde. Et je veux te donner tant de plaisir que tu n'oublieras jamais mes caresses.

— Jamais, acquiesça-t-elle.

Elle se souviendrait des moindres détails, de sa chaleur, de sa voix. Elle se souviendrait des flammes qui la dévoraient, de la rosée qui inondait son intimité, des gémissements qui fusaient de ses lèvres.

— Alors, Thea ?

Sa voix grave résonnait dans tout son corps. Elle essaya de se concentrer sur ce qu'il lui disait, mais son esprit s'était noyé dans l'océan sensuel qui la submergeait.

— C'est meilleur que le sabayon ?

— Je... je ne sais pas, bredouilla-t-elle.

Riant de nouveau, il la lâcha pour leur faire, avec leurs vêtements, un lit de fortune sur lequel il la coucha. Puis il se pencha sur elle, sa tête brune se détachant sur le rideau vert des saules. Une autre image à graver dans sa mémoire.

Il referma les lèvres sur un mamelon durci, le suça, le mordilla. Elle cambra les reins pour mieux s'offrir à sa bouche que, Dieu merci, rien n'arrêtait, qui descendait… descendait.

Quand ses mains implacables écartèrent ses cuisses, elle sursauta. Il la regarda de ses yeux mordorés qui étincelaient. Ces yeux inoubliables qui ne quittèrent pas les siens tandis que sa langue brûlante s'insinuait dans son sexe.

Un plaisir violent la traversa, lui arrachant un cri étonné. Elle vit luire dans le regard de Rafe une lueur triomphante quand, pantelante, elle s'arc-bouta pour mieux s'offrir aux mains et à la bouche de son compagnon.

Alors, soudain, un bonheur sans égal la roula dans ses flots. Elle eut l'impression de se noyer et de s'envoler à la fois, vibrante d'espoir et d'amour.

Éperdue, elle regarda Rafe. Une expression émerveillée se lisait sur son beau visage, et Thea l'effleura d'un doigt alangui pour le graver aussi dans sa mémoire.

— Tu es la plus belle créature que j'aie jamais vue, murmura-t-il.

— Non, c'est toi.

Il s'allongea près d'elle et l'attira contre lui.

— Alors ? C'est meilleur que le sabayon ?

— Mmm… pourquoi choisir ?

Il rit encore et roula sur le dos, l'entraînant avec lui. Elle en profita pour l'embrasser – c'était si simple, à présent. Comme si, en lui donnant du plaisir, il s'était donné à elle.

Cependant…

Elle scruta son visage. Il avait fermé les paupières, ses épais cils noirs frémissaient, et un muscle tressautait dans sa mâchoire. Pour le détendre, elle caressa sa poitrine, son ventre plat…

Il arrêta brusquement sa main. Ses yeux étaient étrangement sombres, un pli dur encadrait sa bouche.

— Je pensais que nous faisions ça ensemble, se plaignit-elle.

— Ça ? Tu ne sais même pas ce que c'est.

— J'en sais assez pour dire que j'en ai envie.

— Tu veux faire l'amour avec moi ? rétorqua-t-il d'une voix rauque. Maintenant ?

— Oui.

Elle le voulait, lui, tout entier, sans réserve. Pareille chance ne se présentait pas tous les jours, il fallait la saisir.

Car rien ne durait en ce monde : elle ne pouvait pas capturer les papillons, ni garder cet homme, ni s'installer dans sa maison et en faire son refuge.

En revanche, elle pouvait vivre un bel après-midi d'été avec l'être le plus merveilleux qu'elle eût jamais connu.

La bienséance exigeait qu'elle protège sa vertu, mais sa vertu l'avait-elle protégée ? Non. Alors, qu'elle aille au diable ! Les oiseaux gazouillaient dans les arbres, et Thea savourait le bonheur d'être nue, au bord du lac, avec Rafe. Elle brûlait de lui appartenir.

— Je veux être dans tes bras, murmura-t-elle. J'ai mille images de toi dans ma tête, mille souvenirs, mais cela ne me suffit pas. Je veux faire l'amour avec toi, parce que je suis gourmande et que j'adore les douceurs.

— Thea, souffla-t-il, si nous faisons l'amour…

— Chut… Tu me reproches sans cesse de trop parler, mais là, c'est toi qui jacasses.

Le regard de Rafe s'éclaira.

— Qu'aimerais-tu que je fasse ?

Elle répondit par un baiser, et quand leurs langues s'enlacèrent, la fièvre s'empara d'elle, libérant ses mains et sa bouche avant que sa chance lui échappe.

Cette fièvre était contagieuse car, en un clin d'œil, Rafe acheva de se dévêtir. Il se pencha sur elle, et de ses mains intrépides, elle caressa son membre dur comme la pierre et doux comme la soie.

— Thea...

Il marmonna des mots que, dans son égarement, elle ne comprit pas. Elle entendit seulement « on verra plus tard ». Pour elle, il n'y avait que l'instant présent, Rafe qui la pénétrait lentement, sans trembler, sûr qu'elle était prête à l'accueillir. Une douleur fugace la fit tressaillir, puis elle oublia tout car il lui appartenait enfin, du moins pour un moment.

Enfin, enfin, elle lui appartenait.

Il s'immobilisa, pour leur donner le temps de savourer ce moment sacré où leurs corps, leurs sexes s'unissaient. Sur le visage adorable de Thea, il lut la douleur, l'étonnement, et enfin – que Dieu lui vienne en aide ! – le plaisir, l'émerveillement. Elle rouvrit les yeux, et il se noya dans ce ciel bleu, se perdit dans son sourire, tandis qu'elle nouait les jambes autour de lui, griffait son dos et dévorait sa bouche. Soudés l'un à l'autre, ils ne faisaient plus qu'un.

Tout était bien.

Il aurait dû ralentir le rythme ; pour Thea, c'était la première fois, et pour lui aussi, c'était comme une première fois. Il ne parvenait pas à se contrôler, mais ce n'était pas si grave. Ils seraient bientôt mariés, et ils auraient la vie devant eux. Il lui expliquerait, elle comprendrait, ils en riraient ensemble, et la prochaine fois, il serait un meilleur amant. La prochaine fois, il serait son mari.

Il allait et venait, le regard rivé à celui de Thea. « Maintenant que je t'ai trouvée, lui disait-il en silence, je te garde. Maintenant que tu m'as trouvé, je suis en paix. »

Dans le tumulte de la passion, il l'entendit crier, sentit les spasmes de sa chair. Alors il s'abandonna, déversant en elle son amour et son espérance.

Thea était blottie contre lui, tout alanguie. La brise qui caressait leurs corps luisants de sueur la fit frissonner.

— Tu as froid ? murmura Rafe.

Ils auraient dû se rhabiller et retourner à la maison pour organiser leur avenir, mais il adorait la tenir ainsi contre lui.

— C'est excitant, non ? murmura-t-elle. Être nus, dehors, en plein jour. Je ne comprends pas pourquoi on ne fait pas ça tout le temps.

Rafe l'étreignit en riant. Le moment était venu de parler, mais pas ici, sous les saules pleureurs. Il se redressa et l'aida à se relever. Une subite pudeur la fit rougir, et elle ramassa précipitamment sa chemise, qu'elle plaqua sur sa poitrine.

Il prit doucement son visage entre ses mains.

— C'était bien, c'était magnifique. Même maintenant que c'est fini, c'est toujours magnifique.

Elle hocha la tête, un sourire mélancolique aux lèvres. Faire l'amour pour la première fois était un événement capital qui vous métamorphosait, songea-t-il.

Il effleura sa bouche d'un baiser.

— Rhabillons-nous, ma douce.

Ils s'aidèrent mutuellement à enfiler leurs vêtements chiffonnés.

— Oh Seigneur, pouffa Thea en essayant de se recoiffer. Nous avons l'air de deux polissons. En nous voyant, tout le monde saura. Les domestiques, Sally et... Oh là là...

— La plupart des domestiques ne travaillent pas le dimanche, mais l'évêque et les autres sont sans doute rentrés. Nous allons faire un brin de toilette et nous changer, puis nous nous retrouverons au salon. Nous avons à discuter.

Nicholas le conseillerait pour choisir la date du mariage – la plus proche possible, espérait Rafe. À moins que Thea ne souhaite un grand mariage. Il lui poserait la question plus tard.

Quand ils seraient tous les deux correctement vêtus, qu'ils se comporteraient de nouveau correctement, Rafe ferait sa demande dans les règles. Cette fois il trouverait les mots, et cette fois elle dirait oui.

Mais il lisait de nouveau sur son visage une étrange mélancolie. Avant qu'il ait pu l'interroger sur les raisons de sa tristesse, elle se hissa sur la pointe des pieds, lui planta un baiser sur la bouche et s'élança vers la maison.

Rafe ramassa sans se presser les affaires semées dans le jardin. Il songeait à Thea, à leur vie future. Il avait le cœur plein d'espoir. Pessimiste, lui ? Il éclata de rire, heureux d'être, finalement, un autre homme.

23

Thea avait fait sa toilette, revêtu une robe propre et recoiffé ses cheveux, mais elle sentait toujours les mains de Rafe sur elle. Leurs deux corps enlacés, soudés.

« Même maintenant que c'est fini, c'est toujours magnifique », avait-il dit.

Lui aussi savait que cela ne pouvait pas durer.

« On ne pleure pas », s'ordonna-t-elle. Elle avait voulu des souvenirs, et elle les avait. Pas question de se lamenter. Elle espérait seulement que Rafe ne l'éviterait pas, qu'ils passeraient ensemble cette dernière soirée avant qu'elle quitte Brinkley End.

Résolue quoique fébrile, elle gagna le salon. Elle fut presque soulagée que Rafe ne soit pas encore là, car elle ne savait pas trop comment se comporter. Aussi sursauta-t-elle quand elle entendit quelqu'un entrer. Mais ce n'était que Gilbert, qui venait lui remettre une lettre. Il se lança dans une explication embrouillée, où il était question d'un messager, de l'évêque et de l'église. Thea l'écoutait à peine et ne comprenait rien. Elle avait reconnu l'écriture de sa mère sur l'enveloppe, adressée à « Mlle T. Knight ». Elle remercia distraitement Gilbert qui, Dieu merci, la laissa seule.

Une lettre de sa mère ! Enfin ! Helen avait dû tout lui raconter. Peut-être que ses parents la croiraient enfin et lui demanderaient de rentrer à la maison.

Bien sûr, elle publierait tout de même son pamphlet. Percy Russell ne l'aurait pas volé.

Thea se campa devant la porte-fenêtre qui donnait sur le jardin et décacheta l'enveloppe. Son cœur cognait dans sa poitrine, ses mains tremblaient.

Quand Rafe entra dans le salon, Thea était toujours immobile devant la porte-fenêtre. Il était rasé de près et vêtu comme pour dîner avec un duc – redingote noire sur un gilet en velours lie-de-vin et cravate immaculée.

Elle aurait aimé se blottir contre lui. Dieu qu'elle avait besoin de ses bras autour d'elle, de sa chaleur !

Mais lui aussi allait l'abandonner.

Il s'avança vers elle, puis s'arrêta brusquement.

— Thea ?

— J'ai reçu une lettre de ma mère, répondit-elle.

En entendant sa voix grimper dans les aigus, elle grimaça.

— Lord Ventnor lui a dit qu'il nous avait vus à moitié nus dans le lac. Il lui a du moins donné sa version des faits, selon laquelle je suis ta catin.

— Toi et moi, nous connaissons la vérité. C'est l'essentiel.

— Ma mère se félicite que lord Ventnor se soit résigné au mariage de son fils. Elle et mon père ont dîné chez lui, et il leur a bien fait comprendre que, dans la mesure où ils étaient désormais apparentés à la famille d'un vicomte, il était important pour le bien de tous de couper les ponts avec moi. Elle écrit que j'ai dépassé les bornes. Je pensais que personne n'apprendrait que j'étais ici. Je me croyais très maligne. Dire que je voulais laver ma réputation…

Rafe se mit à arpenter la pièce.

— Qu'ils aillent au diable ! marmonna-t-il avec impatience. Tu n'as pas besoin d'eux.

— Au fait, mon père avait l'intention de te remettre ma dot, mais bien sûr il n'en est plus question.

Elle baissa les yeux sur la lettre, sur l'écriture tarabiscotée et quasiment illisible de sa mère.

— Je ne peux même pas demander à mes parents de me croire puisque, cette fois, Ventnor n'a pas menti.

Elle laissa échapper la lettre, la regarda planer un instant puis se poser sur le tapis à fond bleu.

D'un geste brusque, Rafe la ramassa, la chiffonna dans son poing et la jeta dans la cheminée éteinte.

— Que tes parents et Ventnor aillent se faire voir, gronda-t-il. Tu n'as pas besoin d'eux. Nous allons nous marier dans les règles, après quoi nous n'aurons plus à nous soucier de l'opinion des gens.

— Nous marier ? répéta-t-elle comme une idiote – avait-elle perdu sa vivacité d'esprit en même temps que sa vertu ?

— Évidemment, rétorqua Rafe d'un air incrédule. As-tu déjà oublié que nous venons de faire l'amour ?

Un mariage en bonne et due forme. Vivre avec Rafe à Brinkley End. Était-ce possible ?

Elle serait une vraie comtesse, n'aurait plus à se demander si elle aurait un toit au-dessus de sa tête, de quoi manger et se vêtir. On l'inviterait partout. Les vœux de mariage seraient la formule magique qui transformerait la réprouvée sans le sou en comtesse courtisée.

Et Rafe… le gentil héros, son sauveur. Il serait toujours là, pour la couvrir de baisers, dîner avec elle le soir et la faire sourire. Rafe, l'homme d'honneur.

Ce moment de bonheur fou, sous les saules, lui avait tourneboulé l'esprit. Rafe n'était plus lucide.

Pourquoi aurait-il voulu d'elle alors que ses parents la reniaient ?

— Tu te sacrifies encore, articula-t-elle. Un noble qui a de la noblesse d'âme… n'est-ce pas extraordinaire ?

— Je ne suis pas… je ne…, bégaya-t-il.

Il se remit à faire les cent pas, puis se laissa tomber dans un fauteuil.

— Je veux dire que tu… que nous… sous les saules…

— Tu ne me dois rien, murmura-t-elle. Puisque cela ne durera pas.

— Mais qu'est-ce que tu racontes ? Pourquoi cela ne durerait pas ?

— Parce que rien ne dure.

Il se releva d'un bond, les mots fusant en désordre de sa bouche.

— Mais je veux être l'homme qui… Je suis cet homme. Je veux vivre ici avec ma femme. Je comprends maintenant le passé… Katharine… Je vois comment ma vie peut changer.

Il tournait en rond comme un lion en cage. Thea sentit son cœur se serrer. *Non, tu ne pleureras pas.*

— Je suis la seule femme que tu aies côtoyée depuis des mois. Tu es peut-être soulagé d'avoir renoué avec la vie, ou peut-être que… après ce qui s'est passé sous les saules, tu n'es plus lucide.

— Bon sang de bois ! Je sais ce que je veux.

Il gesticulait.

— Ton pamphlet, ta réputation, tout ça… Si tu es mariée avec moi, cela n'aura plus d'importance. Le monde, les gens n'auront plus la moindre importance.

Elle secoua la tête. Toutes ces belles paroles n'avaient aucun sens.

— Tu ne comprends pas, tu ne sais pas ce qu'on éprouve quand on marche en permanence sur des sables mouvants. Je dois remettre les choses en ordre, sinon je ne me sentirai plus jamais en sécurité nulle part.

— Tu serais une comtesse, tes parents t'accueilleraient à bras ouverts. Tout serait oublié.

Il n'avait pas tort. Ses parents lui pardonneraient d'avoir provoqué un scandale, lequel n'avait été que pure calomnie. Dans leur magnanimité, ils lui donneraient l'absolution pour des péchés et des fautes qu'elle n'avait pas commis.

Faudrait-il qu'en plus elle dise merci ?

Si elle épousait Rafe, son passé serait effectivement effacé et ses parents lui ouvriraient leur porte.

En réalité, c'était un titre de noblesse qu'ils accueilleraient avec enthousiasme. Lorsqu'elle franchirait la porte bleue au heurtoir de cuivre en forme de sirène, elle aurait la bague au doigt et le comte de Luxborough à son côté.

Mais jamais cela ne dissiperait ses doutes.

Elle ne saurait pas si ses parents l'aimaient et croyaient sincèrement à son histoire. Elle ne saurait jamais si Rafe voulait vraiment d'elle ou s'il l'épousait par devoir ou par bonté d'âme.

Elle ne manquerait de rien, mais se demanderait toujours si c'était bien à elle que tout cela appartenait.

Le jour où elle le décevrait ou le mettrait en colère, Rafe la renverrait-il à Londres, la reléguerait-il dans une autre aile de la maison ? Si les gens lui racontaient des mensonges sur elle, qui croirait-il ? Elle ou les menteurs ?

Il apprenait à considérer le passé d'un autre œil, mais il n'était pas encore capable de réfléchir à l'avenir. S'il souhaitait vraiment l'épouser, il le voudrait encore dans un mois. N'est-ce pas ?

À moins qu'il ne l'oublie sitôt qu'elle aurait tourné le dos. Il retournerait soigner ses plantes comme si elle n'était jamais venue ici. Et si, par hasard, son souvenir refaisait surface, il se réjouirait d'avoir évité le pire.

Ou peut-être penserait-il à elle. Peut-être irait-il la chercher.

— Tu as raison, acquiesça-t-elle avec douceur. Mes parents accueilleraient à bras ouverts le comte de Luxborough et son épouse.

Rafe se figea.

— Je ne comprends pas ce que tu veux.

— J'ai besoin de savoir où j'en suis. Il faut que mes parents me croient, il faut qu'on m'écoute et que la vérité soit dite.

— Oh, bon sang de bonsoir ! s'exclama-t-il en se laissant de nouveau tomber dans un fauteuil. Grandis un peu ! Lâche prise !

Ces mots lui rappelèrent l'épisode de la montgolfière et sa terreur enfantine quand on avait dénoué les cordes qui retenaient la nacelle. À présent, elle était adulte et n'aurait pas dû redouter de ne plus être arrimée au sol. Seulement voilà... il n'y avait plus de terre ferme sous ses pieds.

— Tu ne peux pas comprendre.

— Je comprends que tu es une femme adulte qui se soucie trop de l'opinion des gens et qui s'évertue encore à obtenir l'approbation de ses parents.

Elle entendit nettement l'agacement, voire le dégoût, dans sa voix, les lut sur ses traits. Il était déjà fatigué d'elle. Elle le décevait déjà. Il n'avait pas fallu longtemps pour qu'elle en ait la preuve. Il ne voulait pas d'elle, pas vraiment. Comme ses parents.

— Merci pour ta gentillesse, mais le mariage ne me paraît pas nécessaire, déclara-t-elle avec peine. Je pars sur-le-champ pour Londres.

Elle le vit battre des paupières. Il se pencha en avant, les coudes sur les cuisses. Une étincelle de joie s'alluma dans le cœur de Thea. Il se lancerait à sa poursuite.

Mais, au lieu de sauter sur ses pieds, il se carra dans le fauteuil.

— Tu attends que je te coure après, que j'entre encore dans ton jeu ?

— Ce n'est pas un jeu !

— Si tu t'en vas, je ne viendrai pas te chercher.

Voilà, elle avait sa réponse. S'il avait réellement désiré l'épouser, il n'aurait pas parlé de cette façon. Elle avait eu raison de ne pas y croire.

— Évidemment, rétorqua-t-elle sèchement. Tu dois rester ici, à l'écart du monde, à rôder dans ta maison comme un fantôme.

— Encore une façon puérile de voir les choses.

— Eh bien, si tu y tiens, disons que je suis puérile.

— Tu n'as pas la moindre idée de ce à quoi je tiens, répliqua-t-il avec un ricanement amer.

Thea aurait voulu le prendre dans ses bras, mais cela n'aurait servi qu'à la faire souffrir davantage. Elle se réfugia donc dans ses appartements et, cette fois, boucla ses bagages.

Gilbert fit préparer une voiture. Il y chargea les malles de Thea – l'une était remplie des objets qu'elle prévoyait de revendre, l'autre renfermait les toilettes d'Helen et le masque de chat.

Cette fois, rien ne s'opposa à son départ, ni tempête, ni nouvelles fracassantes, ni révélations ébouriffantes.

Et Rafe ne lui courut pas après en la suppliant de rester.

Tandis que la voiture remontait lentement l'allée, Thea se retourna pour jeter un dernier regard à Brinkley End. Il n'y avait personne pour lui dire au revoir, ni l'évêque, ni Sally, ni Martha, ni Rafe. Son départ leur était indifférent.

24

Vingt-quatre heures s'étaient écoulées depuis le départ de Thea. Rafe regardait par la porte-fenêtre, imaginant la route de Londres. Où Thea avait-elle passé la nuit ? Avait-elle pensé à lui ? Mais peut-être ne s'était-elle pas arrêtée pour se reposer, tant elle était pressée de retrouver Londres, sa famille adorée et son inutile pamphlet.

Elle était partie, tant mieux. Si elle ne désirait pas rester, il ne voulait pas d'elle ici. Il ne voulait personne. À quoi bon essayer de faire partie de ce monde, quand celui-ci le rejetait ?

Être seul ici lui convenait à merveille.

Mais, à vrai dire, il n'était pas tout à fait seul. Car, quand il s'écarta de la porte-fenêtre, il constata que la reine Elizabeth l'avait rejoint.

Il se frotta les yeux, cligna des paupières. L'apparition était toujours là.

Splendide ! Il avait perdu la femme qu'il aimait, et maintenant il perdait la tête.

— Qu'en penses-tu ? demanda la défunte reine de la dynastie Tudor qui parlait avec la voix de Nicholas.

— Je croyais que vous étiez plus jolie, Votre Majesté.

— Rafe, tu as touché aux drogues de Martha ?

Rafe battit des paupières, louchant sur l'énorme fraise blanche qu'arborait Nicholas.

— Tu es attifé comme la Reine Vierge, et tu me demandes si, moi, je suis drogué ?

— Je choisis mon costume pour la fête. J'ai besoin de ton aide.

— Quelle fête ?

— Celle du prince régent. Tu as déjà oublié ?

— Si seulement je pouvais tout oublier, marmonna Rafe en s'écroulant dans un fauteuil.

— Tu rumines, Rafe, ça devient fatigant. Si tu ne voulais pas que Thea s'en aille, il fallait la demander en mariage.

— Je l'ai fait. Elle a refusé.

— Ah, tu avais omis de le préciser, répondit Nicholas en s'asseyant à côté de lui dans un amas de jupons. Tu as donc le cœur brisé.

— Non, pas du tout.

— Tu es amoureux d'elle.

Rafe prit une inspiration qui lui cisailla la gorge.

— Elle m'a repoussé.

Elle avait aussi refusé cette demeure pleine de charme et prête à abriter la terre entière. Pendant quelques heures, Rafe avait cru que le rêve se réaliserait. Mais, finalement, il n'était pas fait pour ça. Il faudrait barricader la majeure partie des pièces, recouvrir de draps blancs les meubles et les tableaux, jusqu'à ce que Rafe meure et cède la place à un nouveau comte, meilleur que lui.

— J'avoue que j'ai des doutes sur la réussite du plan qu'elle a élaboré autour de ce fameux pamphlet, déclara Nicholas.

— Ça ne marchera pas, évidemment ! Mais elle n'a pas voulu m'écouter.

— Tu ne devrais pas garder un œil sur elle, pour t'assurer qu'elle n'est pas complètement démunie ?

— Je m'en suis occupé. J'ai écrit au notaire de Londres de lui remettre l'argent du fidéicommis. Je trouverai ailleurs les fonds nécessaires pour lancer mon entreprise.

— Et si ce n'est pas ce dont elle a besoin ?

— Elle sait où j'habite.

Rafe se releva brusquement et retourna se poster devant la porte-fenêtre. Nicholas se leva à son tour, dans un grand froufroutement de soie.

— Cette robe est affreusement inconfortable. Il faut que je trouve un autre costume. Tu veux bien m'aider ?

— Non. Je vais rester là à ruminer jusqu'à ce que cette maison tombe en ruine.

— Un programme alléchant.

— Tu en as un meilleur à me proposer ?

— Viens avec moi à Londres. Je suis curieux de découvrir ce qu'est devenu le marquis de Hardbury. Pas toi ?

— Non, et je n'assisterai pas à cette satanée fête costumée, grommela Rafe.

— Naturellement, répondit l'évêque d'un ton suave.

Le retour à Londres fut aussi désespérant que Thea l'avait imaginé. Elle s'efforçait de se changer les idées, mais quand son esprit rebelle ne revenait pas à Brinkley End, son corps prenait la relève. Elle sentait au tréfonds de sa chair vibrer une émotion indéfinissable qui refusait de lâcher prise. Un corps qui s'était totalement fondu dans un autre ne se remettait sans doute pas aisément de cette expérience.

Une fois à Londres, Dieu merci, elle fut trop occupée pour réfléchir. Convaincre une logeuse qu'elle était une jeune femme respectable ne fut pas une mince affaire, cependant elle réussit à louer un petit logement à Soho. Après quoi, avec l'aide de Gilbert, elle vendit les objets achetés avec l'argent de Rafe et empocha une somme suffisante pour régler son loyer ainsi que les factures de M. Witherspoon et de l'imprimeur. Il lui resta alors tout juste de quoi se nourrir jusqu'à ce que sa sœur revienne de Brighton.

Le deuxième jour, toujours escortée de Gilbert, elle prit un fiacre pour se rendre à Spitalfields. Les exemplaires de son pamphlet avaient été livrés dans un entrepôt en attendant d'être distribués le lendemain.

Ils étaient superbes.

Plantée au milieu de la cour poussiéreuse de l'entrepôt, elle admirait les caisses dans lesquelles étaient rangés les imprimés. Un sourire heureux étira ses lèvres et lui réchauffa le cœur, son premier vrai sourire depuis qu'elle avait quitté Brinkley End.

Elle avait réussi.

À vrai dire, Arabella avait tout organisé, M. Witherspoon s'était chargé de la publication, et Gilbert avait transbahuté les caisses, mais c'était Thea qui avait rendu cette entreprise possible.

Dans la nuit, M. Witherspoon réunirait une escouade de livreurs qui déposeraient un exemplaire du pamphlet dans toutes les résidences aristocratiques et les cafés à la mode, où les clients distingués pourraient le feuilleter. Quiconque ouvrirait une gazette tomberait sur les réclames pour le pamphlet, et tous ceux qui passeraient devant les librairies apercevraient la caricature de Percy.

Si seulement Rafe avait été là pour voir ça ! Il aurait peut-être compris.

— Ça en fait du papier, mademoiselle, commenta Gilbert, qui se tenait à côté d'elle. Londres va en être inondé.

Thea redressa fièrement les épaules.

— J'ai vécu en exil assez longtemps. C'est enfin terminé.

— Vous avez raison, ma chère ! lança soudain une voix.

Lord Ventnor s'avançait dans la cour, suivi de Percy et de six individus à la mine patibulaire. Le vicomte s'appuyait sur une canne en ébène à embout d'argent – celle que Rafe avait brisée ?

— C'est effectivement terminé, déclara-t-il avec un sourire glacial.

Redressant le menton, Thea le toisa, tout en tournant le dos aux caisses comme si elle protégeait un trésor contre un dragon affamé. Gilbert se rapprocha d'elle, tandis que les sbires du vicomte se déployaient dans la cour, l'un d'eux se postant derrière Ventnor et Percy.

— Déguerpissez, ordonna Ventnor à Gilbert. Je ne lui ferai pas de mal.

Gilbert ne bougea pas.

— Luxborough est donc votre protecteur, mademoiselle Knight, enchaîna le vicomte avec un claquement de langue agacé. Comme c'est touchant !

— Il n'a jamais été mon protecteur.

— Il s'est débarrassé de vous ? Ne vous inquiétez pas. Vous êtes jolie, vous trouverez vite un autre homme pour vous entretenir.

— Je pourrais décider de prendre une nouvelle maîtresse, ricana Percy. Quel est votre prix ?

Sans réfléchir, Thea le gifla à la volée. Cela l'emplit d'une telle satisfaction qu'elle voulut recommencer, mais Percy lui bloqua la main. Elle lui assena alors un coup de genou dans l'entrejambe.

Avec un glapissement de douleur, il la lâcha et s'écarta d'un bond.

— Espèce de grue !

— Sale morveux !

Ventnor leva sa canne et la plaça entre les deux belligérants.

— Allons, allons, mes enfants.

— Mais, père, elle m'a frappé ! s'insurgea Percy, rouge comme un coq.

— Il faut grandir, mon fils. Tu méritais cette gifle. On ne parle pas de cette façon à une jeune femme.

Ventnor planta l'embout d'argent de sa canne dans le sol, aux pieds de son fils.

— Tu es parfois consternant, Percy. N'oublions pas que c'est le tour puéril et cruel que tu as joué à Mlle Knight qui nous a mis dans cette situation.

Thea écarquilla des yeux stupéfaits. Voilà que Ventnor prenait sa défense !

— Vous savez donc que Percy et Francis Upton ont raconté des mensonges à mon sujet ?

— Maintenant, oui, je le sais. Votre petit pamphlet est plutôt malin, ma chère.

Il tendit une main, paume en l'air, et l'individu immobile derrière lui s'empressa d'y poser un imprimé.

— Je l'ai lu, figurez-vous. Pour une femme, vous n'écrivez pas trop mal.

— Comment vous l'êtes-vous procuré ?

Thea prit soudain conscience qu'elle n'avait pas posé la question qui s'imposait.

— Que venez-vous faire ici ?

— Il ne se passe pas grand-chose à Londres dont je ne sois pas informé. Nul n'ignore en effet que je rétribue généreusement mes informateurs. Un employé de l'éditeur m'a averti qu'ils étaient en train d'imprimer une caricature qui ressemblait à mon fils. J'ai mené ma petite enquête… et nous voilà.

— Vous savez donc que mon histoire est vraie et doit être rendue publique.

Ventnor agita l'imprimé tel un éventail.

— Je suis face à un dilemme. Percy s'est très mal conduit, mais il est mon fils, et je dois protéger les miens coûte que coûte. Vous n'imaginez pas ce que je suis parfois obligé de faire pour ma famille.

— Oh si, j'imagine ! Enlever votre fille, par exemple, pour l'enfermer dans un asile de fous. Ou menacer de défigurer Sally Holt à cause de rumeurs mensongères au sujet de votre épouse.

— Silence !

— Sinon quoi, lord Ventnor ? J'aurai, comme d'autres femmes sans défense, la visite de vos brutes ?

— Non, ma chère. Je vous ferai taire.

— Je ne me tairai pas !

— Vraiment ?

Rapide comme l'éclair, si bien que Gilbert n'eut pas le temps de réagir, Ventnor agrippa Thea par les épaules et la fit pivoter vers les caisses.

Concentrée sur Ventnor et Percy, elle n'avait pas prêté attention aux agissements de leurs acolytes, et elle ne comprit ce qui se passait qu'en entendant la première déflagration.

Lattes de bois et imprimés volèrent en éclats. Puis une autre explosion retentit, suivie d'une troisième. Thea hurla et se jeta en avant, mais Gilbert la retint fermement.

— Ne vous approchez pas, mademoiselle !

Les pages des pamphlets et les débris de bois planaient dans l'air. Les flammes qui les léchaient auraient bientôt tout englouti.

— Oh, mademoiselle, je suis navré, chuchota Gilbert.

Thea essaya de parler et n'émit qu'un pitoyable coassement. Elle était réduite au silence, entourée d'ennemis, devant le brasier. Ses mots, son histoire et ses espoirs brûlaient tandis que le feu s'élançait vers le ciel dans une colonne de fumée.

Les habitants du quartier, s'ils voyaient cette fumée, s'affoleraient peut-être. Les Londoniens vivaient dans la peur des incendies. Ils accourraient avec des seaux d'eau pour noyer les flammes.

Mais les hommes de Ventnor surveillaient le feu. Ils ne le laisseraient pas se déchaîner. Le vicomte avait méthodiquement organisé la manœuvre.

Une rafale de vent se faufila dans la cour de l'entrepôt, dispersant des bouts de papier noirci. Un coin de page atterrit sur l'épaule de Thea. Les autres s'envolaient pour aller se poser dans les rues, sur la tête des passants.

Elle laissa échapper un petit rire désespéré. Eh bien, au bout du compte, elle avait réussi. Son histoire se répandrait dans Londres, au-dessus de Hyde Park, de la cathédrale St. Paul et de la Tamise. La cendre de ses mots se déposerait sur les pavés. « Quelle est cette histoire qui nous tombe du ciel ? » s'étonneraient les gens en ramassant les bouts de papier pour reconstituer les pages.

Mais non, ils ne se donneraient pas cette peine.

Qui se soucierait d'une femme errante, une de plus, qui tentait de se faire entendre ? Une créature solitaire qui implorait : « Écoutez, je vous en prie, c'est important, c'est ma vie » ?

Les passants laisseraient les pages calcinées s'enliser dans la boue, en époussetant les cendres et en rouspétant contre la poussière de Londres, la ville qu'ils ne quitteraient jamais car c'était là que les rêves devenaient réalité. Ils s'éloigneraient à grands pas, à la poursuite de leurs rêves, sans se douter que ceux d'une femme venaient littéralement de partir en fumée.

C'était un grand feu de joie que Thea contemplait. Les flammes lui brûlaient le visage, la fumée lui blessait les yeux. Au lieu de se détourner, elle ferma les paupières et s'imagina que c'était le soleil qu'elle sentait sur sa peau. Elle était à Brinkley End, prête à plonger dans l'eau fraîche du lac, où deux bras solides la soutiendraient et l'ancreraient au sol pour que le vent ne l'emporte pas comme il emportait les vestiges de ses espoirs.

— Je crois que je n'aurai pas besoin de ceci, déclara Ventnor.

Rouvrant les yeux, Thea vit qu'il lui tendait le dernier pamphlet rescapé de l'incendie. Hébétée, elle le saisit.

— Une tentative courageuse, ma chère, mais égoïste, commenta-t-il. Votre sœur fait maintenant partie de ma famille et, en causant du tort à mon fils, vous en auriez causé à Helen. Or il n'y a rien de plus précieux que la famille, n'est-ce pas ?

Il pivota vers ses sbires.

— Assurez-vous que tout a brûlé et que le feu est complètement éteint.

Il s'inclina courtoisement devant Thea, puis, Percy trottinant derrière lui, laissa ses hommes achever le travail et sortit de la cour.

— Ça va, mademoiselle ? s'inquiéta Gilbert.

— Mais oui, répondit-elle.

Elle était sincère. Après tout, on ne l'avait pas forcée à monter sur le bûcher. Elle pouvait s'estimer heureuse.

— J'avais peur que le vicomte s'en prenne à vous, alors je me suis efforcé de vous protéger. Je n'ai pas imaginé qu'il détruirait les imprimés.

— Personne ne l'aurait imaginé, Gilbert. Vous n'avez rien à vous reprocher. Merci d'avoir veillé sur moi.

— Et maintenant, mademoiselle ? Vous avez subi un terrible choc. Vous ne devriez pas rester seule, malheureusement Mlle Larke et lady Belinda n'arriveront que demain et votre sœur est encore à Brighton. Y a-t-il un endroit où je peux vous conduire ?

Thea ouvrit le pamphlet rescapé à la page de garde. *L'Histoire de Rosamund*. Le nom de l'auteur n'y figurait pas. Voilà tout ce qui subsistait de ses tribulations. Un seul petit exemplaire, avant que sa vérité soit perdue à tout jamais.

Un seul exemplaire… cela lui suffisait.

— À Warren Street, dit-elle d'une voix rauque, comme si elle avait avalé toutes les flammes et la fumée. La porte bleue au heurtoir en forme de sirène. Je n'ai plus qu'à rentrer chez moi.

D'une main tremblante, Thea souleva la sirène de cuivre et la laissa retomber. Elle frappa ainsi trois fois, avant que la porte bleue s'ouvre sur une domestique inconnue.

— J'aimerais parler à M. ou Mme Knight, déclara Thea.

Elle avait de la cendre dans les narines ; ses vêtements et ses cheveux empestaient la fumée. Elle serrait si fort son pamphlet qu'elle en avait mal aux doigts.

— Je vais voir s'ils sont disponibles. Avez-vous une carte de visite ?

— Donnez-leur ceci, répondit Thea en lui tendant l'imprimé. Dites-leur que leur fille est là.

Ce fut suffisant pour que la domestique la fasse entrer dans le hall, sans toutefois l'inviter à retirer son chapeau et ses gants.

Les minutes s'égrenèrent puis, enfin, ses parents apparurent.

Leurs chers visages avaient vieilli, sans toutefois changer. Thea y lisait de la méfiance, de la froideur et du dépit.

— Que fais-tu ici ? demanda Mme Knight à voix basse, comme si le Tout-Londres était rassemblé dans le hall pour les épier. Je t'ai pourtant clairement signifié que tu n'étais pas la bienvenue. Tu as causé trop de tort à notre famille.

— J'ai tant de choses à vous dire, mère.

— Qu'est-ce que c'est que ça ? demanda M. Knight en brandissant l'imprimé.

— C'est mon histoire. Percy Russell et Francis Upton ont menti. Je disais la vérité, mais vous ne m'avez pas crue. Vous m'avez chassée. J'ai écrit ce texte et je l'ai fait publier pour laver ma réputation.

Ses parents échangèrent un regard.

— Et le comte de Luxborough ? lança Mme Knight.

Les souvenirs affluèrent à l'esprit de Thea. Le sourire de Rafe, ses yeux mordorés. Puis son visage tendu, son expression écœurée, quand il l'avait congédiée. Non... non, pas ça. Elle ne garderait que les merveilleux souvenirs qu'elle avait de lui. Ils l'aideraient à tenir.

— Que voulez-vous savoir ?

— Lord Ventnor nous a informés de ta scandaleuse conduite. Nous avons trouvé particulièrement choquant que le comte veuille obtenir ta dot alors qu'il n'avait pas eu la décence de t'épouser. Finalement, es-tu mariée ? Ou au moins fiancée ?

— Non.

Ses parents reculèrent d'un même mouvement, comme si elle risquait de leur transmettre quelque horrible maladie. Ce fut Mme Knight qui reprit la parole.

— Lord Luxborough t'a-t-il... compromise ?

— Je suppose que les gens du monde diraient qu'il l'a fait. Mais c'était mon choix, et je n'ai aucun regret.

— Il ne t'a cependant pas épousée.

— Il l'a proposé. J'ai refusé.

M. Knight secoua la tête d'un air outré.

— Et tu oses parler de ta réputation ! Nous ne t'avons pas élevée comme ça.

Le silence s'abattit sur le hall. Thea observait ses parents. Sa mère portait un élégant bonnet de dentelle, son père un gilet en soie. Autant de choses qu'ils avaient toujours voulu posséder. Ils en avaient rêvé, ils avaient travaillé pour les avoir, et ils avaient réussi.

Mais leur regard était froid, très différent de celui dont Thea se souvenait.

Elle revoyait pétiller les yeux de son père quand il baptisait ses filles « Ted » et « Harry » et leur confiait des corvées habituellement réservées aux garçons. Elle se rappelait la façon dont son visage s'illuminait lorsqu'il exposait ses plans audacieux, avec un optimisme contagieux, à la famille réunie autour d'un pauvre brasero pour avaler une maigre soupe. Leur mère, dont les doigts s'engourdissaient à force de coudre, mettait son grain de sel et proposait des idées que son mari applaudissait. Les bêtises enfantines de Thea la faisaient sourire avec indulgence. Elle était tendre avec ses filles, les serrait contre sa poitrine et leur promettait que tout irait bien, car rien n'arrêtait un Knight.

À quel moment exactement les choses avaient-elles changé ? Comment leurs joyeuses espérances s'étaient-elles muées en ambition effrénée ?

— Vous m'avez élevée dans la conviction que notre famille serait toujours là pour me soutenir, quoi qu'il advienne, répondit Thea. Je vous demandais simplement de croire ma version des faits. Si vous m'aviez crue, nous aurions réglé le problème ensemble, comme nous le faisions auparavant. J'aurais pu m'éloigner pour protéger Helen et les petits, mais je n'aurais pas été bannie par les miens. Je n'aurais pas enduré ce long exil solitaire, durant lequel vous n'avez pas daigné m'écrire. Mais vous avez choisi de croire mes ennemis. Vous étiez censés m'aimer, pourtant, lorsque cet amour a été mis à l'épreuve, vous ne m'avez pas défendue. Au contraire, vous m'avez rejetée.

— Voilà un beau discours, Thea, mais pourquoi devrions-nous gober tes histoires ? Tu as toi-même avoué que tu t'étais scandaleusement conduite avec lord Luxborough.

— Lord Luxborough me croit, lui. S'il était là, si nous étions fiancés, s'il vous disait que je n'ai pas menti, réussiriez-vous à me croire ?

Les parents de Thea échangèrent un nouveau coup d'œil.

— Dans ce cas, ce serait différent, déclara M. Knight.

— Parce que sa parole a plus de valeur que la mienne, rétorqua tristement Thea.

— Non, ce n'est pas ça, protesta Mme Knight. Mais tu as toujours enfreint les règles et fait des bêtises, et puis... le monde fonctionne comme ça.

— Oh, je n'ignore rien de la façon dont le monde fonctionne...

Thea reprit son pamphlet noir de suie, le dernier et pitoyable témoin de sa triste histoire.

— Puis-je embrasser les petits ?

M. Knight traversa le hall et ouvrit la porte, laissant entrer le vent et les bruits de la rue.

— Il vaut mieux que tu t'en ailles, dit-il sans la regarder. Je ne tiens pas à ce que lord Ventnor apprenne que tu es venue ici. Nous ne pouvons pas nous permettre de le contrarier.

— Mère ? balbutia Thea.

— C'est préférable, Thea, répondit Mme Knight en se détournant.

Il n'y avait plus rien à dire. Thea sortit, et la porte bleue se referma.

— Adieu..., murmura-t-elle à la sirène de cuivre, avant de rejoindre le fiacre qui l'attendait.

25

En entendant des voix dans le salon, Rafe se précipita. « Thea », pensa-t-il. Thea était revenue.

Ce n'était pas elle, mais une domestique qui servait à Socrate son thé et ses biscuits. Elle fit une révérence et s'éclipsa en hâte. Rafe s'assit. Thea était à Londres, à présent. Il aurait dû être auprès d'elle, mais elle ne voulait pas de lui, et il s'était juré de ne pas la harceler. Elle avait donc retrouvé la ville qu'elle adorait, tandis que lui prenait le thé avec un philosophe grec mort et enterré depuis belle lurette.

— Socrate, vraiment ? marmonna-t-il.

— Pourquoi pas ? rétorqua Nicholas. Je suis un sage, et cette toge est infiniment plus confortable que la robe de la reine. Elle n'est pas très chaude, cependant. Le moindre souffle d'air me refroidit les...

— Nicholas, gronda Rafe.

— ... les genoux.

Nicholas remplit les tasses tandis que Rafe piochait un biscuit dans le plat en argent. Insipide. Plus rien n'avait de goût dans cette maison.

— Tu comptes vraiment assister à cette fête costumée, alors, dit-il.

— Je ne manquerais ça pour rien au monde. J'espère toujours que notre Thea triomphera. J'aurais cru que tu souhaiterais être là.

— Thea ne le veut pas. Je lui ai proposé de l'accompagner, et elle m'a repoussé, tout en sachant que ma présence changerait tout.

« Mes parents accueilleraient à bras ouverts le comte de Luxborough et son épouse. » Il l'entendait encore prononcer ces mots avec cette amertume qui assourdissait parfois sa voix, ce qui n'était pas étonnant, vu ce qu'elle avait subi.

— Je ne suis pas sûr que cette pauvre enfant sache ce qu'elle veut, fit remarquer Nicholas.

— Ce n'est pas une enfant.

— C'est une femme, d'accord. Qui a tout perdu naguère et qui a probablement peur de tout perdre une fois de plus.

— Je lui ai offert sur un plateau tout ce qu'elle pouvait désirer. Si elle avait accepté de m'épouser…

Ils accueilleraient le comte de Luxborough et son épouse.

L'épouse d'un comte.

Oh, nom d'une pipe…

Voilà pourquoi elle l'avait repoussé.

Rafe se leva d'un bond, l'esprit en ébullition. Il se remémora leur discussion. Qu'avait-elle dit ? « Je dois remettre les choses en ordre, sinon je ne me sentirai plus jamais en sécurité nulle part. »

Quel imbécile ! se fustigea-t-il. Se marier avec lui n'était évidemment pas une solution pour Thea, parce qu'elle n'était pas une intrigante. Elle ne rêvait pas d'épouser un aristocrate, elle désirait simplement que ses parents l'acceptent telle qu'elle était. Tant qu'elle ne serait pas libérée de son passé, elle ne pourrait pas se tourner vers son avenir.

Il aurait peut-être dû lui dire qu'il la voulait à ses côtés chaque jour de sa vie, qu'elle n'avait qu'à demander et qu'il se chargerait de remettre pour elle les pendules à l'heure. Si seulement il lui avait avoué qu'il l'aimait et qu'il avait besoin d'elle comme il avait besoin d'air, d'eau et de lumière…

Non, il se fourvoyait. S'il avait tenté de la retenir ici alors qu'elle n'avait pas réglé ses problèmes, les questions sans réponse l'auraient obsédée. Elle aurait été hantée non par le passé, mais par l'avenir qu'elle aurait pu avoir. S'il l'avait persuadée de rester, alors dans les moments difficiles – or même une existence heureuse comportait fatalement des moments difficiles –, elle aurait peut-être douté – « Et si j'étais partie ? si j'avais essayé ? »

Si son bonheur était à Londres, chez ses parents, il devait la laisser le trouver, car qu'y avait-il de plus important que le bonheur de Thea ?

Il espérait seulement qu'elle ne l'oublierait pas et que le souvenir de ce qu'ils avaient partagé la lui ramènerait.

Oh oui, de toute son âme il priait pour qu'elle lui revienne.

Où que tu sois à présent, Thea, sache que je t'aime. Reviens-moi, sinon je crains de ne pas pouvoir continuer à vivre.

— Maintenant, je comprends, dit-il à Nicholas. Si je l'avais épousée, si la comtesse de Luxborough avait frappé à la porte de ses parents, elle se serait toujours demandé ce qu'ils pensaient vraiment. Thea a besoin de savoir la vérité.

— Et une fois qu'elle saura ?

— Peut-être qu'alors elle me reviendra.

Nicholas remonta machinalement le pan de la toge qui glissait de son épaule.

— Rafe, mon garçon… si tu m'accompagnais à Londres, elle n'aurait pas à faire ce long trajet.

— Il n'est pas question que j'assiste à une fête costumée.

— Bien sûr, approuva suavement Nicholas.

De retour à son logement de location, Thea trouva sa malle sur le perron. La logeuse, les mâchoires serrées et les bras croisés, lui barra le passage.

— C'est une maison respectable, déclara-t-elle, dardant sur Thea ses petits yeux cruels. Je ne loge pas les femmes de votre espèce.

— Quel genre de femme pensez-vous que je suis ?

— Vous avez eu deux visiteurs aujourd'hui. Ces messieurs m'ont dit qui vous étiez.

— Vous vous trompez, protesta Thea. Et je vous rappelle que j'ai payé le loyer pour le mois.

— Encore heureux ! Allez, ouste, décampez !

Pour la deuxième fois de la journée, on lui claqua la porte au nez.

Thea balaya du regard la rue animée et remarqua, sur le trottoir d'en face, deux gentlemen élégamment vêtus. Ils affichaient une telle assurance qu'on aurait pu croire que ce quartier de Londres leur appartenait. Certains passants prenaient garde à ne pas les bousculer, mais des vendeurs ambulants, pleins d'espoir, s'agitaient autour d'eux comme des mouches sur du crottin frais.

Oui, voilà. Ces deux gentlemen étaient du crottin sous forme humaine.

Percy Russell et Francis Upton, ses prétendus visiteurs dont les mensonges lui valaient une fois de plus d'être jetée à la rue.

Ils s'étaient rendu compte qu'elle les observait. D'un même mouvement, ils soulevèrent leur chapeau et, un sourire railleur aux lèvres, plongèrent dans une profonde courbette.

Ils avaient tout, mais cela ne leur suffisait pas. Il fallait que les autres n'aient plus rien.

— Il se fait tard, mademoiselle, dit Gilbert, qui se tenait à côté d'elle. Nous devons vous trouver une chambre.

— C'est difficile pour une femme seule. Il vaudrait sans doute mieux que je me rabatte sur une auberge à l'extérieur de Londres.

— Je connais un endroit, je vais les prévenir de votre arrivée.

— Vous n'êtes pas obligé de vous donner tout ce mal.

— Mlle Larke me couperait la tête si vous n'étiez pas en sécurité. Et je ne parle pas de M. le comte.

Le comte qui l'avait laissée partir. Pourquoi l'avait-elle quitté ? Mais leur relation n'était pas plus réelle que tout le reste.

— Mon cousin possède un café pas très loin d'ici, déclara Gilbert en saisissant une poignée de la malle. Vous n'avez qu'à m'attendre pendant que je m'assure qu'il y a de la place pour vous. Je reviendrai avec un fiacre.

Mais, hébétée et n'ayant pas de meilleure idée, Thea prit l'autre poignée de la malle et, cahin-caha, ils marchèrent jusqu'au Café Pimm. L'atmosphère du lieu vibrait d'énergie. Des hommes juchés sur des bancs de bois, un verre ou une pipe dans une main et une page de journal dans l'autre, lisaient à haute voix. D'autres clients discutaient à voix basse de choses visiblement importantes, d'autres encore parlaient à tue-tête.

Lorsque Thea et Gilbert arrivèrent, tous s'interrompirent pour les regarder, puis, décidant qu'ils n'étaient pas intéressants, retournèrent à leurs moutons. Tandis que Gilbert allait à la recherche de Mme Pimm, Thea observa la salle.

C'était dans des cafés semblables à celui-ci qu'elle traînait autrefois, habillée en garçon, en quête de courses à faire pour les clients. Elle s'exerçait à la lecture des journaux et mémorisait les conversations qu'elle entendait pour les répéter à son père. Comme elle était heureuse quand le visage de M. Knight s'éclairait et qu'il s'exclamait : « Excellent ! Cette information me sera utile, ça oui ! » En ce temps-là, les Knight formaient une sacrée équipe.

Thea huma l'arôme du café qui flottait dans l'air saturé de fumée. Elle se sentit soudain étrangement légère et se rappela une fois de plus l'épisode de la montgolfière. La petite fille qu'elle était alors avait été terrifiée en apprenant que, pour s'envoler, le ballon ne serait plus arrimé au sol. Toute sa vie, elle s'était acharnée à rester arrimée à sa famille, mais à présent ses parents avaient définitivement tranché les cordes.

Et Thea n'avait pas peur. Elle était… libre. Durant ses trois années d'exil, elle aurait pu faire tout ce qu'elle voulait, aller n'importe où. Mais elle était demeurée figée, prisonnière du passé, cherchant désespérément le moyen de retourner en arrière, l'esprit fermé à l'avenir.

Que de temps perdu ! Elle aurait pu profiter de ce temps-là pour se bâtir un nouveau foyer. Mais il n'était pas trop tard.

À cette idée, son cœur battit plus vite. Elle ferma les yeux, le brouhaha s'estompa, et une image s'imprima sur ses paupières closes : la pelouse de Brinkley End.

— Mademoiselle ?

Thea sursauta. Gilbert et une femme qui devait être Mme Pimm se tenaient devant elle. Avant qu'ils aient pu prononcer un mot, un jeune garçon franchit le seuil au pas de course. Le silence se fit tandis que le garçon vociférait les noms des bateaux arrivés au port depuis une heure, avant de tourner les talons et de repartir à toute allure.

Gilbert salua Thea et partit à son tour. Mme Pimm, avec l'imperturbable efficacité d'une femme qui passait ses journées à s'occuper d'hommes surexcités par le café, installa Thea et sa malle dans un coin tranquille. Elle s'empressa de lui servir du thé avec des tartines de confiture.

— Avez-vous besoin d'autre chose, mademoiselle ?

— Non, répondit Thea avec gratitude.

Elle disait vrai, car Gilbert et Mme Pimm lui avaient donné ce dont elle avait le plus besoin : la preuve qu'il y avait encore dans ce monde des êtres capables de bonté.

Lorsque la voiture s'engagea dans les rues de Mayfair, Thea supposa que Gilbert avait réussi à convaincre la gouvernante des Larke d'héberger l'amie d'Arabella, mais le cocher ne s'arrêta pas devant la résidence des Larke.

Il s'arrêta devant celle du comte de Luxborough.

Thea descendit de la voiture, les jambes flageolantes et les mains moites. Rafe n'était certainement pas là. Il était à Brinkley End, dans sa serre, avec ses plantes. Il l'avait déjà oubliée.

— Lord Luxborough est chez lui ? demanda-t-elle d'une petite voix.

— Non, répondit quelqu'un.

Elle s'était bien doutée qu'il ne pouvait pas être à Londres. Pourtant, elle en était dévastée.

« Si tu t'en vas, je ne viendrai pas te chercher. »

Elle l'avait quitté et n'avait pas le droit de rester ici. Elle se retourna pour le dire à Gilbert, mais le fiacre s'éloignait déjà, et les laquais du comte empoignaient sa malle.

Thea se laissa donc pousser dans le hall, où le majordome, d'ordinaire si sévère, lui adressa un sourire où elle crut lire du soulagement.

— Nous sommes heureux de vous voir, mademoiselle Knight, déclara-t-il – il avait diplomatiquement renoncé à l'appeler « madame la comtesse ». Nous vous cherchions.

— Vous me... cherchiez ? bafouilla-t-elle.

— M. le comte nous en avait donné l'ordre. Nous devions nous assurer que vous étiez en sûreté.

— Mais je... je ne suis pas la comtesse.

— M. le comte nous a écrit que Mlle Knight était toujours chez elle dans cette demeure.

Sur quoi, la gouvernante conduisit Thea à l'étage.

— Nous vous monterons un plateau, annonça-t-elle gaiement. Un petit repas froid, si cela ne vous dérange pas.

— C'est parfait, répondit Thea, ahurie.

— On va vous préparer un bain, cela vous fera du bien.

Thea se laissait bercer par la voix enjouée de la gouvernante. On l'aida à se débarrasser de ses vêtements qui empestaient la fumée, puis elle enfila un négligé qui fleurait bon la lavande, en attendant que son bain soit prêt.

Les domestiques achevaient de remplir la baignoire quand on lui remit une lettre. Elle n'avait vu qu'une fois cette écriture nette et énergique, mais elle la reconnut immédiatement. Le message de Rafe était bref et impersonnel.

Ainsi que tu le sais, notre pseudo-mariage m'a permis d'entrer en possession de dix mille livres. Je prends les dispositions nécessaires pour que cette somme te soit remise. Il te suffira de présenter cette lettre à mon notaire...

Thea replia la lettre et la posa sur un guéridon. Rafe avait besoin de cet argent pour son entreprise, pourtant il le lui donnait. Dix mille livres, c'était pour tout le monde une véritable fortune. Pour une femme sans le sou, c'était le moyen de refaire sa vie.

Or Rafe ne se contentait pas de lui donner de l'argent. Le sol se dérobait de nouveau sous les pieds de Thea, mais Rafe était là, cette fois. Elle l'avait repoussé, pourtant il l'empêchait de sombrer.

— Mademoiselle Knight ? appela une voix. Votre bain est prêt. Voulez-vous que je reste pour vous aider ?

— Non, merci infiniment.

La porte se referma. Thea se dévêtit et s'assit dans la baignoire en cuivre. Elle déglutit, serra les dents. En vain. Les larmes jaillirent.

Elle comprenait brusquement, hélas trop tard, ce qu'elle avait fait.

Elle avait mis Rafe à l'épreuve.

Dans son besoin éperdu d'être aimée, elle avait tout gâché. Elle avait mis l'amour de ses parents à l'épreuve, et elle avait été déçue. Ensuite, elle s'en était prise à Rafe, et c'était elle qui l'avait déçu.

Elle n'avait pas cessé de lui parler de sa famille, de son foyer londonien. Elle s'était vantée de ne s'attacher à personne, sans s'avouer qu'elle espérait qu'il la supplierait de rester. Mais pourquoi l'aurait-il fait ? Elle lui avait seriné sur tous les tons qu'elle voulait partir.

Que se serait-il passé si elle n'avait pas joué comme une sotte, si elle ne s'était pas enfuie en espérant que Rafe se lancerait à sa poursuite ? Si elle avait eu le courage de lui dire la vérité : « Je t'aime et je veux être auprès de toi jusqu'à la fin de mes jours » ?

Elle avait eu son rêve à portée de main – aimer et être aimée, vivre dans un foyer douillet, avec un homme tendre et solide –, mais elle n'avait pas osé y croire. Elle avait pris la fuite.

Posant son front sur ses genoux repliés, elle éclata en sanglots déchirants. Lorsqu'elle retrouva son calme, longtemps après, l'eau du bain était froide et ses cheveux sentaient toujours la fumée.

Elle les frotta avec le savon parfumé à la lavande et les rinça tant bien que mal. Puis elle sortit de la baignoire et se frictionna avec une serviette moelleuse. Quand elle fut rhabillée et recoiffée, qu'elle se coucha après avoir grignoté, elle se sentit étrangement apaisée.

Elle disposerait bientôt d'une fortune. Sa première dépense serait de louer une voiture pour retourner à Brinkley End.

Rafe n'avait plus qu'à patienter. Pour tromper son impatience, il entreprit de lire les pages que Thea avait laissées dans la bibliothèque. À sa surprise, il fut bientôt captivé par l'étrange et drolatique histoire d'une réprouvée enfermée dans un château et d'un homme, victime d'un sortilège, qui vivait à moitié nu dans un lac. Dans chaque mot, il entendait la voix claire de Thea. Pour un peu, il aurait pu croire qu'elle était là, blottie contre lui dans le grand fauteuil de cuir.

— Qu'est-ce qui t'amuse ?

Levant le nez, Rafe découvrit Nicholas, vêtu de vert et coiffé d'une couronne fleurie.

— Puck[1] ?

1. Personnage facétieux du *Songe d'une nuit d'été*, de Shakespeare. Il effraie les jeunes filles, joue des tours aux vieilles, égare les voyageurs, et autres espiègleries. (*N.d.T.*)

— Je fais un farfadet shakespearien des plus convaincants, non ? J'espère que notre Thea assistera à la fête costumée.

Elle porterait sans doute un masque de chat. Non, plus de masque. Il brûlait de contempler son visage.

— Je me demande si la troupe de notre ami William Dudley joue toujours cette pièce dont Rosamund est l'héroïne, enchaîna Nicholas en époussetant les manches vertes de sa tunique. Il faudra tout de même qu'ils modifient la fin. Si tu venais avec moi à Londres, tu pourrais voir le spectacle.

— Je l'ai déjà vu, lui rappela Rafe. C'était la première version.

Dire que, ce soir-là, il faisait les gros yeux à Thea, qui racontait son histoire à un public fasciné ! Plus tard, au clair de lune, quand il avait maladroitement essayé de la réconforter, c'était elle qui lui avait caressé le visage.

Une douleur aiguë le transperça. Lâchant le texte de Thea, il renversa la tête en arrière.

— Oh Seigneur, gémit-il. Elle me manque tellement.

Nicholas lui étreignit affectueusement l'épaule.

— J'ai tout fait de travers, n'est-ce pas ? marmonna Rafe.

— Tu as fait ce que tu pouvais à ce moment-là.

— Et si je l'ai perdue ? Elle a peut-être besoin de moi, et je ne suis pas là. Il peut lui arriver n'importe quoi à Londres, et je ne suis pas auprès d'elle.

Il se posta devant la fenêtre. Sally et Martha flânaient au bord du lac, bras dessus bras dessous. Il observa distraitement ces deux femmes, réprouvées elles aussi, qui avaient trouvé un havre à Brinkley End. Un refuge qu'il pouvait leur offrir parce qu'il était le comte de Luxborough.

Il n'avait jamais souhaité devenir comte – il aurait de loin préféré que son frère vive –, mais il le serait jusqu'à sa mort. Il devait maintenant décider s'il voulait ou non faire partie de ce monde.

La décision était déjà prise, puisque Thea était pour lui le centre du monde.

Nicholas ramassa les pages tombées sur le sol et les posa sur un guéridon.

— Tu as toujours su prendre ce que tu désirais, Rafe, c'est l'une de tes nombreuses qualités. Tu fonces, sans te soucier de l'opinion des gens.

Il poussa un soupir théâtral.

— Ma voiture est prête, je dois m'en aller. M'obliger à retourner à Londres tout seul… que c'est cruel de ta part !

— Tu manques de subtilité, mon vieux.

— Au contraire, je suis extraordinairement subtil. Quel dommage que tu n'aies pas le temps de choisir un costume pour la fête !

— Il n'est pas question que j'y assiste.

— Bien sûr, répondit l'évêque avec un grand sourire.

26

Arabella et sa mère arrivèrent à Londres le lendemain. Gilbert leur apporta un message, Arabella accourut, et Thea déménagea une fois de plus pour s'installer chez les Larke.

Elle achevait de raconter à Arabella la destruction de son pamphlet – « Maudit soit ce Ventnor de malheur ! C'est lui que je voudrais jeter au feu ! » s'était exclamée son amie – quand elles furent interrompues par une domestique qui apportait le costume d'Arabella pour la fête du prince régent : une longue stola blanche, le casque couronné de plumes rouges de Minerve, la déesse romaine, un pendentif représentant une chouette, symbole de la sagesse, et un serpent d'argent qui s'enroulerait autour de son bras.

— Je me demande s'il est judicieux d'arborer la tenue d'une déesse guerrière le soir de mes fiançailles, déclara Arabella en lissant le plumet cramoisi du casque.

Thea sursauta.

— Tu es fiancée ? Mais tu disais que le marquis de Hardbury ne voulait pas de toi.

— Mon père tient absolument à annoncer mes fiançailles lors de la fête, donc je me fiance.

— Mais avec qui, si ce n'est pas avec le marquis ?

— Oh, je ne sais pas..., répondit Arabella en tirant sur une plume. Je jetterai un œil à la liste des gentlemen invités à la fête, et j'accorderai ma main au premier qui la demandera. Je veux seulement que ce soit un pair du royaume, pour pouvoir l'appeler « milord » jusqu'à la fin de mes jours, sans avoir à me donner le mal d'apprendre son nom.

Thea observait les doigts fuselés de son amie qui trituraient le plumet.

— Arabella, si tu as besoin d'aide...

— Et si je me fiançais avec ton comte ? la coupa Arabella d'une voix douce. Tu avais suggéré que je le prenne quand tu en aurais fini avec lui. C'est le cas, tu en as fini avec lui ?

— Non, je vais retourner auprès de lui.

— Il souhaite que tu reviennes ?

— Oui... non... je n'en sais rien. Mais je retournerai quand même à Brinkley End.

— Qu'est-ce que tu as fabriqué, Thea ?

— Je suis tombée amoureuse, voilà. Et je crains fort d'avoir tout gâché.

— Pourquoi ?

— Il a décidé de me donner dix mille livres, ce qui signifie qu'il me raye de sa vie. Je ne le lui reproche pas, note bien, vu que j'ai accumulé les erreurs. J'ai perdu mes rêves et ma famille, j'ai assez d'argent pour me bâtir une nouvelle vie, mais je m'en fiche. Je n'ai qu'un désir : tirer les choses au clair avec Rafe. Même s'il ne veut plus de moi, il faut que je lui dise qu'il est aimé. Je lui dois au moins ça, après tout ce qu'il a fait pour moi. Je demanderai une avance à son notaire, et cela me permettra de louer une berline.

— Ma mère pourrait te prêter de l'argent, ce qui te permettrait de partir plus tôt.

« Je pourrais partir ce soir même ! » pensa Thea, le cœur battant. Mais il y avait Arabella qui, dans deux jours, se rendrait à la fête costumée et serait fiancée contre son gré.

— Et si nous partagions les dix mille livres ? Tu serais indépendante, et tu n'aurais pas à te marier.

— Oh, ce n'est pas une question d'argent. Le domaine Larke me revient de droit, mais je n'en hériterai qu'à condition de me soumettre à la volonté de mon père.

— Tu me disais, rappelle-toi, que tu étais un faucon planant librement dans le ciel.

— Sais-tu comment on dresse les faucons ? Avec une longe et des lanières autour des pattes. Peu à peu, on augmente la longueur de la longe, jusqu'au jour où on peut la couper. Mais, dans l'esprit du faucon, elle est toujours là.

Arabella lui décocha un regard aigu.

— Ne fais pas cette tête, Thea. J'épouserai un aristocrate, comme prévu depuis ma naissance. Et si tu as la bonté d'en épouser un, toi aussi, je te verrai plus souvent.

— J'essaierai, promit Thea.

À cette idée, elle eut l'impression que, dans son ventre, des papillons se mettaient à battre des ailes. Elle ne pouvait cependant pas abandonner Arabella, même si son amie feignait l'indifférence.

— Mais d'abord, je t'accompagnerai à la fête du prince régent, si tu réussis à me faire entrer dans les lieux. J'ai l'intention de poser quelques questions au lord Machin-Chose qu'on te destine.

Arabella ne voulait manifestement pas que Thea inflige à lord Machin-Chose un interrogatoire en règle, car elle disparut dès qu'elles eurent pénétré dans le parc où se déroulait la fête. Thea se retrouva seule, à déambuler sur les pelouses.

Plutôt qu'une fête aristocratique, c'était un véritable carnaval qu'elle découvrait. Des acrobates faisaient leurs acrobaties au milieu des invités, les jongleurs jonglaient, et sur une corde tendue à une hauteur vertigineuse, les funambules sautaient et pirouettaient. Des bouffons circulaient dans la foule, jouaient des tours pendables aux invités et leur susurraient des grivoiseries.

C'était un tel tourbillon de costumes qu'on avait l'impression d'évoluer dans un rêve baroque. Peu d'invités étaient masqués, et le masque vénitien de Thea lui pesait, mais au moins il remplissait son office : on ne faisait pas attention à elle.

Elle cherchait à apercevoir le prince régent ou le mystérieux marquis de Hardbury, qui s'était montré honteusement grossier envers Arabella. Elle entendit quelqu'un dire qu'il n'était pas encore arrivé, quelqu'un d'autre rétorquer qu'il était déjà là. Un troisième quidam ronchonna qu'on se fichait du marquis.

— Il paraît, ajouta-t-il, que des comédiens jouent à l'intérieur du palais.

Une pièce de théâtre... Cela la distrairait en attendant qu'Arabella reparaisse. Thea retournait sur ses pas quand elle repéra un homme coiffé d'une imposante tête de lion.

Rafe !

Jouant des coudes, elle se fraya un chemin dans la foule, en essayant de ne pas perdre de vue la tête de lion. Autour d'elle, les gens riaient, les saltimbanques se démenaient. Quand elle retrouverait le lion... que ferait-elle ? Elle lui sourirait ? Le serrerait dans ses bras ?

Oh, il était là. Il se retournait. Il allait la voir et dire...

Rien.

L'homme à la tête de lion avait les yeux bleus et une barbe rousse. Ce n'était pas Rafe.

Elle sentit son cœur se décrocher dans sa poitrine. Le masque de chat collait à ses joues échauffées. La foule rugissait et semblait soudain floue, lointaine.

Quelle sotte elle avait été d'imaginer que Rafe était venu la chercher ! Il avait dit qu'il ne le ferait pas. Mais ce n'était pas grave. Dès qu'elle aurait récupéré l'argent, le lendemain ou le surlendemain, elle louerait une voiture et se précipiterait à Brinkley End.

En attendant, un spectacle lui changerait les idées.

Au milieu de l'immense salle de bal avait été installée une scène de fortune, entourée de rangées de sièges, presque tous occupés. Les autres spectateurs, nombreux, étaient debout. Des murmures excités couraient dans le public.

— Ce n'était pas prévu, ils n'ont décidé que ce matin de jouer cette pièce, disait un invité.

— Une pièce on ne peut plus moderne et plutôt choquante, à ce qu'il paraît, chuchotait un autre.

— Prinny[1] donne des réceptions incroyablement osées ! soupirait une femme.

Thea se glissa le long d'un mur et se posta près d'une alcôve de la taille d'un grand lit, fermée par de lourds rideaux de velours. Son masque l'incommodait, mais elle n'osait pas l'enlever.

Elle vit alors ses parents entrer dans la salle. Son père, rayonnant, arborait un costume de chevalier médiéval, sa dame pendue à son bras.

Agrippant le rideau, Thea balaya le public du regard, cherchant Helen. À ce moment, un

1. Surnom du prince régent. (*N.d.T.*)

roulement de tambour retentit, et un homme à la figure grimée se campa au centre de la scène. Thea eut l'impression de l'avoir déjà vu… mais où ? Elle y réfléchissait lorsqu'elle reconnut Percy Russell et Francis Upton, à dix mètres d'elle. Ils arboraient de somptueux pourpoints ornés de rubans et de dentelles que n'auraient pas dédaignés les courtisans français du Grand Siècle. Ils ne la reconnurent pas – heureusement, car ils n'auraient pas hésité à la faire jeter dehors.

Tandis qu'elle les observait discrètement, un laquais dont la perruque blanche tranchait avec sa peau brune, leur présenta un plateau. Ils saisirent les deux verres qui y étaient posés et trinquèrent, puis Percy dit quelque chose au domestique. Francis Upton et lui s'esclaffèrent.

Les malotrus ! Le laquais ne paraissait cependant pas perturbé outre mesure par leur grossièreté. Au contraire, une expression amusée se lisait sur ses traits.

Des traits féminins, constata Thea en regardant approcher l'étrange personnage.

— Martha ? s'exclama-t-elle, stupéfaite.

— C'est vous, Thea ? dit Martha avec un grand sourire. Nous espérions bien vous trouver ici.

— *Nous ?* Qu'est-ce que vous manigancez ? J'imagine que vous ne vous êtes pas fait embaucher comme laquais chez le prince régent.

— C'est une fête costumée, n'est-ce pas ? Eh bien, je suis costumée. Si ces deux jeunes prétentieux ne s'en sont pas rendu compte, ce n'est pas ma faute.

Thea montra, sur le plateau, les deux verres vides.

— Que leur avez-vous fait boire ?

— J'ai besoin de cobayes pour mes expériences. Finalement, ces vilains garçons ne sont pas tout à fait inutiles.

— Mon Dieu, vous ne leur avez tout de même pas administré l'un de vos remèdes sans les prévenir !

— Ne craignez rien, ça ne leur fera pas de mal. Ils vont simplement dévoiler leur vraie nature. Je vous laisse, le spectacle va commencer, ajouta gaiement Martha avant de disparaître dans la foule.

Thea commençait à se demander si elle n'était pas droguée, elle aussi, car elle avait l'impression que la salle de bal était peuplée de tous les gens qu'elle connaissait. Ses parents, Percy et Francis, Martha, et maintenant l'évêque de Dartford, tout de vert vêtu. Quant au comédien qui se trouvait sur la scène, c'était William Dudley, celui qui jouait les illuminés devant la résidence de Rafe.

Soudain, le tambour invisible retentit de nouveau, lent et sourd comme un battement de cœur. Le silence se fit lorsqu'une silhouette s'avança sur la scène, revêtue d'une ample cape noire qui camouflait son visage et ses formes.

Un deuxième tambour, puis un troisième résonnèrent. La silhouette se mit à tournoyer. Les tambours battaient de plus en plus vite, si fort que Thea avait l'impression que ses os vibraient. Soudain, les trilles aigus d'une flûte s'élevèrent.

Sans cesser de virevolter, la silhouette se débarrassa de sa cape noire, et la lumière des candélabres fit luire sa chevelure flamboyante, sa robe dorée et ses longs gants de satin doré.

Après un éclatant crescendo, tambours et flûte se turent. Sur la scène, la femme s'immobilisa, les bras levés dans une attitude triomphante.

Les spectateurs sidérés étaient bouche bée.

D'une main tremblante, Thea retira son masque. Brusquement, des applaudissements frénétiques crépitèrent. L'aristocratie britannique acclamait Sarah Holloway, de retour sur scène.

Sally – car, bien sûr, c'était elle – rayonnait de cette assurance que Thea admirait tant. Elle tenait le public dans le creux de sa main. Ces gens gouvernaient le pays, mais ce soir, c'était Sally qui régnait. Elle ne se cachait plus, elle se présentait devant la fine fleur de la société, fière et fascinante, et les spectateurs, qu'ils le veuillent ou non, l'adoraient.

— Mesdames et messieurs, déclara Sally de sa voix de sirène. Je reviens au théâtre pour une seule représentation.

Des exclamations de dépit coururent dans la salle. Clouée au sol, Thea songeait que Sally avait naguère joué avec William Dudley et que la troupe ambulante de Dudley s'était produite sur la route de Londres.

— Une seule représentation pour distraire le prince régent et ses honorables invités. Nous allons jouer pour vous une histoire vraie, dont les personnages portent des noms d'emprunt. Mais les véritables protagonistes se trouvent parmi vous, dans cette salle. Saurez-vous les démasquer ? Et devinerez-vous qui est l'héroïne de cette histoire ?

Retenant son souffle, Thea tourna son regard vers Percy et Francis.

— Mesdames et messieurs, la courte pièce que nous allons jouer pour vous s'intitule : *À qui perd gagne*.

Oh… Thea plaqua bravement un sourire sur ses lèvres. Ce n'était donc pas sa pièce. Tant pis, elle était heureuse d'admirer Sally.

— *À qui perd gagne*, enchaîna Sally, ou *L'Histoire de Rosamund*, une charmante demoiselle cruellement dupée par deux odieuses canailles.

27

Les comédiens prirent place sur la scène, et la pièce commença. Thea se recula dans l'alcôve, de crainte que les spectateurs ne se tournent vers elle pour la conspuer.

Mais personne ne fit attention à elle. Le public était captivé par le drame qui se déroulait sur la scène, et Thea se détendit peu à peu. Elle commença alors à prendre conscience de ce qui se passait.

Contre vents et marées, son histoire était enfin révélée.

Un soir, dans un relais de poste, Thea s'était juchée sur une chaise pour raconter son histoire à des spectateurs passablement éméchés. Ce récit avait pris vie grâce à des troupes de comédiens ambulants qui l'avaient joué par monts et par vaux, si bien que, malgré la destruction par le feu des exemplaires de son pamphlet, son histoire continuait à exister. Ce soir, elle était narrée à ceux qui devaient l'entendre.

Mais celui dont Thea avait le plus besoin n'était pas là.

Rafe.

Elle observait la fine fleur de la société boire les paroles des comédiens. Ses parents, Percy et Francis. En fait, l'opinion de ces gens lui était à présent indifférente. Cette représentation était une victoire pour elle, mais elle y aurait volontiers renoncé si cela lui avait permis d'être avec Rafe. Elle avait enfin compris ce qu'elle voulait vraiment. Malheureusement, elle l'avait déjà perdu. Elle avait grandi, mais il était trop tard.

« Non, pas encore », se dit-elle.

Elle allait retrouver Arabella, mendier, emprunter ou voler l'argent nécessaire pour quitter Londres dès cette nuit. Plus tôt elle partirait, plus tôt elle arriverait à Brinkley End.

Résolue, elle pivota pour sortir par la porte au fond de l'alcôve et faillit percuter un homme grand et large d'épaules, coiffé d'une tête de lion. Ses yeux mordorés brillaient, et un petit sourire retroussait la commissure de ses lèvres.

— Tu es là, murmura Rafe.

Ils avaient tout organisé très vite, en refusant d'envisager que Rafe ne la retrouve pas. Mais il ne s'inquiétait pas outre mesure. S'il était capable de dénicher une fleur minuscule au milieu de la jungle, il réussirait à retrouver sa bien-aimée parmi les invités du prince régent.

Et, comme par magie, il l'avait trouvée. Il s'était glissé dans l'alcôve pour assister au spectacle, et sa Thea était là. Au prix d'un effort surhumain, il s'était retenu de se jeter sur elle.

Pourvu que, cette fois, il ait bien compris ce qui avait poussé Thea à partir et ce dont elle avait profondément besoin. Pourvu qu'il ait bien compris qui elle était.

Elle se retourna. De l'autre côté des lourds rideaux de velours qui se fermaient, les comédiens jouaient pour la haute société. Dans l'alcôve se cachait l'essentiel.

Des larmes brillaient dans les yeux pervenche.

— Thea ? murmura-t-il.

Dans la pénombre, il chercha ses mains. Elle tenait un éventail et le masque de chat, mais il avait les mains assez grandes pour étreindre le tout.

— Je… je regrette tellement, balbutia-t-elle d'une voix sourde et vibrante. Je me suis complètement fourvoyée. Je m'apprêtais à te rejoindre, mais… tu es là.

— Je ne pouvais pas attendre une minute de plus, dit-il en l'attirant dans un coin de l'alcôve. J'ai appris que Ventnor avait brûlé tes pamphlets. Tu n'imagines pas à quel point j'aurais voulu être là. J'aurais pu l'arrêter si seulement j'étais arrivé plus tôt. Je suis désolé de ne pas avoir été là pour toi.

— Ne le sois surtout pas. Je me félicite qu'il ait tout brûlé, car c'est ce qui m'a révélé la vérité. Mon histoire, ma réputation, ma famille, cela n'a aucune importance. L'essentiel, c'est toi. Toi que j'aime.

Le cœur de Rafe manqua un battement, puis se mit à cogner dans tout son corps.

— Je t'aime, Rafe, depuis longtemps. J'aurais dû te le dire avant, parce qu'il faut que tu le saches : tu es aimé. Tu es… tout pour moi. J'avais trop peur pour te l'avouer, alors j'ai fait n'importe quoi, et maintenant tu es là, et je me demande pourquoi. Tout le monde est là, c'est comme un rêve, et je parle trop alors que tu détestes ça, et… et tu ne me dois rien du tout, mais de toute façon… je t'aime.

Elle s'interrompit pour reprendre son souffle. Rafe aussi avait du mal à respirer, bien qu'il n'eût pas prononcé un mot.

— Dis quelque chose, murmura-t-elle.

Il la regardait fixement, de crainte qu'elle ne disparaisse.

— Je comprends maintenant pourquoi il fallait que tu t'en ailles. Pour pouvoir te tourner vers l'avenir, tu devais solder le passé. Tu m'as aidé à me libérer du mien, et tu avais besoin de le faire pour toi aussi. Je regrette de ne pas l'avoir compris plus tôt.

Il lui caressa la joue, pour dissiper la détresse qu'il lisait dans ses yeux voilés de larmes.

— Tu t'apprêtais à me rejoindre ? répéta-t-il.

— Oui... j'avais décidé d'être courageuse, de prendre un risque. Tu avais dit que tu ne viendrais pas me chercher, alors je me suis juré de venir te chercher, toi. De te supplier de me pardonner et de me donner une autre chance.

— Ma douce, sache que je viendrai toujours te chercher, aussi longtemps que tu voudras de moi. Tu as dit que tu ne pouvais te fier à rien, que la terre s'ouvrait sous tes pieds, mais sois sûre d'une chose : je serai la terre sous tes pas, et je ne me déroberai pas.

Il baisa ses doigts fuselés, poursuivit :

— J'ai eu des journées entières pour pondre une demande en mariage convenable, et cette fois faire les choses comme il faut, mais... je peux seulement te dire que je t'aime, Thea. Passionnément et à jamais. Si tu veux de moi, je serai là, auprès de toi, aussi longtemps que tu le souhaiteras.

— Toujours..., souffla-t-elle. Et je serai toujours là pour toi.

— C'est un oui ?

— Oui... Oui, oui !

Elle riait et pleurait, sans parvenir à se contrôler. Lui avait les larmes aux yeux, les joues douloureuses à force de sourire – comment un corps pouvait-il contenir autant d'émotion ?

— Tu pleures, murmura-t-elle.

— Pas du tout.

Cette fois, quand elle laissa échapper un rire tremblé, il le but sur sa bouche. Et lorsque leurs lèvres s'unirent, il prit l'amour qu'elle lui offrait et lui offrit le sien. Il la serra fiévreusement contre lui ; elle noua ses mains autour de son cou et envoya valser la tête de lion.

— Sortons d'ici, murmura-t-il.

— Oui.

— Rentrons à la maison.

— Oui.

Mais pour cela, il devait s'écarter, or ses bras refusaient de la lâcher. Thea appuya son front contre son épaule, et il enfouit sa bouche dans ses cheveux. Le désir flambait dans ses veines. Il ne songeait même plus à respirer, maintenant qu'il l'avait retrouvée et qu'il ne serait plus jamais obligé de la laisser partir.

Ils restèrent longtemps enlacés, jusqu'à ce que les voix des comédiens, de l'autre côté du rideau, les ramènent à la réalité.

— Sortons d'ici, marmonna Rafe. Nicholas s'est chargé de la licence spéciale et des formalités. Nous pouvons nous marier ce soir si tu le souhaites, à moins que tu ne préfères un grand mariage.

— Je te veux toi, c'est tout. Oh, il faut que je prévienne Arabella. Et Sally, et Martha, et… Oh, mais c'était toi. Le théâtre. C'était toi, bien sûr !

— Je n'ai pas empêché Ventnor de brûler tes pamphlets, mais je pouvais m'arranger pour que ton histoire soit entendue. La Maison Royale a volontiers accepté que les Baladins Luxborough donnent une représentation.

— Les Baladins Luxborough ?

La Maison Royale aurait pu lui conférer le titre de roi qu'il n'aurait pas été plus fier ni plus heureux qu'il ne l'était en voyant la joie de Thea.

— Les comtes et les comtesses comme il faut ont leur propre troupe de théâtre, évidemment.

— Tu fais tant de choses pour moi, et moi je ne fais rien pour toi.

— Ces choses-là sont faciles pour moi. Je suis comte, je te le rappelle, que cela me plaise ou non. Et toi, tu as tout fait pour moi. Tout. Grâce à toi, je souhaite avoir une place dans ce monde. J'ai donc l'intention de siéger assidûment à la Chambre des lords. Il y a beaucoup de travail à accomplir : abolir l'esclavage, réformer le droit de vote, le système éducatif, et améliorer les conditions de vie dans les asiles.

Thea écarquilla les yeux.

— Tu supporteras tous ces lords ? Ces parlottes ?

— Un sacré défi, rétorqua-t-il d'un ton lugubre. Mais tu seras près de moi.

— Nous te construirons une jolie petite serre, ici à Londres, où tu pourras te réfugier quand tu auras besoin d'un peu de solitude. Et j'espère que nous passerons la moitié de l'année à Brinkley End.

— Tu ne t'y ennuieras pas ? La compagnie des gens ne m'est pas indispensable, mais toi…

— Elle ne m'est pas indispensable non plus, même si j'aime bien les gens.

— Et s'il n'y a personne ?

— Eh bien, je suppose que tu devras me suffire, rétorqua-t-elle avec un soupir théâtral. J'écrirai mes histoires, ajouta-t-elle en lui tapotant la joue. Je donnerai une voix à ceux qui n'en ont pas. Mais je ne serai peut-être pas une comtesse comme il faut. La bonne société risque de ne pas m'accepter.

— Tu seras une comtesse parfaite et la bonne société t'adorera, sinon elle aura affaire à moi.

— Que vont devenir tes plantes et tes médicaments ?

— Martha et moi, nous engagerons des employés qui travailleront avec elle. Sally et Martha habiteront la maison de la douairière. Elles souhaitent vivre ensemble.

— Vraiment ? C'est merveilleux !

— Oui, n'est-ce pas ?

Il baissa la tête, puis se ravisa.

— Nom d'une pipe, si je t'embrasse encore... On arrête de jacasser et on fiche le camp d'ici ?

Ils écartèrent le rideau et jetèrent un coup d'œil aux comédiens. On approchait de la scène du bal, durant laquelle les deux odieuses canailles allaient débiter leurs mensonges sur Rosamund pour la déshonorer.

— Il faut que je parle à l'évêque, chuchota Rafe, scrutant la salle. Tu l'aperçois ?

— Non. Oh... voilà Percy et Francis.

— Ils auront bientôt ce qu'ils méritent, déclara Rafe en lui caressant le dos. Tu veux y assister ?

— Mmm...

Les sourcils froncés, il la dévisagea.

— Qu'est-ce que tu manigances ?

Un sourire éclaira le visage de Thea.

— J'ai encore une chose à faire.

28

Thea avait une foule de choses à dire à Percy Russell et à Francis Upton, mais sans doute devait-elle avant tout les prévenir qu'ils avaient ingéré une drogue et risquaient de ne pas être dans leur état normal.

À moins que la théorie de Martha ne soit juste et que la drogue ne les pousse à se montrer tels qu'ils étaient vraiment.

En la voyant s'avancer vers eux, ils se donnèrent un coup de coude et plongèrent dans une courbette. La perruque de Francis tomba, ce qui le fit glousser.

Ah, la drogue agissait.

Sur la scène, une Rosamund humiliée et horrifiée faisait face au public. Des murmures couraient dans la salle. Plusieurs personnes reconnurent Thea, qui s'arrêtait devant Percy.

— C'est de nous qu'il est question dans cette pièce, chuchota Percy à Thea d'une voix sifflante. Pourquoi ces saltimbanques jouent-ils notre histoire ?

« *Mon* histoire », rectifia Thea mentalement.

— Maintenant, tout le monde saura, rétorqua-t-elle. Avez-vous des remords ?

Percy éclata de rire – un braiment plutôt qu'un rire –, s'attirant des regards offusqués.

— On s'est drôlement bien amusés. Pourquoi aurions-nous des regrets ?

— La tête que vous faisiez quand nous avons menti à votre sujet ! pouffa Francis.

— Ce fut l'un de mes plus fameux exploits, se vanta Percy.

— De nos exploits, corrigea Francis. Des remords, mon vieux ?

— Non, aucun !

Thea les observait. Dire qu'elle avait eu l'intention de les prévenir qu'ils étaient drogués, par décence ! Ils ne méritaient pas qu'elle se donne cette peine. Leur place dans la société les avait autorisés à anéantir des innocents comme elle, pour le plaisir. Elle allait leur rendre la monnaie de leur pièce, en vertu de ses trois Règles de la Facétie : servir la vérité, damer le pion aux individus malfaisants et aux puissants, et s'amuser.

Et Dieu qu'elle s'amusait !

— Vous êtes très malins, c'est vrai. Et maintenant, toute la haute société en est convaincue. Regardez comme ils applaudissent, les ducs, les comtes et les marquis. Mais ce sont les comédiens et non vous qu'ils applaudissent.

— C'est moi qu'ils devraient applaudir, ricana Percy avec mépris. Moi ! Applaudissez-moi, pauvres imbéciles !

— Applaudissez-nous, s'écria Francis. Tu m'oublies, Percy.

Thea se rapprocha de Percy et lui chuchota à l'oreille :

— C'est l'occasion de montrer à vos semblables combien vous êtes intelligent. Dites-leur que c'était votre idée, votre plan. Allez-y.

— Oui, j'y vais !

En titubant, Percy se fraya un chemin dans le public et grimpa sur l'estrade. Chassant d'un geste les comédiens qui reculèrent docilement, il se campa au centre de la scène et se frappa la poitrine.

— C'était moi ! brailla-t-il.

— Ne laissez pas Percy vous oublier de nouveau, murmura Thea à Francis, qui, opinant du bonnet, se précipita sur la scène.

— Vous avez vu comme j'ai sali la réputation de Mlle Knight ? lança Percy aux spectateurs interloqués. C'était bien joué, non ? C'est moi qui en ai eu l'idée.

— C'était aussi mon idée, protesta Francis en le rejoignant. Ne m'oublie pas, s'il te plaît.

De l'autre côté de la scène, flanqué de Sally et de Martha, Rafe observait le spectacle. Martha affichait la mine concentrée, impassible, qu'elle avait lors de ses expériences. Sally pressait une main sur sa bouche pour dissimuler son amusement.

Rafe chercha le regard de Thea. Ils échangèrent un sourire.

À ce moment, un homme reconnaissable à ses longs cheveux blancs et à sa canne d'ébène s'approcha de la scène.

— Descends de là, ordonna lord Ventnor à son fils. Tu es ivre, tu ne sais pas ce que tu dis.

— Oh, c'est mon père ! beugla Percy. Il prétend que je ne suis pas malin, pourtant je l'ai dupé. Je vous ai tous dupés. On vous a raconté des balivernes au sujet de Thea Knight, et vous nous avez crus.

— Silence ! tonna Ventnor.

— Que ces deux lamentables nigauds se taisent, ordonna une voix froide et cinglante comme le vent d'hiver.

C'était un vieil homme, le duc de Sherbourne, qui, malgré sa petite taille, avait une présence formidable.

— C'est qui, celui-là ? articula Percy.
— Un duc.
— Un grand duc, tu veux dire. Hou hou hou, le hibou ! hulula Percy, qui écarta les bras comme s'il battait des ailes.
Naturellement, Francis l'imita aussitôt.
— Tu veux faire de notre famille un objet de risée ? cracha Ventnor, rouge de colère. On ne s'adresse pas à un duc de cette façon.
Mais Percy et Francis continuaient à gesticuler et à hululer. Thea observait les réactions des spectateurs. Les membres de la haute société regardaient Percy et Francis avec mépris et dégoût.
Le regard qu'ils réservaient naguère à Thea.
— Descends ! cria Ventnor, qui paraissait au bord de la crise de nerfs. Ne ridiculise pas davantage notre famille !
Percy et Francis se tordaient de rire. D'un même mouvement, ils tournèrent brusquement le dos au public et soulevèrent les basques de leurs habits. En les voyant tripoter leurs braguettes, Ventnor vociféra :
— Non, Percy !
Les dames étouffaient des exclamations, les hommes grognaient. Les uns se détournaient, d'autres fermaient les yeux, d'autres encore les écarquillaient, car on n'assistait pas souvent à ce genre de spectacle : Percy Russell et Francis Upton qui baissaient leurs culottes pour montrer leurs postérieurs à l'aristocratie anglaise.

Quatre hercules traînèrent Percy et Francis hors de la salle, où fusaient les commentaires offusqués. Les deux compères s'étaient déshonorés et ne s'en relèveraient pas.
— C'est un outrage ! s'écria Ventnor, sa voix couvrant le brouhaha.

Il se tenait au centre de la scène, drapé dans sa dignité.

— La pièce que vous avez vue n'est qu'un fatras de mensonges, déclara-t-il quand il eut obtenu l'attention du public. Ce qu'on y dit de mon fils est pure invention.

— Votre fils a pourtant effrontément admis avoir raconté, je cite, « des balivernes » pour déshonorer Mlle Knight, rétorqua le duc de Sherbourne. Après quoi il m'a traité de hibou.

— Je vous présente mes excuses, Votre Grâce. Mon fils...

Ventnor braqua sur Thea un regard étincelant. Les spectateurs se tournèrent tous vers elle, et un cercle s'ouvrit autour d'elle, un espace vide où elle se tenait seule.

— C'est Mlle Knight qui a tout manigancé, accusa Ventnor. Je suis sûr qu'elle a mis une drogue dans le verre de mon fils pour qu'il se comporte de cette manière. Ce n'est pas étonnant, venant de la catin de Luxborough !

Un frisson glacé parcourut l'échine de Thea, alors que son sang bouillait dans ses veines. Elle redressa les épaules et le menton. Voilà que tout recommençait : on haussait le sourcil, on la toisait.

Que tous ces gens aillent rôtir en enfer. Ils n'étaient que des girouettes qui changeaient d'avis au moindre souffle de vent.

— Tout doux, Ventnor ! lança Rafe en sautant sur la scène. Je vous ai déjà demandé de ne pas insulter mon épouse.

— Mensonges ! riposta Ventnor, désignant Thea du bout de sa canne. Cette femme est votre...

— Épouse, acheva Rafe d'une voix glaciale. Cette dame est la comtesse de Luxborough, et vous lui devez le respect.

Il balaya la foule d'un regard menaçant.

— Vous lui devez tous le respect.

Puis il posa les yeux sur Thea, son visage s'adoucit, et Thea ne vit plus que lui, son bien-aimé qui déclarait publiquement son amour.

— Vous ne l'avez pas épousée ! vociféra Ventnor. Ce n'est pas avec elle que vous deviez vous marier.

Des murmures perplexes couraient dans le public. Une voix impérieuse s'éleva :

— Ils sont pourtant bel et bien mariés !

C'était Arabella, qui s'approchait de Thea, majestueuse, telle la déesse guerrière dont elle arborait le costume.

— J'ai moi-même été témoin du mariage, ajouta-t-elle en se campant au côté de Thea. Me traiteriez-vous de menteuse, lord Ventnor ?

— Et c'est moi qui les ai mariés ! déclara l'évêque en les rejoignant. Me traiteriez-vous de menteur, lord Ventnor ?

Beau Russell s'avançait vers eux, Helen à son bras.

— Tout cela est indiscutable, à moins que vous ne me traitiez moi aussi de menteur !

Ils mentaient tous, mais à vrai dire leur mensonge était presque vrai. Un sourire radieux éclaira le visage de Thea. Une comtesse comme il faut ne montrait pas ses sentiments de cette façon, mais elle s'en moquait. Que ces gens si distingués la condamnent si ça leur chantait.

De l'autre côté de la scène, Sally et Martha agitaient la main pour lui signifier qu'elles étaient là, avec elle. Arabella, Nicholas, Helen et Beau l'encadraient. Rafe l'avait présentée comme son épouse. Que pouvait-elle désirer de plus ?

Elle s'aperçut alors que le duc de Sherbourne l'observait. Quand leurs regards se croisèrent, il s'inclina, et elle le gratifia d'une révérence des plus élégantes. Si un personnage aussi important et influent la saluait respectueusement, tous les autres suivraient.

Quand le duc se fut éloigné, Thea se tourna vers Arabella.

— Merci, dit-elle avec émotion. Et tes fiançailles ?

— C'est fait.

— Comment s'appelle le fiancé ?

— Oh, un lord ou un autre..., répondit Arabella, impassible. Je suis déjà fatiguée de ce sujet. Le mariage n'aura lieu qu'au printemps, nous avons le temps d'en discuter. Cette soirée est la tienne. Je dois dire que tu t'es surpassée.

— Le mot est faible ! renchérit gaiement Helen. De toutes les facéties que tu as faites, celle-ci est de loin la meilleure. Mais quand on est comtesse, on doit cesser de s'amuser à ça.

— Erreur, rétorqua Thea de son air le plus hautain. Les comtesses comme il faut sont facétieuses, et ces gens méritent qu'on leur joue un bon tour.

Rafe n'avait évidemment pas prévu tous les événements de la soirée. Il s'était contenté de rassembler les dominos – William Dudley et sa troupe de comédiens, Sally et son envie de refaire du théâtre, Martha et ses drogues – et à les disposer comme il convenait.

Résultat, Ventnor et lui se tenaient sur la scène, devant un public fasciné. Il n'y avait là qu'une partie de la haute société, qu'il était difficile de prendre au sérieux vu les costumes ridicules qu'arboraient ces gens, mais tant pis.

Cela suffisait pour laver la réputation de Thea. Et pour déshonorer les deux odieuses canailles.

Cela suffirait pour qu'il marque le point de la victoire.

Il s'avança de trois pas, et tous les visages se tournèrent vers lui. Il recula de trois pas, et les regards le suivirent de nouveau, attendant sa prochaine réplique. Décidément, tout le monde aimait le théâtre, clients de taverne ou aristocrates.

Rafe s'aperçut avec étonnement que l'attention du public ne lui déplaisait pas, au contraire. Peut-être aurait-il dû participer aux représentations théâtrales de la famille, quand il était gamin.

— Vos mensonges commencent à me fatiguer, Ventnor.

Ventnor avait assurément l'étoffe d'un comédien, car il frémit ostensiblement d'indignation.

— Comment osez-vous mettre ma parole en doute, Luxborough ? Je ne dis que la vérité.

— Vous ? railla Rafe. Vous qui, pour ne pas vous salir les mains, chargez vos sbires de commettre vos méfaits ? Parlons-en de la vérité…

— Ne faites pas ça, vous le regretterez, le coupa Ventnor.

— Cet homme…, déclara Rafe aux spectateurs, montrant Ventnor d'un geste ample. Cet homme a tenté d'enlever et d'emprisonner sa fille, ma première épouse, et elle en est morte. Tout cela parce que…

— Elle est morte parce qu'elle vous fuyait ! cracha Ventnor. Il l'a empoisonnée, maltraitée. Regardez-le, il a la figure d'une brute.

— J'ai la figure d'un botaniste qui a malencontreusement rencontré un fauve. Quelle imagination vous avez, vicomte ! Répétez donc à notre audience les histoires invraisemblables que vous avez répandues dans Londres. Dites-leur que je suis un sorcier et que les cicatrices sur mon visage sont la marque du diable.

Avant que Ventnor ait pu protester, William Dudley, le comédien, surgit sur la scène.

— Je témoigne que lord Ventnor nous a engagés, moi et d'autres comédiens, pour colporter ces rumeurs !

Ventnor pivota, écumant de rage.

— Vous, on ne vous a pas sonné ! Déguerpissez !

Dudley ne bougea pas, les jambes écartées et les poings sur les hanches.

— Est-ce vrai, lord Ventnor ? intervint le duc de Sherbourne. Vous avez payé des gens pour répandre ces histoires absurdes, inqualifiables, au sujet du comte de Luxborough ?

— Cet individu n'est qu'un comédien ! Vous êtes trop avisé, Votre Grâce, pour ajouter foi aux propos d'un comédien !

Ce fut au tour de Sally d'apparaître, royale, sur la scène.

— Je suppose qu'on ne me croira pas non plus, cependant je confirme que lord Ventnor a chargé des malfrats d'enlever sa fille. Je suis bien placée pour le savoir : j'ai blessé l'un d'eux à l'épaule.

— Vous mélangez tout ! s'énerva Ventnor en brandissant sa canne. Je voulais seulement que ma fille soit bien soignée, je n'ai jamais eu l'intention de lui faire du mal.

— En effet, rétorqua Sally, feignant de réfléchir. Je me souviens que vous m'avez dit : « Je n'ai jamais voulu que Katharine meure. »

— Oui, c'est cela ! C'est exactement ce que j'ai dit. Une comédienne possède bien sûr une excellente mémoire.

— Et je me rappelle que vous avez ajouté : « Sa mort n'est pas la solution que je souhaitais, mais c'est tout de même une solution. »

Des exclamations horrifiées fusèrent dans la salle. Ventnor secouait furieusement la tête.

— Vous n'avez pas d'âme, enchaîna Sally en s'avançant vers lui. Vous détruisez les belles choses, parce que vous ignorez ce qu'est la beauté. Vous n'avez pas su voir qu'il y avait de la beauté dans la vie de votre fille, parce que vous n'avez vu que le scandale et la honte. Vous ne comprenez rien à l'amour, parce que votre cœur n'est qu'une coquille vide et desséchée. Vous êtes pitoyable.

La gêne des spectateurs était palpable. Les lèvres de Ventnor se retroussèrent dans un affreux rictus.

— N'écoutez pas cette femme. C'est une... une lesbienne !

— Cela ne vous dérangeait pas, quand vous étiez mon protecteur, rétorqua Sally d'un ton glacial. Il m'a offert sa protection, poursuivit-elle, s'adressant au public, pour que je ne révèle pas qu'il avait tenté d'enlever sa propre fille. À présent, je peux parler, puisqu'il m'a retiré son soutien financier. Sur son ordre, ses sbires ont menacé de me défigurer si je ne quittais pas Londres.

Les spectateurs chuchotaient, stupéfaits et embarrassés. Ventnor se redressa.

— Je suis un pair du royaume, déclara-t-il dignement. Faut-il que je sois jugé de cette façon, sur une scène de théâtre et non devant la Chambre des lords, comme il se doit ?

— Cela suffit, acquiesça le duc de Sherbourne. Le prince régent sera bientôt là, et lui expliquer cette farce serait ennuyeux. Nous réexaminerons ces accusations plus tard. Mesdames et messieurs, la fête vous attend. Le spectacle est terminé.

Thea triomphait et en avait le tournis. Rafe descendit de la scène et la rejoignit.

— C'est fait, allons-nous-en, dit-il en lui prenant les mains.

— Tu as été magnifique. Que va-t-il arriver à Ventnor, à ton avis ?

— Je ne sais pas trop, mais les privilèges de la pairie font qu'il ne sera pas puni pour la plupart de ses crimes.

— C'est tellement injuste ! Je voudrais qu'il aille pourrir à l'autre bout du monde.

— Tu n'es pas la seule à le souhaiter. Je verrai ce que je peux faire. Mais, dans l'immédiat, il y a plus important. Allons chercher Nicholas et partons.

À cet instant, un couple leur barra le passage : les Knight. Thea se figea, cramponnée au bras de Rafe, qui enlaça ses doigts aux siens.

— Saperlotte ! s'exclama M. Knight avec un grand sourire. Quelle soirée extraordinaire !

— Oh, Thea, quelle histoire ! commenta Mme Knight en tapotant l'épaule de sa fille. Pourquoi ne nous as-tu pas dit que tu avais épousé le comte ? Cela change tout.

Ils osaient sourire ! Rafe grogna tout bas.

— Vous m'avez chassée de la maison, leur rappela doucement Thea. Deux fois.

Une expression chagrine se peignit sur le visage de sa mère.

— Thea chérie, nous ne connaissions pas la vérité.

— Vous avez refusé de m'écouter.

— Pardonne-nous, ma petite Thea, déclara gravement M. Knight. Nous avons commis des erreurs stupides.

Thea les dévisagea tour à tour.

— Vous êtes là parce que vous regrettez sincèrement de ne pas m'avoir crue et soutenue, ou parce que Rafe est comte ?

Le silence les enveloppa. Helen les rejoignit alors et posa une main sur l'épaule de sa sœur, l'autre sur celle de leur mère.

— Ce sont nos parents. Pardonne-leur, s'il te plaît.

— Un jour, peut-être, mais pas ce soir. Désormais, j'ai une autre famille.

Helen baissa les bras, et Thea tourna le dos à ses parents. Elle s'appuya contre Rafe, son pilier, tandis qu'il la guidait vers Arabella et Nicholas.

— J'en ai assez de cette fichue fête costumée, rouspéta Rafe. Peut-on rentrer à la maison ?

— Il vaudrait mieux, chuchota l'évêque, dont les yeux pétillaient. Maintenant que nous avons menti à tous ces gens, nous avons intérêt à vous marier sur-le-champ.

Rafe n'avait pas assisté à beaucoup de mariages, mais il était certain que le sien, qui eut lieu cette nuit-là dans sa résidence londonienne, sortait de l'ordinaire, étant donné que le célébrant était un joyeux farfadet, et que les mariés avaient pour témoins une déesse romaine, un laquais de la Maison Royale et une ancienne comédienne en robe dorée. Gilbert et les autres domestiques les entouraient.

Rafe ne voyait que Thea, qui lui sourit tendrement lorsqu'ils prononcèrent leurs vœux.

— Ça y est ? demanda Rafe en rendant à l'évêque le document qu'il venait de signer. Nous sommes officiellement mariés ?

— Tout à fait.

— Parfait. Vous pouvez donc nous laisser. Immédiatement.

Les domestiques sortirent à toute allure, pour fêter ça dans leurs quartiers. Thea embrassa Arabella, tandis que Rafe se tournait vers Nicholas.

— Je te l'avais bien dit, chantonna ce dernier.

Rafe l'étreignit en riant. Thea s'approcha, le sourire aux lèvres.

— Ne commence pas à bavarder, grommela Rafe, ou on va en avoir pour toute la nuit.

— Je veux remercier l'évêque, protesta-t-elle.

— Il reviendra bien assez tôt, pour jacasser en sirotant son thé. Tu n'auras qu'à le remercier à ce moment-là.

— C'est qu'il faut nous organiser pour Noël, fit remarquer Nicholas. Judith et moi avons décidé que, cette année, vous recevriez toute la famille à Brinkley End.

— Ah non ! bougonna Rafe.

— Oh oui ! s'exclama Thea au même instant.

Rafe ouvrait la bouche pour rouspéter quand il s'aperçut qu'Arabella drapait une cape de velours sur ses épaules, prête à partir.

— Mademoiselle Larke..., appela-t-il en la rejoignant.

Elle s'immobilisa sur le seuil.

— Monsieur le comte ?

— Je me suis très mal conduit lors de notre première rencontre. Je vous ai menacée, je me suis servi de vous pour manipuler Thea. Je suis navré de vous avoir malmenée, je vous prie de m'excuser.

— Traitez bien Thea, et tout sera pardonné, rétorqua-t-elle froidement.

— Vous avez soutenu Thea quand elle avait désespérément besoin d'une amie, et cela à vos risques et périls. J'ai une dette envers vous. Vous n'aurez qu'un mot à dire, et nous serons là pour vous aider.

L'espace d'une seconde, une tristesse infinie assombrit les yeux d'Arabella. Mais elle reprit aussitôt son attitude distante et orgueilleuse.

— Seigneur, l'amour ramollit vraiment le cerveau d'un homme, ironisa-t-elle. Pourquoi pensez-vous que je pourrais avoir besoin d'aide ?

Elle inclina la tête.

— Au revoir, monsieur le comte. Félicitations pour votre mariage.

Sur ce, droite comme un I, elle sortit de la demeure.

Ensuite, après avoir pris congé de tout le monde, Sally et Martha descendirent quatre à quatre les marches du perron pour attendre un fiacre. Un instant plus tard, Rafe réussit à pousser Nicholas dehors et à refermer la porte derrière lui.

Il était seul avec Thea, dans un silence bienfaisant.

— Enfin, soupira-t-il en l'enlaçant. Ils sont tous partis.

Thea lui caressa la joue.

— Tu as beaucoup parlé, ce soir.

— Je suis donc autorisé à ne plus adresser la parole à personne pendant une semaine entière.

— Tu me parleras, à moi.

— Oui, répondit-il en prenant entre ses mains le visage de sa femme. Il y a du sabayon qui t'attend dans mes appartements. Tu ne seras pas obligée de choisir entre deux plaisirs.

Une lueur coquine brilla dans les yeux bleus de Thea, et Rafe sentit le désir s'allumer dans ses reins. Elle se pressa contre lui.

— Tu me donneras la becquée ? susurra-t-elle.

Il la souleva de terre, riant aux éclats.

— Je te tartinerai de sabayon, je te lécherai et je te ferai l'amour.

— Et ensuite ? chuchota-t-elle.

— Ensuite je te ramènerai chez nous.

Épilogue

Il neigea quelques jours avant Noël, pour le plus grand plaisir de la horde d'invités qui avait envahi Brinkley End.

Rafe, qui revenait de la serre, la tête baissée pour se protéger du vent glacé, s'arrêta net à la lisière du jardin. Une ribambelle d'enfants s'ébattait dans la neige en glapissant. Christopher et Mary étaient venus avec leurs nombreux rejetons, la sœur de Mary et son mari avec les leurs, et les parents de Thea avaient amené les petits. Cela faisait un nombre ahurissant de gamins, et aujourd'hui ce nombre semblait avoir doublé.

Une silhouette se détacha de la cohue et accourut. Rafe planta un baiser sur le nez de Thea, que le froid rougissait, et sur ses lèvres roses, puis il désigna la horde de créatures hurlantes.

Thea lui donna un coup de coude.

— Arrête de les regarder de cette façon, tu vas leur faire peur.

— Ils sont horriblement nombreux. Ils se sont multipliés, non ?

— Les enfants du village sont là pour répéter le spectacle de Noël.

— Le spectacle de Noël ? s'étrangla Rafe.

— Aurais-tu oublié ?

— Oui, et je vais m'empresser d'oublier de nouveau.

De fait, il lui suffisait de la regarder pour ne plus penser au spectacle et aux enfants.

— Tu viens patiner avec moi ? J'ai des nouvelles.

Elle répondit par un sourire radieux, mais avant qu'ils aient pu s'esquiver, l'une des créatures hurlantes arriva vers eux en glissant sur la neige.

— Tonton Rafe !

Thea sursauta.

— Tonton ? chuchota-t-elle.

— Pas de commentaire.

La créature était en l'occurrence une fillette, qui déclara d'une voix haut perchée :

— Tu as dit à Charlie qu'il y avait des crocodiles dans le lac, seulement moi j'ai regardé dans le bestiaire, et j'ai vu que les crocodiles, ça vit dans des endroits où il fait chaud.

La petite tourna un regard anxieux vers le lac gelé.

— Ils vont bien, les pauvres crocodiles ?

— Ils sont en pleine forme, affirma Rafe. En automne, ils se roulent dans la boue bien chaude, et après ils hibernent tranquillement jusqu'au printemps, comme les ours.

— Ah, tant mieux, je m'inquiétais pour eux.

Elle pivota d'un bond.

— Charlie ! hurla-t-elle en retournant au pas de course retrouver ses congénères. Tonton Rafe dit que les crocodiles sont bien au chaud et qu'ils sont très contents !

Thea braqua un regard interrogateur sur son époux.

— Eh bien quoi ? marmonna-t-il. Je les éduque. On est censé éduquer les gamins, n'est-ce pas ?

Hilare, Thea le prit par la main et ils se dirigèrent vers le lac, où ils enfilèrent leurs patins. Bras dessus bras dessous, ils glissèrent et tournoyèrent sur la glace en se dirigeant vers un modeste chalet, à l'extrémité du lac, que Thea avait amoureusement aménagé pour Rafe, afin qu'il puisse s'y réfugier s'il se sentait envahi par sa nombreuse famille.

— J'ai reçu des nouvelles de Londres, dit-il. Lord Ventnor et Percy Russell ont quitté l'Angleterre.

— Vraiment ? Pour quelle raison ?

— Les ducs ont mené une petite enquête et découvert que Ventnor vivait au-dessus de ses moyens. Il a fait des placements d'argent désastreux et s'est endetté jusqu'au cou. Alors, pour se tirer d'affaire, il a puisé dans le Trésor de Sa Majesté.

Thea en resta bouche bée.

— Il a volé de l'argent ?

— Tout dépend du point de vue où l'on se place. Ventnor, lui, prétend qu'il se bornait à prendre ce qui lui était dû pour ses inestimables services.

— La Couronne ne va pas lui retirer ses propriétés ou son titre ?

— On ne lui enlève rien, cependant Ventnor a fini par accepter le poste de gouverneur du Nouveau-Wessex, une colonie située à quelque six cents kilomètres de Sydney Cove, le cœur de la Nouvelle-Galles du Sud[1]. Percy l'accompagnera. Il n'ose plus se montrer en public – ni de face ni de dos, ironisa Rafe. On a signifié à Ventnor qu'il pourrait rentrer en Angleterre quand sa colonie aurait généré suffisamment d'argent pour rembourser les fonds qu'il a détournés.

— Cela te fait sourire ? s'indigna Thea. On le récompense en le nommant gouverneur d'une colonie où il va s'enrichir ? Voilà bien une solution impériale : cet individu est un voleur, envoyons-le

1. Historiquement, le premier État d'Australie, fondé en 1788. (*N.d.T.*)

voler des terres pour nous ! Il deviendra le richissime gouverneur du... Comment s'appelle cet endroit ?

— Le Nouveau-Wessex.

Thea hocha la tête d'un air sagace.

— Oui, c'est ça. Le Nouveau-Wessex.

— Tu en as déjà entendu parler ?

— Euh... non, je l'avoue.

— Personne ne connaît cette colonie, vu qu'elle n'existe pas.

— Mais alors, qu'y a-t-il à six cents kilomètres de Sydney Cove ?

— On l'ignore. Aucun Anglais ne s'est aventuré dans ces contrées sauvages.

— Mais...

Un sourire éclaira le visage de Thea.

— C'est vrai ?

— Ventnor et Percy passeront six mois en mer pour rallier l'autre bout du monde. Ils débarqueront à Sydney Cove et informeront le gouverneur Macquarie que le vicomte est le nouvel administrateur du...

— D'une colonie qui n'existe pas ! pouffa Thea. Et Ventnor pourra rentrer en Angleterre quand cette région qui n'existe pas aura rapporté de l'argent. C'est toi qui as imaginé ce stratagème ?

— Tes désirs sont des ordres. Tu avais bien dit que tu voulais qu'il aille pourrir à l'autre bout du monde, n'est-ce pas ?

— Ils sont donc partis, rétorqua Thea avec un soupir d'aise. Il ne nous reste plus qu'à les oublier.

— Pour ma part, c'est déjà fait. Je ne songe qu'à toi, à t'emmener dans ce petit chalet douillet et à passer la journée à te faire l'amour.

— Oui, mais d'abord...

Elle s'écarta et, avec un sourire provocant, ajouta :

— D'abord tu devras m'attraper.

Légère et gracieuse, elle virevolta sur le lac gelé.

Réprimant son impatience, Rafe la regarda s'éloigner, telle une danseuse dont la longue jupe s'enroulait autour de ses jambes fuselées. Un flot d'amour et de désir lui dilata le cœur et lui coupa le souffle.

Il aurait cependant besoin de souffle pour ce qu'il avait en tête.

Il inspira donc profondément, puis, le sourire aux lèvres, s'élança à la poursuite de sa comtesse.

Note de l'auteure

Les plantes, destinées à produire de la nourriture, des textiles ou des médicaments, furent un agent majeur de l'expansion coloniale de l'Europe. La botanique était à la fois un commerce prospère et une science de pointe. Je vous avoue qu'avant de commencer mes recherches pour ce roman, j'ignorais à peu près tout de l'exploitation coloniale des plantes médicinales.

Celles qui se trouvent dans la serre de Rafe sont citées dans des ouvrages et des revues sur les végétaux des colonies et leurs propriétés curatives. On y découvre comment les Européens exploitaient les connaissances des populations autochtones et des esclaves, tout en méprisant souvent le savoir des indigènes. J'ai notamment consulté les ouvrages de Londa Schiebinger : *Secret Cures of Slaves : People, Plants and Medicine in the Eighteenth-Century Atlantic World* (2017) et *Plants and Empire : Colonial Bioprospecting in the Atlantic World* (2004). Vous trouverez la bibliographie complète sur mon site web.

Au Royaume-Uni, le cannabis fut utilisé pour des traitements médicaux au XIXe siècle, même si les Anglais connaissaient déjà ses propriétés, comme l'indique James H. Mill dans son ouvrage *Cannabis Britannica : Empire, Trade and Prohibition 1800-1928* (2003).

Plusieurs textes publiés en Angleterre au XVIIIe siècle et au début du XIXe siècle mentionnent les propriétés médicinales et euphorisantes du cannabis (souvent appelé bhang). Les Européens qui voyageaient en Asie et au Moyen-Orient collectaient ces informations depuis le XVIe siècle, mais leurs comptes rendus étaient souvent déformés pour en faire des exposés émoustillants de vices exotiques. Il fallut attendre le XIXe siècle pour que les scientifiques et les médecins anglais étudient sérieusement la question, même si leurs travaux étaient ralentis par leurs préjugés contre la médecine indienne.

C'est le médecin irlandais William Brooke O'Shaughnessy qui, dans les années 1830, introduisit le cannabis dans la médecine anglaise.

Le gouvernement britannique accordait de la valeur au chanvre, indispensable à une nation maritime qui avait besoin de sa fibre pour fabriquer des voiles, des cordages, etc. Le chanvre était largement cultivé en Angleterre. La reine Elizabeth Ire avait même, dans un décret, ordonné aux grands propriétaires terriens de cultiver cette plante.

Au cours des années 1870, le cannabis fut utilisé pour traiter la maladie mentale, alors que d'aucuns affirmaient que le cannabis provoquait des troubles mentaux. Ce fut cette dernière théorie qui l'emporta, fondée sur l'inquiétude générale que suscitaient les stupéfiants. Cela aboutit à l'interdiction du cannabis en 1928.

Je tiens à remercier la psychologue clinicienne dont les conseils m'ont permis d'imaginer la maladie mentale de Katharine. De nos jours, on diagnostiquerait probablement chez elle un trouble bipolaire et une psychose. Mais les symptômes que je décris ne sont évidemment pas universels.

Au cours du XIXe siècle, l'Angleterre lança une importante réforme des soins en matière de santé mentale. Elle était inspirée par le quaker William Tuke (Rafe y fait allusion), un riche marchand de thé et de café qui fonda l'institution La Retraite en 1796, et par Philippe Pinel, un aliéniste français. Tous deux préconisaient le « traitement moral », qui préfigure la psychothérapie moderne.

AVENTURES & PASSIONS

6 octobre

Jude Deveraux

La saga des Montgomery - Le lion noir

Inédit

Ranulf est comte, chef de la Garde noire et favori du roi. Auréolé de gloire et estimé de tous, il n'en demeure pas moins un homme sombre et solitaire. Lorsqu'il croise le chemin de Lucy, une ravissante jeune fille désargentée, Ranulf est frappé par sa fraîcheur et sa grâce. Elle seule semble capable de l'émouvoir et de lui redonner goût à la vie. Mais les lourdes menaces qui pèsent sur lui pourraient bien compromettre ce bonheur qui semblait si accessible.

✦

Joanna Shupe

Cinquième avenue - Un ange dans les bas-fonds

Inédit

Justine est la benjamine de la richissime famille Green. À vingt et un ans, cette discrète jeune fille s'occupe des plus démunis et s'attache notamment à poursuivre les époux indélicats qui abandonnent sans ressources leurs femmes et leurs enfants. Alors que Mme Gorcey lui demande de retrouver son mari, un vaurien notoire, Justine fait appel à de Jack Mulligan, le chef de la pègre de New York. Si le célèbre dandy accepte de collaborer avec elle, le prix de son soutien est inacceptable aux yeux de la jeune fille. Cependant, Jack sait se montrer si persuasif que le cœur de la jeune fille s'enflamme. Mais leur histoire est impossible, d'autant que le passé de Jack ressurgit, ne laissant aucune chance à l'amour.

Kerrigan Byrne

Amitié - Mensonges sur l'oreiller

Inédit

Francesca Cavendish, comtesse de Mont Claire, s'est assigné une mission : venger le massacre de sa famille. Pour y parvenir, elle soustrait des informations aux hommes qu'elle séduit. Lorsque sa quête de justice lui fait croiser la route de Declan Chandler, elle ignore que sa vie est en grand danger. Ce diabolique séducteur, introduit dans tous les milieux de Londres, est aussi l'arme la plus dangereuse de la Couronne. Si la beauté et le courage de Francesca forcent l'admiration de celui que l'on surnomme le Démon du Dorset, d'autres sentiments pourraient bien ébranler sa légendaire inflexibilité.

✦

Marsha Canham

Le loup des mers - La rose de fer

Inédit

Alors que son bateau est attaqué par un galion espagnol, Varian St. Clar est sauvé par Juliet Dante, la fille du légendaire Loup de mers, et en devient l'otage. Le jeune captif lui apprend qu'il est chargé par le roi d'approcher son père, pour une mission secrète. D'abord sur ses gardes, Juliet accepte de le conduire auprès de Simon Dante. Si les relations entre le prisonnier et sa geôlière sont d'abord houleuses, le feu de la passion qui les consume bientôt leur fait perdre toute prudence face aux multiples dangers qui les menacent...

Harper St. George

Jeunes filles à marier - Une riche héritière

Inédit

Les Crenshaw sont des Américains très riches depuis deux générations. Pour être admis dans la meilleure société, le mariage d'une de leurs filles avec un aristocrate anglais faciliterait bien des choses. En visite à Londres, Mme Crenshaw manigance pour qu'un jeune et beau duc désargenté, Evan Sterling, demande la main de sa cadette, Violet. Or, par hasard, le duc a déjà fait la connaissance d'August, l'aînée des Crenshaw, lors d'un combat de boxe clandestin à l'occasion duquel ils ont échangé un inoubliable baiser. Cependant, August a bien d'autres ambitions que celle de devenir duchesse. Pour refroidir les ardeurs d'Evan, elle multiplie frasques et caprices. Qu'importe ! Quand il s'agit de ses désirs, Evan ne renonce jamais...

✦

Johanna Lindsey

Les Malory - Lord Anthony

Pour échapper à son cousin qui veut l'épouser pour la spoiler de sa fortune, Roslynn quitte l'Écosse et se réfugie à Londres. À l'occasion d'un bal, elle rencontre Anthony Malory dont les conquêtes ne se comptent plus. La jeune femme est fascinée par son charme. Malheureusement, il fait partie de ces hommes contre lesquels on l'a mise en garde : les séducteurs. À fuir à tout prix ! D'ailleurs, c'est d'un mari dont elle a besoin, pas d'un amant. C'est bien dommage ! Pourtant, sans le savoir, cette rencontre vient de sceller le destin de Roslynn...

13282

Composition
FACOMPO

Achevé d'imprimer en Italie
par GRAFICA VENETA
le 3 août 2021

Dépôt légal : septembre 2021
EAN 9782290262894
OTP L21EPSN002339N001

ÉDITIONS J'AI LU
87, quai Panhard-et-Levassor, 75013 Paris

Diffusion France et étranger : Flammarion